ことばの魔術師西鶴

矢数俳諧再考

篠原進・中嶋隆［編］

ひつじ書房

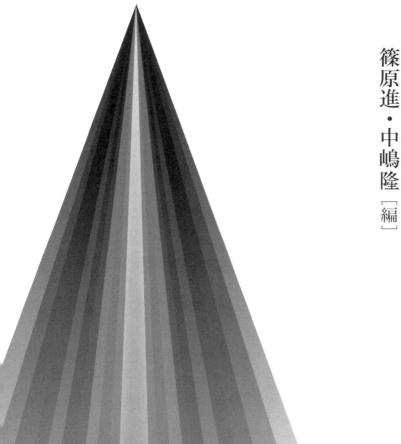

まえがき

西鶴は、数千人の聴衆の前で、一人で一昼夜に四〇〇〇句を詠むという前人未踏の大記録を成し遂げた。

平成二三(二〇一一)年は、このイベントを記録した『西鶴大矢数』が延宝九(一六八一)年に刊行されてから、三三〇年目にあたる記念すべき年だった。兵庫県伊丹市柿衞文庫では、これを記念し、九月一〇日から十月二三日にかけて秋季特別展「西鶴　二万が一んだことばの魔術師」が催された。この特別展には『西鶴大矢数』『西鶴五百韻』『こゝろ葉』『西鶴自画賛十二ヶ月』など約八〇点の貴重資料が展示された。また、記念講演「矢数俳諧への道―西鶴とメディア」(講師中嶋隆)も開催された。

「天下矢数二度の大願四千句なり」を発句としたこの『西鶴大矢数』は、天和二(一六八二)年十月に出版されたベストセラー浮世草子『好色一代男』の前年に刊行されている。西鶴が、大坂を代表する談林派の俳諧師として脂の乗りきった活動をしたその延長上に、浮世草子が執筆されたのだ。このことは特筆すべきである。

俳諧と浮世草子という異質な文芸活動を同時期に行った西鶴の多様な言語活動に迫ろうと、シンポジウム「ことばの魔術師―西鶴の俳諧と浮世草子」が、講演会のあとに行われた。コーディネーターをつとめたのは、篠原進である。パネラーは、深沢眞二・森田雅也・早川由美・浅沼璞諸氏と、中嶋隆・篠原進がつとめた。毎年、年二回東京で開催されていた「西鶴研究会」も、この日に柿衞文庫で開かれることとなり、その多士済々のメンバーに、関西で活躍していた論客もフロアから加わって、活発な議論が交わされた。

この議論を聞いていたひつじ書房板東詩おりさんから、本書の刊行が中嶋・篠原に依頼された。それから本書が日の目を見るまで、五年が経過した。フランスとアメリカの研究者を含め、執筆メンバーも大幅に増やして、充実した内容になるように企画しなおした。残念なことに板東さんは退社されたが、その後を継いだ海老澤絵莉さんのご尽力で、本書は上梓された。この間、遅々とした作業を暖かく見守ってくれたひつじ書房社長松本功氏に感謝したい。

平成二八年夏

中嶋隆

目次

第二部　矢数俳諧と浮世草子

西鶴の俳諧と小説

『俳諧独吟百韻自註絵巻』をめぐって

中嶋隆

「西鶴と俳諧」というのが、シンポジウムのテーマですが、天和・貞享期の西鶴の俳諧、つまり量とスピードを競う「矢数俳諧」に象徴される「速吟」俳諧は、俳諧史に位置づけると、これは「仇花」としか言いようがないわけです。私の興味は、むしろ西鶴の小説のほうにあります。

西鶴の浮世草子は、馬琴が「人々今日目前に見るところを述べて、滑稽を尽くすことは西鶴よりはじまれり」と『燕石雑志』に記しているように、後期の戯作にまで影響します。西鶴の次の世代の浮世草子作者たちも「西鶴の真似をしている」というようなことを、公然と口にしているわけです。

例をあげれば、きりがないのですが、

今色さとのうわさ、おほくの咄につづりて、浮世本の品々有りといへども、大かた二万翁の作せられし内をひろひあつめたれば、襖障子の上張りを仕かへたるがごとし。

これは、宝永元年ごろ刊行された井上軒流幾『契情刻多葉粉』の記述ですけれど、最近の浮世本は西鶴の「襖障子の上張りを仕かへたるがごとし」つまり模倣だと言っています。ほかにも、都の錦『好色堪忍ぶくろ』(宝永七、八年ごろ)や江島其磧の『和漢遊女容気』(享保三年)で、同じようなことが述べられています。

恋の出見世の世之助が、一代男の名をふり売りせしより此のかた、色の元手のかな熊手となりて、そこかしこの掃溜よりかき集めたる風流の双紙、八百万《やおよろづ》の紙数をつらね

(都の錦『好色堪忍ぶくろ』)

扨八月十日には、難波の寺にして、西鶴法師が廿五年の追善、紫表紙の雲西にたなびき、好色本の花ふり、ことばのはやししげく、今につたへて一代男の名をのこせり。

(江島其磧『和漢遊女容気』)

西鶴の浮世草子、特に『好色一代男』が、あとの小説に与えた影響は多大です。なぜ、『好色一代男』が、後続小説のスタイルの始まりになるほど画期的だったのかと申しますと、西鶴が俳諧的発想で「仮名草子」を書いた、文学史上初めての小説だったからだ、と私は考えます。

こう言ってしまうと、「分かり切った事を、今さら言うな」と叱られそうですが、問題は単純ではありません。つまり「軽口・大笑い」の俳諧から速吟俳諧、そして、さらに小説という軸を、「転向」とか「挫折」ではなく、いわば直線的に把握すべきだという主張が認められるとしても、章末に示した拙稿(2)で「素材や表現の類似/相違という叙述の表層的観点を離れ、双方の創作過程を視野に置けば、詩と散文という本質的に異なったジャンルの創作・享受のトポスが重なるはずがない。」と述べましたが、散文と韻文、小説と詩とでは創作の場や方法が異なりま

すから、俳諧から浮世草子が自然と生まれるわけではありません。
ただ、西鶴以前の散文作品、便宜的に「仮名草子」と呼ばれる小説類の作者と読者との位置関係が上／下であるのに対し、西鶴の場合は水平関係にあると思います。もっとわかりやすく言えば、西鶴がイメージした読者（作品に内在する読者）は、西鶴と等身大の読者だったのではないでしょうか。こういう作者・読者の関係は、俳諧の連衆と同じです。実際のトポスが相違しても、『好色一代男』の構造的特性は、俳諧的発想に拠っています。

西鶴の俳諧と小説との構造的関連や、西鶴のイマジネーションに関わる問題について、今まで論文を書いたり、お話をしてきたりしてきました。かなり前の論文もあって恐縮ですが、章末に一覧した（2）と（3）の拙稿で述べたことを簡単に整理してから、『俳諧独吟百韻自註絵巻』についてお話をしたいと思います。

（2）の論文は、『好色一代男』の俳諧性について論じたものなのですが、その結論は、次の通りです。

速吟を専らにした西鶴の独吟俳諧の特徴は、異質な付筋からあしらわれた「ことば」の取り合わせを多用することにあった。この発想は、『好色一代男』では雅（古典）と俗とのコンテクストが互いに両義化しあうパロディとして結実する。また、美意識を捨象し「はなし」のように展開する「大笑い」の連句は、小説に転化しやすい構造を持っていた。逆に言えば、これらの要素は西鶴連句が構造的に持つ散文性の根拠となろう。西鶴における俳諧と小説との接点は、この二点に集約される。

『好色一代男』については、まだ言いたいことがあるのですが、シンポジウムのテーマは「西鶴と俳諧」ですので、これ以上は申しませんけれども、西鶴小説の俳諧性を論ずるのと同じように、西鶴俳諧の小説性も考えなければなりません。

章末(3)の論文は、芭蕉七部集のなかでは、例外的に小説的趣向の濃い句作りが試みられた『冬の日』と比較しながら、西鶴の『俳諧独吟一日千句』の小説的趣向について論じたものです。その結論を引用いたします。

(A)『冬の日』の「小説」的趣向は、享受者の想像力によって付筋(前句・付句のコンテクスト)が多様化され、その想像の過程に美意識が介在する。(中略)『冬の日』の句作りは、談林の親句的技法が疎句俳諧に換骨奪胎されたものであるとは言えないか。

(B)予定調和的な趣向を排して、臨機応変な付合の妙(軽口)をいかに示すかが、西鶴の腐心した点であろう。(中略)「転じ」の鮮やかさと写実性(representation)とが、西鶴独吟の真骨頂である。

自分の論文の引用が多くなって恐縮ですが、同じ(3)の論文で、『俳諧独吟一日千句』の特徴を、次の五点に整理いたしました。

イ、奇矯な「見立て」や「取成」、あるいは「ヌケ」を多用するあまり、一句が「正体なし」に陥るような弊害は見られない。

ロ、写実的・小説的印象が強い句が随所に挟まれ、『冬の日』が「三人称的句作り」、小説で言えば「作者全知(omniscient writer)」の表現方法と似た手法がとられているのと対照的に、言わば「一人称的」「二人称的」句作りが行われることが多い。

ハ、心付けの遺句に写実性が濃く見られる。西鶴俳諧が風俗的と評される原因は、「あしらひ」による無心所着の句と写実性の濃い遺句とが適度に配されるからであろう。

ニ、西鶴の句作りは、『冬の日』より具象的で表現は多彩だが、付筋(前句・付句のコンテクスト)が了解されてしまうと、想像力の介在する余地がない。一方、『冬の日』は、付筋そのものが享受者の想像力で膨らんでいくような側面をもつ。

ホ、二つのコンテクストを取り合わせる方法は、乾裕幸「「あしらひ」考」(『初期俳諧の展開』桜楓社、一九八二年)で指摘されるように、西鶴の「あしらひ」の基本的方法である。西鶴小説にはコンテクストが複綜しており、読者は自らのコンテクストを「創造」しつつ享受する構造がある。

このような特徴は、量とスピードを競う矢数俳諧に踏襲されていきます。

さて、本題である「西鶴の俳諧」に戻ります。元来「軽口」という概念は、「機知に富んだ」ということで、「早口」つまり速吟という意味ではないことは、言うまでもありません。しかし、天和から貞享にかけて「独吟」「速吟」をもてはやす傾向があったことは事実です。

「矢数俳諧」というと、西鶴のほかに、一八〇〇句詠んだ月松軒紀子の『紀子大矢数』と二八〇〇句独吟の大淀三千風『仙台大矢数』が知られていますが、作品は残っていないものの、江戸の椎本才麿が「一万句独吟」(『こゝろ葉』『白玉楳』)、一晶が「一万三五〇〇句独吟」(『こゝろ葉』『花見車』)をしたという記事があります。西鶴が延宝八年、四〇〇〇句独吟の折、その成功を報じた手紙を出した尾張鳴海の下里知足と、熱田の桐葉との手紙のやり取りにも、尾張俳壇の、矢数俳諧への一種高揚した気分が伝わってきます(森川昭氏『下里知足の文事の研究　日記篇』和泉書院、二〇一三年)。

私が、この時期の「独吟」「速吟」の流行に注目するのは、享受と創作とが一体化した共同体文芸としての俳諧本来のありかたが変質しているからで、いわば「座の文芸」から「個の文芸」が屹立しはじめた、と考えるからです。自明のことを言うようですが、これは俳諧と浮世草子との接近・融合を考えるのに、重要な条件であるばかりではなく、この時期に起こった貞門と談林との論争、非難の応酬も、つきつめれば、この点に帰着するのではないでしょうか。

理念や付合技法からみると、貞門と談林とは、それほど対立したものではなく「つけもの・見立て・あしらい・心づけ」といった貞門の手法を、西鶴もそのまま用いて、「無心所着」「軽口・大笑い」のいわゆる「守武流」句作りをしたわけです。京都の高政にしろ、西鶴にしろ、その表現世界があまりに奇抜で個性的にすぎる、つまり俳諧の共同体的な表現規範を超えたと判断されると、いろんな理屈をつけて貞門から非難を浴びるという構図だと、思います。

もちろん、奇抜さを徹底したあげく、貞享末には俳諧をやめてしまった高政に比べて、「正風」意識というか、一種のバランス感覚を維持した西鶴は、晩年には、連歌風な穏やかな句作りをする元禄初期俳諧に迎合するという、彼なりの俳諧へのこだわりを見せるわけですが、要するに、「座の文芸」である俳諧が「個の文芸」に傾斜したことへの貞門の反発が、この時期の論争の一因であると考えます。

そういう観点から見ますと、西鶴の俳諧活動は、その出発点からして、「個の文芸」という性格の濃いものでした。西鶴の実質的な俳壇デビューは、寛文一三年二月二五日に開催、三月七日に満尾した『生玉万句』です。この万句興行は、開催のわずか七日前、二月一八日の大坂清水寺観音堂奉納の『清水万句』に対抗して開かれたものでした。

このことは、天理図書館の牛見正和氏が紹介・翻刻された『清水千句』序文に、次のように記されております(「新収俳書『清水千句』―解題と翻刻」『ビブリア』一一七、二〇〇二年五月)。

寛文十三年癸の丑の二月十八日大坂清水寺観音堂に奉納の万句興行有。おなじく廿五日生玉の御社にも万句を催されて、やつがれどものしたしみふかき山口清勝を此道のすき人とてまねかるゝといへども、難波江の住ゐをして、釣のいとまもあらぬ身なればあまたゝびいなびおはするに、猶人のいひやみ給はず。(中略)生玉は神明、清水は仏陀、彼といひ是といひおろそかにおもふ事やはある。清勝、清水の連衆にして生玉の席につらなることは、まねく友のおほければなり。此たび清水寺へ出座、懈怠のため奉納の十百韻に一日千句なりければ、執筆の隙もなく、指合諸法度の用捨もそこ〳〵にして見ぐるしけれど、信心ひとつにてまことある朋友をすゝむる功徳、共に成仏の縁にもならんかしとの心ざしのふかきを捨がたくて、板にちりばむることしかなり。

山本氏清知

西鶴、まだこのころは鶴永ですが、私は、鶴永が「守武流」の法楽万句を主催したことよりも、開業したばかりの大坂書肆「板本安兵衛」が六月二八日に出版した『生玉万句』の西鶴序文――この序文を次に掲出しますが、「伊勢みもすそ川の流」や「かる口の句作り」といった新風を誇示する詞をちりばめたこの序文にこそ、俳諧史的な意義があると思います。

或問、何とて世の風俗しを放れたる俳諧を好るゝや。答曰、世こぞつて濁れり。我ひとり清り。何としてかその汁を啜り、其糟をなめんや。問曰、文盲にしてその功成かたし。答曰、六祖は一文不通にしてその伝を継。如何してか其分あらん。朝于夕聞うたは耳の底にかびはへて口に苔を生じ、いつきくも老のくりごと益なし。故に遠き伊勢国みもすそ川の流を三盃くんで酔いのあまり、賤も狂句をはけば、世人阿蘭陀流などさみして、かの万句の数にものぞかれぬ。されども生玉の御神前にて、一流の万句催し、すきの輩出座、その数をしらず。十二日にしてこと畢れり。指さして嘲る方の興行へ当る所にして其功ならずと聞しは、予がひが耳にや。ともいへかくもゆへ即座の興を催し、髭おとこをも和げるは、此道なれば、数寄にはかる口の句作。そしらば誘れ、わんさくれ、雀の千こゑ鶴の一声と、みづから筆を取てかくばかり。

『生玉万句』序文では、万句興行に結集した多くの俳諧師をさしおいて、「阿蘭陀流などさみして」と、新風をおこした張本人が自分自身であるかのような書き方がされています。たしかに延宝七年刊『俳諧破邪顕正』などでは「阿蘭陀西鶴」と非難されていますが、これは『生玉万句』より後のことで、少なくとも、寛文一三年より前に、西鶴を「阿蘭陀流」と難じた資料はありませんし、そもそも『遠近集』に三句、『落花集』に一句しか入集していない鶴永(西鶴)が、貞門から非難されるほどの俳諧活動をしていたとは考えられないのでして、加藤定彦氏が論じられたように、きわめて自己顕示の強い序文を書いて、西鶴は俳壇デビューを図ったのだろうと思います(「俳諧師西鶴の実像」『近世文芸論叢』中央公論社、一九七八年)。

さらに、西鶴の独吟・速吟傾向が顕著になり始めたのが、病没した妻を追善した、延宝三年刊『俳諧独吟一日千句』でした。この「千句」は、さきほど触れました寛文一三年八月刊『清水千句』に倣ったもののようです。『清水千句』は「清水連歌」に倣い、各百韻の発句に「花」を詠みこんだ、清勝主催の大坂清水寺奉納十百韻を収めたものので、その序に「奉納の十百韻は一日千句なりければ」とありますように、速吟を誇った十百韻でした。西鶴は、各百韻の発句に「花」ならぬ「ほととぎす」を出し、十百韻を一日で独吟してしまったわけです。「西鶴『独吟一日千句』―追善十百韻の試み」と題した章末（1）の拙稿で述べましたように、書名は「千句」となっていますが、三日かけて行う「千句」形式ではなく、『清水千句』同様、実際には「十百韻」として作られた句集だったと思います。

このように、独吟・速吟傾向が強まっていくわけですが、西鶴は、自分の俳諧について、どういう考え方をしていたのでしょうか。

次に、ほんの一部ですが『西鶴大矢数』跋文を載せましたので、御覧ください。

予俳諧正風初道に入て二十五年、昼夜心をつくし、過つる中春末の九日に夢を覚し侍る。今世界の俳風、詞を替、品を付、種々流義有といへども、元ひとつにして、更に替る事なし。惣而此道さかんになり、東西南北に弘る事、自由にもとづく俳諧の姿を、我仕はじめし已来也。世上に隠れもなき事、今又申も愚也。

この跋文については、乾裕幸氏が「西鶴・自由の俳諧」という論文（『俳諧師西鶴』前田書店、一九七九年）で、詳細に分析されているのですが、その御論考を参考にしながら、簡単に私の意見を述べたいと思います。

引用した箇所のポイントになるのは「今世界の俳風、詞を替、品を付、種々流義有といへども、元ひとつにして、更に替る事なし」という文章です。つまり、様々な俳諧流儀があるけれど、元は一つで、その変わることのないのは「俳諧正風」である。その「俳諧正風」の流れを汲む西鶴の俳諧こそが「自由にもとづく俳諧の姿」だと、主張していることです。つまり俳風は変わるけれど、俳諧本来の姿は不変だと西鶴は主張しています。

こういう考え方は、芭蕉の主張した「不易流行」ときわめて似ています。あまり単純化してしまうと、俳諧専門の方に叱られてしまうかもしれませんが、連歌の「正風体」が本意・本情のような伝統的美意識を受け入れた規範的な詠みぶり(風体)をさすように(乾裕幸「西鶴の正風意識」)、西鶴の言う「正風体」は、連歌以来の伝統的な付合いによる詠み方(風体)をさすものと思われます。

芭蕉の「不易流行」と違うのは、芭蕉は、「誠」を尽くして不断に新しい表現を追求する、そのなかにこそ不変の価値があると、いわば創作主体の精神的なありかたにまで、踏み込んだのに対し、西鶴の場合は、あくまで言語表現のレベルにとどまっていることです。つまり、西鶴の意識している「不易流行」は、「不易」が表現の幹であり、「流行」は表現の枝葉である、と例えると分かりやすいかもしれません。

しかし、貞享から元禄初めにかけて、前句と付句とが付きすぎる談林の詠み方(親句)が飽きられ、連歌のように前句と付句とを、遠く離して付ける付け方(疎句)が流行し、「矢数俳諧」のような、独吟・速吟の個人プレーによる俳諧が、一般の俳諧作者から嫌われるようになりました。貞門以来の伝統的付合を表現の幹にして、風俗を巧みに詠みこんだ心付けを表現の枝葉とした西鶴の「軽口」俳諧は、すっかり流行おくれになってしまったわけです。

貞享元年六月に、西鶴は、住吉社で一日二万三五〇〇句独吟という、驚異的な興行を成しとげますが、四〇〇〇句独吟に成功したときのようなインパクトを俳壇に与えることができませんでした。西鶴晩年の元禄二年から四年にかけては、西鶴は逆に浮世草子を執筆しなくなり、むしろ俳諧活動のほうをもっぱらにするようになります。

浮世草子を書かなくなった理由については、西鶴が目を病んだからとか、小説執筆に行き詰ったからだとか、あるいは、自分の俳風を変えたからだとか、俳壇に、連歌のような俳諧を批判するような機運がでてきたからだとか、さまざまな説がございます。理由はともかくとして、私は、西鶴の俳諧についての考え方は、この時期でも『西鶴大矢数』の跋文に書かれたことと、さほど変わっていないと考えます。
晩年の資料として、元禄五年秋の成立と推定されている『西鶴独吟百韻自註絵巻』序文を、次に引用しました。

和歌は和国の風俗にして、八雲立御国の神代のむかしより今に長く伝て、世のもてあそびとぞなれり。其はしくれ迚、俳諧はそも〳〵勢州山田の住、風月長者荒木田氏守武よりはじめて、山崎の一夜菴の法師、今の都の松永氏貞徳、中古の道を広め給へり。其後、難波の梅翁先師、当流の一体、たとへば富士のけぶりを茶釜に仕掛、湖を手だらひに見立、目の覚めたる作意を俳道とせられし。付かたは、梅に鶯、紅葉に鹿、ふるきを以是新しき句作り也。時に俳風、当世のすがたを百韻の一巻、菊はちと世の色酒、ひとつなる口にまかせ侍るに、上戸ならず、下戸ならず、此間をよしと見定めつかふまつりてさしあげける。我ひとりの機嫌にしてうたひけるは千秋楽。

難波俳林／松寿軒　西鶴

この序文で西鶴の言っていることを簡単にまとめますと、荒木田守武・山崎宗鑑・松永貞徳・西山宗因と継承されてきた俳諧に貫かれてきたのは、「梅に鶯、紅葉に鹿」という伝統的な付合であり、「難波の梅翁先師」西山宗因は「目の覚めたる作意」つまり、鮮やかな趣向を重んじたが、これは「ふるき」つまり伝統的付合をもって、「新しき句作り」を行ったのであると主張しています。
『西鶴大矢数』跋文で「元ひとつにして、更に替る事なし」と言っているのが『西鶴独吟百韻自註絵巻』で言うところの「付かたは、梅に鶯、紅葉に鹿」という伝統的付合で、『西鶴大矢数』跋文の「今世界の俳風、詞を替、品を付、種々流義有といへども」を具体的に言うと、『西鶴独吟百韻自註絵巻』で述べている荒木田守武から西山宗因に至る俳諧流儀となるわけですから、両者の論理に、ほとんど差はないと言えます。

ただ、『西鶴独吟百韻自註絵巻』序文では、「上戸ならず、下戸ならず、此間をよしと見定め」と、一種の中庸思想が述べられています。西鶴の俳諧観には、こういうバランス感覚が当初からあったことが、その特徴となっていると、私は思います。

先ほど申しましたように『生玉万句』は、まだ無名の西鶴(鶴永)が、俳壇デビューのきっかけを得るための興行だと推定されますので、自分の俳諧が、貞門とは異なった俳風であるという意味で「阿蘭陀流」が強調されています。しかし、西鶴の「正風」意識や、中庸を尊ぶバランス感覚を勘案しますと、西鶴の「阿蘭陀流」には、言語秩序を破壊するようなアナーキーな志向があったとは思えません。西鶴を「阿蘭陀流」だと非難する貞門俳諧でさえも、『西鶴大矢数』跋文の言葉を使えば「流義」のひとつであって、現代の我々の感覚から言うと、「詩」としては滅茶苦茶だと思われるような「矢数俳諧」も、西鶴にとっては、「詞を替え、品を付けた流義」と捉えられていたのではないでしょうか。

さて、『西鶴独吟百韻自註絵巻』を例にして、晩年の西鶴の「作意」について考えたいと思います。序文で、西鶴は「梅翁先師、当流の一体、たとへば富士のけぶりを茶釜に仕掛、湖を手だらひに見立、目の覚めたる作意を俳道とせられし」と、「見立て」を例にして、西山宗因の「作意」を説明しておりますが、西鶴は、自分の句作りの作意について、どう考えていたのか、句と自註とから、具体的に見ていくことにします。

例として、初折の裏の四句を、取り上げました。

（初表8　子どもに懲す窓の雪の夜）
初裏1　化物の声聞け梅を誰折ルと

冬から春に季移りした、春の一句目です。「雪の夜」から「化物」を出し、梅の枝を折った子供を、化物が脅しているると付けたもので、雪の降るさなかに、けなげに花開いた梅をいとおしむ風流な化物というふうに、化物の恐ろしいイメージを換えた点に、「作意」つまり、句作りの趣向が感じられます。

この句について書かれた西鶴の自註を読んでみます。

雪中の白梅は茶湯者《ちゃのゆしゃ》の生花にたづね、世にめづらしき折節、知恵のなき童子、心まかせに手折捨しをふかく惜みて、下女などおそろしきすがたにして色々の作り声させて、母親の才覚にて是をおどしける。当座に此女の身ごしらへ、手元にまかせ、水車染込のゆかたに、しやくし擂木を二本の角として、ぬり下駄のあし音、赤まへだれの色移り、さて〳〵手ぬるき化物ぞかし。

つまり、珍しい雪中の白梅を折ってしまった子供を懲らしめるために、母親が下女に命じて化物の真似をさせた。その様子は、まだ寒いのに浴衣に赤い前垂れをつけ、ぬり下駄を履いて、杓子とすりこ木を角にした、と説明されております。絵でも鬼のような姿に変装した下女が画かれています。

仮に「詩」として、この句を鑑賞しようとするならば、西鶴の註を読むと、かえって興ざめになってしまいます。和歌では、花を雪に例えることはよくあることですが、それを前句の「窓」に「梅」を付けて「雪中の梅」として、さらに梅を惜しむ「風流な化物」をあしらったところに、「詩」があるのに、この化け物を、扮装した下女にしてしまっては、たしかに現実的ではありますが、身も蓋もないと思います。時代は違いますが『七部婆心録』の曲斎のような、珍妙な解釈を西鶴自身がしているわけです。

ただし、この句を「詩」ではなく、小説の一場面のように鑑賞するとすれば、西鶴の註には別な面白さがあります。いたいけない子供を懲らしめようとする母親の心情や、声色や扮装をする下女の気持ちを想像すると、ほのぼのとした人情のぬくもりが感じられます。

西鶴の「作意」は、じつは、この点にあったのではないでしょうか。つまり、句を媒介にして、『去来抄』に記された芭蕉の言葉を借りれば「さかしきくまぐままで探し求め」るような、読み手のいわば小説的なイマジネーションを誘いだすことです。次の句を見てみます。

（初裏1　化物の声聞け梅を誰折ルと）

初裏2　水紅ゐにぬるむ明き寺

「水ぬるむ」で、春の二句目となります。「梅」に「紅ゐ」をあしらい、「化物」に「明き寺」を付け、前句の梅花が、水のぬるんだ池に映じた、あるいは散った様子を付けた句だと普通なら解釈するところだと思います。前句の虚構を、あざやかに現実に転換した点がこの句の「作意」であるはずです。ところが、西鶴の自註では、次のように書かれています。

野寺に久しき狐狸のさま〱に形をやつし、亭坊をたぶらかし、柳を逆さまに、池水を血になし、出家心にも爰に住かね立のけば、後住もなくて、おのづからあれたる地とぞなりぬ。此句は、前の作り事を有事《ありごと》にして付寄せける。

「前の作り事を有事《ありごと》にして」と、前句の虚構を現実に転換した点を自讃していますが、狐狸が寺の住職をたぶらかしたので空き寺となったと説明しております。付句の「水紅ゐ」を「池水を血になし」と言っておりますが、池に映じた、あるいは散った梅花ではなく、血の池と解釈してしまっては、「詩」として鑑賞した場合、この句の良さがだいなしになってしまいます。ただ、先にどの場合と同じように、西鶴の註には、『西鶴諸国ばなし』にでも出てきそうな、説話的面白さがあります。西鶴の自註を読んで初めて、読み手は、この句を、小説的世界に転換することができたのだと思います。

（初裏2　水紅ゐにぬるむ明き寺）
初裏3　胞衣桶の首尾は霞に顕れて

「霞」で春の三句目となります。池の「水紅ゐ」を産血に見換えて「胞衣桶《えなおけ》」を出し、出産の顛末が、ほのかに露見したということを、「霞」という季語を投げ込んで、「首尾は霞に顕れて」と表現した句です。付け筋というか、「水紅ゐ」から「胞衣桶」を出した連想が意表をついているとは思いますが、あまり、ポエティカルな句ではありません。恋の一句目になります。この句の西鶴の註を読みます。

此程世にうたひける「ぼんさま〳〵ちとたしなまんせ、内に大黒のないかなんどのやうに」（注『落葉集』）と小哥のふしのごとく、いかに世間寺なればとて、魚鳥を喰ふのみか、見事な者をしのび抱て、後にはやゝ（注赤ん坊）うませける事、旦那聞付、傘壱本にして追出されし。是は見ぐるしき取沙汰也。

「胞衣桶の首尾」について、具体的に述べた自註です。つまり、大黒、これは寺の隠し妻のことですが、大黒に子を生ませた住職が、そのことが檀家にばれて、寺から追い出されたというわけです。前句の「明き寺」に応じて、住職が追い出されたことにしたのでしょうが、それにしても、当時の慣習とは言え「傘壱本にして追出されし」という自註は、いかにも小説的というか散文的です。

（初裏3　胞衣桶の首尾は霞に顕れて）
初裏4　奥様国を夢の手まくら

春が三句続きましたが、この句は雑です。前句から恋句になっていますので、恋の二句目となります。「心付け」の句ですが、句意が分かりづらいところがあります。この句は、西鶴の註を先に読んだほうが、句意がはっきりとします。

江戸より御国の事ども明暮おぼしめしやられし御下心にして付寄せ侍る。何国も女心の愚成事、万人ともに替る事なし。都より物いふ花の根引ありて、胎体（注　懐胎の意味か）などいたし侍らば、御うらみ心、さもあるべし。

するゝの者の夫婦いさかひ、何から発ると聞ば、皆此道からの事にして、間鍋のなげうち、又、中直しの酒に成すました。

つまり、江戸に住む大名の奥方が国許にいる殿様の手枕で添い寝するのを夢見ているというのが、一句の意味です。前句を、側室などが出産したという噂を江戸の奥様が聞いた、というように換えて、この句を付けているわけです。しかし、西鶴の自註がなければ、句意が分かりません。自註の「都より物いふ花の根引ありて」という説明は、『好色一代女』巻一の三「国主の艶妾」を彷彿とさせます。「何国も女心の愚成事」として、下々の夫婦喧嘩の様子を「間鍋のなげうち、又、中直しの酒に成すました」などと書いているところは『世間胸算用』の世界そのものです。

初裏の四句を駆け足で解釈してみました。『西鶴独吟百韻自註絵巻』は、句に書き添えられた西鶴の註が、絵とともに、一種の読み物として鑑賞されることを、西鶴は意図していたと思いますが、その註は、小説の一場面か、ストーリーを、読む者に感じさせる書き方がされております。

西鶴は、俳諧の言葉を、註をつけることによって、小説を読むとき発揮されるような読者のイマジネーションを刺激するような言葉に変えようとしているのではないでしょうか。

もちろん、句を作っているときに、西鶴自身が「小説」を意識していたとは思いません。ストーリーをもつ小説と、前句・付句との「二句一章」が言葉の小宇宙を形作る俳諧とは、異質な言語芸術だからです。それにもかかわらず、小説的世界を読み手に提供しようとする西鶴の姿勢は、俳諧の言葉を「詩の言葉」として認識していた芭蕉と対極的だと思います。

西鶴は、言葉のレベルで、俳諧から「詩の言葉」を純化できずに、「詩」と「小説」とを混じてしまったこと。

この点に、西鶴の俳諧の特性と限界があったと、私は考えます。

このような晩年の西鶴の俳諧と、速吟傾向を強めた三十代の西鶴の俳諧とはどう違っているのか、そういう観点から、延宝三年四月三日に、二五歳で病没した妻を追善した『俳諧独吟一日千句』をとりあげたかったのですが、具体的に、その句をみていくと時間が超過してしまいますので、結論だけ述べたいと思います。

『俳諧独吟一日千句』で多く用いられている方法は、自然の景物や歌語の付筋と、人々の俗な日常生活の付筋を、「四つ手付け」のように取り合わせて、一句の意味を、現実にはありえないものにして、「笑い」に収斂するということだと考えられます。付筋をコンテクストと言い換えるなら、異質なコンテクストを取り合わせたナンセンスな笑いが、句作りの眼目となっているわけです。二つのコンテクストの違いが大きければ大きいほど、つまり読み手の意表を突くようなものであればあるほど、「大笑い」が生じます。ただ、その差が大きすぎて、一句の意味がわからなくなると、貞門から「正体なし」とか「理《ことわり》なし」とか、あるいは「無心所着」などと非難されることになるわけです。

たとえば、「第一」の、次のような句です。

名残表12　露もしぐれも古手商い

名残表13　守山の月も西へやたふれ者

西鶴は、「露・しぐれ」に「古手商い」をさせたり、「月」が「たふれ者」になったりする句を作っています。このような句作りは、現代の我々には、自然の景物を擬人化した句として意味が理解できますが、貞門の俳諧師も西鶴自身も、このような句を「無心所着」と考えたことでしょう。ただ、貞門と西鶴とが違っているのは、「無心所着」

を「正体なし」と同じように非難する貞門の俳諧師とちがって、西鶴の場合は、「大笑い」をもたらすこのような「無心所着」を肯定的に捉えていた点だと思います。西鶴というより談林にとっては「無心所着」と「正体なし」とは異なる概念として把握されていたのではないでしょうか。

しかし、さきほど述べましたように、西鶴の場合、付合そのものは、貞門と基本的には変わらない技法が用いられております。これからお話しすることは、俳諧専門の皆さんには常識で、説明がくどくなるかもしれませんが、ご容赦ください。

『俳諧独吟一日千句』を例にとっても、西鶴が用いている付合は、前句の言葉に言葉を付ける「つけもの」、言葉の縁語や連想でつける「あしらひ」、前句の意味に応じた句をつける「心づけ」あるいは「四つ手づけ」、和歌や謡曲の詞取りにしかすぎません。これらの付合は、貞門というより連歌にも用いられた技法です。このような伝統的な付合を用いつつ、西鶴は、大胆に同時代の風俗を句に詠みこんだり、貞門から非難されるような「無心所着」の大笑いの句作り、すなわち新しい「作意」の句作りをしたりしたのでした。

晩年の『西鶴独吟百韻自註絵巻』になると、このような異質なコンテクストの取り合わせによった「無心所着」の笑いが、あまり見られなくなるようです。伝統的付合が用いられていることは『俳諧独吟一日千句』と変わりませんが、詠みこまれた事柄そのものの面白さを眼目に句作りするような傾向が強くなります。『西鶴大矢数』跋文に「今世界の俳風、詞を替、品を付、種々流義有といへども、元ひとつにして、更に替る事なし」と書かれていましたが、その言葉を借りれば「詞を替、品を付」けたわけです。

このように考えますと、『西鶴独吟百韻自註絵巻』の序文で書かれているように、西鶴の俳諧観は、若いときから「付かたは、梅に鶯、紅葉に鹿、ふるきを以是新しき句作り也」という姿勢が一貫していたことが分かります。

また付筋の荒唐無稽な発想が、現実から飛躍すればするほど、一句の意味が分かりづらくなりますので、前句と付句との意味の連係、その密接なつながりが、付合に必要になってきます。前句の意味に応じた意味を付ける「心付け」は、「作意」の奇抜さや、放埒な連想を抑制する機能をもったのではないかと思います。

西鶴晩年の『西鶴独吟百韻自註絵巻』では、『俳諧独吟一日千句』に多く用いられた「無心所着」と言ってもいいような非現実的な句作りは影をひそめますが、「心付け」にこだわった西鶴の句作りは踏襲されることになります。西鶴の想像力は、前句から呼び起こされる一場面にまず集中し、その場面に応じた場面をイメージし、そこから言葉をつむぎだすように句作りが始まります。

『西鶴独吟百韻自註絵巻』には、特にその傾向が顕著ですが、絵画における習作デッサンのように、小説の場面としてもおかしくないようなコンテクストが創られた点に、西鶴俳諧の特徴がありました。

もちろん、だからといって、西鶴の俳諧が、最初に強調しましたように、プロット・ストーリーをもつ小説にすぐにつながっていくわけではありません。西鶴の想像力は、俳諧の言葉を、小説の一場面を連想するような言葉に変え、読者にも、そう鑑賞することを要求したのだと思います。まさに、その点に西鶴の俳諧と小説との接点があると、私は考えます。今まで発表したことをとりまとめたような報告で恐縮ですが、ご批正をいただければ幸いです。

【関連文献と講演】

（1）「西鶴『独吟一日千句』―追善千百韻の試み」『雅俗』一〇、二〇〇三年一月

（2）「西鶴俳諧の「小説」的趣向—『冬の日』から照射する『俳諧独吟一日千句』」奈良女子大『叙説』三三　二〇〇六年三月
（3）「「俳諧的」の小説—『好色一代男』における俳諧性と小説」「国文学」五〇—六　学燈社、二〇〇六年六月
（4）「西鶴・長嘯子・芭蕉の『源氏物語』享受—『好色一代男』『挙白集』『奥の細道』を中心として」『源氏物語と江戸文化』森話社、二〇〇八年五月
（5）「西鶴の「文人」意識—言葉の錬金術」天理図書館『ビブリア』一三八　二〇一二年一〇月
（6）「西鶴『俳諧独吟一日千句』第一注解（〜第五注解）」『近世文芸　研究と評論』七九・八〇・八一・八三・八四、二〇一〇年一一月〜二〇一三年六月
○俳文学会東京例会シンポジウム〈談林俳諧の再検討〉、二〇〇七年一二月一五日「西鶴の俳諧—「軽口」から小説へ—」
○柿衞文庫「西鶴—上方が生んだことばの魔術師」展、二〇一一年九月一〇日　記念講演会「矢数俳諧への道—西鶴と元禄メディア」シンポジウム「ことばの魔術師—西鶴の俳諧と浮世草子」
○天理ギャラリー「近世の文人たち」展、二〇一二年五月二六日　記念講演会「西鶴の『文人』意識—言葉の錬金術」
（補記）本稿は、二〇一三年一二月二一日に、西鶴研究会と俳文学会東京例会の共催にて、青山学院大学で行われたシンポジウム「西鶴と俳諧」における口頭発表原稿に、会場で配布した資料を加筆して作成した。

第一部

俳諧史から見た矢数俳諧

万句興行から矢数俳諧へ

法楽／奉納の視点から

塩崎俊彦

一 はじめに

弓矢の業にならって大勢の見物の前で独吟の句数を競う離れ業が世間の耳目を集めた。都の三十三間堂にものものしく堂前が仕組まれ、貴賤群衆が見守るなか、当代の名手が次々に矢を放ち、みごと命中すれば喝采が起る。そのありさまに似ていれば似ているほど、パロディーとしての矢数俳諧はいやがうえにも盛り上がる。しかも、一日一夜のうちの矢数＝句数を競い「天下一」を争うという。これが西鶴の仕掛であった。だが、いったい当の西鶴はどこにいて、どのように句をひねり出していたのか。「差合見」「脇座」などのことごとしい後見たちはどこに備えて、どのように西鶴を介助していたのか。見物衆たちは。

つぶさに再現できるはずもないことではあるが、研究史ではその欠を補うために、パロディーのもととなった武士たちによる堂射の歴史が参照された。たとえば前田金五郎『西鶴大矢数評釈』の解説には、その濫觴から諸記録に至るまでが博捜され、西鶴のパフォーマンスの一部分はおぼろげに把握されるのだが、その詳細についてはなおわからない点が多い。同解説では、「筆者が調査不十分のため言及しなかった、或いは舌足らずな推定しか出来なかった事項」のひとつとして、

一　本『大矢数』の興行の実態。一例を挙げれば、本書各百韻の表八句および第四十一から第百七までのそれは、前以て用意されたものであるが、(⇒俳諧のならひ事、補删西鶴年譜考証、拙稿・土橋宗静日記・船場紀要)、一裏一句の執筆付句も同様なのか、又は興行会席での詠吟なのかは不明である。その他の興行形態の詳細も、新資料の出現を期待する外はないようである。

ということを挙げる。なにも矢数俳諧に限ったことではなく、連歌・俳諧を論ずる際には、大なり小なりこうした歯がゆさがついてまわる。興行の目的や場所、連衆の顔ぶれ、当座のしつらいなど、文芸の外のことがある程度わかれば、個々の作品の輪郭はかなりはっきりとしてくるはずであるが、それが果されることは少ない。

連歌俳諧史は、それにかかわる者たちの営みのなかで詠み継がれていたものが、洗練の度合を深化させ、文芸へと昇華されていく過程であったとも理解できる。だが、常に洗練の基層には、文芸の外にあって、しかしながらまさしく文芸の原動力であったはずの営みがあったとはいえないか(1)。とはいえ、そうした営みは、一期一会の儚いものであって、仔細に記録されることは少ない。その部分をも文芸の内部のこととして対象化してみたい。数と速度において、西鶴のねらいどおり鬼面人を驚かすものとなった矢数俳諧の奇抜な装いからしばらくは目をそむけ、法楽／奉納(2)の視点から矢数俳諧を再検討してみたい。

二　寺社という空間　西鶴の場合

江戸時代の寺社が、日常的に多くの参拝者で賑わい、祭礼の折などにおびただしい群衆が集うことがあっても、それが許容される公に開かれた空間であったことは想像にかたくない。祝祭空間としての寺社の特性が、矢数俳諧を行うにあたっては好都合であった。このことを検討するにあたって、まず西鶴らの矢数俳諧について、興行の場所・期日にかかわる記事を掲げる[3]。

『大句数』（西鶴、延宝五年（一六七七）五月二五日）
　所は大坂東成郡／生玉本覚寺にて綴り畢《おわんぬ》。／延宝五年巳五月廿五日（序文）

『俳諧大矢数千八百韵』（紀子、延宝五年九月二四日）
　延宝五年九月廿四日／於南京極楽院即座（第一巻頭）

『仙台大矢数』（三千風、延宝七年（一六八〇）三月五日）
　延宝七年三月五日、奥州仙台青葉崎の麓、寓言堂の借家梅睡庵にして…（序文）

『西鶴大矢数』（西鶴、延宝八年（一六八一）五月七日）
　延宝八年中夏の初の七日、所は生玉の寺内に堂前を定め…（跋文）

〈二万三千五百句独吟〉（西鶴、貞享元年（一六八四）六月五日）
　貞享元年六月五日、摂ノ住吉ノ神前ニ於テ、西鶴亦一日一夜ノ独吟二萬三千五百句ヲ唱テ…
　（団水『こゝろ葉』序文）

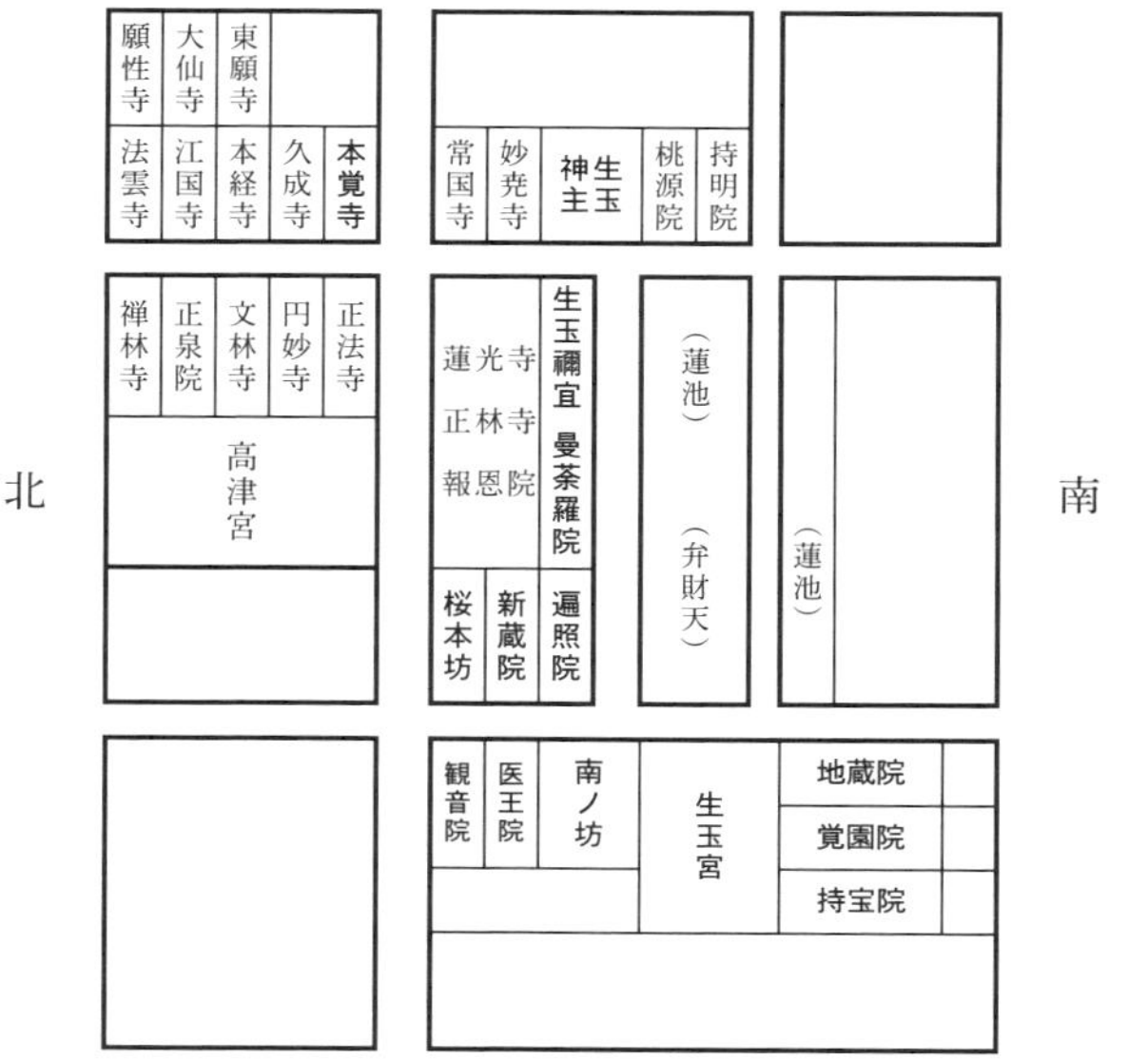

参考図（摂津大坂図鑑綱目大成（正徳五年刊）による）

『大句数』序文にいう「生玉本覚寺」は真如山本覚寺。『難波丸』（元禄一〇年刊、『古版大阪案内記集成』）「日蓮宗受布施宗派之末寺」のうちに見え、「生玉中寺町、京妙蓮寺末寺」と注記される。「新撰増補堂社仏閣絵入諸大名御屋敷新校正大坂大絵図」（元禄四年刊）(4)で確かめられるその位置は、生玉社のほど近く、現在の大阪市中央区谷町九丁目五番地二八のあたりになる。

寺伝によれば、延宝ごろの住持は日達上人(5)というが確証はない。同寺は昭和四七年に枚方市に転出し、本門法華宗の寺院として現在に至っているが、戦災のために当時をうかがうことのできる文書類は遺っていない。同寺と西鶴の関係はいまのところ不明である。

『西鶴大矢数』跋文にある「生玉の寺内」は、野間光辰『刪補西鶴年譜考証』に「生玉社南坊」とする。『難波丸』には、「生玉社、摂州東生郡、大坂より巳午、天王寺筋の北西なり。社領二百石、神主松下将監、別当南坊真言」とあり、また、「真言古儀生玉社僧　高野山門主宝性院末寺」として八ヶ寺が挙げられている(6)。

右より生玉社南坊は、江戸時代を通じて生玉社の別当寺（神宮寺）の称であったことがわかる。生玉社と南坊の関係は、滝川政次郎「志宜山法案寺」に、「維新前においては、生国魂《いくにたま》神社なるものは存在せず、生玉宮と真言宗法案寺とが混然一体をなせる生玉宮寺なるものが、只一つ寺社奉行の管下に存在していたばかりである」(7)とされるように、神仏習合のころの一般的な神宮と別当寺の関係であったと考えられる。なお、『難波雀』の「諸宗寺数付」の末に、「寺合四百二十六ケ寺、内一ケ寺生玉南之坊不レ出寺請状ニ」と特に注されることより、生玉社南坊は檀家を持たない寺であったと思われる。

二万三五〇〇句の記録をうちたてたという住吉社での矢数俳諧については、西鶴自身にも「私も一日に二万三千五百句は仕中候得共《つかまつりそうらえども》、是は独吟なればなり」（うつや孫四郎宛書簡）という発言があり、前掲『こゝろ葉』以下さまざまな記録は遺る。このことよりして興行の事実まで否定することはできない。

第一発句「神力誠を以《もって》息の根留《とむ》る大矢数」の発句短冊には、「住吉奉納／大矢数二万三千五百句」という詞書が付されていることより、この時の大矢数が住吉社に奉納されたものであったことにも疑問はない。そのような事実があったとして、なぜ詠まれた句の記録が遺らなかったかについては、『五文台』（白羽編、延享四（一七四七）年成）羅人序の、「二万翁が句は棒のみ引たれば、今世にのこらず」（中村俊定編『近世俳諧資料集成』第二巻）という発言が注目される。

入江康平『堂射―武道における歴史と思想』には、『日矢数箭先簿《ひやかずやさきぼ》』（天明三年五月、京都三十三間堂で行われた日矢数の記録）の図版が掲げられており、そこには的を射るごとに横棒を一本引き、それが十本になるとその下に「十」と記すことで正確な矢数を数えていた形跡が見える。羅人の記述は、こうした武士の通し矢のしきたりが念頭にあってのことと考えられる。

羅人は、というよりも西鶴のころから矢数俳諧にかかわる人々は、「二万三五〇〇句」が文字として遺されていなくても、たしかにそれが法楽のためのものであった事実に重きを置いていたのではないだろうか。すなわち、法楽のための連歌・俳諧において、その証として懐紙を奉納すること[8]は重要な要件であっても、肝心なことは、たとえば住吉社頭で西鶴に法楽／奉納の振る舞いがあったという事実にあった[9]。ただし、矢数俳諧の場合、事実の裏付けとして、どこまでも「数」が重視され、それを競うという、本来の法楽の趣旨とは異なる性格が付与されることとなった。

言うまでもなく、住吉社は摂津国一宮にして和歌神を祀るが、連歌俳諧を通じた西鶴との関係は分明ではない。神主は代々津守氏。別当寺は『難波丸』に「南之坊真言」とする。同書に見える真言寺院は、ほかに前掲の生玉界隈に集中するのみであることより、生玉南坊との関係も推測される。

三　寺社という空間　紀子、三千風の場合

紀子が『俳諧大矢数千八百韵』を催した場所は、奈良中院町にあった元興寺極楽院（真言律宗）、紀子は「多武峯社僧」（野間光辰「寛文比俳諧宗匠並素人名誉人」）とされる。多武峯社は、廃仏毀釈ののち談山神社となるが、それ以前には聖霊院を本殿とし、談山妙楽寺と号していた。神事全般についても、生玉社と同様に社僧が執り行っていたという意味で、同寺も別当寺の役割を果たすものであった。中世以来、連歌俳諧を嗜む者が多く、寛文頃には「大和俳壇の一角を形成していた」ものと思われ、紀子はその中でも「かなり自由な身分の僧ではなかったか」（乾前掲稿）という。

紀子はなぜ奈良まで出てきて極楽院で矢数俳諧を試みることになったのか。その後の動静から、紀子は『俳諧大矢数千八百韵』を俳壇進出の足掛かりとしたとも考えられている(乾前掲稿)。自己宣伝のためには、山深い多武峯社よりも見物衆のより多い南都元興寺を選んだのではないか。真偽のほどはともかくも、「数百の耳を集て」(序文)催されることが肝要であった(10)。

『仙台大矢数』にいう「青葉崎の麓、寓言堂の借家梅睡庵」(「寓言堂」「梅睡庵」はいずれも三千風の別号)についてはよくわかっていない。金沢規雄『『おくのほそ道』と仙台』によれば、「青葉が崎は仙台城のつづきの丘陵で、その北端、現在の亀岡八幡宮の麓と推測される」というが、三千風が『仙台大矢数』を催した延宝七年当時には、同社はまだ仙台司心町(現青葉区本町一丁目)にあり、青葉が崎に遷座していなかった。「梅睡庵」と亀岡八幡宮、あるいはその別当寺である千住院との関係も判然としない。

ただし、三千風の『日本行脚文集』には、亀岡八幡宮宮司山田土佐守清定(俳号遊夢)を「断琴の古友」とし、彼より所望された「奥州仙台亀岡八幡宮遠眺詞並二十八景品定」を載せる。また、同書には「当社八幡大別当興祐法印に送る詞」の一文もあり、三千風と興祐に交流のあったことがうかがえる。これらを勘案すれば、三千風は、亀岡八幡宮が天和三年に遷座するのに先行して、同社あるいは千住院にゆかりある青葉が崎に庵室を借り受けていたものであろうか。

以上、西鶴らの矢数俳諧が行われた場所について確認してきた。周知のことでもあり、西鶴、紀子、三千風らと当の寺社の関係などが明確にたどれたとは言いがたいが、矢数俳諧が催された場所がいずれも寺社と深くかかわるものであった事実は、矢数俳諧を法楽の観点から考えるにあたって重要であることを再確認しておきたい。また、右に見たような寺院と神明の関係、すなわち、神仏習合の色濃い近世前半期の宗教的生活については、こんにちの我々の常識をかなり変更する必要がある。

四　万句興行の実態　詠者と速度

『仙台大矢数』序文には、『仙台大矢数』の前年、延宝五年に三千風が榴ヶ岡八幡宮に万句を奉納したことが記されている。

> 先試に、去秋、十日の都合に一万句の稽古箭《や》を射たり。果ての日は日の中に弐千百筋をとをす。見物のともがら屏風障子をたゝひて、嗚呼ゐたりやゐたりとさゝめく声、登岩の山や比良野の峯大嶽迄やかよふらん。則一万の大祓箱入にして、躑躅岡の檀那殿にこれをものにかまへて進献せしめ畢。

また、その第四百韻（名残裏）には、「つゝじ岡土用干する柿の衣《きぬ》／独吟万句去年盆前《こぞのぼんまえ》」の付合が見える。「稽古箭」といい、「ゐ（射）たりやゐ（射）たり」といい、三千風は明らかに矢数俳諧にこと寄せてこの独吟万句興行を振り返っている。十日間に及ぶ興行のうち、最終日には二一〇〇句を詠み、見物から歓声があがったというのは、三千風の速吟への喝采であったとみてよい[11]。そして、その翌年には、一日一夜三〇〇〇句の矢数俳諧に挑んだ。三千風の万句興行から矢数俳諧へという流れは、『生玉万句』から『大句数』におよぶ西鶴の先蹤に倣ったものだった。

万句興行は古来より、素朴な信仰の証しとして和歌・連歌を寺社に奉納する習俗の一つとして行われてきた。『角川古語大辞典』によれば「法楽」とは、「法会において、読経や奏楽を神仏に手向け、その心を楽しませること」と、これより派生して「神仏に、和歌・連歌・俳諧、芸能、あるいは武芸を奉納すること」の意義が挙げられる。そもそも、蓮華王院三十三間堂で武士たちが数を競った通し矢が、精進熟達を祈念する法楽の性格を帯びたものであったことは、宿願を果たした者たちが同寺に奉納した掛額がいまに遺ることからも知られる(12)。

連歌・俳諧における万句興行も、本来、法楽／奉納を趣旨として行われるものであった(13)。以下では、矢数俳諧の法楽としての側面を検討するために、万句興行の実態について、詠者と詠吟の速度の面から確認しておく。

伊予国三島に鎮座する大山祇社に遺る「文明十四(一四八二)年万句」を紹介した和田茂樹『大山祇神社連歌』では、各百韻に幾度も登場するいわゆる「連歌の好士」と、法楽の願主あるいはその周辺の有力者である「発句一句、一回限りの作者」のほかに、次のような作者層のあったことが想定されている。

> その他の連衆には、一句か二句詠み捨てただけでいいという気楽さから、身分の低い家臣、僧侶、名もない連中も参加した場合があるやうである。制作月日の順に連衆を表示すれば、作者層の移動が面白いほど激しい。長期間にわたつて張行に参加する連歌の好士がゐないといふこと、一回二回の参加者が八十名もあるといふことは、中世文人に見られる連歌を楽しみ、連歌によつて人間形成を意図するのとはちがひ、三島大明神への「祈願」の意味が強く、「法楽」なればこそ、未経験者も未熟者も、身分の高下をとはず、その場に来あわせたものも参加するといふ特異な事情も生れ、連日興行とともに、万句連歌の地方様式が生れたと考へられる。

「文明十四年万句」の場合、法楽の願主は伊予河野氏とその一族であった。彼らは一門の繁栄と安寧を願って連歌を張行し、その興行と法楽にかかる費用を負担したものであろう。ところが、運よく百韻を張行する「その場に来あわせたもの」までが詠者として付句する機縁を得て、なんらかの宗教的感興に浴することがあったという。それらの者たちは、連歌を文芸として愉しむというよりも、法楽の列に加わることで、自らの信心の証とすることに意味を見出す者たちであったと考えてよい。

万句においてどのくらいのペースで百韻が詠まれたかという詠吟の速度については、「ほぼ一日一巻の割合で連日のごとく興行し、文明十四(一四八二)年の万句の場合では百ケ日、天正の万句では七十余日」(和田前掲稿)をかけて興行されたものもあったという。

尾張熱田神宮には同所に奉納された俳諧万句懐紙が遺る。『熱田神宮文化叢書第六』解説(森川昭稿)によれば、「寛永一三(一六三六)年熱田万句」をはじめとするこれらの万句は、それぞれ在所を異にする願主のもとで個別に詠まれた千句から四千句の懐紙が他日集められて、その年の万句として熱田神宮に奉納されたものという(14)。

詠者についてみれば、各百韻の作者として複数の名が見えるもの、発句作者による独吟などあって一定しないが、「雲休、おいぬ、勝、おなへ、おふち、おたつ、源十、おまん、お仙」(「寛永十三年熱田万句第五十三」)のように、家内あるいは近郷の人々と詠まれたものかと想像されるような名の挙がる百韻も散見される。

詠吟の速度については、端作あるいは巻尾にある「三月吉辰」「五月吉日」などの日付を参看すれば、百韻を一日程度で詠み挙げたものか。

以上のことを確認した上で、『生玉万句』に目を転じてみる。

寛文一三(一六七三)年、西鶴は「生玉の御神前」(序文)において『生玉万句』を興行した。巻頭「第一　梅」は次のようなものである。

飛梅やかろ〱しくも神の春　荒木田守武
ふるき句も又あらた成とし　生玉覚澄
鶯を日毎にきけと興は有て　山口清勝

この脇句を詠んだ「生玉覚澄」は「当時の別当坊法印」（『補刪西鶴年譜考証』）[15]であり、興行にあたって生玉社南坊が差配となったものと考えてよい[16]。

『生玉万句』刊本には各百韻の第三までが記されるのみなので、どのような詠者が集ったか判然としないが、序文に「すきの輩出座、その数をしらず」とあることからすれば、多くの詠者がこれに加わったと考えられる[17]。これらの者たちの中に、日ごろ俳諧にさほどなじみ深くはない無名の作者が多数混在していたとしても不思議ではない。興行の期間については、序文に「十二日にしてこと畢れり」とあるので、およそ一日に千句を詠むほどのペースであったと考えられる[18]。

『生玉万句』の詠者に、必ずしも俳諧の好士とはいえない無名の作者層のあったことは、大山祇神社奉納万句や熱田神宮の奉納俳諧万句の詠者の構成に近い。これに対して、その詠吟の速度は、西鶴や三千風の万句のほうが、古風の万句に比べて明らかにまさっている。

五　矢数俳諧の法楽性　神意に叶うこと

仮名草子『出来齋京土産』（延宝五（一六七七）年刊）[19]に見える、北野天満宮「月次の連歌」についての次のような記事は、参詣に訪れた不特定多数の者が顔を隠し声色までかえて付句するという、笠着連歌を想起させ、連歌と信仰の関係においてより古態を遺した例と思しい(20)。

又月次の連歌あり。誰ともしられずまうでくる人、顔をかくして声をかへて句をつゞる。執筆は懐紙に筆とりそへ、声嗄るばかり終日吟じ暮す。行かゝりてする句なれば、指合のみおほく、をし返されてうめきすめく人もあり。初心の輩さし出て付合・句がら・心ばせゆきたたずして、一座の笑ぐさとなる。誠にこれぞ神意を慰め奉る端ともならめや。

この記述をそのまま、万句興行や矢数俳諧を考える際の参照項目とすることはできないが、指合を指摘されて「うめきすめく人」や、前句にうまく付けることができない「初心の輩」が「一座の笑いぐさ」となったこと、そうした呻吟のパフォーマンスが「神意を慰め奉る」ことになるという記述は、西鶴らの矢数俳諧序跋に見える次のような場面に重なる。

見渡せば柳にから碓、桜に横槌を取まぜ、即興のうちにさし合もあり。其日数百人の連衆、耳をつぶして是をきゝ給へり。みな大笑いの種なるべし。

（西鶴『大句数』序文）

此外役人車座につらなり、見物の群類桟敷をうちかたずをのんでこれをきく。…蝋燭の要際二寸といふとき、あらくるし目まひやとて、もつたるあふぎをからりと投げ、のつけにどうとたふれにけり。連座の面々、肝をけしあはてまどひ、目と鼻とのあひだに硯の水をそゝぎ、声をかぎり出してよびかへす。からふじて息ふきあけ、天のとわたる船心地してかしらもたげぬ。

（三千風『仙台大矢数』）

数千人の聴衆、庫裏方丈客殿廊下を轟し、三日懸て已前より、花筵毛氈高尾を爰に移す時こそ、…口びやうしたがはず、仕舞三百韻はまくりを望まれ、線香三寸より内にして、あやまたず仕すましたりと、千秋楽を諷へば、座中よろこびの袖をかへす。

（西鶴『西鶴大矢数』跋文）

『大句数』の場合、指合に障ることがあって西鶴が七転八倒することがあっても、聴衆は聞かず顔でそれをやりすごし、そのような雰囲気がかえってその場の「大笑いの種」となったという。三千風は、三千句の大願をもってのぞむも、二八〇〇句を詠んだところでその場に倒れてしまい、それを周囲の人々がさまざまに介抱してようやく息を吹き返した。『西鶴大矢数』にあっては、西鶴が最後の三百韻を線香三寸の内に見事に詠みあげると、聴衆は我がことのように喜んだという。こうした記述にはフィクションや誇張が紛れ込んでもいようが、詠者と観衆の間に笑いをともなうパフォーマンスが展開されているという点でほぼ一致している。

詠者と見物人の交歓といったことが文芸の価値を左右することはないが、西鶴らが考えていた矢数俳諧のパフォーマンスとはこうしたものではなかったか。右のような詠み手と見物によるから騒ぎこそ、神意を慰めるという法楽の趣旨に叶ったものであったと考えられる。もちろん西鶴の場合、自己宣伝の気味は強いのだが、何が自己宣伝を容易にしたかといえば、中世以来人々になじみ深い、アミューズメントとしての法楽であった。

ただし、法楽ということに焦点を合わせようとする場合、経済社会の発展によって都市化がすすむ元禄前後の時代にあって、法楽／奉納の意義が大きく変化しつつあったことは考慮しておかなければならない。このことについては、乾裕幸「大矢数の西鶴」（『俳諧師西鶴』）に次のような言及がある。

連歌の興行がしばしば神鎮めの祭儀と深くかかわりあった歴史的事実は、このジャンルの文学が後世じょじょにあそびの色どりを濃くしていったにもかかわらず、その源流を、短連歌を通り越してさらに遠く、〈ことば〉に神霊のやどっていた記紀の片歌問答のあたりまで遡らしめ、求めしめるに足るファクターをそなえていたことを物語る。短連歌の諸要素を吸収しつつ形成された『守武千句』の系統をつぐ、ざれにざれた談林俳諧においてさえ、それはなかば形骸化し空洞化していた〈奉納〉という宗教的・民俗的風習に遺伝的に継承されたのである。

法楽万句という宗教的パフォーマンスはたしかに「形骸化し空洞化して」いる。だが、名もない詠者たちとほぼ一日に千句を詠むことを続けた『生玉万句』の昂揚感には、なにかしら新しさを感じる。ちょうど都では、これも太平の世に形ばかりとなってしまった武士たちの堂射が大勢の観客を集め、記録の更新が武芸の優劣や武士としての名誉、ひいては藩主の名声ともなっているという。ならば、これに倣って、一日一夜のうちに前代未聞の句数を詠み遂げることで世間を驚かせることができるのではないか。万句興行を経由して矢数俳諧に至る経過のなかで、西鶴は、法楽という「宗教的・民俗的風習に遺伝的に継承された」祝祭空間の熱気に、俳諧本来の新奇異相を見出そうとしていた。それが中世以来の「文芸としての連歌・俳諧」になじまないものであったことは、矢数俳諧の命運からも明らかなことではあったが。

六　小括と課題

法楽／奉納という人々の営みの中に矢数俳諧を位置づけてみるということについて、迂遠な議論を続けてきたので、簡単に本章の趣旨をまとめておく。

①矢数俳諧は、寺社という開かれた空間において、詠者とそこに集う多数の観衆が一体となった祝祭としての法楽／奉納のパフォーマンスであった。

②『生玉万句』の興行は、不特定多数の詠者を包含することでは古態をとどめ、詠吟の遅度においては、古びた万句を凌駕する新奇なものであった。このことは、限られた連衆がしかるべき時間をかけて一巻を詠みあげるという文芸性とは対局にあるものであった。

③矢数俳諧は、法楽／奉納というパフォーマンスのうちに、古来より人々に親しみのあった万句興行の雰囲気と、奇矯とも思われる速吟の目まぐるしさを共存させることで世間の注目を集め談林俳諧の徒花となった。

それにしても、矢数俳諧興行の実態は、なおよくわからない。加えて、あらたな疑問も浮上してきた。夜を徹して行われる矢数俳諧は、その筋から何ら咎められることはなかったのだろうか。昼間であっても、祭礼に集った者たちの放埒不羈なエネルギーの発散は、為政者の側からすれば忌むべきことであった。だが、そうした暴走をも誘発しかねないエネルギーの発露こそが、法楽のアルカイックな側面をもっともよく示すものであったともいえる。武士たちの堂射が江戸時代を通じて飽くことなく営まれたのに対して、矢数俳諧が短期間で終息していく一因はこのようなところにもあったのだろうか。

【注】

（1）加藤（一九九八）には、「これらの俳諧の流れを眺めるとき、忘れてならないことは、文学的営為の裏面にはかならず現実の生活があったことである。…研究の対象は作者や作品ばかりでなく、その背景に広がるもろもろの歴史事象に及ぶダイナミックなものでなければならない。」との指摘がある。本稿にいう「営み」とはこうした文芸の外にあって、文学研究の対象とはなりにくいもののことをいう。

（2）島津（一九九四）によれば、「中世においては、もっぱら「法楽和歌」「法楽連歌」の語が用いられてきたが、近世に入ると、「奉納和歌」「奉納連歌」「奉納相撲」などといった語が多く見られるようになって来る。」とされ、語義の面から中世と近世の微妙な宗教性のニュアンスの違いが指摘されている。本稿では、こうしたことを視野に入れつつ、「法楽／奉納」あるいは、単独で「法楽」「奉納」の語を併用する。

（3）本稿では、パフォーマンスとしての矢数俳諧をいう場合にも、後に刊行された書物の書名をその呼称とする。また、引用に際して、『大句数』は飯田・榎坂・乾校注（一九七二）、『西鶴大矢数』は穎原・暉峻・野間編（一九七五）第一一巻下、『大矢数千八百韻』と『仙台大矢数』上巻は天理図書館（一九八六）、『仙台大矢数』下巻は金沢（一九六四）、『こゝろ葉』は穎原・暉峻・野間編（一九七〇）第一二巻、『生玉万句』は同第一〇巻（一九五四）に拠った。

（4）国際日本文化研究センター所蔵地図データベース「新撰増補堂社仏閣絵入諸大名御屋敷新校正大坂大絵図」による。なお、参考図は生玉十坊の位置がよくわかる「摂津大坂図鑑綱目大成」（正徳五年刊）をもとに作成した。

（5）今（一九八九）を検すれば、『難波草』（寛文一一年刊）に「大坂住 長久寺 日達」として一句入集している僧がおり、これにあたるか。長久寺は本覚寺と同じ受布施派で本国寺の末寺。本覚寺にほど近い「谷町筋八丁メ」（『難波丸』）にあった。また、『国書人名辞典』によれば、『日親上人徳行記』を編んだ成遠院日達(慶安四(一六五一)年生~宝永五(一七〇八)年没)がいる。

(6) 野田(一九一九)によれば、曼荼羅院、観音院、持宝院、医王院、遍照院、地蔵院、桜本坊、新蔵院の八寺と南坊、覚園院を合わせて「生玉十坊」とする。このうち、曼荼羅院には、寛文二年から数年間、契沖が住していた。

(7) 滝川(一九五九)によれば、大坂城築城に際して生玉の地に移ってくるまでは石山台地にあって、志宜山法案寺という寺号をもっていた。蓮如は石山本願寺を法案寺の敷地内に建立したという。生玉社の別当寺となってからは、法案寺の寺号は用いず、もっぱら南坊と称していたようである。廃仏毀釈ののちは生玉から島之内に移り、再び法案寺を名乗ったとのことである。このような事情から、本稿では、「生玉社」などの呼称を用い、廃仏毀釈後の「神社」とは異なる意義を含ませる。

(8) 島津(一九六九)は、万句連歌について、「万句の懐紙そのものは、余りにも大部であって、原本のままで保存されて、書写されることはなく、いきおい火災などにあって現存しないことが多いので、あらかじめ発句のみを記したり、発句・脇・第三のみを記したりということが、懐紙の奉納とは別に試みられている。」とする。

(9) 乾(一九八六)は、この点について、「それは、〈ことば〉を生み出す行為と、その結果としての〈ことば〉の分裂を意味するにとどまらない。二万句興行が〈ことば〉によって意味をあたえられるようなノーマルな創造行為なのではなく、行為そのものが目的であるような行為、それ自体ある特別の意味をふくんだ行為であったことを意味するのである。」としている。

(10) 紀子『大矢数千八百韻』の場合には、「元興寺極楽院にて数百の耳を集めて、列座の眠を覚させて」と記されているが、西鶴らの場合のように、詠者と聴衆の交流のさままではわからない。西鶴は『仙台大矢数』跋文でこのことを疑っている。

(11) 尾形・草間・島津・大岡・森川編(一九九五)「独吟一日千句」の項目(上野洋三執筆)に、「本作は速吟矢数俳諧のきっかけともなった。」と解説されているが、『生玉万句』の興行が一二日間に及ぶことを考えても、一日に二一〇〇句を詠む三千風の速吟は驚異的なことであったと考えるべきである。

(12) 入江(二〇一二)の口絵写真には、「奉掛御宝前所願成就処／通矢八千本／惣矢一万五百四拾二本／寛文九年巳酉五月二日／尾州星野堪左衛門重則敬白」、「奉掛御宝前／通矢八千百三十三本／惣矢壱万三千五十三本／紀州吉見台右衛門弟子和佐大八郎則遠」の二枚の奉納額の写真が示されている。

(13) 加藤(一九七八)の注には、「そもそも万句興行は、社寺において催された花の下、笠着の連歌に発し、法楽を目的とする。…

ところが、江戸では、調和万句、立志万句(両度)、定時万句など個人名を出したものが多く、それも立机披露的色彩が強い。」とある。なお、「永享五年北野社一日一万句連歌」など、政治的な意義を帯びた万句興行はここでは対象としない。

(14) 熱田神宮庁(一九六八)解説には、「百韻単位に願主(奉納者)があって、各自金子をそえた。「尾州名護屋住人大野三十郎金主」」(寛永一三年熱田万句第二十、引用者)のごとく明記した例もある」という指摘があり、万句興行にあたっての費用負担の実例を知ることができる。

(15) 大阪大学経済学経済史・経営史研究室編(一九七一)には、「延宝二年一二月吉祥日、本堂江寄進之覚、宛名 鴻池屋善右衛門、差出人 生玉南坊法印覚澄」なる文書(未見)が見える。また、江本(一九八七)には、『西山三籟集』に「覚澄坊母の悼」と前書する発句のあることを示して、覚澄と西山家の関係を示唆している。

(16) 野間(一九八三)は興行の場所を「生玉南坊」とするが、滝川(一九五九)が示唆するように、「生玉宮寺」と考えるほうが、神仏習合の頃の寺社のあり方をよく反映している。

(17) 江本(一九八九)に『生玉万句』に見える俳人たちの構成が示されている。

(18) 牛見(二〇〇二)によれば、『清水千句』序文から、『生玉万句』の興行は、寛文一三年二月二五日から三月六日までであったことがわかる。また、『清水千句』に先行する『清水万句』の興行もあり、本千句はその後のものであるという。詠吟の速度については、「奉納の十百韻は一日千句なりければ執筆の隙もなく、指合諸法度の用捨もそこ〳〵にして見ぐるしけれど、信心ひとつにてまことある朋友をすゝむる功徳共に成仏の縁にもならんかしと」とある。

(19) 竹内(一九六八)は、北野天満宮で毎月二五日に行われる法楽連歌のこととして、この記事を取り上げている。

(20) 川添・棚町・島津編(一九八一)中の「小鳥居寛二朗氏連歌聞書」では、『続撰清正記』の笠着連歌の記事が引用されている。

又笠着といひて、かたはらの辻に、夜に入りて灯を立て、一間程に幕を張りて、其の内に執筆一人居て、発句一句して、出て吟ずるに、何者成りとも望次第に、あみ笠を着、顔をかくし行て、出次第に付句仕り候を、指合があれば、則ち執筆返し、能句なれば書きとめて、名をきけば、作り声にて色いろの作り名書付けさせて、一句なりとも二句なり共、又初終まで成り共、人々の心次第にて居て仕り、酉の刻(午後六時ごろ)の初り、子丑刻(午前一時ごろ)時分には百韻出来いたしけり。七月・八月自分に大方毎夜ありたり。

小鳥居寛二朗氏は、大宰府天満宮連歌の連衆の一人であったが、その小鳥居氏は、右の記事の内容とほぼ同じような笠着連歌が、昭和初年まで大宰府天満宮で行われていたことを伝えている。また、この記事について、小鳥居氏は、「似ています。そのとおりです。文書館の観梅室に幕をはりまして、一人でもよし、二人でもよし、笠をかぶってほおかむりをして、鼻をつまんで声を変えてお縁から句を入れます。中に執筆が一人います。合格しないと書きとめないのです」と答えている。なお、島津(一九八三)や廣木(一九九三)に、この太宰府天満宮の笠着連歌に関する言及がある。

本稿をなすにあたって、本覚寺(枚方市田口山)、法案寺(大阪市中央区)を訪ね、調査にご協力いただいた。記して鳴謝申し上げます。

【参考文献】

熱田神宮庁編『熱田神宮文化叢書』熱田神宮庁、一九六九年〜一九九九年
飯田正一・榎坂浩尚・乾裕幸校注『談林俳諧集1』(古典俳文学大系3)集英社、一九七一年
乾裕幸「大矢数の西鶴」親和女子大学『親和国文』第一二号、一九七八年三月(乾裕幸『俳諧師西鶴』前田書店、一九七九年所収)
乾裕幸解題　天理図書館善本叢書和書之部編集委員会編『矢数俳諧集』(天理図書館善本叢書和書之部77)八木書店、一九八六年
入江康平『堂射―武道における歴史と思想』第一書房、二〇一一年九月
牛見正和「新収俳書『清水千句』―解題と翻刻」『ビブリア』一一七号、二〇〇二年
江本裕「『生玉万句』追考」『国学院雑誌』八八号、一九八七年六月

江本裕「『生玉万句』考」桧谷昭彦編『日本文学研究大成 西鶴』国書刊行会、一九八九年
潁原退蔵・暉峻康隆・野間光辰編『定本西鶴全集』中央公論社、一九五一年～一九七〇年
大阪大学経済学経済史・経営史研究室編「鴻池家文書目録」『大阪大学経済学』第二一巻三号、大阪大学経済学部、一九七一年一二月
尾形仂・草間時彦・島津忠夫・大岡信・森川昭編『俳文学大事典』角川書店、一九九五年
加藤定彦「俳諧師西鶴の実像」『近世文学論叢』中央公論社、一九七八年
加藤定彦「俳諧の近世史―序にかえて」『俳諧の近世史』若草書房、一九九八年
金沢規雄『『おくのほそ道』とその周辺』法政大学出版局、一九六四年
金沢規雄『『おくのほそ道』前後』桜楓社、一九九五年
金沢規雄『『おくのほそ道』と仙台』千葉出版印刷、二〇〇三年
川添昭二・棚町知彌・島津忠夫編『大宰府天満宮連歌史 資料と研究Ⅱ』大宰府天満宮文化研究所、一九八一年
近世文学書誌研究会『西鶴大矢数』（近世文芸資料類聚 古俳諧編31）勉誠社、一九七五年A
近世文学書誌研究会『日本行脚文集』（近世文芸資料類聚 古俳諧編37）勉誠社、一九七五年B（天理図書館善本叢書和書之部77）八木書店
近世文学書誌研究会『出来齋京土産』（近世文芸資料類聚 古板地誌編6）勉誠社、一九七六年
国際日本文化研究センター所蔵地図データベース「新撰増補堂社仏閣絵入諸大名御屋敷新校正大坂大絵図」http://tois.nichibun.ac.jp/chizu/santoshi_1184.html（二〇一五年六月閲覧）
今栄蔵編『貞門談林俳人大観』中央大学出版部、一九八九年
塩村耕編『古版大阪案内記集成』和泉書院、二〇〇九年
島津忠夫「万句連歌と発句・三物」島津忠夫『連歌の研究』角川書店、一九六九年（『島津忠夫著作集 第二巻 連歌』角川書店、二〇〇三年所収）
島津忠夫「祭りの中の連歌」芸能史研究会「芸能史研究」八〇号、一九八三年一月（『島津忠夫著作集 第六巻 天満宮連歌師』角川書店、二〇〇五年所収）

島津忠夫「法楽連歌と奉納連歌」椿大神社「椿の宮」20、一九九四年（『島津忠夫著作集 第二巻 連歌』角川書店、二〇〇三年所収）
滝川政次郎「志宜山法案寺」魚澄先生古稀記念会『魚澄先生古稀記念国史学論叢』一九五九年
竹内秀雄『天満宮』（日本歴史叢書19）吉川弘文館、一九六八年
天理図書館善本叢書和書之部編集委員会編『談林俳諧集』（天理図書館善本叢書和書之部39）八木書店、一九七六年
天理図書館善本叢書和書之部編集委員会編『矢数俳諧集』（天理図書館善本叢書和書之部77）八木書店、一九八六年
中村俊定編『近世俳諧資料集成』第二巻 講談社、一九七六年
中村幸彦・岡見正雄・阪倉篤義編『角川古語大辞典』角川書店、一九九九年
野田菅麿『官幣大社生国魂神社誌』神社協会出版部、一九一九年六月
野間光辰「寛文比俳諧宗匠並素人名誉人」『連歌俳諧研究』第一七号、一九五八年一二月（『談林叢談』岩波書店、一九八七年所収）
野間光辰『補刪西鶴年譜考証』中央公論社、一九八三年
廣木一人「花の下連歌の宗教性と笠着連歌」『青山語文』一九九三年五月（廣木一人『連歌史試論』新典社、二〇〇四年所収）
前田金五郎『西鶴大矢数注釈』勉誠社、一九八七年
和田茂樹『大山祇神社連歌』愛媛大学地域社会総合研究所、一九五八年

西鶴矢数俳諧の付合

紀子・三千風・西鶴それぞれの「西行」の付合をめぐって

早川由美

一　矢数俳諧の数々

西鶴一三年忌追善句集『こゝろ葉』（宝永二年刊）の北条団水序には、

鶴曽て一日独吟の千句を誦して後、四千句を独吟して梓行、世に蔓る。これより多武峰の紀子、仙台の三千風、才麿・一晶等各数千句或は一万句余まで独吟したりけり。世に矢数俳諧と称する濫觴は、西鶴に始りける。

とある(1)。矢数俳諧は西鶴に始まり、西鶴に終わったといえるだろう。団水の言うところの矢数俳諧の流れは、次のようになる。

西鶴　延宝五（一六七七）年五月興行『西鶴俳諧大句数』（一六〇〇句）
紀子　延宝五（一六七七）年九月興行『俳諧大矢数千八百韵』（一八〇〇句）
三千風　延宝七（一六七九）年三月興行『仙台大矢数』（三〇〇〇句）
西鶴　延宝八（一六八〇）年五月興行『西鶴大矢数』（四〇〇〇句）
才麿　延宝九（一六八一）年頃興行一万句独吟（『白玉楳』による）
一晶　天和二年頃（一六八二）　一万三五〇〇句（『花見車』による）
西鶴　貞享元年（一六八四）年六月　二万三五〇〇句

このうち、西鶴の二万三五〇〇句と才麿と一晶の万句は刊行されておらず、記録によるものである。この時期の矢数俳諧の流行は、地方で活動していた俳人が数値という客観的基準でもって既存の三都中央俳壇へ加わっていくための確実で効果的な方法であったと考えられる。数という明らかな基準でもって、自らの優位性を示すことができるのである。『大句数』を超えた『紀子大矢数』『仙台大矢数』の出版により、作者である紀子や三千風の名が江戸や上方を始め諸国に知られることになった。出版に関して中央での高政と西鶴の対立に巻き込まれることになったが、矢数俳諧を刊行したことで紀子と三千風のその後の俳壇での扱いが変わっていることは明らかである(2)。

『仙台大矢数』の西鶴跋文において、西鶴は紀子の大矢数を「執筆もなく判者もなし」の「跡かたもなき事」として糾弾した。それに対して三千風の大矢数は「証拠分明にして所の人も都への土産にいたさるる」と賞賛した。実のところ、三千風は時間内にすべて詠みきることができなかった。限られた時間内で言葉を紡ぎ出すことの難しさを知る西鶴が、紀子・三千風の刊本を踏まえて、「証拠分明」な量で二人を超えることをめざしたものが『西鶴大矢数』である。

その後、一万句を超える興行が行われたというが、才麿も一晶も大坂や江戸など大都市の俳壇を意識した興行と思われ、こちらには証拠となる出版物がなくとも情報として共有されただけで効果があったのだろう。とはいえ、ここまでくると矢数俳諧は、もはや内容ではなく単なる数量の問題となってしまった。こうして矢数俳諧は終焉を迎えたのである。

本稿では、右に挙げた矢数俳諧興行のうち、刊行された書籍がある紀子と三千風、西鶴の三種の『大矢数』(3)を取り上げ、その共通点と相違点を確認する中から、西鶴の矢数俳諧の特色を検証する。

二　三者の付合の違いについての先行研究

大矢数興行が出版物となったことにより、指合や式目上の欠点などが読者の目にふれることになり、批判的な見方もされた。速吟のため、指合の判定・訂正の時間的余裕はなく、連句としての規則を守ることは難しい。だからといって、詠み終わった後で訂正することは、時間内での完成という矢数俳諧の趣旨に反することになる。高政が紀子の『大矢数』において「右一日一夜大句数たる故差合少々有之所不改」と注記しているように、こうした指合などは速吟だから許されるという免罪符ともなった。三千風と西鶴のそれぞれの大矢数にも、同じく指合や式目違反が見られる。

この三者の式目の遵守率について乾裕幸氏は、『矢数俳諧集』解説で(4)、いま試みに紀子・三千風・西鶴三者における花・月の扱い方を調べてみると、まず定座の遵守率(百分比)は、紀子が花八〇・五、月九・五、三千風が花(発句を除く)五七・三、月六・九、西鶴が花八五・〇、月五二・一で、三千風は最低である。注目されるのは、最高の句数を詠んで最も条件の悪いはずの西鶴が、圧倒的に高い遵守率を示していることであった。中でも巻線香各二寸八分・三寸・二寸六分の内に成就したという「仕舞三百韻」についてみると、驚くなかれ花の座の引上げ僅かに一例、月の座も七〇・一パーセントという高い遵守率を示している。規則をよく守る者が俳諧に優れているとは限らないが、矢数俳諧のような句数争い＝スピード競争にあっては、それは詠み手の才能をはかるきわめて有効な尺度となるはずである。

と指摘し、さらに、実例を挙げて三者の技量を、

紀子の付合は総じてかように平凡で、談林風につとめて准じようとする生ぶさを感じさせるのである。それに対して西鶴の付合は、奇想天外な展開と、ことばのさまざまな働かせ方に、さすがに玄人《プロ》の味わいがあると言わなければならない。

この両人に比べると、三千風の付合は、その装いのものものしさにかかわらず、おそろしく単純である。

とまとめた。

一方、木村三四吾氏は三千風の人名を用いた付合に西鶴と似通う点を読み取っている(5)。

さてこそ項羽移り瘡かく　（上二24）
嶋原へすいゆかず又ぐハちゆかず　（上二25）
只丹波ごへすぐ道にこそ　（上二26）

三句の仕立ては項羽・雛―粋―島原・丹波越え、というばかりである。似非粋の瘡かき大尽項羽の島原通いが度に過ぎて遂に丹波越えするといった仕組みは別に目新しいものでない。というよりすこぶる当世風、例えばやや古くて金平もの、少し新しくは好色一代男などそのままの世界で、この放埒三昧ないき方に俳諧の新しさや自由を見てとるか、独りよがりの空しさを感ずるか。雅俗渾淆、時代・世話や古今東西入りまぜの言いたい放題、荘子や源氏物語風のいわゆる寓言は何も俳諧の世界だけでなく、当時の芝居や小説の作いきなり、筋立てに通常であった。「古きを新らしく、詩文・漢文などの古事を和らげ」など書いた西鶴の跋文に、己が影絵をそこに見出して苦笑する彼の姿が窺われよう。

として、三千風は「その舞台や作の世界はあくまで俗で、業平や光源氏を金平や世之介の心に入れかえてしまう」という句作りであるという。

三千風のような古典の俗化・当世化が談林風であり、『一代男』風というのならば、矢数俳諧という形態は浮世草子へつながる芽をはらんでいたということになるのだろうか。しかし、紀子や三千風のその後の活動を見ても、矢数俳諧がそのまま浮世草子へとつながるものでないことは明らかであろう。乾氏が指摘された西鶴の「玄人の味わい」、木村氏が指摘された「己が影絵」。三者に共通する矢数俳諧の特徴的な部分と、西鶴の矢数俳諧との大きな違いを考えるために、改めて三つの大矢数の特色を確認しておきたい。

三　「西行」の付合の違い

三者の違いを比較するにあたって、乾氏は同じ巻一五の百韻から抜き出して比較している。疲労の程度などを勘案して同一巻から抽出するという基準であった。本稿では、それとは異なる基準で比較を試みることにする。

矢数俳諧は数を競うものであり、詠み手は限られた時間の中で付合を考えなければならないために、乾氏は「地名・人名の類が三者とも多いのは、速吟俳諧の特徴の一つたるべく、付合の皮相さ、安易さを示唆すると考えられる」と指摘している(6)。

地名・人名などは、それぞれの言葉がすでに持っている物語によりかかった付合が出来る。それだけに言葉付に近い安易な方法といえ、付句の世界の広がりを制約することになる。木村氏の論考でも紀子や三千風にこうした付合が多いことが指摘されている。

本稿では、そうした人名句の付合の比較から三者の発想の違いに検討を加えることとした。固有名詞は、詠み手聞き手双方に共通認識がある言葉であり、時には名所や曲名などの一部となっている場合もある。

例としてそれぞれの巻一でみると、紀子には、「与市」「守武」「小野の門跡」「安方」、三千風には「延喜帝」「(本田)近常」「荘周」「勾践」「佐保姫」「孟母」「碁聖法師」「(伏見)常磐」、西鶴では「行平(松)」「山姥」「二つ星」「酒呑童子」「(狩野)之信」「原田の次郎」などの固有名詞が句に詠み込まれている。このような固有人名を調査した結果として、三作品に共通する語に「西行」があった。

漂白の歌人西行の存在は、近世の人々にとって近しいものであり、俳人たちの憧憬の対象であった。「西行」という人名が、三作品に共通して詠み込まれていることは必然であったともいえよう。以下、それぞれの「西行」の付合をみてゆく。

紀子の『紀子大矢数』の第一一の三二句目からの付合(7)は、

月の笠をば谷へころ〳〵　秋(月の笠)
　西行は白銀の猫とつてなげ　雑(人倫・西行)
頼朝殿の三階の倉　雑(人倫・頼朝)(居所・三階倉)

前句の「月の笠」とは、月の周囲に現われるぼんやりとした光の環を指し、「月」で秋の季語。ここでは、前々句で「棹鹿」、前句に「霧」が出ているので、秋の句をつける必要がある。そのための月であろう。前句の「山」から「谷」。輪のかかった月が谷に沈んで様子と見るには言葉足らずであり、この句では天上にある月の輪というよりも、実際に笠が谷へところころと転げ落ちていく様子を詠んでいる。

この「笠」から次の句の「西行」が連想される。旅姿には笠が付きものであるが、ことに西行については「西行かづき」という言葉が『西鶴織留』でも使用されている他、芭蕉の『笠の記』にも「西行の侘笠」とあり、「富士見西行」の絵姿として浮かびやすいものと考えられる。「ころころ」は「とってなげ」の擬態語となる。

この紀子の付合では、前句「月の笠」以外にも、西行が呼び出された理由が見える。前句前々句の秋二句は、

杖についたる棹鹿のこゑ（30）　秋(棹鹿)
見わたせば山又山の霧かくれ（31）　秋(霧)(靡物・霧)山

であり、三〇句から三一句へは、杖を突いて鹿が鳴く秋の山道をあるく人物が、笠を谷へ落とすという一連の場面が続く。三〇句の「杖」は謡曲『山姥』の持つ鹿背杖へつながり、詞章「山又山」が出てくる。三一句の「見渡せば」は、『新古今和歌集』の後鳥羽院の「見渡せば山もと霞む水無瀬川」の一部を取り、さらに「霞」を秋の「霧」へと変えて用いているなど、言葉の連想で前句とべったりと付く。

さらに、「見渡せば」の語からは「花も紅葉もなかりけり」という藤原定家の歌が思い出される。その歌の『新古今和歌集』の詞書には「西行法師すすめて、百首歌詠ませはべりけるに」とある上、この歌と西行の「心なき」の歌は三夕の和歌として知られている。

このように三三句の「西行」という言葉には、打越の気味が感じられる。二句前あたりから、西行の面影がちらちらと浮かんできており、その延長線上に「月の笠をば」の句が出てきているとみえる。

三三句で「西行」という固有人名を出すと、近世では広く知られた頼朝から白銀の猫をもらった話[8]で三四からの二句をつける。西行は門前の子どもにその白銀の猫を与えたということであるが、それを三階蔵まで高く投げ捨てたとした。三千風の『松島眺望集』[9]に「西行じま猫を投げてや金海鼠術」という句があるから、西行が猫を投げたという連想は珍しいものではない。

すなわち、紀子の付合は「三階倉」という当世的な景色を入れてはいるが、謡曲や西行説話を利用した付合であり、古典・典拠からから大きく離れておらず、句作りも言葉の連想による付合であり、乾氏の指摘通りの平凡さである。

次に、西行を追慕したことで名高い三千風の付合を見る。『仙台大矢数』のころには、まだ西行追慕の念は特別にはなかった[10]という指摘通り、先に木村氏の指摘にあった項羽の場合と同じく、当世の好色男として西行を描いている。

『仙台大矢数』中巻、第二十の六七句目からの付合に西行が登場する(11)。

自体奢あこぎ〳〵といひしかど　雑
　それ見よ西行腎虚をしたは　恋(腎虚)(人倫・西行)
金花猫十七八にばけて来て　恋(十七八)

「あこぎ」から「西行」を連想し、何度も女の元へ通っていったあこぎなことによって西行が腎虚をしたとして「それ見よ」と揶揄する。続いて紀子と同じく、西行猫の話によって、白銀猫から金花猫という化け猫を呼び出し、西行の相手は、十七八の娘に化けた妖怪猫であったという当世的な転合を行った句の運びであり、木村・乾両氏が指摘される三千風の典型的な付合である。三千風の場合も紀子同様に、西行説話の中の猫の話をそのまま利用したものであった。

最後に西鶴の場合を見てみよう。『西鶴大矢数』巻三八の九三句からの付合である(12)。

秋風や屋根の棟にも渡るらん　秋(秋風)・(居所・屋根、棟)
　西行が見てうなづいてゐる　雑(人倫・西行)
膏盲にすえて給れ烟の山　雑(名所・烟の山)

前句の、屋根の棟に秋風が渡るという景色から西行が連想されたのには、『徒然草』が介在している。

後徳大寺の大臣の寝殿に、鵄ゐさせじとて、縄を張られたりけるを西行が見て「鵄のゐたらむは、何か苦しかるべき。この殿の御心、さばかりにこそ」とて、其後まいらざりけると聞き侍るに、綾小路の宮のおはします小坂殿の棟に、いつぞや縄を引かれたりしかば、

（『徒然草』十段）」[13]

『徒然草』本文の傍線部「西行が見て」という言葉が使われており、時代は下がるが西川祐信の『絵本徒然草』（元文三（一七三八）年序）の挿絵[14]では、西行が見上げる屋根に縄が張られている。こうした場面に対する認識を背景にして読むと、「縄」という言葉がないが、西行が見ているのは「縄」であろう。「縄」からこの『徒然草』十段は比較的連想しやすい[15]。ところが、前句に「縄」はなく、言葉がなくともそこからの連想ということになる。前句の屋根の棟に秋風が吹き渡る景色に、揺れる「縄」を見た西行が、「この殿の御心さばかりにこそ」とうなずいている様ということになろう。

三句目では西行が見ているのは、「烟の山」の富士。「富士見西行」の画題であるが、ここでは背中の灸穴である膏肓に煙の山ほどしっかりと灸を据えて欲しいと頼んでいる様を見るとする。長い旅への備えであるのだろうか。山ほどの灸を見てうなずきながら、これを据えてくれという。旅に明け暮れた西行法師であるから、旅立ちの前には建康を祈って灸を据えたことであろうという想像による付け方となっている。

このように、西鶴の付合の場合は、「西行」という固有名詞が前後の付合に関わってはいるが、西行説話そのものが明文化されて使われてはいない。乾氏の言う「玄人」の一例であろう。

西鶴の付合が前の二人とは次元が違うということは、乾氏が指摘されている通りであった。しかし、西鶴の付合も始めからこうした飛躍を持っていたわけではない。紀子や三千風が目にしたであろう先行の西鶴作品『大句数』の

中にも「西行」の句がある。『大句数』第一の八三句めからの付合に(16)、

休ましやれ清水流るる此所　夏（清水）・（水辺・清水）
　西行法師油単おろして　雑（人倫・西行）
名山を墨絵にさつと書かれたり　雑（名所・名山〈富士〉）

「清水流るる」は、『新古今和歌集』所載の西行歌「道の辺に清水流るる柳陰しばしとてこそ立ち止まりつれ」の文句取りであり、そこから次の句の西行が出てくる。「油単」と西行については、『色里三所世帯』中の四(17)に「ゆたん包み西行がけにして、菅笠の緒をわきざしの柄にかけて」とあるような、行脚姿の西行の絵などが連想されたもの。八四句は、油単を下ろして清水が流れる所で休息する西行の姿を描く。次の句では、「油単」と笠を下ろして西行が見上げるのは、「名山＝富士」である。油単を下ろして、山の姿を墨絵にざっとお書きになったことであるとする。

同じ西鶴の矢数でも、『大矢数』の付合と比べると『大句数』の付合は、西行の物語に依拠しており、古典典拠から離れない上に、言葉による付合という側面も明らかである。この時点では、紀子や三千風の付合と大きく隔たるところはない。「休ましやれ」という口語の使い方はあるが、「当世風」や俗化されているわけではない点で、三千風よりも古風であるとさえいえる。『大句数』と『大矢数』では、西行の付合に大きな差異が生まれているのである。

四　『大矢数』西鶴の付合の再検討

では、西鶴の『大矢数』の西行の付合に戻ってもう一度検討する前に、芭蕉の「西行」を介在した付合を確認しておく。『去来抄』に以下のような記述がある(18)。

牡年曰く、「面影にて付くるとはいかが」。去来曰く、「うつり・響・匂ひは付けやうのあんばいなり。面影は付けやうの事なり。昔は多く其事を直に付けたり。それを俤にて付くる也。譬へば、

草庵に暫く居てはうち破り　芭蕉
命嬉しき撰集の沙汰　去来

初めは、「和歌の奥儀を知らず」と付けたり。先師曰く、「前を西行・能因の境界と見たるはよし。されど、直に西行と付けむは手づつならん。ただ、面影にて付くべし」と直し給ひ、「いかさま西行・能因の面影ならん」となり。

これは、『猿蓑』所収の「市中は」歌仙における付合で、去来の初めの付句「和歌の奥儀を知らず」は、『扶桑隠逸伝』などで西行の言葉として知られているもので、前句の人物を西行と見定めての付けである。しかし、芭蕉は直接西行と断定できるような付合では「手づつ」であるとして、修正した。これが、蕉門の「面影付」というものであると説明されている。

前句の漂泊の人物を西行や能因と見るのはよいが、初めの去来句では「西行」に限定されてしまう。西行に固定

することなく能因をも含めた風流人とすることで、付句の味わいや読み取りに広がりが出る。撰集を心待ちにしていたであろうという人物について、次に続く句の自由さも大きい。その結果凡兆は「さまざまに品かはりたる恋をして」という句を付けている。

こうしてみると、直接的に固有名詞「西行」を出して、特定してしまうような矢数俳諧三人の付け方などは、芭蕉にとっては「手づつ」となろうか。ましてや、紀子の阿漕の歌や三千風の白銀の猫などは、西行の直接的な物語に依拠している。「直に付けた」昔の付合である。固有名詞に寄りかかった付合である矢数俳諧の三人に対して、芭蕉の付合は、固有名詞を使用せずにその人を連想させるという形で異なる。ただし、西行・能因が連想できたならば、「撰集」という言葉は周囲の人々に無理なく理解されるものであろう。

それに対して、『西鶴大矢数』の付合は、西行が見ているものを転じて、山のように盛り上がった灸にした。旅に出かける準備として、西行法師もしっかりと灸を据えたことだろうということで、前句の「西行」と付け句の「膏肓」との間には距離があり、そこをどのような発想でつなげたのかは、その句を聞いた人にも読んだ人にもすぐには理解できないものである。

紀子と三千風の付合は、西行説話の中でも特によく知られた白銀の猫を利用した付合であるので、元になった物語との距離が近く、西鶴の付合の距離感とはかなり異なる。

三千風の当世大臣風の西行は、古典人物を当世の好色世界に置き換えただけのものであって、そこから新しい物語を作るというものではない。既存の物語を利用した付合ではなく、二句の間に物語を読み取ること、それが西鶴の付合の一つの特色だといえるだろう。それは、芭蕉がいう面影とも異なる。芭蕉と去来には少なくとも漂泊の歌人西行というという共通の認識があった。ところが、西行と灸との関係には飛躍がある。西行が旅人であったことと、富士をながめた話などを素材にして発想された付合なのである。同じ西鶴の『大句数』の付合と比べてみれば、言葉の連想の緊密性が違うことがわかるだろう。

『大矢数』では、次の句が、「それから先は石千代になる」である。山ほどの灸を据えて、身体強健になることだと付けていく。灸を据えていた人物は、虚弱だったのだろうか。句と句の間に、その人物の物語が垣間見られるのである。それは、『大句数』の「名山を墨絵にさつと描かれたり」から「瀟湘の夜鳥の羽はうき」という「墨絵」から「瀟湘夜雨」、言葉による付合と比べると、同じ西鶴でも付合の変化がうかがえる。

以上のように西鶴の『大矢数』は、量的に前三作を凌駕しただけではなく、質的にも大きく変わったものであったといえよう。式目の遵守率の問題だけでなく、その付合のあり方も異なることが多い。言葉の連想による付合だけでなく、ごく短い時間のうちに前句から物語を引き出すことが、『西鶴大矢数』の特色の一つである。

五　『物見車』『石車』から見る西鶴の付合評

矢数俳諧のような短い時間での付句の場合だけではなく、西鶴は前句と付句との間に物語を読み込む傾向がある(19)。

『物見車』(元禄三(一六九〇)年刊)の西鶴評文の中から式目などへの言及ではなく、句から読み取れる物語への感想的な評文を挙げる(私に濁点、句読点を付した)。

二句目　童子野辺めづらしく手折りけるや、さもあるべし。

三句目　草木心なきにしもあらねば
四句目　里に入て旅人才覚者。
六句目　旅芝居程おかしきはなし。道具も有り合いにして。
九句目　今時の娘さかしく油断はならず。
一〇句目　身振り作り直して、
一五句目　東海道の難儀、嶋田金谷一つに成。
二一句目　花橘か聞に、下戸の耳にさへよしや。
二五句目　はや人間の形ありしに、不憫や砕きて心の穴。
三三句目　この時なれば何事も見ゆるして。

このように、西鶴の評文は指合や式目上の誤りなどの指摘よりも、句に読まれた内容についての感想が多い。点取の巻の句の解釈においても、前句から物語を読み取るという西鶴の独自性がはっきりと見て取れる。これは、西鶴の連句の鑑賞の姿勢ということができる。

点者が、式目や典拠を踏まえて点を付ける場合、その指摘は普遍性を持ち、作者も納得せざるをえない。それに対して二句の付合に物語を読み取っての評価の場合は、句の作者と点者との間に、物語を共有し楽しむ姿勢がなければ、的外れのものとして受け取られることになる。点者批判書『物見車』の作者の西鶴批判は、式目や指合の問題への指摘がないことを取り上げたため、西鶴は『俳諧石車』で作法や式目を中心に反論を行った。しかし、『石車』を読んでみると、式目の問題以上に句の解釈をめぐっての齟齬が生じていることがわかる。

たとえば、五句目の「山ひとつこえねば酒屋なき所」という句を、西鶴は珍重として「見立所よし」とした。この句の作者自註は、

城(みやこ)の外なる酒売ル門、出入しけく、人々のほめ行すま居、田舎の中にも目に立をおもひよせたり。句のほどは付煩ひて、心にはづかし

とする。「亭主見立所よし」という評文は、「付煩ひて、心にはづかし」とした作者にとって見当違いに思えたであろう。作者は、酒屋で人の出入りが多くて人目に立つ住まいだとするが、『石車』[20]の挿絵は、前句の「住居を褒る人のをとなひ」と合わせて谷川が流れる草庵で法体の亭主が縁側にくつろいでおり、そこへ旅人が訪ねてくる様を描く。「宿にありながら人に物語せし移りの句也」「亭主が言へるには知れたる意味也。兎角山家にての沙汰」としており、作者の考えとはかなり隔たっている。

西鶴の付合の解釈では、風流な草庵を訪ねてきた旅人に、亭主が酒屋が遠い田舎であることを語るという場面となる。「山家の草庵」「訪問した旅人」「酒屋から遠い」という三題噺とすると、たとえば『西鶴名残の友』二の五「和七賢の遊興」などが「はなし」として連想できる。禁野の草庵に住む蒲釼を訪ねてきた俳人たちが酒を呑みきってしまい、「ある里まではるかなれば、いづれもかなしく」とあるような「はなし」、風流な里ではあるが、酒屋が遠いことによる不便さを言う物語へと連想を広げることもできる。

また、九句目の「今時の娘さかしく油断はならず」は、「姉の見る鏡けなりと立のそき」に付けられた評文である。常牧が「婚心つきて」評したように前句とのつながりは、聟取りした姉を見る妹のまなざしの早熟さを感じさせる。

西鶴の評文は、それをさらに進めて、そこに色恋に知恵を働かせる「今時の娘」を読み取っている。

今時の妹娘としては、『本朝二十不孝』三の一「娘盛の散桜」の末娘乙女が姉たちの結婚妊娠頓死を見ながらも、「たま〳〵、人間に生を受て、男と云物もたでは、口をしかりき。親達の養介にはならじ」と「をのれと夫を定め」ることや、『好色五人女』巻一のお夏が清十郎との逢い引きを成功させた様子を「町女房はまたあるまじき帥さまなり」などとしたような、自ら男選びする妹娘の物語などへ想像が広がる。

続く六句目の「踊くつれて又むすぶとよ」の句の作者自註は「けなりとの言葉にて、いまだ幼少娘はらからと聞分たり」とし、「下のとよの仮名にて、前句へのうつりはとりたるなり」としている。

作者は幼い妹と想定して句を作ったのであるが、晩山は「髪のそそけを恥らふ気色さすがに女風情もやさし」として年頃の娘を想定しており、西鶴の評文も同様に年頃の娘を読み取っている。評文「身振り作り直して」は、「姉」「踊り」「身振り」というつながりによって、『本朝二十不孝』五の一「胸こそ踊れこの盆前」の妹小さんが「身振ひに、色科やりて、明日の晩よりの、踊りのならし」とある姿のごとく、盆踊りに夢中の当世娘の有様を読み取っての感想となる。このように、作者の意図と点者の読みとの間に隔たりがあり、それは作者の不満となって批判的な文言へとつながっていくのであるが、西鶴だけでなく常牧や晩山にも共通する。

『物見車』が刊行された元禄三(一六九〇)年、西鶴にはすでに書いてきた物語があり、それが句を詠む際に想起されることもあろう。しかし、それ以前『大句数』から『大矢数』へと展開する中で、付合に物語を読み込む姿勢が生まれており、それはさらに他者の付合にまでも物語を読み取るほどになっている。

しかし、短い句から紡ぎ出される物語は、点者批判書の文言からうかがえるように、作者と点者の間でさえ共有が難しい。西鶴の句評へ共感を持つことができるのは、彼と文化圏を共有するような身近な大坂の人々に限られよう。

そこから、点者と作者が互いに読み取った物語を語り合う場、西鶴が付合から想像した物語を、作者を含め共有できる人々に語るという場を想定し、それを文章化するという道筋を連想することも難くない。矢数俳諧に物語を読み取ることができる人々ならば、文章として書かれた作品を読むことでも楽しみを共有できたであろう。

六　まとめ

矢数俳諧は、数という客観的な事実をもって、俳諧の世界で己を人に知らしめる効果的な方法であった。紀子や三千風は、典拠の俗化や言葉の連想などによる単純な付合に終始することが多いが、諸国に通用する手段として付合のルールに沿って言葉を紡ぎ出していった。それに対して、矢数俳諧も二度目になる西鶴は、言葉や古典からの連想だけではない付合の展開方法を持っていた。それが前句の世界から紡ぎ出される物語を元にした付合である。独吟であるから作者一人には、その物語の登場人物も道筋も見えてこようが、読み手がその物語を共有することができるかという問題が生じる。

紀子や三千風という地方俳人は、矢数俳諧の先に中央や諸国の俳人を見据えていたに違いない。西鶴が大きく違うのは、彼が大坂の出身であるということである。京や大坂の談林俳人たち、中でも大坂の人々に認められることが第一であろう、彼の連句には、まずは大坂の聞き手たちが意識されており、読者と共有される知識の量や質も、前の二人とは異なっていた。それに対して、やはり地方から出て他地域の俳人たちを相手にしていた芭蕉の面影付も、共有する情報に基づく点では紀子や三千風の付合の性格と共通項を持つ。全国に共通する付合を意識し、それに基づく句作が行われているのである。

俳諧は、都市における限られた内での理解を目指すものと、周辺である田舎を中心にして広く理解を求めるものとの二種類を孕んでいたのではないだろうか。それは蕉風が芭蕉没後に、それぞれの門人の特性によって難解な都市風と平明を主とする田舎風のそれぞれ別々の発展の仕方をしたことへもつながる動きである。西鶴の読者を限定して考える姿勢は、俳諧史を考える上で談林の位置づけにも関わってこよう。幕末まで生き続けて蕉門と対峙する力を持つことができた貞門派(21)に対し、早々と姿を消していった談林派が持っていた新しさと弱さに関わる問題とも合わせて検討しなければならないだろう。

西鶴の付合は、西行という固有名詞からでも既存の物語に根ざすのではなく、新しく作った物語を語る。西行の名前が出ながらも、西行説話そのものとは少しずれて西行の物語のその後などを作り出す発想の源ともなる。

矢数俳諧という方法から、短い時間で二句の間に新しい物語を読み取る力を養った西鶴は、点取に出された巻の二句の間にも物語を読み取り、それに対する感想を持つ。言葉のつながりから人物と、その行動を想像して読み取っていく西鶴の鑑賞法が、俳諧だけでなく浮世草子にもつながる豊かな言葉の世界を作り出す基礎となっているのであった。

【注】

（1）『北条団水集　俳諧篇上』（一九八二年、古典文庫）による。以下すべての引用において、私に濁点句読点を付した。

（2）天理図書館善本叢書『矢数俳諧集』（一九八六年、八木書店）の乾裕幸氏の解説に指摘されている。

（3）天理図書館善本叢書『矢数俳諧集』（一九八六年、八木書店）に影印がある。

（4）注2に同じ。
（5）『仙台大矢数』上（『木村三四吾著作集Ⅰ　俳書の変遷―西鶴と芭蕉』八木書店、一九九八年）
（6）注2に同じ。
（7）『紀子大矢数』の引用は、綿屋文庫編『俳書叢刊　第一期　11』（天理大学図書館、一九五〇年）所収の「誹諧大矢数千八百韵」による。
（8）西鶴も『日本永代蔵』巻三の四でこの話を使っている。題は「西行島」である。
（9）『古典俳文学大系』CD―ROM版による。
（10）岡本勝「三千風の西行追慕」『大淀三千風研究』（桜楓社、一九七一年）
（11）引用は、岡本勝「翻刻『仙台大矢数巻之中』」『愛知教育大学　国語国文学報　二五』（一九七三年三月　愛知教育大学国語国文学研究室）による。
（12）引用は、『定本西鶴全集　第十一巻下』（中央公論社、一九七五年）
（13）引用は『新日本古典文学大系　方丈記　徒然草』（岩波書店、一九八九年）による。
（14）東北大学デジタルコレクション狩野文庫データベース『絵本徒然草』http://www.i-repository.net/contents/tohoku/kano/05-001082/05-001082l010.jpg による。
（15）前田金五郎『西鶴大矢数全注釈』第四巻（勉誠社、一九八七年）三三八頁
（16）『定本西鶴全集　第十巻』（中央公論社、一九五四年）による。
（17）『定本西鶴全集　第六巻』（中央公論社、一九五九年）による。
（18）『新編日本古典文学全集　連歌論集　能楽論集　俳論集』（小学館、二〇〇一年）による。
（19）拙稿「西鶴の古典受容・付合評について―元禄三年の点者評判書を中心に」（『西鶴と浮世草子研究　2号』（笠間書院、二〇〇七年一一月）。
（20）『定本西鶴全集　第十二巻』（中央公論社、一九七〇年）による。『西鶴名残の友』『本朝二十不孝』『好色五人女』の引用もそれぞれ定本西鶴全集によった。

(21) 俳諧師の見立て評判の一枚摺などでは、貞門と蕉風という対比が多い。拙稿「幕末期大坂俳壇の一側面―安政三年見立番付二枚―」(『大阪俳文学研究会会報四二号、二〇〇八年一〇月)参照。

西山宗因の俳業

尾崎千佳

一　宗因褒詞の虚実

延宝八（一六八〇）年五月、一昼夜独吟四〇〇〇句の矢数俳諧を成功させた西鶴は、興奮冷めやらぬまま諸国の知友に偉業達成の報を認め、その末尾を「今度西山宗因先師より、日本第一、前代未聞之俳諧の催と世上に申わたし、さてく〱めいぼく此度也」と締め括った。

周知のごとく、「前代未聞之俳諧の催」の件は、天理図書館綿屋文庫蔵下里勘州（知足）宛の西鶴真蹟書翰には「前代之俳諧の性」と書かれている。怱卒の間に同じ文面をほうぼうに書いたがため、大いに脱字・誤字を生じたものらしい(1)。西鶴の高揚と得意をよく伝える有名な書翰だが、この一節は誤脱とは異なる次元の問題もはらんでいる。すなわち、宗因が「日本第一、前代未聞之俳諧の催」とのお墨付きを西鶴に与えたのは、讃歎の思いからする素直な行為であったか否か。野間光辰『刪補西鶴年譜考証』（一九八三年、中央公論社）は次のように解説する。

嘗て西鶴が初めて矢数俳諧を試み、その千六百句独吟の懐紙十六巻を捧げて「天満の翁」に批点を乞うた時にも、宗因は「かゝる大なる事にはと辞退あつて、唯褒美の詞」を添へただけであつた(『仙台大矢数』西鶴跋)といふから、是時も西鶴は前例に倣つて師の批判を仰ぎ、宗因もまた前と同じく「かゝる大なる事にはと辞退」して、「褒美の詞」を奥書する代りに、ひろく世間に向つて「日本第一、前代之俳諧の性」であると推奨したものであらう。たとへそれが型の如き儀礼的な挨拶に過ぎないものであり、そして宗因の真意はむしろその反対に傾いてゐたとしても、とにかく宗因がうはべだけでも、西鶴の四千句独吟を「日本第一」の記録と認定し、彼の創始した矢数俳諧を前代未聞の「俳諧の性」であるとまでいつて、世間に推薦してゐるといふことは看過することが出来ない事実である。

（野間光辰『刪補西鶴年譜考証』）

宗因の賞賛は「うはべだけ」の「型の如き儀礼的な挨拶」であって、「真意はむしろその反対に傾いてゐた」という。かかる見解は、延宝五(一六七七)年五月に成就した西鶴初度の大矢数評をめぐる、次のごとき解釈の延長上にあるだろう。

得意満面の西鶴が、十六巻の懐紙を捧げて師翁の批点を乞うたのは、つまり「天下一」の確認を求めたようなものであった。これに対して宗因は、「かゝる大なる事には」と辞退して、ただ「褒美の詞」を書きつけただけであったという(『仙台大矢数』跋)。それというのも、気負い立った西鶴の様子に当惑して、またそれが周囲に及ぼす影響を考えて、当り触りのないところでお茶を濁したのであろうと思う。何となれば、宗因が、矢数俳諧の芸術的意義というようなことを真面目に考えていたなどとは、決して考えられないことだからである。

（野間「俳諧太平記」）

延宝五年次も、八年次も、西鶴の快挙を相応の褒詞で遇した宗因であったが、それは決して彼の真意ではなかった――特に否定する論を見ないのでこの見方は現在でも大方の研究者の共有するところと思われるが、翻って考えてみれば、西鶴の「得意」や「気負い」にはそれを如実に示す西鶴自身の言説が複数存在するいっぽうで、宗因の「当惑」を裏づける証拠は特に見当たらないことに気づく。いったい、「宗因が、矢数俳諧の芸術的意義というようなことを真面目に考えていたなどとは、決して考えられない」とのつよい確信は、何を拠りどころとするのであろう。

右で引用した野間「俳諧太平記」（『談林叢談』、一九八七年、岩波書店）は、貞門・談林の論争を太平記に擬して語る『俳諧太平記』を端緒として、西鶴の矢数俳諧挑戦の動機を宗因門流内の覇権争いに求めて談林俳諧史を描き出した論考であった。播州飾磨住の西漁子撰『俳諧太平記』は延宝八年閏八月刊、その冒頭は連俳用語を駆使してはなやかに書き起こされる。

爰《コヽ》に北京《ホクケイ》と難波《ナニハ》の輩《トモガラ》、俳諧の新古《シンコ》をあらそひ、剞劂氏《キケツシ》より出る書《シヨ》、牛《ギウ》に汗《アセ》す。一として見るべきものにあらず。いよ〱我慢《ガマン》の心盛にして、京都六波羅《ロクハラ》には左近将監《サコンシヤウゲン》季吟《キギン》・越後守《エチゴノカミ》梅盛《バイセイ》・宇都宮《ウツノミヤ》西武を大将として、其外泛々《ハン》の俳士、四方を警固《ケイゴ》す。山類峰《ルイミ子》の打こしには篝《カヾリ》をたき、のんどをうるおさんとて水辺をかまへ、大躯《ミ》のやり句を二行に立、あるひは面七句はちくの竹の杖をつかせ、植物《ウエモノ》の松を柵《サク》にふつて、用心はなはだきびし。摂州難波にも、大将宗因、搦手《カラメテ》には楠《クスノキ》西鶴をはじめとして、その勢雲霞《ウンカ》のごとし。五句つゞきたる居所をばこぼちて、往来の足場《バ》となし、述懐《シユツクワイ》・々旧《キウ》・恋・無常をさつて天象《シヤウ》を輝《カヽヤカ》し、長点二引両の懐紙の幢《ハタホコ》を風になびかし、両方あひが〻りにか〻つて、大太刀をぬけ句のあひ詞《コトバ》にして、名字謁《ナノリ》をたしかに聞て、西鶴四千の大矢数に射《イ》たてられ、六波羅《ロクハラ》勢すでに敗北して後の勝負をまつとぞ。

（『俳諧太平記』）

野間「俳諧太平記」は、西鶴再度の大矢数について、それを貞門側の談林側に対する示威と見る西漁子の説を退け、「談林の内部における、惟中・高政などに対する宣戦」と解し、「宗因門下の正統争いに対する自己勝利の公告」とした。多分に戯画化された『俳諧太平記』の俳諧史観を額面通りに受け取るわけにはいかないけれども、西鶴大矢数の成功が「大将宗因」—「楠西鶴」ラインの勝利と位置づけられている点には、いま改めて注意を払っておきたい。西鶴大矢数興行からおよそ四ヶ月が経過し、刊行に先立つこと八ヶ月[2]という段階で、西鶴大矢数は宗因の意を体した催しであったという認識が地方俳壇にも浸透していたことの、これはひとつの反映ではなかったろうか。

宗因の発言は俳壇の趨勢を左右するに十分な重みを持っていたと推測される。宗因が西鶴の俳諧をどのように捉えていたかという問いは、宗因一個の、あるいは西鶴一個の問題に留まらず、初期俳諧史の構築にとって重大な課題であることは疑いがない。よってしばらく宗因の言葉を追いかけてみることにしよう。

宗因と西鶴の最初期の交渉を示す資料は、延宝三（一六七五）年四月刊『大坂独吟集』所収の、宗因評点鶴永独吟俳諧百韻である。西鶴の詞書によれば、ある年の夏、伏見の任口のもとを訪れて得た「軽口にまかせてなけよほと〻ぎす」の挨拶吟を発句とし、大坂下りの船中でひと晩のうちに独吟満尾した一巻という。当巻が寛文七（一六六七）年夏の成立であることは諸徴証に照らしてほぼ確実であるが[3]、この作品に加点した宗因は、その奥に、

ほと〻ぎすひとつも声の落句なし、とや申べからん。是こそ誹諧の正風とおぼゆるはひがこ〻ろへにやあらん。

しらずかし。

西翁判

（『大坂独吟集』鶴永独吟「軽口に」百韻奥）

と書き付けたのであった。宗因評点の時期については、延宝三年四月刊『俳諧蒙求』に当巻中の付句一句が入集する事実等を根拠として、百韻成立後まもなく宗因の批点を得たうえで上梓されたと推定する、乾裕幸「『大坂独吟集』の研究―西鶴初出俳書考㈡」（『俳諧師西鶴―考証と論』、一九七九年、前田書店）の説に従いたい。

さて、宗因は、「ほとゝぎすひとつも声の落句なし」と、西鶴の発句「軽口に」句にことよせつつ一巻の完成度の高さを賞したばかりか、これぞ「誹諧の正風」かとまで持ちあげてみせる。当時西鶴は弱冠二六歳、いまだ無名の一俳人に過ぎない。右の奥書は思いがけない才能を発見した宗因の感動を伝えるかのごとくであるが、ここは先学の指摘するとおり(4)、新人激励のための儀礼的な褒詞と解しておくのが妥当であろう。そして、宗因褒詞の儀礼性は、何も西鶴の作品に対してのみのものではないのである。

①守武がのち、俳諧連歌の好士のみ世になりわたりしに、滑稽体、いまこゝにて、耳はじめて明らかになり候く。

（『俳諧蒙求』惟中独吟「文をこのむ」百韻前書）

②人しれぬ塊にうづもれたる土竜、はねがはへて飛きつたる作意には、世になりわたる花におごる鴬、よこ飛のかはづも、音をいれらるべくぞおぼゆ。但又老ぼれのひがめにやあらん。世人さだめらるべし。

（『大坂独吟集』未学独吟「朝顔の」百韻奥）

③爰に、予が門弟井手氏のなにがし、宮づかへいとまなく、おほやけごとの末につらなりて、民の草葉の事しげきをおさめおこなふ身にて、此道に心ざしふかく、一巻を懐中して、老法師が袖に入て其作をみるに、列子が駕物雲井をしのぎ、大鵬羽うつて万里にかけるいきほひあり。口ぶり竹に油をぬるごとく、たて板に水はしらするやうに、今やうぶしのほゝん〳〵なふ、是の当風のひつぬ(んカ)き、玉ちる計あたりをはらつて、大はたらきには敵する人あらんや。まして老ぼれたる筆を取てかけむかふ。むかひたる名をば秘すべし〳〵。

(『珍重集』元春独吟「御評判」百韻奥)

④此巻をひらき見れば、是や此当世の江戸風、むさし野の道きはまりなき作者ならんかし。抑近き年比檀林と号し、あるは一方夕方と名乗て、十面はり肱のをの〳〵、めん〳〵気々のことばたゝかひ、両陣たがひに新しきを求めらるゝ。小田原町の鯛鱸、芝町のいさらけき、生てはたらく気色有。曰、古きをたづねて新しきをしる、是此時かや。其中にも、此巻ことにすぐれて、金沢の釣鰹、お鷹の鶴共申べきや。塩ぐちたる難波江の鮒、松浦鰯の眼に、とかく申もおそれながら、判詞を加てかへし侍る。老ぼれにゆるさるべくこそ。

延宝六卯月上旬　梅花翁判

(『十百韻山水独吟梅翁批判』山水独吟「是や彼」百韻奥)

右は、宗因批点の独吟俳諧百韻から、巻頭巻尾に付された点者宗因の評言を抽出したものである。④が延宝六(一六七八)年四月上旬の加点と判明する以外、状況証拠からする推測しかできないが、宗因の加点時期は、それぞれ、①寛文一二(一六七二)年、②延宝二(一六七四)年、③延宝六年の前後と目される。

①は、惟中が宗因に指導を仰いだ最初の作品である。重頼の俳諧撰集に相当数の入集実績があるとはいえ、彼がま

だ備前岡山在住の一地方作者に過ぎず、宗因とは面晤すら得ない時期であることを思えば(5)、守武流の滑稽体が「いまこゝに」「はじめて明らかにな」ったとは、いささか大仰な褒詞ではあろう。②の作者未学も、寛文一一(一六七一)年三月序刊『落花集』に初めて入集を見る、当時かけだしの俳人であった。宗因の奥書は、その発句「朝顔の花のあるじやうごろもち」から作者未学を「土竜」になぞらえ、「人しれぬ塊にうづもれたる」その「飛きつたる作意」の前には、俳諧の大御所たちすら言葉もあるまいと揚言する(6)。

③作者の井手元春は、寛文一三(一六七三)年六月刊『生玉万句』で第八百韻の発句をつとめて以来、『俳諧独吟一日千句』『物種集』『西鶴大矢数』『大坂歳旦』等の西鶴系俳書に入集する大坂の俳諧作者である。その俳諧は公務の余暇に嗜まれたものであったらしいが、宗因は中国古代の伝説を引きあいに出しつつ、彼の俳風の勢い盛んなること向かうところ敵なしという。④作者の山水は、伊予今治藩士の江島為信で、その参府中に成立した百韻である。江戸檀林の活況から語り起こし、そのなかにあって山水の俳諧が特に秀でていることを、鎌倉金沢の鰹、将軍鷹場より下賜される「お鷹の鶴」に喩えて激賞する。

宗因の褒詞はかくのごとく、作者の俳歴や地域を問わず一貫して修辞的であり、儀礼的であった。大袈裟に誇張された褒詞はいかにも皮相的ではあるが、かかる儀礼性をこそ宗因俳諧評の特色と認めないわけにはいかない。また、「老ぼれ」「老法師」といった謙辞は宗因褒詞に頻出する常套句で、宗因奥書における「老眼」「老筆」の用例も枚挙に暇がない。つまり、宗因の俳諧評には一定の型があったのである。

惟中を守武流寓言体の体現者と賞揚する(『俳諧蒙求』)いっぽうで高政に守武流の惣本寺号を許す(『誹諧破邪顕正』)がごときある種の公平性も、俳諧評に認められる一貫した儀礼性と同質のやり方であったと思しい。かく見てくれば、宗因みずから世間に布告したかどうかは別として、西鶴大矢数を「日本第一、前代未聞」と賞する程度のことはむしろ自然ななりゆきであり、宗因にとって何ら特別な所為ではなかったことが了解されよう。矢数俳諧の芸術的意義といった大所からその真意を忖度せずとも、われわれは宗因のいつもの言い方であると理解しておけばそれで十分ではないか。

西鶴初度の大矢数に対する宗因評についても付言しておきたい。延宝五(一六七七)年五月、西鶴は一昼夜に一六〇〇句を独吟興行した。延宝七(一六七九)年三月、仙台の三千風が二八〇〇句独吟を達成してこの記録を乗り越えたとき、跋文を請われた西鶴は、好敵手の成功を讃える前段として次のように述べている。

夫、世俗夷曲《イキヨク》俳諧、伊勢の海の底しれぬ守武の言の葉を、仰ば高き山崎の法師より已来乗興、其風流柴船の数々なれど、早き流れを知るは唯難波津の梅の翁の軽口より世挙《ヨコゾツ》て是を学ぶといへども、麒麟《キリン》の尾につく俳諧も覚ず。しかるに、予過し三とせの夏の比、大句数は一日の内、夕陽《ヤウ》かたぶかざるに一千六百さび矢にて通し侍る。爰に、なら坂や此手かしはの二面、とにもかくにも片隅《スミ》にて紀子千八百はいさしら波の跡かたもなき事ぞかし。其故は、南都極楽寺にて興行せしといへども、門前の衆徒壱人も知人なし。亦大安寺にてするといへども其証拠しれず。其上かゝる大分の物、執筆もなく、判者もなし。誠に不都合の達者だて、誰か是を信ぜらん。殊に其巻に点をつけたりし京都惣本地(寺)高政こそ、同じ心入おろかなる作者也。中〳〵高政などの口拍子にては、大俳諧は及ぶことにてあらず。予十六巻を天満の翁に点を乞侍るに、かゝる大なる事にはと辞退あつて、唯褒美の詞をなんそへられけるばかりなり。

(『仙台大矢数』西鶴跋)

宗因流軽口俳諧の真の継承者を自任する西鶴は、みずからの一六〇〇句大矢数に触れ、ついで紀子による一八〇〇句大矢数の信頼性に疑義を呈し、それに加点した高政も同罪であると指弾する。矢数俳諧は常の俳諧とは異なり「大分の」「大俳諧」であるにもかかわらず、紀子・高政両名があまりに不用意であることを非難する文脈で宗因の加点辞退の逸話を紹介した西鶴の意図は、高政批点の信頼性に疑義を呈するところにあったと思しい。宗因先生でさえ「かゝる大なる事にはと辞退」した大矢数への加点である、高政ごときがまともにしおおせるはずはなかろう、というのであろう。従って、「かゝる大なる事には」は、「当り触りのないところでお茶を濁した」（野間「俳諧太平記」）言葉ではなく、「このように大部な作品への加点はやったことがないので」という意に解すべきである。野間『補刪西鶴年譜考証』は、矢数俳諧を「俳諧の邪道に過ぎない」と断じたうえで、「宗因もまた、かかる矢数俳諧の意義について、大きな疑問を持つてゐたのであろう」とするが、宗因加点辞退の一件は西鶴の告白によって初めて知られる逸話である。みずからを貶めることに繋がりかねない情報を、わざわざ暴露的に公刊する者もあるまい。

西鶴は、当初、宗因評点付きの本文で大句数を刊行しようとしていた。ところが、大矢数の物理的な量に驚嘆した宗因は、全巻すべてに加点の目を通すことは省略し、奥に褒詞を書き添えるだけで代えたのである。『大句数』の下巻は現在散佚して伝わらないが、その奥には、くだんの宗因褒詞が存在していたに違いない。そしてその内容は、例によって多分に儀礼的であったことだろう。

二　「俳諧師宗因」像の語られ方

以上に述べ来たった宗因評語の儀礼性は、宗因が、俳諧という文芸そのものに対して淡白であったということの一徴証かも知れない。事実、「俳諧師宗因」像はこれまで、俳諧師とはいい条、俳諧をめぐる些事には一切拘泥しない人物として語られてきた。

かの『釈教百韻』の序に書きつけたように、今の宗因は、まさにこの世における「無用坊」であり、その彼にとっては、俳諧は「無用の用」・「無楽の楽」、しいていえば「超世の悲願」につながる「易行」であった。だから、南都の「去法師」によって、自作の『蚊柱《かばしら》百韻』に激しい論難を加えられた時（延宝二年刊『渋団』）にも、黙して答えなかった。少なくとも、返答を公表する必要を認めなかった。そうした宗因の心境は、晩年まで深く筐底に秘めていた「蚊柱や削らるゝなら一かんな」の百韻の前書に、最もよくあらわされているといえよう。曰く、「古風・当風・中昔、上手は上手、下手は下手、いづれを是《ぜ》と弁へず、すいた事してあそぶにはしかじ。夢幻《ゆめまぼろし》の戯言《けげん》也。谷三つとんで火をまねく、皆是《これ》あだしの〻草の上の露」（『阿蘭陀丸二番船』）と。（中略）口を衝いて出るにまかせて、いかにものびのびと楽しんで詠んでいる。それだけに玉石混淆である。（中略）それはそれでよかった、「世人ほめたらだいじか、そしつたらだいじか、大事もない事」（『宇津不之曾女』）であったのである。宗因の軽口狂句の面を西鶴が承けて「阿蘭陀流」を号し、惟中がその「夢幻の戯言」をしかつめらしく「寓言」論に発展させ、松意が謎仕立のぬけ風を「飛躰」と称し、その結社を「談林」と号したのも、みな宗因の関わり知らぬことであった。来る者は拒まず、去る者は追わず、明石の松平侯や伊勢の内宮長官などの心友に招かれて、時に連歌に興じ俳諧に遊んだ。

（野間「西山宗因」）

引用冒頭文にいう「今の宗因」とは、寛文一〇（一六七〇）年二月、小倉の広寿山福聚寺で受戒出家を遂げたあとの宗因を指す。野間「西山宗因」は、「家を出で世を捨て、一切を放下した宗因は、今や全く身も心も軽くなった」とも述べ、出家を「俳諧師宗因」にとって最大の転機と位置づける。かかる「俳諧師宗因」像が、延宝八年八月跋刊『阿蘭陀丸二番船』や元禄一七（一七〇四）年一月跋刊『うつぶしぞめ』に収録される宗因自身の言に基づくことは当然ながら、いずれも片言隻語の類ではあり、総体的には次のごとき同時代人の証言とよく一致しよう。

さしもの昌琢門下のそのかくれなき宗因老師、連歌を一のみにのまれたる人の、そのやうなる事を会得して、さて野山のあそび、茶の会、酒のむしろにて、はいかいの狂句を自由底にいひちらされたる也。無我《ムガ》にして可《カ》もなく不可《フカ》もなき老翁の、すべてざれごとゝおぼし、守武・宗鑑の両人を目あてにし給ひ、こゝろを世上にあさばしめ、一生を放下《ホウゲ》し給ふ。それなればこそ、あまたのとし狂句はいかいになれて、そのうち一句も一巻もみづから撰び世にひろめ給ふこゝろもなし。たまさかの一句をも板におこしてうりありくとて、とうどいやがらせらるれど、口から出た句を人のきゝつたへてむしやうに開板せしむる也。これ則老翁の徳よりなせる所、さらにもとむるにあらず。つゝめどもあらはるゝにしきの句、かくせどもあきらかなる玉のことの葉なればなり。やつがれは所こそ海山を隔《ヘダテ》たれ、よう老師の心術《ジュツ》を存じぬ。上京をするたび〳〵五日も十日も親炙《シンセキ》して、よろづものゝならひをも承り、たうとき師とおもひ、なに波のかたをばあとにもせぬ事なり。（惟中『しぶ団返答』）

誠にこの比の若輩、いさゝも学文をはげまさず、歌学をしらず、唯口さきのかる口ばかりを好み、無法放埒《ホウラツ》をいひちらす事、是なんぢがとがむる所も一理あり。忝も梅翁老師は、壮《サウ》年の比より昌琢老人に随ひ、多年連歌の道に功なり名遂て、人にもゆるされ、摂家清花のすゑにもつらなり、達人名匠《セウ》の座にもなをり、ことし七十六歳の余算《ヨサン》をへて、かたのごとく事のたりたる道人也。その人の、折から世のもてなやみぐさの俳諧をせられ、人の興ずる事、誠に理なるかな。いづこをさして議《ギ》すべき師にあらず。第一、心ざまなだらかにしてうつくしき名匠、いにしへはしらず、今の代にはかたをならぶる人もあるまじき也。是ほど俳諧盛なれども、何集と名付て一集の建立もなく、何の書とて一巻のものをも開板せず、多くの誹諧の発句もみづから書とめても置せられず、只時にあたり興によりてつぶやき給ふ事、殊勝の事也。かの林和靖《クハセイ》が孤《コ》山にかくれて卅年の間、詩を作し、文を書給ひ、しかも一字を記しとゞめさせ給はぬ、大賢の気象《シヤウ》あり。

（惟中『誹諧破邪顕正返答』）

惟中は、「俳諧師宗因」を、里村昌琢門下の連歌師として大成し、貴顕・名人の連歌会席にも列する華々しい経歴を持ちながら、老年に及んでその栄光を潔く捨て去った「無我」の「道人」と語り、さらにその俳諧に対する無欲な姿勢を「老翁の徳」「大賢の気象」と鑚仰する。何よりもその教養と品格において当代無比の宗匠であるとする「俳諧師宗因」像がいまだ過去のものでないのは、野間「西山宗因」に明らかであろう。

　だが、惟中が抜け目なき野心家であることを、われわれはよく知っているはずではなかったか。延宝八（一六八〇）年二月刊『誹諧破邪顕正返答』は、「紅毛《ヲランダ》流の張本」たる「宗因と云ゑせ入道」が「誹諧の邪流をすゝめ、数多の初心をまよはし、無法無慙を云散す」ことを糾弾した延宝七（一六七九）年一二月跋刊『誹諧破邪顕正』に対する返答書であった。惟中は宗因をことさらに尊ぶべき存在としてまつりあげることで批判の対象を宗因からずらし、「唯口さきのかる口ばかりを好」む学識なき宗因流俳諧同門の「若輩」に全責任を押しつけようとする。これが西鶴に対する間接的攻撃であることは言うまでもない。宗因の陰徳にいち早く気づきその学識に直接親炙した惟中自身の経歴については、延宝三年九月刊『しぶ団返答』ですでに表明済みであった。「俳諧師宗因」の教養と品格を絶対化することは、惟中の免罪を保障することに繋がる。従って「俳諧師宗因」について語る惟中の主張は、むしろ、その語りの前後に置かれた傍線部分に集約されているといってよい。
果たして、惟中の「梅翁師の邪俳にあらずといはんためのみにあらず、只梅翁師を先だてゝ、己が徳をうらん」との思惑は、同門の徒によってただちに見透かされてしまったし（延宝八年三月刊『破邪顕正返答之評判』）、門外からは宗因に対して倍旧の批判が呈される結果を招いてしまった。

宗因を仏にも聖人にもたとへず、紅毛流《ヲランダ》の張本也といふ、そのいはれなきにあらず。（中略）宗因はその以前よりばされたる作者成しか共、今のやうに鳴わたりてもしられず。人誹諧の事をとへば、「連歌をこそ専一とすれ、はいかいはしらず、たゞ当座の云捨なれば、出るまゝに」と云はれしとぞ。しかるを、いつの比よりか不斗世にもてひろめて、見る人聞人、口もあはせず大わらひして興じあへり。古法にそむく事あれ共、連歌師の誹諧なれば此やうなるがよきやらんと世の人の思ふもことはり也。され共、自身はたゞたはごと一ぺんとおもひてさして大事にかけねば、法もなく式目もかまはず、前句に事ふたつみつあれば付物も取ならべて付るゆへ、一句落着せず。新俗下劣の言葉を取もなをさず句作り、実体の名匠達の云まじくせまじき事とて掃《ハキ》あつめて塵塚に捨おかれし事共をひろひ出せば、初心新しきとおもひて真似するほどに、我しらずそやしたてられて、いつぞの程より宗因流と成て爰かしこのあぶれもの共出来《キ》、是程迄誹諧のみだれに及べり。是紅毛流《ヲランダ》の張本ならずや。

（延宝八年四月刊『綾巻』）

惟中が「大賢の気象」と称揚した「俳諧師宗因」の無欲・無頓着は、『綾巻』作者に言わせれば「誹諧のみだれ」の元凶であり、宗因は再度「紅毛流の張本」として弾劾されている。「仏」や「聖人」にも等しい存在と仰ぎ見る者がいるいっぽうで、「紅毛流の張本」として激しい批判にさらされるというのが、延宝八年時における「俳諧師宗因」の実態であった。しかしながら、連歌師が当座の言い捨てに俳諧を愉しむこと自体は他にいくらも例があるはずであり、宗因ひとりかくまで罵倒される謂われもなかろう。問題の核心は、だから、宗因の俳諧にあるのではなく、その点業のほうにあると予想される。

三　宗因の点業

さて、宗因の評点資料は、連歌百韻一四巻・五十韻一巻、俳諧百韻五五巻・歌仙二巻が今日に伝わる(7)。宗因自身の出座作品としては、千句九編・百韻一一四巻・七十二候一巻・五十韻二巻・四十八句二巻・世吉一巻・歌仙二巻の連歌が伝存するのに比して、俳諧は千句二編・十歌仙一編・百韻七三巻・歌仙八巻である(8)。数句のみを付けた場合と独吟で巻いた場合が混じるため多寡は一概に論ずるべきでなく、また、写本／板本という媒体の違いが現存状況に与える影響も十分考慮に入れるべきではあるが、試みにそれぞれの句数を計上すれば【表一】のようになる。

宗因出座の連歌は、宗因出座の俳諧の倍以上現存している。これは、宗因一代の文芸として連歌が本業であったことを示す徴証と認めてよかろうし、宗因にとって俳諧は連歌の余技に過ぎなかったことを裏づけもしよう。いっぽう、宗因評点にあっては、俳諧の点巻が連歌のそれの四倍近くも現存している。この現象は、俳諧巻への加点という営みが、宗因の全文芸活動のなかでも一定の割合を占めていた事実を物語っているだろう。

宗因の俳諧評点については、乾裕幸の一連の研究(9)が資料の発掘や書誌調査を進め、宗因評語の展開や特徴に至るまで詳しく論じている。その驥尾に付して宗因の点業について考えてゆきたいが、新たに百韻七巻を付け加えつつ(10)、宗因俳諧点巻の概要を一覧したのが【表二】である(11)。

【表二】「種別」欄を一覧すれば、現存五七巻の約九割に当たる五一巻が独吟作品であることにただちに気づかされよう。宗因評点の連歌巻の場合、現存一五巻のうち独吟は半数の七巻に過ぎない。連歌師宗因が藩や神社に属する連衆＝集団から批点を依頼されていたのに対して、俳諧師宗因は個人指導を請われることのほうが圧倒的に多かったようである。「出典」欄に＊印を付した三八巻が刊行されており、うち三〇巻の表題で梅翁宗因の評点巻であること

【表一】

	連歌	現存作品数	収録句数	俳諧	現存作品数	収録句数
宗因評点	百韻	一四	一四〇〇	百韻	五五	五五〇〇
	五十韻	一	五〇	歌仙	二	七二
	計		一四五〇	計		五五七二
宗因出座	千句	九	九〇〇〇	千句	二	二〇〇〇
	百韻	一一四	一一四〇〇	十歌仙	一	三六〇
	七十二候	一	七二	百韻	七三	七三〇〇
	五十韻	二	一〇〇	歌仙	八	二八八
	四十八句	二	九六			
	世吉	一	四四			
	歌仙	二	七二			
	計		二〇七八四	計		九九四八

【表二】

	作者	種別	評点時期	宗因署記	付墨（長点）	出典（＊刊本）
1		独吟百韻	寛文元年頃	一幽	四九（一三）	竹冷『雪千句』＊
2	計艤	独吟百韻	寛文五年頃	西翁	四五（八）	綿屋『万句之内十百韻集』
3	計艤	独吟百韻	寛文五年頃	西翁	四九（九）	綿屋『万句之内十百韻集』
4	計艤	独吟百韻	寛文六年頃	西翁	四二（九）	綿屋『万句之内十百韻集』
5		独吟百韻	寛文六年頃	大坂住西翁	三五（四）	国会『誹諧小相撲』＊
6	計艤	独吟百韻	寛文七年頃	西翁	四一（五）	綿屋『万句之内十百韻集』
7	計艤	独吟百韻	寛文八年頃	西翁	五二（一三）	綿屋『万句之内十百韻集』
8	計艤	独吟百韻	寛文八年頃	西翁	四一（九）	綿屋『万句之内十百韻集』
9	鶴永	独吟百韻	寛文七年頃	西翁	六〇（一九）	国会『大坂独吟集西山宗因点取十百韻』＊
10	胤及	独吟百韻	寛文九年頃	西翁	五一（一一）	綿屋『俳諧続独吟集』＊
11	惟中	独吟百韻	寛文一二年頃	天満西翁	三〇（三〇）	綿屋『俳諧蒙求』＊
12	幾音	独吟百韻	寛文一三年頃	西幽子	五四（二九）	国会『大坂独吟集西山宗因点取十百韻』＊
13	由平	独吟百韻	延宝元年頃	西幽子	六〇（二七）	国会『大坂独吟集西山宗因点取十百韻』＊
14	悦春	独吟百韻	延宝元年頃	西翁	四八（二一）	国会『大坂独吟集西山宗因点取十百韻』＊
15	由平	独吟百韻	延宝二年頃	西梅花翁	六一（二九）	国会『大坂独吟集西山宗因点取十百韻』＊
16	素玄	独吟百韻	延宝二年頃	西梅花翁	五九（二八）	国会『大坂独吟集西山宗因点取十百韻』＊
17	三昌	独吟百韻	延宝二年頃	梅翁	五三（二二）	国会『大坂独吟集西山宗因点取十百韻』＊
18	意楽	独吟百韻	延宝二年頃	梅翁	五六（二三）	国会『大坂独吟集西山宗因点取十百韻』＊
19	未学	独吟百韻	延宝二年頃	梅翁	六二（二七）	国会『大坂独吟集西山宗因点取十百韻』＊
20	重安	独吟百韻	延宝二年頃	梅翁	六〇（二五）	国会『大坂独吟集西山宗因点取十百韻』＊

21	惟中	独吟百韻	延宝三年頃	西山梅翁子	五八（一八）	綿屋『岳西惟中吟西山梅翁判十百韻』＊
22	惟中	独吟百韻	延宝三年頃		六〇（二三）	綿屋『岳西惟中吟西山梅翁判十百韻』＊
23	惟中	独吟百韻	延宝三年頃		五八（一九）	綿屋『岳西惟中吟西山梅翁判十百韻』＊
24	惟中	独吟百韻	延宝三年頃		五七（二五）	綿屋『岳西惟中吟西山梅翁判十百韻』＊
25	惟中	独吟百韻	延宝三年頃		五九（二二）	綿屋『岳西惟中吟西山梅翁判十百韻』＊
26	定直・胤及	両吟百韻	延宝四年頃	梅翁	五七（一九）	正宗『西山梅翁点胤及定直両吟集』＊
27	定直・胤及	両吟百韻	延宝四年頃		五八（一六）	正宗『西山梅翁点胤及定直両吟集』＊
28	定直・胤及	両吟百韻	延宝四年頃		五四（一八）	正宗『西山梅翁点胤及定直両吟集』＊
29	定直・胤及	両吟百韻	延宝四年頃	梅翁	五四（二二）	正宗『西山梅翁点胤及定直両吟集』＊
30	定直・胤及	両吟百韻	延宝四年頃		五一（一七）	正宗『西山梅翁点胤及定直両吟集』＊
31	素玄・定祐・保俊	三吟百韻	延宝五年頃	梅翁	五一（一八）	柿衞『宗因七百韻』＊
32	江雲	独吟百韻	延宝六年頃	梅翁	三九（三九）	学習院『四人法師』＊
33	元春	独吟百韻	延宝六年頃	梅花翁宗因	六五（三五）	綿屋『珍重集』＊
34	計艤	独吟百韻	延宝六年		四七（一二）	綿屋『万句之内十百韻』
35	計艤	独吟百韻	延宝六年		四二（一一）	綿屋『万句之内十百韻』
36	計艤	独吟百韻	延宝六年		四六（一六）	綿屋『万句之内十百韻』
37	計艤	独吟百韻	延宝六年		五二（二三）	綿屋『万句之内十百韻』
38	計艤	独吟百韻	延宝六年		五五（二二）	綿屋『万句之内十百韻』
39	計艤	独吟百韻	延宝六年		四〇（一二）	綿屋『万句之内十百韻』
40	計艤	独吟百韻	延宝六年		四五（一八）	綿屋『万句之内十百韻』
41	計艤	独吟百韻	延宝六年		四六（一六）	綿屋『万句之内十百韻』
42	計艤	独吟百韻	延宝六年		五〇（一九）	綿屋『万句之内十百韻』
43	計艤	独吟百韻	延宝六年	梅翁子	六九（二九）	綿屋『万句之内十百韻』

44	山水	独吟百韻	延宝六年頃	梅翁	三二（三二）	綿屋『十百韻 山水独吟梅翁批判』＊
45	山水	独吟百韻	延宝六年頃	梅翁	六二（三一）	綿屋『十百韻 山水独吟梅翁批判』＊
46	山水	独吟百韻	延宝六年頃	梅翁	六七（二六）	綿屋『十百韻 山水独吟梅翁批判』＊
47	山水	独吟百韻	延宝六年頃	七十五歳梅翁	五七（二五）	綿屋『十百韻 山水独吟梅翁批判』＊
48	山水	独吟百韻	延宝六年	梅花翁	六〇（二八）	綿屋『十百韻 山水独吟梅翁批判』＊
49	山水	独吟百韻	延宝七年頃	梅翁	六六（二六）	綿屋『十百韻 山水独吟梅翁批判』＊
50	山水	独吟百韻	延宝七年頃	梅翁	五二（二五）	綿屋『十百韻 山水独吟梅翁批判』＊
51	山水	独吟百韻	延宝七年頃	梅翁	五一（二四）	綿屋『十百韻 山水独吟梅翁批判』＊
52	山水	独吟百韻	延宝七年頃	梅翁	五七（二七）	綿屋『十百韻 山水独吟梅翁批判』＊
53	山水	独吟百韻	延宝七年頃	梅翁	五七（二五）	綿屋『十百韻 山水独吟梅翁批判』＊
54	哂求	独吟百韻	延宝年間	宗因	六二（一六）	綿屋『談林俳諧』
55	未達	独吟歌仙	延宝年間	梅翁	一九（六）	綿屋『俳家奇人談』＊
56	不庵	独吟歌仙	延宝年間	梅	一八（七）	綿屋『奴俳諧』
57		独吟百韻	延宝年間	梅	四一（一三）	柿衞『宗因評点俳諧百韻』

が標榜されている点にも注意しておきたい。

「評点時期」は寛文―延宝の約二〇年間に及ぶ。「付墨」数が作者個々の力量に応じて変動するのは当然ながら、巨視的に眺めれば、宗因は一巻の四割から六割程度の句に点を、うち一割から三割程度の句に長点を与えており、その加点姿勢に顕著な経年変化を認めることはできない[12]。連歌の場合、宗因の付墨は平均して一巻の三割弱に留まり、長点については百韻中二句から五句というごくわずかな句にしか与えていないことを思えば、俳諧における宗因の加点は一貫して甘かったといえる。

いっぽう、その加点姿勢の一貫性にもかかわらず、宗因の加判姿勢が寛文六―七年頃を境として著しく変化することを鋭く指摘したのは、乾「俳諧点者宗因の誕生」(13)であった。宗因の評語は、この間に厳格な姿勢から寛大な姿勢に劇的に変わったという。なるほど、寛文五年から一〇年までに加点されたという宗因評点百韻六巻を合写した計艤独吟『万句之内十百韻』のうち、前半二巻(【表二】2・3)には俳言の欠如や事実誤認を難じた非言を散見するのに対して、後半四巻(【表二】4・6・7・8)からは非言は消え、代わりに付合・句作の取り柄を努めて褒めようとする評語が目立つようになる。寛文五―六年頃の加点と目される計艤独吟「松や君に」百韻(【表二】4)から、宗因評語を二例確認しておこう。

⑤〽河水に座頭や耳をすますらん
〽あめうじひけるかしこきもなし
　巣父をおもはれ候歟
⑥　比丘尼が手箱あけて悔しき
〽うら島や若狭小浜のむかし〳〵
　珍重候、誹にて候、丹後の浦島とこそ聞候にめづらしく候
(『万句之内十百韻集』「松や君に」百韻)

⑤は、河水の流れに耳をすます耳敏き座頭に、赤牛《あめうじ》を牽く賢人を取り合わせた付合である。帝尭からの天下譲渡の申し出を固辞した許由・巣父の故事をふまえた句作に、宗因は平点を与えて評語を添えている。⑥は、前句の「比丘尼」から若狭小浜の八百比丘尼伝説を引き出し、その人間離れした長寿から浦島説話を発想した付合である。浦

島は若狭ではなく丹後ゆかりの伝説であるし、若狭の八百比丘尼は「手箱あけて悔し」くなりはしない。宗因は、しかし、伝説上の人物にあえて虚構を演じさせた点に俳諧性を認め、「珍重」と絶賛する。

乾「俳諧点者宗因の誕生」は、⑥の付合をとりあげて「前二巻において故実に反する付合を咎めた彼が、若狭の浦島を「狂言の誹」として認めるに至ったことは、作者の技倆の進歩はともあれ、判詞に萌した温和の気風と共に、宗因の内部に起こりつつあった変化の、一湧出」(14)と論じ、その変化の因を「当時宗因のうえに訪れた人生上の体験」すなわち「寛文二年の長女の死から同七年の妻の死に至るまで、隙間なく宗因を襲った不幸の数かず」に求めている。乾の描く「俳諧点者宗因」像は、寛文二(一六六二)年末の東遊中に長女を喪って以来遁世の志を抱いていた宗因が、その約八年後、出家を遂げると同時に本格的に俳諧活動に傾斜してゆくとする、野間「西山宗因」の「俳諧師宗因」像をよくふまえるものである。

しかしながら、かかる「俳諧点者宗因」像はいささか浪漫的に過ぎはしないだろうか。寛文年間の宗因が近親者の死に直面したのは事実だが、それと彼の評語の変化との間にどれほどの因果関係があるであろう。事実といえば、宗因がこれらの俳諧評点によって金銭を得ていた事実も逸してはなるまい。次の引用は、摂津平野庄惣年寄土橋宗静の日記の、寛文六(一六六六)年二月二日条である(15)。

我等発句、

年を追ふ日は尻つきの小馬哉

にて、正甫・重庸・清順・我等と四吟仕候。点取に、銀弐匁相添、天満宗因へ遣、同六日に来申候。

(『土橋宗静日記』寛文六年二月二日)

「年を追ふ」句は、宗静の寛文六年午歳の歳旦発句であった。「午」歳の元旦が「午」の日であったことを親馬のあとに付き従う小馬になぞらえた俳諧の歳旦発句を、宗静は早々に天満の宗因に送り、「名馬にて候」との褒詞を受けたという(『土橋宗静日記』寛文六年元日条)。これがよほど得意であったのか、宗静は同句を立句として平野衆で四吟百韻を巻き、二月二日、再び天満の宗因に送って評点を請うた。宗因は日を置かず加点したと見え、俳巻は四日後には宗静の許に戻されている。点料は銀二匁の前払いであった。延宝六年一一月序刊『物種集』一冊につき西鶴が鳴海の知足に示した代価が銀一匁二分であったから(延宝七年三月二二日付下里勘兵衛宛西鶴書翰)[16]、俳諧百韻一巻につき銀二匁の点料は妥当な線と言えそうである。もっとも、点料が定額であったか否かはわからない。【表二】に掲げた五七巻が宗因の点業総体で占める割合も不明とせざるを得ないものの、これら俳諧点巻のすべてに点料が絡んでいたとすれば、寛文中期以降の宗因が、俳諧の点業で一定の収入を得ていたのは動かせない事実であろう。

島津忠夫「宗因とその後の西山家」(『島津忠夫著作集　第六巻　天満宮連歌史』、二〇〇五年、和泉書院)は、宗因嫡男の西山宗春が、一八歳に達した万治二(一六五九)年正月、初めて歳旦吟を詠んでいることに触れ、宗因の俳諧活動は宗春の成長と深い関わりがあると指摘する。寛文期の宗因が諸国を旅し、俳諧にも遊ぶことができるようになったのは、天満宮連歌所宗匠の仕事を委託できる環境が整ったがゆえのことであり、寛文一一(一六七一)年四月、宗春が九州遊歴中の宗因に代わって再興した『天満宮千句』は、それ以前から宗匠代理をつとめていた宗春が、宗因出家を機に正式に連歌所宗匠職を継承したことを証するものであるという。万治四(一六六一)年正月、二〇歳の宗春を伴って伊勢太神宮に参詣し、法楽の連歌を両吟で奉納しているのも、連歌師宗春の前途を祈願するためであったと思しく、宗因が一子宗春の自立に意を用いていたのは確かである。振り返るに、宗因が天満宮連歌所宗匠に就任したのは正保四(一六四七)年九月、四三歳当時のことであった。彼の詠作がその後三五年間もの長きにわたって続くことを思えば、就任から一〇年余りで引退の準備を始めるとはいささか性急な所為にも思われるが、ようやくありついた連歌宗匠職を嫡男宗春に襲わせ、西山家を天満宮専属の連歌の「家」として確立させることこそ、牢人から一代で身を興した宗因の悲願であったとしても不思議はなかろう。

宗因における俳諧点業の活発化も、連歌所宗匠引退と無縁とは思われない。

> 惣別、宗因と云ゑせ入道、第一紅毛《ヲランダ》流の張本也。予、連歌の折節は一座をもならべ、あひしれる者なれば、用捨をおもひ人そしれども口をとぢて居けるが、連歌を捨、誹諧になるさへうは気ものとおもへるに、剰誹諧の邪流をすゝめ、数多の初心をまよはし、無法無慙を云散す、言語道断の曲事かな。（随流『誹諧破邪顕正』）

古典俳文学大系が「実際は連歌を捨てたわけではなく、俳諧は本来余技であり、晩年再び連歌にいそしんでいる」と注するように、宗因が「連歌を捨、誹諧にな」ったとの理解は退けられて久しいけれども、延宝七年当時かかる見方が行われていたことを特に重視しておきたい。連歌所宗匠を辞して以降の宗因の俳諧点業は、連歌師から俳諧点者に転身したと見る者もあるほどに盛んであったのである。これを身内の不幸に接した内的葛藤ゆえのことと難しく考えるより、生活の変化ととらえたほうが、「俳諧師宗因」像はむしろ明確になりはしないだろうか。

四　連歌師の俳業、その功罪

寛文中期以降の宗因が、俳諧点者としての収入を頼みにするようになったと仮定してみるとき、その加判態度の変化にはどのような意味があったのだろうか。すでに乾「俳諧点者宗因の誕生」は、「寛文七、八年頃、俳諧点者としての宗因の生活はにわかに多忙を迎えた」と想像されること、その多忙が「宗因に、点者生活への自信を与え、その俳道専念の覚悟を促したに違いない」と説いていた。さらに点者宗因の評価する付合の特性は「古典文学への極端な傾斜」「知識の尊重」にあるとし、「宗因引墨考―判詞の批評性と文芸性」では、「由緒ある句に遭遇したときの判者宗因の筆」がひときわ「楽しくはずんでいる」と指摘しつつ、宗因判詞を「典拠を示してパロディーの妙味を賞する型」「付句に引かれた本歌・本説で、直接引用されなかった詞句を用いて評する型」「本歌・本説の作者を引合に出して評する型」「付句に特定の人物の俤を読みとって評する型」の四類型に分類している。

宗因は故事・古典をふまえた付合においなべて高い評価を与える傾向にあったが、これは宗因の個性というよりも、惟中が「すべて点者の点するにも、故事をふまへ古きものがたりの根ざしある句は、平句のあぶなきよりもかならず点かけ長点懸る事大事の秘密也と、貞徳の伝受また連歌師のならひにもする事也」(『俳諧破邪顕正評判之返答』)と述べるとおり、連歌・俳諧の伝統に則ったやり方であった。ただし、加点句に添えられた宗因評語は確かにすこぶる特徴的である。前章所引⑤の付合では「巣父をおもはれ候歟(許由・巣父の故事を思いあわされたのでしょうか)」といい、⑥の付合では「丹後の浦島とこそ聞候にめづらしく候(浦島伝説は丹後のものと思っていましたが、若狭小浜の浦島とは珍しく面白いですね)」という。「巣父」「浦島」と典拠を明示し、作者の工夫を具体的に剔出してみせるのである。

寛文中期以降に確立されたかかる宗因評語の特徴を、乾「俳諧点者宗因の誕生」は「機知と諧謔に富んだ軽口的判詞」とまとめ、付句と判詞のかけあい的な応酬を「知識人同士の密約めいた、いわば共犯関係」であると同時に「まことに面白い読物」と評している。では、宗因の「軽口的判詞」が今日のわれわれにとっても「まことに面白い読物」

であり得ているのは何故か。みずから凝らした句作の仕掛をあやまたず指摘された作者はさぞかし嬉しかったに違いないが、作者・判者以外の読者にとって、宗因の判詞はきわめて有効な読みの手引きとして機能する。「巣父をおもはれ候歟」との判詞に接した読者の多くは、その判詞によって初めて、⑤の付合が許由・巣父の故事によって成り立つことを知るであろう。すなわち、宗因判詞のもうひとつの特徴は啓蒙性にあるのであり、点者宗因の人気の理由のひとつもここに存すると思われる。現存する宗因俳諧点巻の七割弱が刊本として伝わることは先に述べたが、既刊の宗因点巻を取りあわせた『大坂独吟集』の成り立ち(17)を思えば、実際に印行された宗因点巻は現存数をはるかに超えるに違いない。寛文中期以降の宗因の加判姿勢の変化は、果たして、宗因点巻の刊行とまったく無関係であったと言い切れるだろうか。

寛文中期以降の宗因は、つまるところ、「俳諧点業に積極的に携わった連歌師」であった。のちに噴出する論争の火種はすでにここに兆している。

⑦先発句は四季をたゞしく、切字のをき所を第一とし、或は心のおもしろきを底にかくし、詞のざれたるを口にあらはし、又はかくれたる心深からねども、詞のつゞきによりかろ口と聞ゆるも有べし。脇は発句に出たる時節を違へず、句がら気高く韻字をたしかにとむる事也。第三は時節も心もかけはなれ、打越にかへらぬやうに仕立たるがよし。是皆連歌のならひにて、いふに及ばぬ事なれども、みな人法を破り、異風のみにて口にはゞかるばかりの文字をあまし、心も詞もをのがをろかなるまゝに流々をたてゝ、上手の巧者のとはげみあへれば、京・田舎の歴々、まことゝ信仰せらるゝと見えたり。なまじゐに連歌師などもくはゝりて、其あだ事に組してあたら隙を費し、誹諧はかやうの物よと思ひ入て、同意・用付・うしろ付・打越をわきまへざる事共をいへれば、連歌師

さへかくあれば、是こそ言語道断の誹諧の道よと心得て、次第〳〵にひろまるはなげかしき事也。

(立圃『連歌俳諧相違の事』)

⑧連歌師の誹諧は大方なげやりなる所ありて、放埓の事おほし。兼載《ケンザイ》・紹巴《ジヤウハ》などの独吟の誹諧百韻今に残伝るを見るに、たゞ口ずさみにいひなしたる故にや、是連歌師の誹諧とて翫《モテアソ》ぶべきところも見えず。すべて道は信を本とすべきわざ也。ほとけの浅からぬ道《ミチ》も信心なくはすたりていたづらなるべし。誹諧もたゞ戯《タハブ》れとばかりにていへらん人の句は信なき故に、真実のよき句出来がたし。又其道捨りやすかるべし。貞徳は父君永種より重代の連歌師なれど、一時の誹諧の宗匠にて今も其道の人此流《ナガレ》をこそ汲《クミ》侍れ。されば誹諧はいかにも誹諧師のよく其道知たる人の句にしくこと有まじくや。

(季吟『誹諧用意風躰』)

⑦は寛文七(一六六七)年六月二五日奥書の綿屋文庫蔵立圃自筆巻子から、⑧は延宝元(一六七三)年奥刊本から、「連歌師の俳諧」に対する批判を抜き出したものである。立圃と季吟は、ともに、連歌師の余技的俳諧が俳諧作者一般に与える悪影響を深く憂慮しているが、先学の指摘のとおり[18]、批判の矛先が暗に宗因に向けられていたことは、両書の成立年次に照らしてまず疑いなかろう。要するにこれらは、連歌師の領域侵犯に対する、俳諧師の危機意識の表明に他ならない。連歌師が俳諧点業に本格的に乗り出すことは、立圃・季吟といった当代一流の俳諧師にとっても看過し難い動きだったのである。

俳諧師の危惧をよそに宗因の点業は隆盛をきわめた。彼に対する批判はいきおい先鋭の度を増してゆく。

ある人のいふ、「宗因、連歌を根本として誹諧を麁末にしらるゝならば、誹諧の巻を見する時、点をも麁相にしらるべき事なれ共、いかにも念を入て批判を書付らるゝは」、といふ。それも理り也。以前は連歌を本にして誹諧を末にしられたれ共、今は誹諧本になりたり。連歌師の誰とやらんが宗因に逢て、「誹諧にかたぶきてんがういはるゝ」とて異見しられしに、「さればこそ、予もさはおもへども、誹諧をすれば世わたりのいとやすきに」と申されしとぞ。此一言にて、点に念を入らるゝは理りとしるべし。誠にあだごとなりとて点の仕やう麁相ならば、点料をいだしてうかゞふものもあるまじ。それさへいにしへの仕やうとはちがひて、したり〳〵、是は〳〵などゝ、道戯ごとをかゝるゝ也。つく〴〵と思案して見られよ。

（延宝八年四月刊『綾巻』）

あまりに口さがない物言いではあり、「点料うんぬんは下種の勘繰り」（乾「俳諧点者宗因の誕生」）と捨て置きたくはなるものの、点料をとることを必要以上に蔑まなければ、『綾巻』著者はむしろ、真実の一面をよく言い当てていたのではなかったか。貞門から宗因流に転じた春澄も、古俳の面々が論書を出して京都談林連衆を罵倒する本当の理由について、次のように評している。

むかしより此所に点者ども余多ありしが、今流に打まけ、点料の巻どもを高政にまくりとられ、あまつさへ友静・如風などは季吟・湖春が旦那殿ともあふぎぬる門弟成しが、今当誹にかたぶく事、扇をぬきじがいせんほどの遍執なれども、さながら色には出さずして、此破邪顕のだんがうにのり、板行したる書なればとて、今はよりあひの破邪顕とも申候。

（延宝八年二月刊『誹諧頼政』）

論争の裏側には点者間の熾烈な縄張り争いがあったのである。点料のことを人は普通「さながら色には出さ」ないから、これを裏付ける資料は乏しいけれども、西漁子の次の発言を見ても、宗因が俳諧点業で相当の収入を得ていたことは事実として認められなければなるまい。

当時《ソノカミ》梅翁盛《サカン》にして、点取の懐紙千巻、日に新にして門前につどふ。さるによつて、貞徳翁の門弟、世をこり須磨《スマ》の淋《サビ》しさもいやまさり、わくらばにとふ人稀にして、点料すくなければをかぬ棚までさがし、そこで腹がたち出て、よこがゝりにとつてかゝつて、人を編《サミ》し詰と見えたり。

（延宝八年閏八月刊『俳諧太平記』）

以上のことは、実は、つとに中村俊定「貞門・談林の論争」（『国語と国文学』一九五七年四月）が、一ただわれわれはこれらの論争が多分に職業俳人の米櫃に関係のあったことを考慮にいれる必要があると思う」と、簡潔に注意を促していたことであった。本稿は、その注意をやや拡大して見せたに過ぎないが、連歌にせよ俳諧にせよ、また本業であれ副業であれ、生活の糧を得るという目的に結びついていた点にかけては、宗因も例外ではなかったということである。かかる宗因の生き方は庇護を求めて戦国大名の間を往き来した中世連歌師の姿と本質的に変わりはないが、諸大名に連歌を以て仕えながら、新興文芸として需要を伸ばしつつあった俳諧点業でも圧倒的人気を獲得し得たのは、時代の勢いの然らしむるところとはいえ、類いまれなる才覚という他はない。宗因の俳業は連歌の余技であるがゆえに俳壇に混迷を招き、連歌の余技なればこそ俳諧史に革新をもたらしたのである。

【注】

（1）野間光辰監修『西鶴』（一九六五年、天理図書館）「下里勘州宛西鶴書翰」解説、塩村耕「西鶴伝の一、二の問題」（『近世前期文学研究―伝記・書誌・出版』、二〇〇四年、若草書房）参照。

（2）『西鶴大矢数』は、延宝九（一六八一）年四月、大坂深江屋太郎兵衛刊。

（3）乾裕幸「西山宗因評点考㈡―『誹諧小相撲』及び『大坂独吟集』所収鶴永独吟百韻」（『親和国文』一九七一年三月）参照。

（4）野間『刪補西鶴年譜考証』、乾「西山宗因評点考㈡」。

（5）乾「岡西惟中の俳壇登場―宗因との出会」（『俳学掌記―俳人・俳句・書物との遭遇』、一九八九年、和泉書院）参照。

（6）乾「西山宗因評点考㈡」参照。

（7）『西山宗因全集 第四巻 紀行・評点・書簡篇』（二〇〇六年、八木書店）参照。なお、十百韻は百韻一〇巻として計上した。

（8）『西山宗因全集 第一巻 連歌篇一』（二〇〇四年）、『同 第二巻 連歌篇二』（二〇〇七年）、『同 第三巻 俳諧篇』（二〇〇四年）参照。ただし、一順・三物・唱和や断簡については、便宜上、数値化の対象からこれを除外した。

（9）「西山宗因評点考㈠～㈢」（『親和国文』一九七〇年一〇月・一九七一年三月・一九七三年一月）、のち「俳諧点者宗因の誕生」と改題して『俳学掌記―俳人・俳句・書物との遭遇』所収（一九八九年、和泉書院）。「『大坂独吟集』の研究―西鶴初出俳書考㈡」（『俳諧師西鶴―考証と論』、一九七九年、前田書店）。「宗因引墨考―判詞の批評性と文芸性」（『俳文学の論』、一九八四年、塙書房）。

（10）乾「西山宗因評点考㈠」の調査に補い得た宗因俳諧点巻は、財団法人正宗文庫蔵『西山梅翁点 胤及定直両吟集』所収の百韻五巻（【表二】26―30）、学習院大学日本語日本文学科研究室蔵『四人法師』所収の江雲独吟百韻一巻（【表二】32）、柿衞文庫蔵年次未詳『宗因評点俳諧百韻』一巻（【表二】57）である。

（11）【表二】のうち「作者」欄の空欄は当該俳諧の作者が未詳であることを、「宗因署記」欄の空欄は当該巻には宗因署名を欠くことを示す。「評点時期」欄に「～年頃」と記したのは宗因俳号等から推測した評点年である。「付墨（長点）」欄には各巻の付墨総数を掲げたうえで（　）内に長点数を記した。但し原本の巻頭または奥書に記載された数にはよらず、わたくしに計上しなおした実数を示している。「出典」欄に掲げた資料の所蔵機関名の正式名称は以下の通りである。

竹冷＝東京大学総合図書館竹冷文庫
綿屋＝天理大学附属天理図書館綿屋文庫
国会＝国立国会図書館
正宗＝財団法人正宗文庫
柿衞＝財団法人柿衞文庫
学習院＝学習院大学日本語日本文学科研究室
支子＝九州大学附属図書館支子文庫

(12) 但し、【表二】11・44における加点はすべて長点である。宗因は両巻の奥書において、慶安元（一六四八）年九月刊『正章千句』の貞徳判を先例として、非言なき句はすべて平点に値すると述べている。これを額面通りに受け取れば両巻は一〇〇句すべてが加点句ということになるが、【表二】「付墨」欄には、便宜上、実際に長点の付された句数のみを掲げた。

(13) 注(9)参照。

(14) 乾「俳諧点者宗因の誕生」では、計艤独吟『万句之内十百韻集』第三百韻の発句を「おや君にひかれて万よゐやなあ」と翻刻するが、「おや」は「松や」の誤りであろう。『拾遺和歌集』巻第一・春歌「ちとせまでかぎれる松もけふよりは君にひかれて万代やへむ」をふまえる。また、同稿における⑤の評語「菓子をおもはれ候よし」は「巣父をおもはれ候歟」、⑥の評語「狂言の誹にて候」は「珍重候、誹にて候」の翻字ミスと思われる。

(15) 前田金五郎「『土橋宗静日記』」（『船場紀要』一九七八年二月、『近世文学雑考』再録、二〇〇五年、勉誠出版）。『西山宗因全集 第五巻 伝記・研究篇』「記録」（二〇一三年、八木書店）参照。

(16) 中嶋隆「講演 西鶴の「文人」意識—言葉の錬金術師」（『ビブリア』二〇一二年一〇月）参照。

(17) 乾「『大坂独吟集』の研究—西鶴初出俳書考㈡」（『俳諧師西鶴—考証と論』、一九七九年、前田書店）参照。

(18) 乾裕幸「貞門談林論争史年表」（『古典俳文学大系4 談林俳諧集二』、一九七二年、集英社）、尾形仂「北村季吟俳論集解題」（『季吟俳論集』、一九六〇年、古典文庫）。

【参考文献】

飯田正一・榎坂浩尚・乾裕幸校注『古典俳文学大系4 談林俳諧集二』一九七二年、集英社
乾裕幸「西山宗因評点考㈠～㈢」『親和国文』一九七〇年一〇月・一九七一年三月・一九七三年一月
乾裕幸「『大坂独吟集』の研究 西鶴初出俳書考㈡」『俳諧師西鶴―考証と論』一九七九年、前田書店
乾裕幸「俳諧点者宗因の誕生」『俳学掌記―俳人・俳句・書物との遭遇』一九八九年、和泉書院
乾裕幸「岡西惟中の俳壇登場―宗因との出会」『俳学掌記―俳人・俳句・書物との遭遇』、一九八九年、和泉書院
乾裕幸「宗因引墨考―判詞の批評性と文芸性」『俳文学の論』一九八四年、塙書房
尾形仂編『季吟俳論集』一九六〇年、古典文庫
近世文学書誌研究会編『第二期近世文学資料類従 古俳諧編28 宗因千句他』一九七六年、勉誠社
今榮藏「初期俳壇より蕉風へ」『初期俳諧から芭蕉時代へ』二〇〇二年、笠間書院
島津忠夫「宗因とその後の西山家」『島津忠夫著作集 第六巻 天満宮連歌史』二〇〇五年、和泉書院
塩村耕「西鶴伝の一、二の問題」『近世前期文学研究―伝記・書誌・出版』二〇〇四年、若草書房
天理図書館善本叢書和書之部編集委員会編『天理図書館善本叢書和書之部 第七七巻 矢数俳諧集』一九八六年、八木書店
天理図書館綿屋文庫俳書集成編集委員会編『天理図書館綿屋文庫俳書集成 第一八巻 俳諧論戦集』一九九七年、八木書店
中嶋隆「講演 西鶴の「文人」意識―言葉の錬金術師」『ビブリア』二〇一二年一〇月
中村俊定「貞門・談林の論争」『国語と国文学』一九五七年四月
西山宗因全集編集委員会編『西山宗因全集 第一巻～第五巻』二〇〇四年～二〇一三年、八木書店
野間光辰監修『西鶴』一九六五年、天理図書館
野間光辰『補刪西鶴年譜考証』一九八三年、中央公論社
野間光辰「俳諧太平記」『談林叢談』一九八七年、岩波書店
野間光辰「西山宗因」『談林叢談』一九八七年、岩波書店
森川昭・加藤定彦・乾裕幸校注『新日本古典文学大系69 初期俳諧集』一九九一年、岩波書店

【付記】本稿は、JSPS科研費19720046、15K02249の助成を受けたものです。

西鶴の海と舟の原風景

『西鶴大矢数』にみる地方談林文化圏の存在

森田雅也

一　はじめに

西鶴作『西鶴大矢数』（延宝九（一六八一）年刊）は、延宝八年五月七日、大坂生玉社南坊に聴衆数千人を集め、西鶴二度目の矢数俳諧興行として、その折りの独吟一日四〇〇〇句を収めている。各十百韻ずつ四巻とし、その後に諸俳人から寄せられた句を取りまとめ、最後の一巻に表八句六七組を追加として、記載して上梓したものである。西鶴そして、談林俳諧の題材・付合の技法を知るには、格好の連句集といえよう。もっとも、この原版本は惜しくも関東大震災の際に焼失しているが、その写本伝本については、野間光辰氏の『定本西鶴全集　第一一巻下』（中央公論社、一九七五）「解説」に詳しい。したがって、最も信頼できるテキストとして、本稿でも底本としているが、氏の懇信の水田西吟の異体字等を含め、私に清濁を付し、現行文字に直している。また、本稿では『西鶴大矢数』は刊行物を指し、「西鶴大矢数」は延宝八年の独吟四〇〇〇句の俳諧興行を指すものとして区別している。

さて、『西鶴大矢数』について野間氏は、同書の「解説」に

西鶴矢数俳諧の発企が、俳諧における天下一をめざしてのことであったこと、(中略)外は貞門俳士の疎外・非難、内は同門俳士の嫉視・競争に対する、一種の示威であった。然るにその後、紀子の千八百句独吟、梅睡改め三千風の三千句独吟等、続々西鶴の記録を更新するに至って、改めて西鶴は二度の大願として四千句一夜一日の独吟を思い立ったのであった。当日その席に臨んで、師の宗因が第一「何泰平」百韻に「八まわりましの名を上て」と祝意を表し、また「日本第一前代之俳諧の性」と世上に申し渡したとは、西鶴が鳴海の下里知足に書き送るところである(傍点は森田)。

と評価され、西鶴文学史に位置づけている。

本来「矢数」は、三十三間堂の通し矢として、その矢数を尾張藩士浅岡平兵衛、同じく尾張藩士星野勘左衛門、紀州藩士和佐大八などが新記録をたて、レコードホールダーを争った当時流行の興行のようなもので、その評価は武威の誇示にあったであろう。

もちろん、西鶴も「聴衆数千人」の前で鮮やかな俳諧独吟興行を行ったわけであるから、「西鶴大矢数」というパフォーマンスによって、公的に内外に大坂談林に西鶴ありと標榜し、その地位を確固たるものにしようとした意図があったことは否めない。当時の人々、特に全国の談林俳諧の「同門俳士の嫉視・競争」、「貞門俳士」の談林批判を黙させるには、十二分に効果的な方法ではなかったのではあるまいか。

もちろん、「西鶴大矢数」が「西鶴の記録を更新」した人々、これからも更新しようと挑戦する人々に対しても「一

種の示威」を目論んでいたことも事実であろう。しかしそれのみが目的とすれば、西鶴は「矢数」俳諧の数の記録を競うだけの、独吟レコードホールダーとしての偏執狂にすぎないことになってしまう。

ただ、談林俳諧は、洒落・滑稽・機知を旨としてある種の技法を持っている。歌に本歌取りという技法があり、小説に翻案という技法があり、音楽にアレンジという技法があるように、その談林風、いやそれを超えた「西鶴風」の技法を用いれば、いともたやすく一日四〇〇〇句ぐらいは詠めるとする技法のお披露目としての役割が「西鶴大矢数」にはあったはずである。これをもって当日の大多数の聴衆は、「天下矢数二度の大願四〇〇〇句」を詠みきった西鶴に「ことばの魔術師」（本書の趣意ではない）を実感したことであろう。さりながら、矢数の気運がおさまらない。句数の記録樹立だけを意図して詠まれる矢数非諧興行は、貞享元（一六八四）年六月、住吉社での一昼夜二万三五〇〇句の西鶴の記録樹立を待たねばならない。西鶴はこれによって、句数を争うだけの矢数狂想曲に、自ら終止符をうった、そのように一連の西鶴矢数俳諧興行をみるべきであろう。

それは談林俳諧の真骨頂を軽妙な即吟、世間評の「軽口」による句数生産だけで捉えられたくないとする宗因の意志、遺言であったのかもしれない。したがって、「西鶴大矢数」の時点において、「師の宗因」から「日本第一前代之俳諧の性」とされた祝辞に対する、西鶴自身の歓びの極みも、速吟にもかかわらず四〇〇〇句の完成度が高かったところにあったのではなかろうか。

ただし、西鶴のそれは従来の俳諧とは違うと宣言する。「今世界の俳風詞を替品を付、様々流儀有といへども、元ひとつにして更に替わる事なし。惣而此道さかんになり東西南北に弘まる事、自由にもとづく俳諧の姿を我仕はじめし已来也。世上に隠れもなき事、今又申も愚か也」（『西鶴大矢数』自跋）なのである。

したがって、『西鶴大矢数』の本質を知るには「自由にもとづく俳諧」とは何かを解明するところにある。とはいうものの、四〇〇〇句はあまりに多い。そこで試みに挙句に向けての三句をとりあげたい。長い四〇〇〇句を詠み終わるわけであるから、談林俳諧の特色とも言うべき連俳手法「心づけ」、西鶴独自の「こゝろ行の付けかた（『西鶴大矢数』自跋）」を最高限に示し、称揚しているはずだからである。

（御出入の外にすあひを呼にやる）

舟が急がざなに成とまた　（名残裏六句・傍点は森田。以下同じ）

これ迄の花は奢の難波鶴　（名残裏七句）

長き日の出や何れもの影　（挙句）

前田金五郎氏の『西鶴大矢数注釈』（勉誠社、一九八七。以下便宜上『前田注』とする）によれば、以下の句意となる。

・（前句を、御出入の商人の外に、牙婆を呼びにやるが、と解して）、御客さんの、「舟が出るのを急がなければ、なんでもさらに、ご用命ください」、と挨拶する。

・（前句を、「舟の出るのを急がなければ、どんな御用でもどうぞ」と挨拶すると、解して）、今迄に名残の花の句を四〇も速吟したのは、分不相応の難波に住む鶴、即ち私の分不相応の贅沢ですよ。

・（前句を、今迄の名残の花の句を、四〇も速吟したのは、分不相応の贅沢であったよ。この難波に住む鶴、即ち西鶴にとっては、と解して）、そして、この四〇〇〇句興行の挙句を詠吟する時は、春の長い昼間の始まりの、日が出て、ここに列席すの皆さんの影法師が長い時刻であろうか。

連句の句意として、逐語訳は右のようになろうが、些か、西鶴独吟四〇〇〇句の大団円の熱き思いが伝わってこない。それは「名残裏六句」の「舟が急がざなに成とまた」の句意が前田氏も含めた我々に秘鑰となっているからではなかろうか。

『前田注』で「舟が急がざ」の語注を「舟が出るのを急がなければ」としているように、この語は打消の仮定を表わしており、一句の句意は「舟が出るのを急がないなら、また何でもご用命ください」となる。しかし、それを『前田注』では誰への「挨拶」の言葉としているのであろうか。どうもわかりづらい。これに西鶴自身が「分不相応の難波に住む鶴、即ち私の分不相応の贅沢ですよ。」と自虐的に謙遜しているような解釈とする根拠もわからない。むしろこの一句は、西鶴から「舟が急がざ」と、舟に乗ろうとしている人を呼び止めて、「何成とまた」と挑発的に呼びかけた言葉と解釈してはいかがであろうか。

そうすると、「これ迄の花は奢の難波鶴」の句は、「(皆様のお帰りの舟が急がないというなら、何なりともまた句を詠み続けますよ。)何しろ、ここまで花の定座を四〇回も詠んできたことを自負している難波の西鶴ですからまだ詠めます。」という挑発的な言葉と解し、余力を残しているという自慢げな戯れ言と解釈してはいかがであろうか。

しかし、日の入り時は迫っており、詠み続ける時間はない。「長き日の出や何れもの影」の句意は、「日の出を見たときから長い時間が経ったことだ。皆様の面立ちもはっきりせず黒い影にしか見えない時刻となりました。長い間おつきあいいただきありがとうございました。名残は尽きませんがここらで本日はお開きにいたしましょう」と来場した野外の聴衆の一日を労って挙句としているのではあるまいか、と新たな句意を提案したい。

西鶴自身の『西鶴大矢数』巻一第一の発句が、

天下矢数二度の大願四千句也

である以上、本来、この日の大矢数興行は目標四〇〇〇句、つまりは四〇〇〇句をもって、終了することは聴衆も立ち会いの役人なども納得のはずである。ところが、巻二第一五の「矩貞」の発句は、

日は遅し三千世界四五千句

となっている。『前田注』の句意は、

・春の日は暮れるのが遅いので、この大矢数興行も、三千世界の森羅万象を詠み込んで、目標の四五千句は達成するであろう。

である。いかにこの日の西鶴独吟のペースが速く、途中、四〇〇〇句を上回る勢いであったかを伝えてくれている。

かかる発句をみても、右の解釈は成り立とう。

ところでこの挙句の謝意は打越ながら、「舟に乗ろうとしている人」、すなわち、舟で駆けつけてきてくれた俳人

たちにもむけられていないのであろうか。川舟、あるいは海舟から川舟を乗り継いで集まってくれた遠方の俳友、老若の矢数興行の役人の方々への感謝の句となっていると解釈するのである。その場合、謝辞は無理でも「舟」に関わる人々に呼びかけている可能性は否定できないはずである。そう考えると、「舟」はやはり、『西鶴大矢数』にとっての秘鑰の言葉である。

実際、『西鶴大矢数』の自跋だけでも「山海を飛び越え」「海は目前の硯」という表現があるように、存外四〇〇〇句の中に「舟」「海」に関わる句は多い。「西鶴大矢数」の一々の句は速吟という方法から、西鶴の無意識のうちに発した言葉が連珠され、瞬時に詠み出されたものである。とすれば、「海」「舟」などという言葉を持つ句は、俳諧師であり、後の浮世草子作家となる西鶴にとって、心の原風景を瞬時に表出したものではなかろうか。以下で検証するものである。

二　西鶴の海船への造詣と原風景　〈弁才船〉

西鶴は舟の利便性を愛し、その運用法を熟知し、詠み込んでいる。

後年の『日本永代蔵』(元禄元(一六八八)年刊)巻二の五で、

世に船ほど重宝なる物はなし

としているが、この「世」とは、河村瑞賢が西廻り航路を開発した、寛文一二(一六七二)年以降の海運謳歌を讃えているのではあるまいか。この章では、山形酒田の廻船問屋「鐙屋」の栄える様を描いているが、「昔はわづかなる人宿せしに、その身才覚にて近年次第に家栄え、諸国の客を引き請け、北の国一番の米の買入れ、…」と一章まるごと酒田の繁栄に割いている。その西廻り航路の開発とともに歩んだ酒田湊の急激な変容は、西鶴作品の随所に、年代も定かに正確に叙述されている（拙稿「西鶴浮世草子の情報源―「米商人世之介」の側面からの一考察」拙著『西鶴浮世草子の展開』和泉書院、二〇〇六年）。

その一方、従来の北前船の大坂廻米コースである、敦賀→琵琶湖→淀川コースは衰退し、『日本永代蔵』では敦賀で衰退する話が、巻四の四、巻六の一にある。琵琶湖の大津も巻二の二に登場するが、そこには東海道の宿場としての賑わいが描かれ、富裕層より貧困層を描いていることから、舟の恩恵から外れていく実状を描いている。

そのような観点から見れば、『日本永代蔵』巻四の二冒頭で

時津風静かに日和見乗り覚えて、西国の一尺八寸といへる雲行も三日前より心得て、今程舟路の慥かなる事にぞ。世に舟あればこそ一日に百里を越し、十日に千里の沖をはしり、万物の自由を叶へり。

と舟の着実な運行性と利便性を大いに讃え、

されば大商人の心を渡海の船にたとへ、…

と大商人の心を渡海の舟にまで準えるのは、西鶴が「舟」での「渡航」に成功の夢を預けていたからであろう。そ

れは『日本永代蔵』巻一の三「浪風静かに神通丸」において、

近代、泉州に唐金屋とて、金銀に有徳なる人出来ぬ。世わたる大船をつくりてその名を神通丸とて、三千七百石つみても足かろく、北国の海を自在に乗りて、難波の入湊に八木の商売をして、次第に家栄えけるは、諸事につきてその身調義のよきゆゑぞかし。

とし、北前船の廻米で成功した「唐金屋」という実在の豪商唐金屋庄三郎を絶賛しているところからも窺える。『西鶴大矢数』でも

運は天に命は海に舟の上　（巻一第三）
心がすはつて大舟にのる　（巻一第四）

とあり、命をかけての舟での渡航に憧れに似たものを持っていたことが随所の表現からにじみ出ている。たとえば、西鶴浮世草子の嚆矢『好色一代男』（天和二（一六八二）年刊）の最終章において、世之介は女護が島を目指して、舟に乗り旅立っていく場面で終わるが、それもこの類いとしてよかろう。

しかし、この終章の船出は、破天荒な好色男「世之介」の顛末として、その女護が島渡りの意義ばかりが論議され、渡航の現実性について未だ問題視されていないが、それは単なる好事家仲間の無謀な船出ではなく、当時の廻船の実態に即した描写なのである（前掲拙著「第一章　六「米商人世之介」としての「女護の嶋わたり」」）。

そのことは、西鶴自筆の最終章挿絵に、舳先に日和見に立つ人を置き、正確な弁才船を画いていることだけでもわかる。おそらく、西鶴は想像以上に、船に対する造詣が深かったのであろう。

周知のように「弁才船」とは、この当時の北前船(樽廻船・菱垣廻船)を含む千石船などに用いられた船種名の一つである。

この点は遡る『西鶴大矢数』の時点でも大いに確認できる。

『西鶴大矢数』巻三第二二では、「楠」と「二重底」である。

(楠がおそひ事共工みてば)
二重底なる舟の行末
　浪の声幽に消て形はなし

と詠んでいる。『前田注』の句意は

・(前句を、楠が悪賢い事をあれこれ、たくらんでは、と解して)、そのたくらみの一つとして、二重底に作った楠材の舟は、行先どう使われることやら。

・(前句を、二重底に作ってある舟の行先は、どうなることであろう、と解して)、浪の声が幽に聞こえていたが、その音もその舟の姿形も消えて無くなってしまった。

である。後句を「沖つ波の、幽なる声絶えて、船影も人影も消えて見えずなりにけり、あと消えて見えずなりにけり」とある謡曲『俊寛』に拠っている、として解釈されているが、これは御説のままであろう。しかし、「楠」の前句「河内一国なびく草むら」にひかれて、「二重底」まで楠木正成の悪巧みとするのはいかがなものであろうか。「二重底」はむしろ、北前船などに用いていた弁才船の構造を示しているのであろう。当時、千石船などに用い、鎖国下の日本では最大級であった弁才船は、上船梁、中船梁、下船梁を有し、三室構造であった。しかし、日本海海域の北前船に限っては、構造を簡略化し、しかも強度的には優るとも劣らないという合理的な方法として、「中船梁」と「下船梁」とを一材で兼用させていた(石井謙治『和船Ⅰ』法政大学出版局、一九九五、以下同書を『和船』とする)。和船は内部は別として、外部は楠、杉が用いられたので、「楠」は楠木正成ととるよりも、船の素材ととるべきである。句意は「楠木がおそろしいほど上手く加工され、見事な北前船となった。こんな立派な舟の納入先はどこであろうか。」となろう。『西鶴大矢数』巻一第二にも、

枕わらして楠が胸
二年懸工みて舟を作られたり

とあり、「楠」と「舟」とは付合なのである。

ここで弁才船にこだわれば、『西鶴大矢数』巻一第八で

（雲に雲鉛香合かさねたり）
轆轤をひけば虹かかれる
葛城の山より月はころばかせ

と詠んでいる。『前田注』の句意は

・（前句を、大空には雲に雲が重なり、ここには鉛香合が重ねてある、と解して）、その香合を作るために、轆轤を挽いていると、大空には緒総ならぬ虹が掛かっている。
・（前句を、轆轤をひいていると、大空には虹がかかっていた、と解して）、その虹のかかっていた葛城の山から、その轆轤で月を山下に転がし落とすことだ。

『前田注』の語注では「轆轤」を「轆轤鉋」ととり、右の句意となっている。野間光辰氏の前掲書『定本西鶴全集』の頭注（以下これを『野間注』とする）では、「重い物を牽き上げるのに用ひる滑車」ととっている。しかし共に、このままでは句意不明である。

ところが、これを先述同様、弁才船の構造として考えてはいかがであろうか。そうすると「轆轤」は弁才船の艫側に設置された、帆や伝馬船ほか重量物の上げ下ろしに用いた（『和船』）部位の名称「轆轤舵」を指すことになる。『日本国語大辞典』（小学館）立項「轆轤」では、九つの用例をあげるが、『前田注』は「轆轤鉋」、『野間注』は「滑車」、『和船』は「轆轤舵」の解説となる。句意としては、前句とでは「轆轤」をひいて帆を下ろした際に見える雲と虹の実景、後句とでは「月の上座」となり「秋」の句となる。さりながら、後句との場合、「轆轤」を「轆轤舵」とれば、「中国のジャンク舵に近い、羽ヶ瀬船や弁才船にも使用された轆轤仕掛けで回すようにつくられた舵」（「近世の商船—「弁才船」」安達裕之著『日本の船　和船編』船の科学館、一九九八年、以降『船の科学』と略す）。という語釈となり、針路をとり海上を進む船の上より、見えぬものの、虹のかかる辺りに住む奈良葛城の女との別れを思う「恋」の句意にもなろう。ちなみに

（明盲枯たる木をも杖につけ）
世を陟るわざ轆轤挽らん
大石も動く時には動べし
（巻四第三五）

として、「轆轤」の句がある。前句とでは『前田注』の「轆轤鉋」、後句とでは『野間注』の「滑車」ととり、句意は成立するが、この場合の原文「轆轤をひく」に「挽く」と漢字があてられているのにも注目すれば、「轆轤をひけば」は「牽けば」ではないかと提案したい。

三　西鶴の海船への造詣と原風景　〈その他の海船〉

ところで、『西鶴大矢数』には他の船種も詠まれている。

（霧の海四十廷《ママ》立は皆揃へ）
八島の浦へ矢をつくごとく
　時に与一扇見懸て罷り出

と巻三第二二の前句には「四十挺立」を詠んでいる。『平家物語』や『源平盛衰記』などで知られていた、屋島の戦いに向かう源義経以下の精鋭を詠み込んでいるが、前句で天候困難な中漕ぎ出す早舟の勇姿、付けて波を切り、あっという間に屋島に着陣した義経一行の勇姿の句、続いて勇姿那須与一と扇の矢の逸話へと続いている。瀬戸内の力強い、息の合った漕ぎ手たちが、競漕競技のクルーよろしく、颯爽と海を行く勇姿の句である。

ここで「四十廷《ママ》立」は艪「四十挺」で漕ぐ、いわゆる「小早舟」である。この句意を前句が「浅黄にこくもち七夕の布」とあることから、『前田注』は句意を「霧のたちこめた七月の海上を、その紋所の舟印を立てた、四十挺立ての小早は、皆艪を揃えて力漕している」とされている。語注では、「こくもち」と「四十挺立」を付合ととり、「こくもち」の舟印について精査、「筑前福岡城主黒田氏」の「白餅」の旗印とされている。

西鶴と黒田藩との関係については、冨士昭雄氏の『新編日本古典文学全集　井原西鶴集4』（小学館、二〇〇〇年）「古典への招待」に以下のような指摘がある。

　西鶴の伝記資料は、意外に少ししか残存しないが、伊藤梅宇の『見聞談叢』から紹介しておきたい。（中略）「黒田候」とは、福岡藩主黒田光之で、参勤交代の帰途、西鶴を大坂の蔵屋敷に呼び寄せ、世間のことを話させたらしい。

そのような黒田家と西鶴の濃密な関係がある以上、「霧の海四十廷《ママ》立は皆揃へ」の句は、「黒田藩」の小早舟の実景かもしれない。

「四十挺立」の小早舟は、当時和船としては最速の機能をもつ「鯨船」の転用で、参勤交代の際、藩主が御座船に乗り移るために用いたとされる。鯨船は本来的には捕鯨を目的としたが、船足が早いため船団の指揮や連絡当に利用された(『大名の旅』「4　海の参勤交代　「千山丸」解説」徳島市立徳島城博物館、二〇〇五年)。

そうすると、右の句は黒田藩の海の参勤交代の旅の勇壮さを詠み込んでいるのであり、ここまですれば、生玉社の観衆に黒田藩の人々も招待されていたのではないかと想像したくなる。

『西鶴大矢数』に「小早舟」の句は他にもある。

月をのせて小早といふ物急せたり　（巻一第五）
波に声して十二廷《ママ》だて　（巻三第三三）

特に「波に声して」の句は前句に「紋所同じ模様の崩れ橋」とあり、これも十二挺立ての小早が伝令として猛然と往復する海の参勤交代の景かもしれない。後句には「申のき月来迎の念仏講」と付けているが、「申のき」は、辞書類に立項されていないものの『前田注』の「語注」が「交代で念仏を唱えて、唱え終わった者が順次退くこと、の意であろう」とするのを受ければ、小早が交代で艪を漕いでいることにつながり、「申のき」と「十二挺」は舟に熟知している人々にはわかる「付合」だったのではあるまいか。

西鶴は『西鶴諸国ばなし』(貞享二(一六八五)年刊)巻二の二「十二人の俄坊主」でも、紀州藩主一行が「加太の浦あそび」で遭遇した「うはばみ」と戦う際、「十二人乗り」の「小早」を登場させている。また、『日本永代蔵』巻二の四「天狗は家名の風車」でも鯨捕りの「天狗源内」が太地から西宮浜まで「二十挺立」の小早で駆けつける話をあげているが、ちなみにここでは二〇人に交代させない「押しきらせ」という「申のき」の逆の漕艇法もあげている。

この小早舟だけでも西鶴が舟に詳しく、こだわりをもっていることが了解できるであろう。

しかし、小早舟に加えたいのが、『西鶴大矢数』巻二第一二の

（鹿の住所は遊行の寺也）

御朱印の声きく時ぞ月の舟

穐ふく風の袋を二つ

「御朱印」の句である。『前田注』の句意は、

・（前句を、鹿の住所は遊行の寺である、と解して）、その遊行上人に下された御朱印で鹿ならぬ伝馬呼び出しの声を聞く時には、ちょうど大空には月の舟が浮かんでいる。

・（前句を、御朱印だと云う声を聞く時は、ちょうど月の舟が大空に浮かんでいる、と解して）、おりから秋に吹く風が、その朱印の押された菓子袋を二つ吹き上げたのに驚いた。

となっている。『前田注』の「御朱印」の語釈が「将軍または大名が、公文書に朱肉で押した印章」と限定してしまっている以上、句意はこの領域を出ないであろう。『野間注』も「江戸幕府が社寺に朱印状を下付して、その所領を確認した土地を朱印地という。」とし、当時のただならぬ権威である「朱印」に拘泥している。

もちろん、前句の「遊行の寺」とあれば、『前田注』『野間注』ともが指摘する「藤沢市にある時宗の総本山清浄光寺の通称遊行寺」ととるのが一般的かもしれない。特に『前田注』はその前句が「懼ぬれば懸た杓子も動出」としている「杓子」を一遍上人全国廻国の際の「杓子」と考証し、「遊行の寺」との付合としている以上、前句、前々句との句意では藤沢の「遊行寺」とすべきであろう。しかし、「御朱印の声きく時ぞ月の舟」にまで「遊行寺」を利かせるのは無理であろう。

やはり、「御朱印」とあり、「舟」とくれば、「朱印船」に他ならない。「朱印船」も弁才船同様、船種の一つである。朱印船は徳川家康によって創設された渡航貿易船で、『船の科学』では「慶長九(一六〇四)年から寛永一二(一六三五)年までに三五六艘」を数えたとしている。船種としての「朱印船」は、定義しづらいが、絵として残る末次船・荒木船・末吉船からは帆が二つである。これは『船の科学』に載る「神功皇后の軍船」も「遣唐使船」も帆が二つあることから、外洋船の特徴と思われる。鎖国によって国内船に限られ、汎用された弁才船の帆は一つである。これは『和船Ⅱ』にも、朱印船を知らない西川如見が『華夷通商考』(宝永五(一七〇八)年刊)で「二帆ノ諸具旌旗何レモ唐船ニ同シ…」としてシャム船を説明し、朱印船がこの船型名称「ミスツィス造り」であったとするのと通じている。つまり、朱印船は「二帆」が特徴なのである。

そうすると後句の「風の袋」の語注を『前田注』「朱印を押した紙製の袋」、『野間注』「風の神(風伯)が持っている風袋」として、苦しい句意にしようとするが、「風の袋を二つ」を「袋状に孕んだ帆が二つ」とすれば、「朱印船」

の呈となり、氷解する。「穐ふく風」で渡来した特徴ある船影が月明かりの海原に浮かび上がり、物見の声に人々が嬉々としている賑やかな様子が句意なのである。その場合、前句も「遊行寺」を離れて、月のもとで、鹿が昼間は住処を定めず遊行し、疲れ果てて寺で眠る様子となり、そこに遠く「御朱印」という出港を触れる声が聞こえている寂しげな呈となろう。外国貿易で栄えた近き昔を懐古する静から動への移ろいの妙である。

これも聴衆の中に、末吉家などの朱印船時代に風靡した大商人がいて、挨拶を行ったのかもしれない。『西鶴大矢数』には、他にも、

それ朱印移ひやすき下栬　（巻一第三）

此朱印いざもろこしの人に見せん　（巻三第二四）

とあるが、これらの句の「下もみじ」（秋）、「もろこし」（異国）は「朱印船」を導いているとしても間違いあるまい。

右のように、西鶴には鎖国以前の船種への思い入れが感じられる。そうなると「異国船」である。『西鶴大矢数』巻一第一には

（石火矢の玉にもぬける露の玉）

異国の舟も大浪の浦

すみよしの神の力を覚たか

と詠まれている。前句の「石火矢」は大砲である。「玉にもぬける」は大砲を発する意であろうから、異国船の咆哮の勇姿になろう。ペリー来航以前に異国船の咆哮など知るよしもないところであるが、『前田注』「語注」に「毎初秋中国・オランダ船が入港の折は、石火矢棒火矢で礼砲を撃つのが慣例であった」とあるように、存外、「異国の舟」と「石火矢」が付合になるほど知られていたのではあるまいか。そうすると、ここでの異国船のイメージはスペインの無敵艦隊などの軍船、船型で言えば、「ガレオン船」のような大型帆船となる。まさに勇姿である。このままではお上に憚られる。

そこで後句においては、そのような見事な異国船も嵐の海ではどうしようもない。これぞ我が国を代表する海の神様住吉社のお力である、という句意にしたのであろう。これら後の「神力誠を以て息の根留る大矢数」の二万三五〇〇句の舞台、住吉社の関係者が来場しており、挨拶したのかもしれない。

『西鶴大矢数』巻一第三にも「初時雨其日は懸る異国舟」とあるが、前句が「はやり吸啜《キセル》に松は煙りて」と南蛮船を思わせ、後句では「三つの宝をぬすまれな風」として謡曲『海人』、幸若『大職冠』の故事に因み、唐船を思わせている。西鶴の自在な大海に浮かぶ舟への原風景が表出されているのである。

鎖国以来、長崎に行かねば見られない船影であるが、西鶴は『日本永代蔵』巻五の一「廻り遠きは時計細工」で長崎を舞台とした話を書き、外国人への思いを随所にあげ、讃えている。挿絵まで唐人貿易の場である。西鶴の外国船への想いは並々ならぬものがあったのであろう。日本沿岸を廻る千石船では物足りなかったのである。そのことが『西鶴大矢数』巻二第一四で詠まれることになる。

（我ガ物か迚も天下の月の影）

阿武丸には初あらしふく
　臣は水鳴をしづめて花の浪

「阿武丸」とは「安《あ》宅《たけ》丸」として史実に記される大型軍船である。『和船』『船の科学』等にも詳しいが、簡潔な『日本国語大辞典』からひく。

寛永一二年(一六三五)将軍家光が造らせた大型軍船。類を絶した巨艦で、長さ一五六・五尺(約四七メートル)、幅五三・六尺(約一六メートル)、深さ一一尺(約三・三メートル)、二人掛りの大櫓百丁立、水夫二〇〇人、推定排水量一五〇〇トン、攻撃力、防御力もまた冠絶していた。船体は日本式と西洋式の折衷構造で、周囲を銅板で包み、矢倉は純日本式の二層造り、内部に大砲、鉄砲を備える。船首の龍頭や三重の天守などは内外とも華麗を極め、日光の東照宮と比肩されたが、余りにも巨大なため、実用に適さず、維持費に窮した幕府によって天和二年(一六八二)解体された。大安宅丸。

この天下の将軍家が巨大船を有してくれている誇りが素直に詠まれたのであろう。ところがそれが廃棄処分となったため、その無念さが後年、先述の『日本永代蔵』巻一の三「浪風静かに神通丸」において、唐金屋庄三郎の巨大艦「神通丸」として登場させることとなったのではあるまいか。そこには、矢数俳諧の「二万三五〇〇」や『好色一代男』世之介の「三七四二人」よろしく、西鶴の大きな記録好きが窺えるのではあるまいか。

この想いは絢爛豪華な、将軍や大名などが乗る大型船、御座船にも向けられている。『西鶴大矢数』巻四第三七で

詠まれている、

　乗初の御座が出て行難波より

は、初めて乗る海御座船が、難波の湊から出航して行く勇姿である。

当時、商船は弁才船、軍船は関船という船型が多かった。この船型が御座船である。一時代前の安宅船型より小型ながら快速であった(『和船』)。幕府も大名も、しばしば大坂で船を造らせるなど、大坂は江戸時代、商船、軍船ともに最大の造船地であったのである(『日本の船』)。なるほど『好色一代男』最終章の「好色丸」も「難波江の小島にて新しき舟つくらせて」と現実的な手続きを踏んでいる。その難波江から出来立ての木の香も新しい御座船が大海原に乗り出していくのである。すべてに西鶴の船の句は造詣深いのである。

四　西鶴の海への造詣と原風景

西鶴は海の潮路、潮の満ち干にも詳しく随所に詠み込んでいる。
『西鶴大矢数』巻二第一九から『前田注』の句意とともにあげる。

　(旅行の秋はなふなふ俄に)

取梶よ風が替つて月の舟

瀬を忘れたか霧の海づら
・（前句を、旅行する秋には、まあまあ俄に天候が変わることだ、と解して）、そこで、「取梶よ」の命令は、風が急変したので、月の舟が行うのだ。
・（前句を、「取梶よ」と、風が替ったので、月の舟で命令する、と解して）、しかし、それでは、その方向に暗礁のあるのを忘れたのか、霧の立ちこめた海面で。

『前田注』が指摘するように「なふなふ俄に」が謡曲『熊野』からきていることは確かであろう。しかし、「月の舟」を殊更、「天空を海、月の移行を漕ぐ舟に喩えた」と幻想的に捉える必要もなかろう。むしろ、「なふなふ」は俄に風がなくなったか、風向きが変わったかで水夫たちが叫んでいる様子で、「取り舵よ」と指示する声も聞こえる、月明かりのもとでの長閑な帆船での操舵のやりとりであろう。ところが、後句でも同じく操舵のやりとりであろうが、霧中で海面が見えず、潮流を読めずに急接近してくる他船に「取り舵よ」と指示している、海難事故にも繋がる緊迫した場面であろう。同じ操舵でも平時と緊急時の変化をつけているのである。

そのように西鶴の海の道への造詣を前提とすれば、

（年を重ね生の松原詰奉公）
自然の時は海の中道
筆取て少し早書覚たか
（巻三第二七）

とする「中道」は、本来は「生の松原」とともに福岡博多湾の名所ではあるが、潮流としての「道」ではなかろうか。後句は航海上の覚え書きを後継者に指示する船頭の言葉ではなかろうか。『船行要術』『廻船安乗録』（文化七（一八一〇）年刊）、『渡海標的』（天保六年（一八三五）刊）、『廻船用心記』（安政元年（一八五四）刊）等の航海術書と照合すれば氷塊する用語である。その意味では、巻三第三〇「思ふ便もせばき舟路に」も同様で、後句に「足立ぬ神のありさまむごい事」と西宮えびす神を付けることから、周辺の潮路を知る人では常識ではなかったろうか。

そう考えると、何気ない平穏無事な句に思える

風も立ず波も静かに周防灘　　（巻三第三一）

の場合も、帆船を操舵する側からは難所を意味しているかも知れず、後句「しらぬ小哥を爰でよまふか」も別の句意があるかも知れない。

他でも再考は求められる。たとえば、巻三第二五の句である。『前田注』の句意とともにあげる。

（日向の国まで旅の思ひ出）
搗米に味曽《ママ》を添たる海はしほ
入大工なり磯の松かぜ

・（前句を日向の国まで行く旅の思い出は、と解して）、それは、搗米に味噌を添えて携行し、海からは塩分を採ったことだ。

・（前句を搗米に味噌を添えて携行し、海は潮の流れを眺めている、と解して）、それは入大工で、磯の松風を聞きながら歩いているのだ。

この場合、「海はしほ」が難解であるが、『前田注』の後句の解釈にあるように、「しほ」は「塩」ではなく、「潮」として語の意味を解すべきであろう。そうなると一句では、気づかなかった「潮流」の早さへの驚きと感激と解すべきであろう。「日向の国までの楽しい旅の思い出は、見事な照りを見せる搗きたての白米の握り飯に焼き味噌をつけて舟上で食したことだ、おいしさに夢中になっていると、瀬戸内の潮流にうまくのり、あっという間の旅であった」というような句意とし、西鶴の潮路の利便性を讃える句とすべきではなかろうか。後句の「入大工なり磯の松かぜ」は、よく引かれる『大坂檀林桜千句』延宝六（一六七八）年「器用はだなる袖の玉章〈益友〉入大工ゆきてはかへりかへりては〈益翁〉」とあるように、「磯に松風が吹きつける中、潮の流れがよくなり、ようやく入大工（手間賃で雇われた臨時大工）が携行食を持って駆けつけてくれたよ」という句意であろう。潮路、潮の満ち干とも知る人ぞ知るなのである。

以上分析してきたような海の道と海船の句は西鶴の原風景とともに、西鶴と船で結ばれている俳諧仲間、日常の多くを海と船を住処として流通業を営んできた人々たちへの符牒にも似たメッセージとなっているのではなかろうか。これをもって、「西鶴大矢数」興行の挨拶を地方談林俳諧文化圏の中心的人物たちに行っているのではないかと結論するのである。

五　おわりに代えて

慶長元(一五九六)年、山形藩初代藩主「最上義光」は、「何船連歌百韻」を巻いている。戦国武将の中で最も連歌を嗜んだ一人である義光は、当時配流中の里村紹巴の代わりに里村昌叱、里村玄仍、友益を迎え、最上家臣団でも指折りの連歌人を加えた文化のレベルの高い連衆であった。最上勢は朝鮮に赴かなかったものの、それなりの軍船や海船も知り尽くしていたはずであるが、百韻には「海人小舟」「川舟」という語はあっても、船上、海原を詠んだと思しき句は見当たらない。ましてや船に関わる専門用語など使われていない。おそらく、上級武士には操舵や船の名称などに興味がなかったのであろう。しかし、そのような身分の違いだけでなく、連歌と俳諧の詠じ方に違いがあるとはいえ、『西鶴大矢数』には西鶴の海と舟の原風景を詠み込んだ句が多すぎると言ってよい。

ただ、本来なら、ここには海船だけでなく、川(湖・池も含む)舟の句を分析しなくてはならない。一例だけでもあげてみれば、

乗合の舟の出ぬ間に髪そらう　(巻一第四)
ぬるむ水行高瀬の便り　(巻一第一〇)
一文おしまぬ淀川の末　(巻二第一七)
一本の竿をさしては働ひたり　(巻二第一八)
くだり月舟は乗合夜は明て　(巻三第二四)
花舟や手のひら程な筵の上　(巻三第二八)

梶取が舟と答えて下《リ》舟　（巻四第三七）

というものであるが、各々物語性を含み、経験則の海船より川舟の方が故事や古典に関係しているが、別の機会を得たい。

また、本稿において、「船」と「舟」が混在しているが、原文自体が混同しているので拘泥しなかった。無頓着であったわけではないが、何か法則性があるのか検証すべきかも知れない。

海船についても、検証の足らない箇所はある。例えば、「雲静かなるさぬきの金昆羅」（巻一第二）の場合、すでにこの時期、「金比羅船」による金昆羅参詣が行われていたのか、「金比羅船」とはいかなる船型か、といった宗教史と海運史からの謎解きが必要となってくる。

さらには、「雨にあらしに舟間也けり」（巻二第一一）と詠む「舟間」などの風待ちの実態や、「いつ夜ぬけ片帆にかけて何国へか」と詠む「片帆」の和船における操舵法などを知るための基礎調査資料の洗い直しと言った手続きも問題として残った。

何よりも「俳」の精神による矢数俳諧をこのような理詰めで句意をとる必要があるのかという根本的な懐疑があるが、これは些か、『天満千句』や『西鶴俳諧大句数』などを通して、談林俳諧独自の詠み方として提出して論ずべきものと準備を急いでいる。

最後に大きな課題とも結論ともいうべきことが一点ある。

『西鶴大矢数』巻一「役人」から知る「西鶴大矢数」興行に名を連ねる俳人は、今となっては未詳とされる場合が多いが、判明している者の中に当日、明らかに遠方より駆けつけたと判断できる俳友はほとんどいないと言える。

多くは大坂三郷を中心とした近郊であることから、せいぜい利用しても川舟程度であったろう。反面、「西鶴大矢数」四〇〇〇句に表八句六七組を追加して『西鶴大矢数』巻五として刊行した中に所収される句の作者たちには、海を隔てた遠方の俳友を多く載せている。これは何を意味しているのであろうか。それはやはり、西鶴が『西鶴大矢数』において海と舟の原風景を詠み込むことが、先述の地方談林俳壇の人々へのメッセージとなっている裏付けではないかと提言したい。遺憾ながら、ここでひとまず与えられた紙幅を終え、他日の別稿で検討することを誓って、本稿を終えたい。

※本稿は文部科学省科研基盤研究（C）課題番号「24520252」（森田雅也代表）「科学研究　地方談林俳諧文化圏の発展と消長～西鶴の諸国話的方法との関係から～」の研究助成及び、二〇一一～二〇一三年度関西学院大学共同研究A（森田雅也代表）の一連の「海洋文化と島国文化の生成研究」の研究助成を受けている。

宗因流西鶴

深沢眞二

一　守武流

宗因は武家の出であった。慶長一〇（一六〇五）年に生まれ、一五歳頃から肥後八代藩の加藤正方に側近として仕え、京に留学して里村昌琢に連歌を学んだが、寛永九（一六三二）年正方の主家である熊本の加藤家が改易されて正方と共に浪人の身となり、その後大坂天満宮連歌所の宗匠となった。西翁・梅翁とも称する。天和二（一六八二）年没、七八歳。

武士の出自は連歌師としての活躍につながり、明石の松平家・姫路の榊原家・小倉の小笠原家・岩城平の内藤家ほかに招かれて連歌を興行している。また、五〇歳代なかばからは俳諧に遊ぶことが増え諸俳書に句が載るようになった。そして、大坂天満宮の連歌宗匠という地位があってのことでもあろうが、宗因の俳風は大坂の俳諧作者たちによって熱狂的に受け入れられ、のちに「談林」と呼ばれることになる俳諧グループが形成される。延宝二（一六七四）

年古稀の春刊行の『西山宗因蚊柱百句』を始めとして、「宗因」の名を冠した俳書が続々と刊行された。宗因流の俳諧は守武流であると認識されていた。たとえば宗因の門人で大坂の俳諧師の惟中は、延宝三(一六七五)年に著わした『俳諧蒙求』において、

むかし天文の比、勢州山田にすめる荒木田の守武、(中略)守武が、こくうすくうちまぜて作せる千句一帖、梓にちりばめて書に筆すとはいへども、知てこの作をもちゆるものなかりしに、かの西翁先生、ひそかに是を得せしめ、こゝにこそ俳諧かくれり、なんぞいつてわらはざらんや、何ぞたはぶれてひろめざらんやと、おほくの独吟、毎座の付句に、おかしく興じつぶやきの給ひて、たえたるをつぎ、すたれたるをおこして、つゐにしたがふものひろく、帰する門人おほくなり侍るかし。守武没してのち、西山の翁、その伝をつぐ。翁没して、たれか是をつがん。

と述べている。ここに「千句一帖」と言うのは天文九(一五四〇)年に成った『守武千句』のことであり、「梓にちりばめて書に筆す」とあるように、慶安三(一六五〇)年に刊行されているいっぽう写本でも多数伝えられていた。しかしながら、その俳諧の魅力を再発見し、自らの俳諧に取り込み、門人に広めたのは宗因であるという記事である。

まずは、その『守武千句』に見られる俳諧の手法を見てみよう。

『守武千句』第一百韻の初折一二句を掲げ、先行注釈書を参照しながら(1)、次のようにして分析結果を示すことにする。説明の必要上、各句には通し番号を打つ。前句と付句のあいだに語句の連想関係が存する場合に、それを句間

に抜き出す。そしてその連想関係の性質を二つに分類して、雅の連想には☆の、俗の連想には★の印を付す。また、通し番号の白抜きは、当該の句が異体になっていることを表している。本稿において異体とは、変わった比喩程度のものから、擬人化、誇張、価値の転倒、理屈に合わないことがら、ナンセンスに至るまで、あたりまえの表現を逸脱している句を、ひとまとめに指す。異体か否かの判断には微妙なところがあるが、常識に合わない内容を持っていたり、句意を分かりにくくする曲折があったりするものを、積極的に異体とするようにした。

1飛梅やかろ〴〵しくも神の春
☆梅→うぐひす
★神→からす
2われも〳〵のからすうぐひす
☆うぐひす→のどかなる風・山
★からす→ふくろう
3のどかなる風ふくろうに山見えて
☆山見えて→月のこるかげ
★ふくろう→目もとすさまじ
4目もとすさまじ月のこるかげ
☆月のこる→あさがほの花
★目もとすさまじ→あさがほ・しほる

5あさがほの花のしげくやしほるらん
☆あさがほ↓松・つゆけさ
6これ重宝の松のつゆけさ
☆松のつゆけさ↓むら雨のあと
★重宝↓馬の角
★松↓つなげる馬
7むら雨のあとにつなげる馬の角
☆むら雨のあと↓夕暮のそら
★馬の角↓かたつぶりかと夕(言ふ)
8かたつぶりかと夕暮のそら
★かたつぶり↓ふみつぶしたる
9何やらんふみつぶしたる音はして
10くいつくほどにおもほゆるみち
★くいつく↓犬
11木末よりさてこそほゆれ犬ざくら
☆木末・さくら↓花
★木末・犬↓さる
12さるまなこにて花をみるころ

☆花↓さほ姫
★さる↓さけぶ
13 さほ姫や哀うち出さけぶらん
☆さほ姫↓かすがの
14 人はさら〳〵かすがの〻春
☆かすがの〻春↓若むらさきのすり衣
★さら〳〵↓さ〻ら…すり
15 さ〻らをや若むらさきのすり衣
☆すり衣↓そで
★さ〻ら…すり↓しやうぎよう（聖教）
16 そでうちしほれとくはしやうぎよう
☆そでうちしほれ↓夕時雨
★しやうぎよう↓おやかうかう（親孝行）
17 夕時雨おやかう〳〵の雲ゐにて
☆夕時雨・雲ゐ↓峰のあらしの…声
★おやかう〳〵↓ろんご（論語）
18 峯のあらしのろんご吹声
☆峯↓たきの糸

★ろんご→ぶんかうのを(文匣の緒)
19たきの糸ぶんかうのをもたえ〴〵に
☆糸・を…たえ〴〵→心ぼそかる
★ぶんかう→ふた
20いかにふたつの心ぼそかる
★ふたつ→去年うみし子
21去年うみし子や古郷にのこるらん
★うみし子→七夜
22七夜といふもいまのことなり

二二句中の八句を異体とした。順を追ってそれらの異体ぶりを確認しよう。

3は「のどかなる風ふく…山見えて」という文の中に、「ふく」を掛詞としつつ、言葉の付けからの語「ふくろう」を無理に押し込んで、句意のまとまりを失っている。ただ、強いて解釈すれば梟が山を見ていると読めなくもない。4も、一句だけでは何者の「目もと」が「すさまじ」いのかはっきりしないが、月光のもと誰か目元の凄まじい人物と相対している場面としてどうにか理解できる。7は、「重宝」に「馬の角」という有り得ない物を付けたところに興があり、空想句と見れば意味は通る。11は、梢から犬桜が吠えるという普通にはなさそうな状況を詠んでいる。13は、「さほ姫」に物狂いの体を演じさせた戯画的な句。17の「親孝行の雲ゐ」は説明しようがなく、一句として意味を成していない。18は、連想語の組み合わせによって、嵐の声が論語を読み上げているというあり得ない話を作り出している。20は一句の中では「ふたつ」が何のことか不明で、意が通じない。

右の八句の異体の性質を分類するならば、まず、7は「馬の角」というヘンな話題自体が異様である。11は桜の品種名にこと寄せた空想句、13は佐保姫を春の女神の高みから引きずり下ろした〈価値の転倒〉というべき句であり、18にしても摩訶不思議な嵐の声の創出が興の中心であるが、それでもこの三句の意味は通っている。だが、3と4と20は一句立てが怪しくなっていて、その甚だしいものが17のナンセンス句だと言える。

こうした異体句はどのようにして生まれたか。それは、守武が、付句の意味が荒唐無稽になったり不通になったりすることを厭わずに、言葉による付けを優先させた結果である。そして、注意すべきは、それら異体句で前句からの付けに利用されている連想が、多くの場合（11以外の七例で）雅（☆）と俗（★）の組み合わせで構成されていることである。つまり、雅の付け筋から予定調和的に期待される付句の内容に、俗の付け筋を干渉させることで、思いがけない新奇な表現、もしくは、混乱したまま放置された異質な表現を、一句として現出させているのである。これが「守武流」の手法であった。

二　宗因流

では次に、宗因流の俳諧の具体例を見てみよう。取り上げるのは宗因独吟『蚊柱百句』から、やはり初折の二二句である(2)。

（前書略）

1蚊柱は大鋸屑さそふゆふべ哉

☆ゆふべ→涼風

★大鋸屑→かはき砂子（徒然草による）

2かはき砂子の庭の涼風

☆涼→月

★かはき→酒・のど

3酒ひとつのどゝほるまに月出て

☆月→露

★酒・のどゝほる→つぶりなづれば

4つぶりなづれば露ぞこぼるゝ

☆露ぞこぼるゝ→花すゝき

★つぶりなづれば→四つ五ついたいけ盛

5四つ五ついたいけ盛の花すゝき

☆花すゝき→むしの鳴

★四つ五ついたいけ盛→まゝくはふ

6まゝくはふとやむしの鳴らん

☆むしの鳴→野

★まゝくはふ↓あそびにかけ廻り
7野あそびにかけ廻りては又しては
☆野あそび↓山桜
★かけ廻り↓こゝのかしこの
8あの山桜こゝのかしこの
☆山桜↓春や惜む
★こゝのかしこの↓口〴〵に
9口〴〵におの〳〵春や惜むらん
☆春や惜む↓かへる厂がね
★口〴〵に↓大手からめて
10大手からめてかへる厂がね
★厂がね↓献立にのする
★大手からめて↓誰かれ
11献立にのする誰かれ香の物
★誰かれ香《功》の者↓貞光末武（謡曲「大江山」による）
★献立にのする・香の物↓まつだけ
12貞光末武まつだけの山
★貞光末武↓聞へたり

★まつだけの山↓紅葉狩り・関東までも(謡曲「盛久」による)
13紅葉がり関東までも聞へたり
☆紅葉↓しぐれ行秋
★関東までも聞へたり↓刻付の状
14刻付の状しぐれ行秋
☆しぐれ↓たがまことより
☆秋↓月
★刻付の状↓珍説
15珍説はたがまことより空の月
☆まこと↓むつ言
☆空の月↓よゝ
★珍説↓きいたか
16きいたか〳〵よゝのむつ言
☆よゝのむつ言↓衣かたしくだいてねて
★きいたか↓丸薬
17丸薬の衣かたしくだいてねて
☆だいてねて↓やはらぐる中
★丸薬↓あらくまのゐ

18あらくまのゐもやはらぐる中
★やはらぐる中→公事
★あらくま→山・猟師
19山公事に猟師の翁にじり出
★猟師の翁→むさひげ
★山公事→あれから此峯
20あれから此峯はへたむさひげ
☆峯→花
★むさひげ→野老
21花に一首からこそほつたにが野老
★野老→蓬莱
★ほつた→小刀
22蓬莱包丈かすむ小刀

ここでは一二句を異体とした。印象深い異体句を拾い上げてみよう。3は、酒を一杯きゅっと飲み干す間につるっと月が昇ったという誇張の句。11は、献立に香の物が載っているという文脈に「誰かれ功の者」を重ねて、あたかも手柄を立てた者が献立に載っているかのように句意を混乱させている。17は、衣を片敷いて恋人を抱いて寝る(片敷くは独り寝することだからこの表現自体が矛盾している)のだが、その衣は丸薬を包む紙の衣だという非現実の句になっている。20も、向こうの峯からこちらの峯へむさくるしい髭が生えたという非現実で滑稽な空想句。それに、22は、神仙の島である蓬莱や方丈が霞んでいるというところまでは普通の表現なのだが、「小刀」が続いたことで一句の意が不通になっている。

『蚊柱百句』はこのように荒唐無稽な異体句を連発する。それらの成立の原理は守武の場合と同じく、言葉の付けを重視して句意を軽視することにあった。ただ、宗因は、基本的には雅俗の連想語を組み合わせて(☆+★で)異体句を作っているのだが、11・12・20・22のように、しばしば俗の連想語と俗の連想語の組み合わせ(★どうし)によっても異体の句を生み出している。

ところで、延宝二(一六七四)年新春刊行された『蚊柱百句』に対して、その後すぐの同年三月序を持つ、南都の「去法師」なる人物による非難書『しぶうちわ』が出された。さらには、翌年九月の跋を持つ、惟中による宗因弁護の俳論書『しぶ団返答』が出された。この論戦は宗因流俳諧の特徴を知るのに有効であり、非難する貞門の側から見てどこが問題だったかが窺うことができて興味深い。

たとえば14を、『しぶうちわ』は次のように評する。

「紅葉」に「時雨行秋」といひて季をもたせ、「関東まできこゆる」に「刻付の状」、憶に相届き侍る。されども、一句の道理きこえず。いかなる事ぞ。「刻付の状、時雨にぬれて行」といへる事か。前句に用なし。

『しぶ団返答』は答える。

「もみぢ」に「時雨行あき」といひてあしらひ、「関東までも」に「刻付の状」、いかにもそちの聞れた通りなり。なんとかろいよい句ではないか。しぐれにぬれうとぬれまいといらぬかまひじや。

付け筋はよく理解できると『しぶうちわ』は言う。だが一句の意味が理解できない、前句と意味の上で繋がっていないと非難する。対する『しぶ団返答』は、付け筋について同意しつつ、理屈で解そうとするのは「いらぬかまひじや」、余計なお世話だと突っぱねている。『しぶ団返答』が価値を認めているのは言葉の付けの「かろい(軽)」面白みであり、その面白みのためなら句意の落着にはこだわらない。むしろ、理屈に合わない句が出現することを面白がる態度がある。

また、5について、『しぶうちわ』は次のように皮肉っぽく非難する。

「いたいけ盛の花すゝき」は尤也。「四つ五つ」といふ事しらず。もし、すゝきの四つになるの、五つになるの、といへる本文ありや。未きかず。めづらし。

『しぶ団返答』は答える。

「四五いたいけざかりの花」とのみいひて、「子」といはぬ作意、さりとては奇妙なり。四、五歳の子のつぶりなづるこゝろを、すゝきにもたせたる也。例の寓言なり。

この応酬の焦点は、5「花すゝき」に「四つ五つ」などという年齢があるかという点にあった。『しぶうちわ』は、典拠がなければそんな表現は認められないと主張する。対する『しぶ団返答』は、それは「花すゝき」の擬人化表現の一部であって、わざと「子」と言わないのだと言い、前句と合わせて「四、五歳の子の頭を撫でる心」でススキの花の可憐さを比喩したと解き、これはいつもの「寓言」であると説く。言い換えれば、言葉付け優先主義により、前例を持たない比喩的表現が付句に出現したことを、前者は拒否し、後者は歓迎しているのである。

ここに言う「寓言」とは、『荘子』にあやかってそのような比喩的表現を呼ぶ、惟中得意の批評用語であった。惟中は『しぶ団返答』と同年の四月刊行『俳諧蒙求』の中で、次のように述べている。

荘子一部の本意、これ俳諧にあらずといふ事なし。(中略)是、かの大小をみだり、寿夭《ジュヨウ》をたがへ、虚を実《ジツ》にし、実を虚《キヨ》にし、是《ゼ》なるを非《ヒ》とし、非なるを是とする荘子が寓言、これのみにかぎらず、全《マツタ》く俳諧の俳諧たるなり。しかあれば、おもふまゝに大言をなし、かいてまはるほどの偽をいひつゞくるを、この道の骨子《コツス》とおもふべし。

『荘子』は、現実離れした空想的比喩「寓言」によって思想を語るが、それは俳諧の本質そのままだとし、俳諧は大ぼらを吹くことが大事なのだと言う。

また、『俳諧蒙求』には、「寓言」に関係する批評用語として「無心所着《むしんしよじやく》」も見られる。

『いぬつくば』に、

ほとけはものをおひ給ふなり

貞徳の評に「この前句、作りたるとみえたり」。愚おもふに、この一句、荘子が寓言、俳諧の根本也。仏はものをおはぬものなれども、わざとものをおひ給ふと作意す。さりとては俳諧なり、〳〵。万徳殊勝のほとけに、いかひいつもありがたし、たうとしとおもへるは、歌と連歌とのことはり也。すべて歌・連歌におゐては、一句の義明らかならず、いな事のやうに作り出せるは、無心所着《ショヂャク》の病と判ぜられたり。俳諧はこれにかはり、無心所《ショ》着《ヂャク》を本意とおもふべし。禅心活機《ゼンシンクハツキ》のはたらきたるを、とかく俳諧とするべし。

「無心所着」とはそもそも意義不通の歌や句を指す歌論・連歌論の用語であり、貞門サイドから宗因流を攻撃する際の非難語として投げかけられたものだった(3)。惟中は、それこそが俳諧の本意だと肯定的に使うことで、貞門からの非難を切り返そうとしている。ただし、切り返すことが先に立ったためであろうが、惟中としては、「仏が物を背負っている」というような常識に外れた虚構の句を指す「寓言」も、「一句の義明らかなら」ぬ句を指す「無心所着」に含まれると見ているようで、その点で厳密な術語の用い方ではない(4)。

しかしまた、『蚊柱百句』は異体の句一辺倒でもなかった。何句か連続して、句意に対して句意を付ける手法で付け進めている箇所もある。たとえば、

51春はきぬ窄人なれど何時も
52髪さかやきをそるばかり也
53心やすき奉公ならば此町に
54銀子いかほど望みなるらん

55札もなきわきざし一つ持来り
★札→じゆんれい
56じゆんれいめいたたをれ死有

の六句の展開は、各句の一句立てがはっきりしており句意どうしがしっかりと繋がっていて、言葉そのものの連想関係は乏しく異体句を詠もうとする態度からは遠い。『守武千句』にも句意の付けで数句続くことはあるもののその割合は低く、全体として異体句への志向が極めて強い。それにひきかえ宗因の場合には、とくに百韻の後半部で、積極的に句意の付けの手法を交えていることが見てとれる。このことについては『俳諧蒙求』に、

されども百ゐんながらに、寓言の俳諧をいひつゞくる事はかたかるべし。五句十句は、たゞ俳言の躰をもちゐて目前の境界をいひ、また世俗の情を申つゞくるも俳諧なり。

とあり、談林グループにおいて、それもまた宗因流の一手法であるという認識で捉えられていたことがわかる。

ところで、中村幸彦氏に「宗因の句々には(中略)一種の高い詩性をそなえている」という言がある(5)。考えてみると、本稿でここまで異体と呼んできた要素〈変わった比喩、擬人化、誇張、価値の転倒、理屈に合わないことがら、ナンセンス〉はみな、現代的な意味での詩という文学的営為にとって、重要な表現方法ではなかったか。言うなれば、わざと異体を生む宗因流俳諧の手法は、従来の連歌や貞門俳諧が持たなかった「詩への跳躍板」だったのである。また、雅文芸に熟達していた宗因なればこその「高い詩性」ではなかったかと推測されるところである。

三　西鶴における宗因流

西鶴は、若いころにこうした宗因流俳諧にしびれた大坂俳人の一人であった。

では、西鶴の俳諧作品は、宗因にどれぐらい近いか、また、どのような違いがあるか。ここではまず、鶴永（＝西鶴）独吟「軽口に」百韻の初折を見ていこう(6)。宗因が批点を加えている。この百韻を収める『大坂独吟集』は延宝三（一六七五）年の刊であるが、鶴永独吟は寛文七（一六六七）年の成立で、時に二六歳であった。☆★のしるしによる雅俗の連想と、句番号の白抜きによる異体句の指摘は、守武・宗因の場合と同じ。加えて、句頭に、宗因が点を懸けた句を○、その中で長点を懸けた句を◎で示し、句の後に文言を小さくして宗因の批言を引いておく。

（前書略）

◎1軽口にまかせてなけよほとゝぎす　郭公も追付がたくや

☆ほとゝぎす→卯の花
★軽口→瓢簞

○2瓢簞あくる卯の花見酒

☆卯の花→しらなみよする
★瓢簞→水心

◎3水心しらなみよする岸に来て

☆しらなみ→こぎ行ふね
★水心しらな→下手
○4こぎ行ふねに下手の大づれ
★つれ→橋がゝり
★下手の大づれ→今をはじめの旅ごろも（謡曲「高砂」による）
◎5橋がゝり今をはじめの旅ごろも
下手にはあらで句体は春藤・高安に見え候
★橋がゝり→虹立
★今をはじめの旅ごろも→日和一段（謡曲「高砂」による）
6虹立そらの日和一段
○7文月や爰元無事にてらすらん
☆月→露
★文月→盆前
★てらす→きんかあたま
8きんかあたまに盆前の露
☆露→秋更て
★盆前→懸乞
○9懸乞も分別盛の秋更て
○

☆秋更て↓入相のかね
★懸乞↓袋に…かね
★分別盛↓こらへ袋に入
◎**10**こらへ袋に入相のかね
よき商人と見え候
☆入相のかね↓命のうち
★こらへ↓しかみがほ
★かね↓つく
○11かひなつく命のうちのしかみがほ
☆命↓さよの中山
★かひなつく↓前髪（心中立ての意から）
☆ゆめ↓煙と…成て
○12前髪はゆめさよの中山
★前髪↓弟子
★さよの中山↓菊川の鍛治（謡曲「賀茂物狂」による）
13菊川の鍛治が煙と弟子は成て
☆煙↓松
★弟子↓仕きせの羽織

14仕きせの羽織のこる松風
★のこる松風↓今朝見れば(謡曲「松風」による)
★羽織↓質
15今朝見れば霜月切の質の札
★霜月↓道場・二十八
★質↓置
◎16道場に置二十八算
おとりこしの折からお殊勝に存候
★道場↓四条
★置…八算↓知恵
◎17知恵の輪や四条通にぬけぬらん
払子はうたがひなく候
★知恵の輪・ぬけ↓山がらの籠
★四条↓竹…籠
○18竹の薗生の山がらの籠
★竹の薗生↓わこさま・人間のたね(徒然草による)
19わこさまは人間のたね月澄て
☆月澄て↓くれて行秋

★わこさま・人間のたね↓とりあげばゝ
20とりあげばゝもくれて行秋
☆くれて行秋↓見わたせば花よ紅葉よ
★ばゝ↓おだい櫃
◎21見わたせば花よ紅葉よおだい櫃

まかなひのばゝ見るやうに候

☆見わたせば花よ紅葉よ↓浦のとまや
★おだい櫃↓さら世態
22浦のとまやのさら世態也

西鶴が、宗因流の手法を模倣していることは明白であろう。

ただ、初折オモテにははっきりした異体句が見当たらない。これは「表八句には異様な句を詠まない」という連歌俳諧において一般的な制約を、この時の西鶴も意識していたことの表れだと思われる。宗因『蚊柱百句』はそのような制約も気にしていないようなのだが。また、長点三句を含め初折オモテに多く点が懸けられているのは、点者からのよくあるサービスの気味がある。初折のウラから登場する異体の句を拾ってみよう。

10は「こらへ袋に入(ぐっとこらえる)」に「入相の鐘」が接合された、表向き「袋に入相の鐘が入る」という非現実の句であるが、「鐘」は「銀《かね》」の言い掛けとして働き、それで句意に少し理屈が通っている。宗因は前句の「懸乞」から主体を商人と見定め「よき商人と見え候」という評語で西鶴の句を誉めた。言葉の付けの緊密さを評価して長点を懸けたようだ。13は鍛冶職人の弟子が鍛冶の煙になってしまうという文脈がヘン。14はお仕着せの羽織が松の枝に残っていて松風が吹いているという、あまり現実味のない風景。この両句は点を得ておらず、それは前句からの連想が緩いせいと思われる。21は「おだい櫃(飯櫃)」に花や紅葉が描かれていると説明できなくもないが、意味不明のまま受け取るべき無心所着句だろう。合理的な句意は始めから意図されていないと思われる。宗因の「まかなひのばゝ見るやうに候」なる言葉は、前句の「とりあげばゝ」の「ばゝ」に「おだい櫃」を付けていることについての評語と思われる。21は結局連想語からの構成力を評価しての長点だろう。以上四例はいずれも、雅俗の連想の組み合わせによって成立している。その点でまずは、西鶴は宗因流の基本を模倣していると言えるだろう。

しかし、16と17は、やはり異体句ではあるが、複数の俗の連想の組み合わせから成っていて、それでも長点を得ている。16の評語「おとりこしの折からお殊勝に存候」は、「お取り越しの報恩講(親鸞忌日の一一月二八日に向けての報恩講を一〇月に繰り上げて行うこと)をなさって御殊勝なことでございます」と、信心深さを賞める体で西鶴の付けを称賛している。宗因は「霜月・質」からの連想の自在さを評価しているのであろう。また、17の評語「払子はうたがひなく候」とは、「道場」と「知恵」の連接にちなみ「出世疑いなしの僧侶」と言う意味の評でこの句を賞めているのであろう。17の場合は一句の表現の斬新さが長点に繫がっているかと思われる。先に見た通り、俗の連想の組み合わせによって異体句を生み出すことも宗因の術中にあるのであって、宗因流にとっては雅俗の連想の組み合わせが必須というわけではなかったことが、ここでも確認できる。

宗因の点の態度を総じて言えば、やはり異体の句に長点を懸ける傾向がある。長点句に付いた評語の多くは、前句と付句との間に立ち上がってくる人物像を評する形で西鶴の句を称揚しているのだが、付けの連想を操作する自在さに価値を認めて、一句の内容の論理性を軽視していると見てとれる。これは当然ながら宗因自身の流儀や『しぶ団返答』の主張と一致している。

そして、「軽口に」巻からは、若い西鶴の拙さもまた見えて来てしまう。特に、この時の西鶴は雅の付け筋の使い方がこなれていなかったと言わざるを得ない。たとえば、20→21→22は、定家の著名歌「見渡せば花も紅葉もなかりけり浦の苫屋の秋の夕暮」を典拠とする付けを二度くりかえしており、宗因も21には長点を懸けたが22は無点としている。また、4→5→6は、雅俗の中間的素材ではあるが謡曲「高砂」による三句がらみであり、宗因は5に長点を与えて6を無点としている。要するにこの時の西鶴は、和歌や謡曲を用いた付けを展開する際、三句のわたりに変化を付けるだけの知識ないし技量を持ち合わせておらず、ボロを出しているのである。

四　速吟俳諧へ

次に、西鶴が速吟に踏み出した最初の作品、延宝三(一六七五)年刊の『俳諧独吟一日千句』を見ておきたい。本書には同年四月八日付けの西鶴の自序があり、子を残して死んだ妻(千句の本文からすると二五歳)への手向けとして作られた俳諧独吟千句であることが知られる。一〇巻の発句の題は、当季の題でもあるところの、冥土の鳥「郭公《ほととぎす》」で統一されている。また、千句は三日かけて興行されるというのが通常の認識であり、それを独吟によって一日で果たすという速さを以て追悼の心の深さを示そうとしたものと思われる。

ここでも初折の二二句を掲げ、手法や異体句に関して同様の分析を試みる(7)。

追善誹諧

1脉のあがる手を合してよ無常鳥

☆無常鳥↓みじか夜

★脉のあがる↓息はみじか

★手を合して↓十念

2次第に息はみじか夜十念

☆みじか夜↓四月

★みじか↓三日坊主

3沐浴を四月の三日坊主にて

★坊主↓中には(遊戯歌による)

4中には何も見えぬ草の屋

☆草の屋↓音づれ

★中には何も見えぬ↓風袋

5音づれは梢にかゝる風袋

☆梢にかゝる風↓時雨ぞめぐる

★袋↓茶

6時雨ぞめぐる茶挽人形

☆時雨ぞめぐる↓影うすき…山に晨明《ありあけ》

★茶挽人形→頭巾

7 影うすき頭巾の山に晨明の

☆山に晨明→枯野の尾花

★頭巾→ちりめんのきれ

8 枯野の尾花ちりめんのきれ

☆尾花→風

★ちりめんのきれ→針箱

9 針箱の蓋吹かへす風の音

☆箱→浦しまが子

★針箱→むすめ

10 浦しまが子はむすめなるらん

☆浦しまが子→与謝の海

★むすめ→中人

11 与謝の海魚と水との中人して

☆海→しほ時

★中人→うそ・目もとのしほ

12 うそでかたまる目もとのしほ時

☆しほ→笘屋かた

★うそでかたまる↓旅芝居
13苫屋かた都から来る旅芝居
☆苫屋↓松
★旅芝居↓おとこ
14いづれ勝れてたつおとこ松
☆松↓雪
★おとこ↓使ひ番
15方〳〵へ雪のあしたの使ひ番
★雪のあした↓鍬・孝行の道
16鍬をかたげて孝行の道
★孝行の道↓後世の種
★鍬↓種・麦秋
17後世の種や今麦秋と成ぬらん
☆後世↓のりの衣
☆秋と成↓衣打音
★麦↓はしかいのり
18はしかいのりの衣打音
☆衣打↓芳野

★衣→油垢

19油垢ひゆる水ゆく芳野川

☆水ゆく…川→月こそ移れ

★芳野川→姥がふところ

20月こそ移れ姥がふところ

☆月→花

★姥がふところ→兄弟そだてあげ

21花を踏で同じく兄弟そだてあげ

☆花→おふち山ぶき

★同じく兄弟→どちらをどちら

22どちらをどちらおふち山ぶき

やはり宗因流の手法は見てとれるのだが、「軽口に」百韻とは違った点がある。まず、表の八句から異体の句を交えていることがわかる。このことは、西鶴の意識が古い制約から以前よりも自由になったことを示している。もっと言えば、西鶴は第一百韻の冒頭近くから異体句を出すことで意識的に宗因流を顕示していると見てよいだろう。

それに、雅の連想の付けが増え、雅俗の連想をうまく組み合わせて付け進めることに習熟してきた感がある。すなわち、「軽口に」百韻以降の西鶴はいわゆる〈連歌寄合〉についての学習を深め、手持ちの雅語を増やしてきたものと推測されるのである。

5→6→7→8の展開を例に取り、連想の流れを再整理して説明すれば、雅の連想の、

5梢にかゝる風→6時雨→7影うすき…山に晨明→8枯野の尾花

という流れがしっかりとできているところに、俗の連想の流れ、

5袋→6茶・茶挽人形→7頭巾→8ちりめんのきれ

をからめて、6・7・8の異体句を生み出している。そしてそのまま12あたりまで同じ調子で進んで行く。こうした句作の滑らかさこそ、西鶴が宗因流の俳諧作者として、「軽口に」百韻以降に獲得した表現技法だったと言ってよいだろう。

季や恋などの式目上の要件は果たさなければならないが、雅の連想と俗の連想の糸をそれぞれに繰り出して組み合わせ、五七五または七七の句形を整えることで付け進めて行くのである。その際、貞門の流儀であれば各句に道理を立てねばならないのだが、宗因流においては、非現実的で理屈に合わない大げさな比喩や空想の句になってもお構いなし、もっと極端な場合には意味の取りようがない「無心所着」になっても意に介さない。むしろ、そうした句の異体ぶりを誇りさえするのである。一句一句の理屈を立てなくてもよい宗因流の俳諧でなら、連想のカードをたくさん持ってさえいれば、詠作にかける時間を短くすることができる。西鶴が宗因流俳諧の異体句を詠出する手法を自家薬籠中のものとした時、それは速吟のための道具として機能したのではなかったろうか。

ただ、異体句の手法だけでは、目に立つほどの速吟は達成できなかったのではないだろうか。言葉の連想関係に頼るのではない、句意の付けによって付け進めている箇所も見受けられる。この第一百韻の場合、そうした箇所は後半に入ると増えてくる。たとえば81〜85の流れは、

81五節句に始末心やつきぬらん
82内ばにかけて渡す書出し
83たばね木に松は本より夕煙
84窄人してもかゝる時節に
85江戸の文近日参れと申す由

と、現実的な倹約（81→82）、薪売り（82→83）、謡曲「鉢木」の心（83→84）、浪人の話題（84→85）と、分かりやすい話題による句意の付けで進めている。前々節で述べた通りこうした手法も宗因流の一体なのであって、このように句意による展開を数句にわたって交えることは、速吟に効果的だったからだと考えられる。

このように見てくると、その後の西鶴が速吟俳諧に深入りして行く契機は、宗因流を充分身に付けたことにあったと言ってよいように思われる。宗因流には速吟俳諧に使える俳諧手法が用意されていたのである。

五　大矢数、その後

『俳諧独吟一日千句』以降、西鶴は、延宝五（一六七七）年『西鶴俳諧大句数』一昼夜一六〇〇句独吟、同八（一六八〇）年『西鶴大矢数』四〇〇〇句（翌年刊行）と、矢数速吟の俳諧を突き進む。いっぽうで、天和二（一六八二）年一〇月に『好色一代男』を刊行した。

ここではもう一つ、『西鶴大矢数』から「天下矢数二度の大願四千句也　難波西鶴」を発句とする第一百韻の一部を見てみよう。この百韻の脇句は保友、第三は梅翁（宗因）。以下、大鶴・木因・萍々子・孤松・鶴爪・執筆と続き、10からが西鶴の独吟となる。ここでは10から36までを示すことにする(8)。

10伊達このまるゝ三吉野の奥

☆三吉野の奥↓かねの御嵩

★伊達このまるゝ↓別れ路のかね

11別れ路のかねの御嵩を持れたり

☆かねの御嵩↓浮雲

★かね↓蛭のぢごく（佐夜中山の無限の鐘の俗信による）

12蛭のぢごくや浮雲の下

★蛭↓荒和布《あらめ》（荒和布は蛭になるという俗信による）

★ぢごく↓生をかえ

13これ海の荒和布の蕪が生をかえ
☆海↓松陰
14見せ物となる松陰のみち
☆松↓時雨
★見せ物↓商
15商はまだ無巧者な初時雨
☆初時雨↓涙・あしがら
★商↓江戸へゆく
16江戸へゆくとて涙あしがら
★あしがら↓乙女(峠の名)
17不慮に一夜乙女の姿抱てしめ
☆乙女の姿↓雲の通ひ路
18雲の通ひ路躍はしのび路
☆雲↓空・月
★躍↓雨乞
19雨乞の空定めなきけさの月
☆雨乞↓三嶋の宮
☆月↓鹿

20三嶋の宮やあらたなる鹿
☆鹿↓山越て
21花によしありきによしと山越て
☆花↓春
★ありき↓中間奉公
22春の価や中間奉公
☆春↓鴬
★中間↓手ぶり
23揃ふては手ぶり鴬飛で行
☆鴬↓あは雪の山
24かぶりしほの目あは雪の山
☆山↓滝
25からくりや下に通ふて滝の糸
☆滝↓七日のぼり（拾遺歌による）
★からくり↓都でおどろく
26七日のぼりし都でおどろく
★七日↓説法
★都↓百万返

27説法は今はんじやうの百万返
28譬ば瘧落て行かぜ
29痩こけた御内所や公達は
30氷の留守中とふ物は猫
☆猫→真葛葉(夫木歌による)
★氷の留守→うらみとつらさ
31真葛葉のうらみとつらさかさなるか
☆うらみ→待夜
★真葛→月
32せめて待夜は御坐れ月さま
33せく迚も凡知れたる轡虫
☆轡虫→関守の山(逢坂山の古歌による)
34古歌に読しは関守の山
☆関守→波爰もと(須磨の関守と見て)
35附あひに波爰もとは面白ひ
★古歌→附あひ
☆波爰もと→行平松
★附あひ→膏薬

さきに述べた宗因流の二つの手法をまじえて付け進めていることが見てとれる。まず、異体句の手法ならば、たとえば、15には「商売の道にまだ慣れていない初時雨」という非現実的な話題が登場するし、16の場合、江戸へ行こうとする人物の涙はわかるが「あしがら」と続いて一句の正体が失われている。これらは雅俗の語句の連想の組合わせで出来ている。いっぽう、句意の付けの手法ならば、たとえば、26から32にかけての六句は、26「都でおどろいたもの」と言えば27「百万返の説法」であり、説法のおかげで28「オコリが落ちた」のだが、その人物は誰かと言えば29「御内所や公達」であり、彼らの屋敷には30「留守中猫しか来ない」もので、捨て置かれて31「うらみとつらさが重なり」、せめては32「人を待つ夜は月が出ていて欲しい」と嘆く。言葉による連想を交えていないわけではないが、主に前句の句意から付句の句意を発想することですいすい付け進めている。

西鶴はこの時、一昼夜で『大矢数』四〇〇〇句を詠んだのだが、他の作者が参加している各巻頭表八句は事前に用意されていたであろうから、西鶴が速吟に詠み出したのは四〇巻の三六八〇句である。一句当たりに掛けた時間を単純に計算すると二三秒余となる。それほどの速吟の俳諧を支えるためには、言葉の連想による付けよりも句意の付けのほうが役に立ったことは、想像に難くない。精査したわけではなく今のところ印象に過ぎないのであるが、『俳諧独吟一日千句』『西鶴俳諧大句数』『西鶴大矢数』と進むにつれて、句意の付けの比率が上がって来るように思われる。

さらにその後、西鶴の俳諧速吟は、貞享元（一六八四）年の一日一夜二万三五〇〇句の記録にまで到る。『大矢数』の場合と同様の計算をすれば、四秒弱に一句の超高速であった。速吟への挑戦はそれで打ち止めとなった。

ところで、最晩年の西鶴は元禄五（一六九二）年成と推測される『西鶴独吟百韻自註絵巻』を残すが、その序文において宗因流を「当流の一体」と呼んでいる。序文は和歌の由来から説き起こし、守武・宗鑑・貞徳の名を挙げてから次のように言う。

其後、難波の梅翁先師、当流の一体、たとへば、富士のけぶりを茶釜に仕掛、湖を手だらひに見立、目の覚めたる作意を俳道とせられし。

この箇所の意味を含め、晩年の西鶴の俳論については従来活発な議論がなされてきた(5)。「当流」は、「古流」と対置されて、その当時流行の俳風を言う。元禄五年であればそれは、連想語や句意の関係によらない疎《そ》句の俳諧を指すはずであった。だが、宗因流は親《しん》句の俳諧であって、元禄当流から見てとても同類とは言えない、むしろ対極にある流儀である。

どうして西鶴は「当流の一体」の語句を書き込まねばならなかったのか。それは次のように考えられる。

西鶴にはまず何よりも宗因の後継者であるという自負があった。かつ、自らの俳諧の流儀が「当流」の内にあることを主張しないわけにはいかなかった。なので、たとえ親・疎の別において客観的な俳風が相当に異なっていようとも、元禄五年時点の「当流」俳諧が宗因流と連続していることを言い立てる必要があった。宗因流を「当流の一体」と呼ぶことはつまり、その連続性を主張することにほかならなかったのではないか。

だが、不都合なことに、宗因流のおもて看板であった〈異体句の手法〉はもはや完全に時代遅れであった。元禄の俳諧作者一般がもし右に引いた一文に接したなら、「当流の一体」の語を奇異の眼で見たのではないだろうか。そこで西鶴は別の箇所では、自ら速吟で多用してきたところの宗因流のもう一つの特徴〈句意によって付ける手法〉が元禄「当流」に繋がっていると強弁したり、「当流」について「心行《こころゆき》」なる微妙な術語で説明したり「ぬけ」の技法の発展形と位置付けたりする。西鶴の俳論のわかりづらさは、おそらくそのような事情に起因するのだろう。

実質はともかく、西鶴は最後まで宗因の名に縛られていた俳諧師であった。

【注】

(1) 沢井耐三氏『守武千句考証』(愛知大学文学会叢書Ⅲ、汲古書院、一九九八年)、および、今栄蔵氏『初期俳諧から芭蕉時代へ』(笠間書院、二〇〇二年)所収「『守武千句』第一百韻注解」を参照した。

(2) 先行注として、小学館『新編日本古典文学全集　連歌集　俳諧集』所収の「蚊柱はの巻」注解を参照した。

(3) たとえば、延宝元(一六七三)年冬の識語を持つ季吟著『誹諧用意風躰』では、『守武千句』第一百韻の17、および、40「しかの音ちかきつゞらくしばこ」・92「松のはごしにしやうじする比」を挙げて「守武は中比の作者ながら誹諧をわたくしになぐりて、式法をやぶり、花に吉野をもきらはず、かく無心所着《ムシンショチャク》にいひなしたる人なればにや、近代都ほとりには其風用る人なくなり侍し」と述べ、宗因を「其わけなき事をいひあへる異風の誹諧師、これ守武が風などいふにことよせて、(中略)まことにはいかいの魔民《マミン》とや申べからん」などと非難している。

(4) 「寓言」については談林の中でも議論が起こり概念が一定していなかった。近時、佐藤勝明氏は「談林俳諧の本質と高政」(『芭蕉と京都俳壇』八木書店、二〇〇六年)において、理屈に合わぬことがらを述べた句について「非道理」という概念を立て、「無心所着」と区別して、談林俳諧を分析している。そのように、今後できるだけ客観的に分析するための術語・視点が必要と思う。

（5）「高い詩性」云々は、中村幸彦氏『宗因独吟　俳諧百韻評釈』（角川書店、一九八九年）の「はじめに」の中の語。この「はじめに」は、宗因流俳諧の近世性に触れ、宗因を経て芭蕉が登場することの意味を説いて、示唆に富む。

（6）先行注として、乾裕幸氏『初期俳諧の展開』（桜楓社、一九六八年）所収「資料『大坂独吟集』鶴永独吟略注」、および、前田金五郎氏『西鶴連句注釈』（勉誠出版、二〇〇三年）を参照した。

（7）先行注として、『定本西鶴全集』第一〇巻（中央公論社、一九五七年）、および、中嶋隆氏「西鶴『俳諧独吟一日千句』第一注解」（『近世文芸研究と評論』七九号、二〇一〇年一一月）を参照した。中嶋隆氏には、「西鶴『独吟一日千句』─追善十百韻の試み」（『西鶴と元禄文芸』所収。若草書房、二〇〇三年）の論考もある。また、大谷篤蔵氏『芭蕉連句私解』（角川書店、一九九四年）所収「無常鳥─俳諧師西鶴」（初出は『ことばとことのは』第三集、一九八六年）には、第三までの詳細な考察がある。

（8）先行注として、前田金五郎氏『西鶴大矢数注釈　第一巻』（勉誠社、一九八六年）を参照した。

（9）このことに関する主な研究書を挙げるなら、乾裕幸氏『俳諧師西鶴』（前田書店、一九七九年）、『芭蕉と西鶴の文学』（創樹社、一九八三年）、および、『芭蕉と芭蕉以前』（新典社、一九九二年）。水谷隆之氏『西鶴と団水の研究』（和泉書院、二〇一三年）。牧藍子氏『元禄江戸俳壇の研究　蕉風と元禄諸派の俳諧』（ぺりかん社、二〇一五年）。また、注1に挙げた今氏の著書、注6に挙げた乾氏の著書。論文では、竹下義人氏「『西鶴独吟百韵自註絵巻』について─晩年の俳諧観とその方法」（『近世文芸研究と評論』二四号、一九八三年六月）。

第二部

矢数俳諧と浮世草子

『西鶴大矢数』と西鶴文学における移動と変換

ダニエル・ストリューヴ

一　矢数俳諧と浮世草子

一九六五年出版の『西鶴研究と論考』において、暉峻康隆氏は西鶴のすべての作品に触れるなかで西鶴の俳諧にも言及し、「風俗詩」と名づけた。その意味は延宝三年刊の『大坂独吟集』に収められた西鶴の独吟百韻を論じている一節に示されている。

額の禿げ上がった分別盛りの借金取りが、盆の季節前に辛抱づよく掛取りに歩きまはってゐる姿、年の暮れになって質に入れてあった仕着せの羽織が流れてしまったことに気づく奉公人、明日にせまった顔見世狂言の演出のことで夜更けて尋ねてくる狂言方、月ぎめの手かけ者、落魄して京の町はづれに移り住み、昔の名残の公家衆の文で手づから腰張をしてゐるペーソス、いづれも町人社会の風俗であり、世相である。

（暉峻康隆『西鶴―評論と研究』上、中央公論社、一九四八年）

「狂言方」、「落ちぶれた公家衆」など、浮世草子には登場してこない様々な人物も含め、当時のあらゆる都市生活の要素がこの西鶴が詠んだ談林俳諧には取り上げられているが、篠原進氏が指摘したように（「西鶴の無意識―〈矢数俳諧〉前夜」『青山語文』第三三号、二〇〇三年）、それは西鶴固有のものではなく、西山宗因が始め、談林俳諧の一般的な傾向になったものだったという。矢数俳諧の興行で詠んだ句を記録して出版した『大句数』（延宝五（一六七七年）や『西鶴大矢数』（天和元（一六八一）年）などを検討すると、西鶴中期の武家物や晩年の町人物にあたる内容がよく見受けられる。たとえば『大句数』第九巻の次の五句がその好例である。

四二　　味噌桶すり鉢水桶もあり
四三　煤払いの宿の塵塚すて兼て
四四　　やうありさうな文車の文
四五　早飛脚とぶがごとくにあがり口
四六　　稲葉を乱だる北国の風

（『定本西鶴全集』第一〇巻、中央公論社、一九五四年）

最初の三句は『徒然草』の七二段から発想され、見苦しいほど多くの道具が詰まった家から、一年間の間に積もった塵を塚に集める大掃除の風景に進み、塚の寄合語の「文《ふみ》」に連想が続く。その「文《ふみ》」という言葉は書籍とも、古い手紙とも解釈できるが、前の句の大晦日・正月からの連想も働き、『徒然草』一九段の正月の描写を媒介して、緊急の書簡を持って走る飛脚のシーンに移る。最後の句では、急用は天変による米相場の値上がりの報告になる。この一連の句で描かれる世界は台所の場面からスタートして、国と国を繋ぐ道路や田畑まで広がり、西鶴が町人物で描く町人の経済生活の世界に酷似した事柄を取り上げる。掛取りの句は、次の『大矢数』の巻五の最後のように、西鶴の俳諧によく見られる。

九八　　酒をくらふて夢の浮橋
九九　買ひ懸りすます事なく横雲の
一〇〇　　されども世間はたって行山
（『西鶴大矢数注釈』前田金五郎著、勉誠社、昭和六一年。以下『大矢数』の引用はすべてこれによる。）

「買ひ懸り」とは代金を後払いにすることで、「横雲」は有名な定家の和歌を思わせる句であると同時に、横寝する、すなわち支払いを済ませないという意味にもなるので、雅と俗が混じり合った滑稽な文芸空間が生じる。つまり西鶴は晩年の著作よりもずっと早い時期に経済生活や市井の世界に関心を持っていたことが、これによってもわかる。好色物から町人物へと遊里の世界を探検してからだんだんとほかの事柄に関心を広げていったわけではないのである。その意味では『世間胸算用』の世界は俳諧、特に句数が多い矢数俳諧に潜在していたと言えよう。もちろん韻文と散文というジャンルの相違があって、話の構想の中心にあるプロットというものは俳諧には存在しえないが、俳諧もそれなりの叙事性を持っていると言えよう。ストーリーは展開しないが、数多くの事象の断片が展開されないまま、話の可能性として相次いで、現れては消えていくのである。それは俳諧という文芸が和歌から継承した特徴の一つで、浮世草子との大きな相違点であろう。しかし、散文文芸の浮世草子でも短編集である限りは、ストーリーの展開よりは短い話の累積が基本的な形である。『世間胸算用』では掛取りの話を数多く並べて町人の生活を描いているのだが、年末直前の僅かな数時間に絞っている。登場人物は名前もなく、過去も将来もわからないまま登場し、読者の目の前を過ぎ去っていく。同類の話が並列する浮世草子と、離れや移りを約束としている俳諧とは大いに異なるが、未完成性が両方ともに共通しているものである。越しがたい晦日を越そうとする町人の話を集めた『世間胸算用』という作品は、発想そのものも俳諧から派生していて、構造も断片的で、その意味で俳諧の文学だと言えよう。工夫をこらして負債を払わないで年を越そうとする『世間胸算用』の登場人物たちが厳しい現実に向かって虚構と想像の力を借りて戦い続けるユーモラスな話は矢数俳諧の精神に近いと言えよう。俳諧は西鶴の浮世草子を読むためには欠かせない鍵で、俳諧師の経験を長年にわたって積んだ西鶴は、それを散文文学に生かし、独自の物語の世界を構成することに成功したのである。

二　大矢数俳諧と散文性

暉峻氏は、このような風俗と世相を取り上げ自由に基づいた西鶴の俳諧は矛盾を深め、行き詰まりに終わり、それこそが西鶴を散文文学へと転移させ導いたのであるとして、こう論じている。

民衆の一人一人が主体的でありうるといふ、民衆芸術としては他に代はるもののない俳諧であるゆゑに、現実的な民衆の要求や散文的な自己の素質を、連句といふ詩形式の中で解決しようとしたところで、アブノルマルな矢数俳諧が考案されたのであったが、当然それは形式のみが詩で内容は散文の自由を謳歌する結果となってゐるのである。しかしながらこの上いくら量をましてみたところで、形式と内容の矛盾は解決されない。連句形式と決別しない限り、散文の自由を確保することはできなゐのである。（同上）

すなわち西鶴とその文芸の享受者が俳諧に求めたものは浮世草子という散文の文学でしか実現できなかったと言っている。換言すれば、矢数俳諧は内容と形の葛藤が生んだ怪物的で過渡的な詩形式だと見たのである。西鶴の俳諧と浮世草子の両方を射程距離に置いた注目すべき解釈だが、芭蕉が到達した理想的な俳諧を基準としていたからだろうか、俳諧という詩形式が本来笑いの文芸であり、矛盾や二重性が内在するものだったという事実を充分に考慮していない論だと言えよう。自由に基づく俳諧を主張し、「軽口」とか「飛び」とかを主張した西鶴にとって、矢数俳諧はアブノーマルであったかどうかも疑問に思われる。むしろ、「軽口」・「飛び」・「自由」を求めていた談林俳諧の自然な展開だったのだという理解も可能である。すでに一九六七年に上野洋三氏は矢数俳諧の後世における悪評に触れて、

それが速吟である故に明らかにしてくれるような俳諧の特質、俳諧本来が目指す所の笑いの特質、そういったものも或はあるのではなかろうか。

（「西鶴付合論―『大矢数』の俳諧」、『国語国文』三六（九）号、一九六七年）

と述べて暉峻氏と正反対の評価を示した。

しかしここで特に取り上げたいのは、散文は自由で俳諧は自由でないという暉峻氏の理解である。確かに散文のジャンルには形式上の束縛が少ないのに対して、俳諧はルールが煩わしいに違いない。しかし長い修練を経てルールを内在化し自由に使うようになった俳諧師にとっては、俳諧は逆に小説など散文文学を拘束している主題、構想、文体などの制限がない、自由な言語空間であると言える。実際、暉峻氏の論に二〇年も先立って西鶴の俳諧について論じた折口信夫氏は、「西鶴に見えた正風の発生」という論文において、俳諧について暉峻氏とは全く逆の発言をしている。

表現の飛躍・連想の自由が、修辞的に言えば、幾多の欠陥を作っている。だが、それに替わる色々な特殊を付与して来ている。善悪ともに、律文的な文格である。併し、単にそれだけではなくて、そうした推移が自由なのは、散文の拘束《こうそく》から脱するを煩いとせぬ気安さが、習いとなっていたのだ。言うまでもなく、この点は誰も心づく、連俳における移りの練習から来ていたのだ。散文表現能力が不十分だったのではなく、律文的なものが、生活の内容をなしている為である。殊に、江戸時代文学者の文章に、俳諧の表情を考えないで対するのは、無謀である。俳文殊に、そうした分野にある文章の、意識なしにかかれているものを見れば、西鶴の文章の来る所が、察せられる。

「西鶴に見えた正風の発生」

（『俳句研究』第四巻第一号、一九三七年、『折口信夫全集』一〇巻、中央公論社、一九五六年所収）

俳諧はいくら煩わしいルールがあるとしても自由と遊びの精神に基づき、常識に束縛されない、飛躍的な表現でもあり、「生活の内容をな」すほど深く根ざしている感覚でもあると折口信夫は言っている。散文の拘束に対して、俳諧の推移の自由がある。そして、西鶴の俳諧に散文的な発想が芽生えているというよりも、西鶴の散文の中で「俳諧の表情」が生かされていると言える。西鶴は俳諧の拘束と矛盾から脱出して、自由を得たというよりも、俳諧で得た自由な精神をもって、新しい自由自在の散文を造作しえたのである。矢数俳諧もただ無理矢理に量を増すだけではなく、連想のメカニズムを鍛え普通の人間の能力を超えた連想の力を発揮するパーフォーマンスでもあったのである。アブノーマルといっても、上野洋三氏が指摘した通り、俳諧のある可能性を探索する契機になったのであろう。

三　付け合いのブロックと散文性

暉峻氏の西鶴俳諧論に戻るが、氏は西鶴の『大坂独吟集』以来の俳諧を風俗詩と形容し、「はなはだ叙事的である」と評価し、俳諧の約束の形を逸脱してしまうものだと論じている。

しかしながらたとへ現象描写の域にふみとどまらざるを得なかったにしても、人間関係を描くのである以上、せいぜい長句と短句と合はせて、三十一音で一つ情なり事なりを表現せねばならぬといふ連句の約束に従ふことは不可能であった。そこではまだパノラマ風な場面の展開があった。大矢数になるとそういふ展開さへも緩慢になって、四句・五句で一つの世界を描いてゐる場合が多いのである。（同上）

そしてそのような四句・五句の例をいくつか挙げている。以下、それらの例について簡単に検討したいと思う。というのは、長い時間スピードを緩めてはいけない矢数俳諧ではルールがルーズになるということは必ずしも俳諧の域を出て、散文的になったことを意味しないと思われるからである。大野鵠士氏が指摘したように(『西鶴　矢数俳諧の世界』、二〇〇三年)、「付け合いのブロック」というものが生じて「比較的変化の少ない同意、同想の世界」の句が四・五句続くという現象が起こるが、それは、パノラマや場面を作り小説的な効果を生むことを狙っているのではなく、むしろ順調なスピードで句を連ね続けることを意図した結果なのである。

このような四・五句のブロックの例として暉峻氏はまず次の、巻二の一〇から一四の句を挙げる。

イ　一〇　　をとこと合点で女郎花咲く
　　一一　心中をたてりと思へば笑し《ママ》い迄
　　一二　　夜前も門で聞いてゐました
　　一三　西へ行く顔こそ知らぬ郭公
　　一四　　雲晴れねども即身成仏

氏はそれについて「景の展開があっても情の変化はない。すでに物語りの世界である」と分析している。しかし実際にそうであろうか。前田金五郎氏の注釈を参考にするとはっきりするが、この五句は朧げながら「女郎」という共通のイメージに貫かれていると理解する限りは、一つのブロックと見ることができるが、句と句との繋がりは和歌・謡曲などに基づく複雑な言葉遊びからなっていて、統一したプロットが展開していく物語の場面というものは成り立っていない。第一〇句は西鶴が好んで使っている「をみなへし憂しと見つつぞ行き過ぐる男山にし立てりと思へば」という『古今集』の歌に基づいて「男山」と「女郎花」を合わせて作った句で、意味は難解だが、常套的だと言える。そして第一一句は同じ歌の「たてりと思へば」を使って、「心中立て」、すなわち客と女郎の取引のモチーフを導入して、この歌を引用した謡曲「女郎花」の説話を背景にしている。物語の世界と現実の世界が錯綜した俳諧らしい方法である。第一二句は心付けで、付物がないが、「門立」という恋の詞で軽く付けた句で、乾裕幸氏が言う「発話体句法」の典型的な一例だと言えよう(「西鶴俳諧の読み―『大句数』の一句を手がかりに」『親和国文』、一一号、一九七七年)。第一三句は「門で聞く」に「ほととぎす」を付けたらしく、ほととぎすが他界に関係している鳥だから、「西へ行く」というイメージを付け加え、第一四句では「雲はれねども即身成仏」と仏教の句で続けた。前田金五郎氏が指摘しているように「西へ行く」の節に「島原の遊郭に行く」という裏の意味がかけられ、第一四句の「即身成仏」も生きた菩薩である女郎に導かれる客の成仏との読みができる。しかしそれはただ裏の意味だけにとどまり、可笑しさを増す言葉遊びに過ぎず、小説の世界とはなっていない。第一〇句から第一四句までの五句に渡って「女郎」というモチーフが続き、ひとつの付け合いブロックになると言っても、思考と修正の時間を許さない矢数俳諧のスピードが生じた欠点だと見ていい。物語的なところがあるとしても、本物の物語ではなく可能性としてのそれにとどまっているのである。

次に例に挙げる巻一三の第四九句から第五二句のブロックは、さらに俳諧らしい構想を持っている箇所であろう。

ロ　四九　月も花も寝くたれ髪も逆さまに
　　五〇　　ととより先に恋死にの春

五一　世界みな一度は消うる雪仏
五二　　あるにもないにも風の行末

第四九句は前の句の「腹の立つ」の表現と采女伝説で有名な猿沢の池をあしらって月と花が逆さまに映っているように、怒りで逆立った髪に寝乱れて逆さまに立った髪を重ねるという発想である。第五〇句は「さかさま」に親に先立って恋死にすると連想して、「恋死に」から「消ゆる」そして「風の行く末」(行く末がわからないという)になっていく。伝統的な物付けの付け合いで小説的と見ることはできない。第五〇句からは死という共通テーマになっているが、一般論的な内容の句で小説の場面を構成するような事物はどこにもない。

巻一八の第四九句から第五二句も連続性が強い例の一つである。

ハ　四九　花若がもしも十五に成る時は
五〇　　脇ふさがせて袖の梅が香
五一　兄分も霞がくれの暗部山
五二　　今は雲にも耻てゐる風

第四九句で花若という若い侍が登場して、第五〇句も第五一句も男色関係の句であるから、変化が極めて少ない三句が一続きとなった打越の一例と言えよう。梅花の名所だった暗部山は前句の「梅の香」の付物で、場が設定される。

同じ暗部山で世之介が武士と男色関係を作った『好色一代男』の場面が思い出される。しかし打越があっても叙事的な要素がほとんどなく、出会いの場面だけが描かれ、ほかは享受者の想像力にゆだねられている。そして次の句から一転して男同士を風と雲に変換して前句で芽生えようとしていた物語の世界を壊してしまう。しかもここでも乾裕幸氏が指摘した二重構造の付け合いが注目を引く。一方に「花若↓梅が香り↓暗部山」という連続があって、もう一方には「十五↓脇ふさがせて↓兄分↓耻てゐる」と続くのである。物語は相変わらず可能性として存在しているに過ぎない。

巻三四の第四三句から第四六句も小説と俳諧を考える上で興味深い。

四三　舟遊山《ふなゆさん》忘れた物は御座らぬか
四四　　三里さがって大坂堺
四五　一時《いつとき》に米の相場が知れて行《ゆく》
四六　　近年の雨秋風の音

第四三句では舟遊びの生き生きと鮮やかな場面が現れ、客に対する船頭の声を聞かせる。その「舟遊び」に大坂堺がつけられたのが風俗詩らしい行き方であろう。しかしそこから転換して、経済活動の場としての大坂と堺に移る。大坂と堺の間に三里の距離があるが、「一時三里犬走り」という諺を媒介に米の相場が大坂から堺へ速やかに伝わっていくと付け、そして前に引用した『大句数』の句と同じように米の相場に影響を及ばす天気という常套的な付け方であしらう。第四三句から第四六句までは同じ大坂・堺という場所設定だが、はっきりした人物もなく時間も一致していない。物語を想像させる背景だが、物語そのものではない。

巻三八の第六〇句から第六五句を最後の例として挙げておこう。

ホ　六〇　　船頭がなさけ乗り合いの上
　　六一　敵討やうす知るまで波の音
　　六二　　角介と云ふ千鳥友呼ぶ
　　六三　月の剣二尺計を落しざし

ここはハと同じように打越で乗り合いの船が場所となり、船頭・無名の客・武家の下男らしい角介という人物が登場し、敵討ちという物語風なモチーフもあって物語の要素がいくつか揃っている。しかし場面が設定されただけで何の発展もない描写に終わる。前半と後半の繫がりがルーズで、ひとつのまとまった話として解釈するまでもないようである。

以上暉峻氏が挙げた四句・五句のブロックの例を六つ見た。物語風で浮世草子を思わせる雰囲気が漂う句があるにしても、散文的になっているとは言いがたい。日常生活、謡曲、和歌などからの物語の断片がよく見られるが、それは俳諧以来の約束によるもので、俳諧というジャンルの範囲を出ないのである。

四　事実と虚構

俳諧は物語と異なって一貫した主題や筋を持たない。ストーリーが展開するのではなく、さまざまな事柄が現れたり消えたりして常に変化して行き、それを妨げるものはない。主題がないから主張もない(1)。日常生活から古典や仏教まで、古事・世相を混ぜて発句から挙句まで前へ前へと進むのである。物語風なものがあっても、断片のままで移っていく。たとえば巻三の第一三句から第一七の句を見てみよう。

一三　明ナぬれば暮るる事とは手くだの文
一四　　物案じてそれからそれまで
一五　運は天に命は海に船の上
一六　　平家の一門同じ商売
一七　あひ引のしほの上がりを請つたか

「手管の文」とは女郎が客に送る手紙で、第一四句はその内容である。両句とも遊里の世界で、客と女郎の間の複雑な関係を想像させる。第一五句ではそれを離れて、危うい航海に場面を転換する。そして「船の上」から『平家物語』の世界を連想して八島合戦になり、さらに塩の産出の場に変わる。前に見たものとは違って一句ごとに転換があり、速いテンポで前へ進んでいき、遊里・航海・戦争・商売というテーマが相次いで現れる。付け合いは比較的軽くて、「手管→物案じて(心配して)」「それからそれまで(仕方がない)」→運は天に命は海に」「船の上→平家の一門」という風に付けているが、第一七句は「平家一門→あい引き（敵味方共に後方に退却する意味で、八島合戦をほのめかす）「商売→上がりを請ったか」という風に二重構造になる。しかし、いかに急激な変化があっても共通点もないわけではない。「物案じて」という表現は悩みと不安の雰囲気を漂わせ、航海、戦争、商売の句にはそれが貫かれている。変化の背景にこのような共通の苦の世界があって、この五句も一つのブロックとして読める。すなわち恋・旅・戦争・商売はすべて異なった事柄でもあって、同一の事象でもあるのである。

またこの巻一第四九句から第五六のような連続もよく見られる。

四九　大地震ちつとも騒がぬ花の山
五〇　　覚悟のわるひ「ママ」雉子《きぎす》なくなり
五一　切腹はたてからひいて横霞
五二　　しぐみの続き埒のあく山
五三　はしらよせ関の岩角踏みならし
五四　　十六だんをいまやひくらん
五五　これも又浮世を渡る木綿買
五六　　ふんどししめて懸かる夕暮

第四九句と第五〇句は地震に気づかない花見の客の場面に対して、地震に敏感な雉が鳴くと付ける。「覚悟が悪い」

から切腹の場面を連想して、次の第五二句でそれを歌舞伎の狂言「し組み」すなわち歌舞伎の所作にとりなして、さらに建築計画の「はしらよせ」にとりなす。次いで、土木の「柱」を箏の「柱」に見立てて浄瑠璃の場面にし、浄瑠璃の「段」を長さの単位の「反」と解釈して、行商人の姿を登場させる。しかも第五三句と第五四句は逢坂の関を歌った二首の有名な和歌をもって寄せ付け、「関の岩角踏みならし」という藤原高遠の歌の引用句を浄瑠璃の文句と見立てる。この一連の句も変化が激しいが、ここで注目を引くのは演劇のモチーフである。地震と切腹という事実上の世界は急に歌舞伎の「し組み」(脚色)に転換し、虚構の世界に変わる。芝居・見世物・語り物などは、世間の様々な職業の一つであるとともに、事実の世界を映しているもう一つの虚構の世界を俳諧に導入する機能を果たしている。俳諧という笑いと自由の境地では嘘と事実の区別がつかなくなり、さまざまな現象の境界は曖昧になっているのである。現在から過去、現実から虚構へと一句ごとに移動している。巻三の第五九句と第六二句もその例である。

五九　張貫の山のけしきもここがよい
六〇　　はやり吸啜《キセル》に松は煙りて
六一　初時雨その日は懸かる異国舟
六二　　三つの宝を盗まれな風
六三　ながめやる医者知者福者けふの月
六四　　千軒あれば友すぎの秋
六五　置露やここは山崎かねところ

第五九句と第六〇句は歌舞伎の舞台で設けた張りぬきの山に客が吸っているキセルの煙が漂うという芝居の嘘の世界を描く。それから一転して第六一句では芝居から事実へ帰り、外来の道具のキセルに対して、外国との唯一の接触点だった長崎へ場面を移す。第六一句の「懸かる」は「停泊する」の意味で、第六二句は長崎湾のオランダ船のエキゾチックなシーンを描くのに対して、謡曲『海女』や若舞『大職冠』の古代中国と日本の関係を語る伝説を付ける。「宝」はここでは古代の中国から鎌足に贈られた贈り物であるとともに長崎で当時売買していた値の高い品物をも言っている。前に指摘したように、ここでも事実と虚構、遠い過去と現在が俳諧の滑稽な世界では平等に扱われ、同一化される。「盗まれな」、すなわち「盗まれるな」は会話文で、長崎へ唐物を購入に行く商人のせりふとも解釈できる。次の第六三句と第六四句では「よき友三つあり」という『徒然草』の有名な段および「千軒あれば友過ぎ」という諺を踏まえ、第六五句では山崎の繁盛を語っている。庶民へのアドバイスの句が続き、町人の世界が浮き彫りにされる。長崎の現状から始めて、古事・文学・諺などを経て又現在の事実に戻ってくる一連の句は、変化は多いが、金という一貫したモチーフがあって、一つのブロックを形成している。物語風ではないが、この都市繁盛の描写と教訓めいた句の組み合わせは『日本永代蔵』など町人物の浮世草子の原型とも思われる。

五　『大矢数』の詩学

暉峻康隆氏は西鶴の俳諧の散文性を強調しながら文学者西鶴が「詩情を解さぬはずはない」とか「すぐれた詩人的資質を持合せてゐたことをみとめざるをえない」とかと評してこう論じている。

がそれにもかかはらず西鶴は、じぶんのうちなるさういふ資質を自覚することなく、したがってさういふ詩境をまもるどころか、みづから手を下してぶちこはしてゐるのである。（同上）

氏の考えでは、それが散文の自由を選んだ西鶴を連句形式と訣別させたのである。そして高い詩情の例に挙げた中には『大矢数』からの二つの箇所がある。一つは巻二の第六七句と第六八句である。

六七　淋しさも薄鍋一つたのしみて
六八　　むかし遣いし銭ようでゐる

第六七句は前句「隠居せうならかかる夕暮」を受けて、和歌の幽玄の表現を使って世間の忙しさを離れた清貧の楽しみを描写している。そして、薄鍋の寄り合いで、暉峻氏が分析したようにその閑寂な詩興を蹴飛ばして、昔消費した金を思い出して勘定するのを楽しみにしていると付けて人の貪欲を皮肉る。もう一つの例は巻二六の第七五句と第七六句である。

七五　月は夜台碓《だいがらうす》の音計《ばかり》
七六　　身にしみ渡る堺の大道

ここも前句「まづしきは露泪な添そ」に続けて貧乏な境地を描くが、この場合は薄鍋の寄り合いで豪商が軒を並べた堺の大道に移ってコントラストのおかしみが生じている。両方とも笑いの交じった静寂の詩情を含むと言える。西鶴の俳諧はさまざまな葛藤する現象を入れるがその中に暉峻氏が言う「清澄・閑寂・寂寥」も入っている。そして虚構・物語・演劇の断片と融合し、ポリフォニー的な笑いの空間を成立させる。詩境を建て次第打ち壊して、止揚し、笑いの空間に集合させる。しかもそれは混沌として無意味なものではなく、ヴァラエティに富んで高低の差のある文学的世界を目指している。ぐるぐると廻って変転する事象の間に間を置き、詩情がある静止した趣の句を入れるのはそのためであろう。そして次の巻八の第八一句と第八二の句のように登場人物の後ろに詠者(主催者西鶴)の存在を窺わせる場合もある。前後の句と共に引用する。

八〇　　梭を二つにてたて横の縞

八一　灯のかすかな宿の独すぎ

八二　　見ぬ世の友やのこる木枕

八三　ここに又世尊時分の鼾かき

第八一句を第八〇句の前句と併せて読むとわびしい家で機を織る貧しい女が独り暮らしをしているという情景が彷彿とする。しかし第八二句となると、貧しい女は姿を消して、『徒然草』一三段にある「ひとり灯のもとに文をひろげて、見ぬ世の人を友と」し、清貧な生活を送る文人の面影に代わる。そして第八三句釈迦の説法中眠ったというユーモラスな故事で一連を結ぶ方法は前に引用したのと同じである。もちろんここで顔を出している人物を西鶴と見る必要はない。しかし世間を離れて隠居生活を送り、鋭い認識で世間を見つめる兼好法師に近いこの存在は西鶴によく似ているといえよう。

西鶴の存在を窺わせる句は見てきたような詩境の句だけではなく、俳諧のことを材料にする句でもある。大野鵠士氏はその俳諧師西鶴の「素面の自己が顔を曝す」『大矢数』の句に注目し、「ほとんど一巻に少なくとも一句は登場する」と書いている(『矢数俳諧の世界』二〇〇三年、和泉書院)。その例に次の巻四の第六六句を挙げることができる(前の二句と共に引用する)。

六四　　孔子の嘆き夢の春の夜

六五　あつち国飛ぞこなひの胡蝶あり

六六　　阿蘭陀流の行方の風

孔子が息子鯉魚に死なれて泣いたという句より生死を超えた境地にあった荘子を連想して、「夢」に寄り合いの「胡蝶」をつける。そして中国を指している「あっち国」を「阿蘭陀」で受けて、「飛び損なう」初心者に対して自分の流の俳諧をユーモラスに掲げる。次の巻二〇の第二四句から第二六句で見るようにこの方法に自己嘲笑が含まれている場合もある。

二四　　勝を見せたる宿の灯

二五　つれづれの心付けには長点か

二六　　下戸ならぬこそ明日の朝

第二四句は前句を受けて博打をテーマにしているが、「宿に灯」という表現は常套的な『徒然草』一三段の付け合いを思い起こさせる。第二五句はそれをからかうつもりで詠んだのであろう。次の第二六句でも『徒然草』のテーマを続けて「いたましうするものから、下戸ならぬこそ、をのこはよけれ」という一一段をもじって逆転する。

『西鶴大矢数』はもともとは興行であったが、作品にもなり出版物にもなった。序文と跋文を備えていて、西鶴の俳諧師としての立場を知らせて受け入れさせるのを狙っている書物である。それに西鶴が顔を出すのは当然であろう。しかしここでは作品の構造における俳諧師西鶴という人物が果たしている役割に注目したいのである。荘子なり兼好法師なり談林俳諧の価値観の根拠にあった人物を取り上げ、静寂の境地の句をちりばめ、談林俳諧の美意識を貫くことによって、推移・変換・速度を本質とし、無意識な連想に依る矢数俳諧の世界を混乱から救済しているのである。一日に数千句も吐いていく詩人の存在だけがその世界を支えている。そしてそれは内在する存在の形をとって連続している句の中にその影を映しているのである。

六　まとめ

以上暉峻康隆氏の『西鶴―評論と研究』における批評を出発点に『西鶴大矢数』の世界を論じてみた。西鶴の俳諧と浮世草子の類似については指摘されているが、その相互関係についてはまだ定説に至っていない。ここで暉峻氏の批評に戻って、氏が主張していた「散文は自由で俳諧は自由ではない」という理解を逆転して、西鶴が俳諧により自由を得、笑いの世界を構成できたのではないかと主張してみた。この問題は俳諧を解釈するためだけではなく、浮世草子の読み方にも関わる重要な点である。小説的な俳諧から俳諧的な小説への転移の過程はこれまでよく論じられてきた。特に『好色一代男』への影響は注目を浴びている。しかし形式上の問題を超えて広く「散文の拘束《こうそく》から脱」している西鶴の散文の文学を考える余地があるかと思う。

【注】

（1）これは西鶴の俳諧の、話という散文のジャンルに通じる点であろう。『大矢数』の「咄家的語り口」については上野氏の指摘などがある。しかし次の付け合いにも明らかに示されるように、俳諧は話の要素を含めながら嘘をもっぱらとする咄とは異なる系統の文芸であるとの意識が西鶴にあった。「噺し上手はみなうそでよい　太閤の時めくおとこ独なり」（巻八、六〇・六一）。「おとこ独」は曽呂利新左衛門を指す。

【参考文献】

乾裕幸「西鶴俳諧の読み―『大句数』の一句を手がかりに」『親和国文』一九七七年三月、神戸親和女子大学
乾裕幸『俳諧師西鶴』一九七九年、前田書店
上野洋三「西鶴付合論―『大矢数』の俳諧」、『国語国文』一九六七年九月、京都大学
大野鵠士『西鶴　矢数俳諧の世界』、二〇〇三年、和泉書院
折口信夫「西鶴に見えた正風の発生」『折口信夫全集』巻一〇、一九五六年、中央公論社
篠原進「西鶴の無意識―〈矢数俳諧〉前夜」『青山語文』二〇〇三年三月、青山学院大学

暉峻康隆『西鶴―評論と研究』上、一九四八年、中央公論社
中嶋隆「西鶴俳諧の「小説」的趣向―『冬の日』から照射する『俳諧独吟一日千句』」、『叙説』、二〇〇五年、奈良女子大学
中嶋隆・谷脇理史・広嶋進編「文体と作品の構造―テキストに内在する「はなし」」『新視点による西鶴への誘い』、二〇一一年、清文堂出版
復本一郎「「阿蘭陀流」追跡」『江古田文学』、二〇〇二年一一月、星雲社
前田金五郎『西鶴大矢数注釈』四巻、一九八六年、勉誠社

矢数俳諧と浮世草子

矢数俳諧の人脈と浮世草子への影響

大木京子

寛政四（一七九二）年[1]八月十日、谷素外は西鶴百回忌を勤修して荒川区養福寺境内に句碑を建てた。現在「談林派歴代の句碑」と呼ばれるその句碑は、「梅翁花尊碑」と「大碑」「小碑」「福碑」併せて四基あり、初祖梅翁、二世西鶴、三世才麿、四世玄哲、五世舊室、六世蒼狐の各発句のほか、七叟の忌日などが刻まれている。その「小碑」背面に次の一文がある。

梅翁肥後ノ人、浪速に住ス。連歌ハ昌琢ニ学テ宗匠家也。誹諧ハ延宝ノ頃世ニ知ル。梅花ノ一章ヨリ、談林翁ト称シ、当流此ノ翁ヨリ起ル。西鶴ハ浪華ノ人、住吉社頭ニ於テ二万三千五百句ヲ吐、二万翁と称ス。誹諧大矢数ノ元祖也。才麿南都ノ人、浪華ニ住ス。中頃東都ニ下リ、元禄ノ調ヲ以テ世ニ鳴ル。当流ノ中興也。

（以下、省略。便宜上、句読点を付した。）

素外は西鶴を談林二世と捉え、大矢数の元祖であると紹介した。西鶴の名をあげれば今もなお「二万句」の言葉が返ってくることからも分かるとおり、西鶴の名は矢数俳諧とともに伝播している。俳諧史の上では評価の低い矢数俳諧であるが、西鶴という人物を世に知らしめた一つの流行であったことは無視すべからざる事実であろう。延宝八（一六八〇）年五月七日、大坂生玉社で一昼夜四〇〇〇句独吟を終功させた西鶴は、次のように書いている。

四本の奉幣颯々の声をなし、八人の執筆五人の指合見座すれば、数千人の聴衆、庫裏方丈客殿廊下を轟し、三日懸而已前より、花莚毛氈、高雄を爰に移す。時こそ今、目付木三尺しさつて即座の筆句を待、吟じあぐるといなや、口びやうしたがはず、仕舞三百韵はまくりを望まれ、線香三寸より内にして、あやまたず仕すましたりと、千秋楽を諷へば、座中よろこびの袖をかへす（『西鶴大矢数』）。

五月の風がさわやかに通り抜ける大坂生玉社南坊には花筵や毛氈が敷かれ、数千人の聴衆が詰めかけた。西鶴は用意万端ととのえ、知人俳諧師達の目前で得意の速吟を披露する。制限時間が設けられた最後の三百韻を仕済ました彼に対し、人々は賞賛の声をあげた。那須与一を彷彿とさせる文章に、高揚する西鶴の気持ちを読み取ることができる。その華やかな興行が見世物的であったことは否定できないが、エンターテインメントであったからこそ流行を創り出したともいえよう。延宝五（一六七七）年五月に西鶴が初めて一六〇〇句の矢数俳諧を興行した時(2)、大和の月松軒紀子が即座に反応して同年九月に一八〇〇句独吟を行っている。『西鶴俳諧大句数（以下、大句数と省略）』の序文からは当時既に句数を競う風潮のあったことがうかがえ(3)、「釜の前堂前各別の違ひ（中略）殊に諸人の中に出、独吟に句の取まはし、五百句なるべき人はやう〳〵二百と心得給ふべし」というように、個人が自慢して語る句数に意味はなく、ルールに則った公式記録が必要であることを西鶴は主張した。西鶴の興行は、実はそうした流行の兆しを読み取ったものだったのである。対抗馬が出たことにより矢数俳諧への注目度は増し、大淀三千風の三〇〇〇句[4]、西鶴自身の四〇〇〇句、椎本才麿の一万句、芳賀一昌の一万三五〇〇句[5]と記録が更新されていく。そして貞享元（一六八四）年六月、西鶴は住吉社において二万三五〇〇句の記録をうち立てたのであった。そのスピードに執筆が追いつかず発句しか伝わらなかったことは周知のとおりである。

神力誠を以息の根留る大矢数

二万を遙かに超えるこの記録に挑戦する人物は、以降出現しなかった。それは記録が驚異的であったことだけでなく、疎句化する俳壇の流れも一因であったと思われる。そして皮肉なことに、速吟の極限を見届けた[6]この瞬間、矢数俳諧の息の根を西鶴自身が留める結果となってしまった。俳諧の疎句化が進む当時、エンターテインメント性だけが人々を矢数俳諧にひきつける要素であったなら、記録更新が不可能になった時点で見世物は終了し、矢数俳諧の舞台は消え失せることになる。得意とする速吟の流行を創出して自らをプロデュースしてきた西鶴は、目論見どおり一時は俳壇の寵児となるが、結果的には自身で終止符をうったのであった。

一　交流範囲の拡大

既知の事柄を長々と書いてきたが、ここで矢数俳諧の成功が西鶴に何をもたらしたのかを考えてみたい。生玉万句以降、談林派での地位確立を望む西鶴は俳書を編集し、『大句数』で自分の進むべき方向性を決定づけた。矢数俳諧最初の試みであった『大句数』の役人は執筆の青木友浄(友雪)と水田西吟、指合見の児玉菊砌、桑門順座の四人だけで、懇意の者に頼んだものと推測される。第九句に竹薗、順座、重政、武仙、西賀子、菊砌、西長、日信、光如、會圓がそれぞれ句を寄せており、「数百人の連衆」が集まったと序文にはあるものの、その規模は三年後の『西鶴大矢数(以下、大矢数と省略)』と比較にならない。

『大矢数』は役人を含め立合の人々が五五人、句を寄せた者を合わせると七〇〇人を越える。まさに大坂の俳諧師を集結させたかのようであった。そこには時に鞘当てを演じた惟中や、酒造家鴻池氏の山本(山中)西六[7]など有力商人、人気歌舞伎役者たちの名もみえる。『大句数』以降、人間交流が相当に拡大されたことが看取されよう。『大矢数』序文に「当地宗匠親疎ともにつらなり」とあるとおり、一躍時の人となった西鶴の周辺には、親疎はともかく大勢の人々が集まり、西鶴との交流を望んだのである。

西鶴が俳諧から遠ざかったとされる貞享二年から元禄二年の五年間で、その集まった人々がどの程度去っていったかは詳らかでない。疎句化の波に乗って去っていった人々も多数いたと考えられるが、矢数俳諧で親交を深めた一部の人々との交流は俳諧以外の場でも継続し、浮世草子創作に大きな影響を及ぼした。梨園関係者もそうである。延宝七年から元禄元年まで西鶴が演劇界と深い関わりを持ち、浮世草子に演劇的なものを取り入れていったことは既に知られている[8]。その交流の一端を垣間見せる話として、遺稿集『西鶴名残の友』(以下、『名残の友』と省略)巻五の五を取り上げる。『名残の友』は俳諧師の逸話をもとにした笑話集であるが[9]、全二七話のうち西鶴自身の経験に基づくと思われる話が一〇話、西鶴と同時代の俳諧師が登場する話が一二話あり、残り五話は時代の古い有名俳諧師の逸話である。巻五の五「年わすれの糸鬢」は歌舞伎役者四名と同時代俳諧師の遠舟が登場する話となっている。

まず、話の前半部分を確認してみる。

年の瀬に心よく名残の芝居をみた後、大和屋甚兵衛、宇治右衛門、藤川武左衛門、坊主百兵衛などが連れだち、人より早く夕方から道頓堀の大黒風呂に入ってさっぱりした。毎日洗っても垢が絶えないのはおもしろいことである。ちょうど江戸の草履取りである墓原角蔵という者がいて、月代を剃るのが上手いというので板の間に呼び、各自髭から産毛まで残らず剃らせて気持ちが良いことだった。「考えてみれば、下手に頭を剃らせるのと若い医者の薬を飲むことほど気がかりなことはない」と言うと「確かにその通り、では上手な方に私もお願いしよう」と百兵衛が頭を出した。角蔵はその頭を見て、「骨惜しみするわけではないですが、この中剃りはご容赦ください。年末の心落ち着かない時は糸鬢の境目が見えません」といった。皆大笑いして「何のために見えないほど細い鬢にしているのか。頭が冷えて損だ。」というと、百兵衛は「そのかわり夏は涼しい」という。

以上、前半部分は坊主百兵衛の糸鬢が細すぎて坊主と見分けがつかないことを紹介する内容となっている。「男と坊主との糸鬢のさかいが見えませぬ」「見えぬ程の細鬢」と形容されることで、坊主百兵衛の糸鬢の細さが強調され、読者に印象づけられた。これは後半部分への伏線ともなる。

「めいめい自分の頭なのだから好きにすればよい」と笑いながら、彼ら梨園の人々は玉造に住む和気遠舟の楽庵へ年忘れの俳諧に出かけた。その後、師走の月見をしようと観音堂の舞台で酒宴をして遊ぶことになったが、これは少し物好き過ぎた趣向であった。観音堂からは葛城山、秋篠、高安の里、闇峠、平岡明神も手近く見渡せた。亭主（遠舟か）が山々を案内して「さて、あそこにある森から、世間で噂される姥が火というものを余興としてお目に懸けましょう。もう八つ（午前二時頃）の鐘も突いたので出る頃です」といい終わらぬうちに、雲に光が移り、子供が遊ぶ鬼灯提灯程度の火が数百筋の糸を引いてきりきりと舞い上がった。恐ろしくもあり面白くもある。「できることなら、あの火をここに取りよせて煙草を吸いたいものだ」「火鉢へ入れてあたりたい」「伽羅を焚きたい」とそれぞれ冗談をいい捨てた。「あれは手を叩くと近くに来る」というので、皆立ち並んで手を打ったが、来もしないし返事もしない。「さてはこの中に大尽客がいないと見立てて無愛想にすると見えた。是非とも呼び寄せよ」というと、金剛（役者の草履取り）どもが勢いにまかせて「ほいほい」と招いた。その声につられて飛んできた姥が火が皆の頭の上に火を吹いたので、気を失って恐れをなした。正気に戻った金剛たちが自分の体を見てみると、火傷をして髪の毛が焦げない者はいなかった。百兵衛だけが何事もなかったのは、糸鬢の徳をこの時に見せたのだった。

後半は『諸国ばなし』巻五の六「身を捨て油壺」に描かれる「姥が火」を再び用いた怪異風の話となっている。ここでは同じ素材を使いつつ笑い話に転じてみせた。『諸国ばなし』では、「姥が火」に出会った人は三年以内に死ぬと語られ、「油さし」の一言で消えるのはおかしなことだと結ばれている。『名残の友』では恐ろしさよりも可笑しさに焦点を当て、「姥が火」が埒もない小さな火であることを明かし、人々がこの「姥が火」を余興として捉えていた様を描くのである。

俳諧を嗜む役者たちは「姥が火」を単なる「火」ととりなし、煙草・火鉢・香（伽羅）と付けて面白がっている。次に、呼んでも来ない「姥が火」を遊里の遣手と見なし、「姥が火」も大尽客がいないと見立てたらしいと軽口をたたいて盛り上がる。調子に乗った彼らは無理矢理「姥が火」を呼び寄せようとするが、怪異の「姥が火」に冗談を理解する心があるわけもなく、火を吹かれてしまったのである。

本文に「こんがうども我身を見れば、やけどにあふて髪の毛のこげぬはなし」とあるので、金剛たちだけが火傷を負ったと読むこともできるが、その場合、役者の一人である百兵衛だけが無事だったというくだりは齟齬をきたしてしまう。したがって、その場にいた全員、すなわち遠舟も役者も金剛も、髪を焦がされたと読むのが妥当であろう。百兵衛を除く全ての人の髪が焦げたとする方が分かりやすい。ただ「皆」と書かずに「こんがうども」と限定していることが不可解ではある。

さらに、そもそも「姥が火」の火は物を燃やす火なのだろうか。『河内鑑名所記』（延宝七年刊）によれば、姥が火は「光り物」で、「波の火炎の躰は死しける姥が首になりして、ふきいだせる火のごとく見へ侍る」とあり、『和漢三才図会』（正徳頃）は「粦《おにび》（鬼火）」の項で姥が火を取り上げ、「其の色は青く、状は炬《タイマツ》のようで、或は聚《アツマ》り或は散じ、来逼《セマ》りて人の精気を奪ふ」としつつ、鵁鶄などの鳥だと思うが何鳥かは実際のところ不明であるといっている。「姥が火」の火が何かを燃やしたという記述は見当たらないため、本話のような髪の毛を焦がしたという内容は西鶴による創作なのではなかろうか。だとすれば、後半部分はなにやら可笑しい話になるのではないか。役者達が「姥が火」を単なる火と見て冗談をいった。西鶴はそのまま「姥が火」に燃える火を吹かせた。怒りにまかせて火を吹いた「姥が火」だが、姥なので老眼だったのか、坊主百兵衛の糸鬢を見落としてしまったというのである。本来、青白く怪しい炎であるはずの「姥が火」が、まるで火炎放射器のように描かれている。しかも怪異のくせに百兵衛を坊主と見間違えてしまった。怪異も笑いに変換してしまうところは、さすが俳諧師といえようか。

いずれにせよ、本話の眼目が坊主百兵衛の糸鬢であることは間違いない。坊主百兵衛の糸鬢は非常に細く、月代を剃るにも注意が必要なほどであり、怪異の「姥が火」も糸鬢を見落としてしまったという話である。坊主と見間違うほどの細鬢だということを殊更に強調した百兵衛の紹介話とみることもできよう。では次に、他の登場人物がどのように関わるのかを順にみていくこととする。

二　和気遠舟

本話のように、歌舞伎役者達が遠舟の楽庵を訪れるのは至極当然であった。和気遠舟の門人には役者や劇場関係者が多かったからである。乾裕幸氏は「俳諧狂言説異聞」(10)において、「歌舞伎役者の噂が、連衆の世話話にとどまらず、溢れ出て俳諧句作へ流れ込んだのが、延宝期の誹調だった」とし、談林俳諧における素材拡張の方向が、歌舞伎関係へと急激に傾斜していき、歌舞伎の「籠抜」ないし「蓮飛」が「ぬけ」や「とぶ」として談林俳諧の手法と結びついたことを論述した。さらに、梨園俳座の成立にも言及し、延宝八年の遠舟編『太夫桜』には梨園関係者が多出しており、俳号に「舟」の一字を含む巻尾五十三名中に岑野帆舟(峰野小瀑)・小野山恋舟(小野山宇治右衛門)・坂田忍舟(坂田作弥か)・光瀬玉舟(光瀬左近)・松嶋知舟(松島七左衛門)・山下半舟(山下半左衛門)らがみえることを指摘。またこれらの人々が延宝七年の『道頓堀花みち』に同じ俳号で入集していることから、彼らは延宝七年以前に入門した遠舟の門弟であり、遠舟と梨園俳座との関わりは西鶴よりも古く、直接的だったと述べておられる。これをうけて、土田衞氏は「西鶴と役者俳人との間に遠舟が介在したと考える可能性も十分にあるように思う」としたのだった(11)。

遠舟と西鶴が懇意であったことは既に知られている。遠舟は『大矢数』で役人の筆頭となっているし、西鶴が編集した俳書『生玉万句』『歌仙大坂俳諧師』『物種集』『二葉集』などには遠舟の句が必ずといっていいほど載っている。

遠舟編の俳書『太夫桜』にも西鶴の名がみえ、遠舟宅での「藤万句」(延宝四年)では梅翁の発句、遠舟の脇に次ぎ西鶴が第三を勤めているのである。さらに、井筒公木壮行の俳書『六日飛脚』(延宝七年)では遠舟、西鶴そろって参加している。そうした遠舟との親交の中で、西鶴は梨園の人々とも出会い、矢数俳諧のエンターテインメント性をもって、彼らを惹きつけていったのではないか。そして梨園の人々からもたらされた話題をもとに、貞享期の浮世草子が創作されていったと考えることができるように思うのである。

では、実際に交流した役者がどのような人々だったのか。

三　大和屋甚兵衛

本話に紹介される大和屋甚兵衛は二代目で、大和屋甚兵衛座の座本でもある。若衆方の頃は鶴川辰之助と名乗り、延宝年中に大和屋甚兵衛を襲名して立役に転じた。従兄弟にあたる敵役の松永六郎右衛門、甥で娘婿であった女方の水木辰之助と共に興行を重ね、延宝から元禄二年までは大坂、元禄二年冬以降は京で活躍する。坂田藤十郎、山下半左衛門、元禄七年に上京した市川団十郎などと共演した、当時を代表する人気役者である。彼の演劇における活躍については先行論文(12)を参照いただき、ここでは西鶴との関わりをまとめたいと思う。西鶴と大和屋甚兵衛が関わる作品を年譜風に一覧にしてみる。

一六七九年　『句箱』(延宝七年八月)木村一水編　深江屋太郎兵衛刊
『二葉集』(延宝七年九〈一一〉月)西治編　深江屋太郎兵衛刊

一六八〇年　『道頓堀花みち』（延宝七年一一月）辰壽編　深江屋太郎兵衛刊
『太夫桜』（延宝八年四月）遠舟編　深江屋太郎兵衛刊
『八束穂集』（延宝八年五月）桂葉編　武村三郎兵衛刊
西鶴大矢数興行（延宝八年五月）
『阿蘭陀丸二番船』（延宝八年八月）宗円編

一六八一年　『西鶴大矢数』（天和元年〈延宝九年〉四月）深江屋太郎兵衛刊

一六八二年　『犬の尾』（天和二年正月）松花軒蛇鱗編
『家土産』（天和二年五月）幾音編

一六八三年　『難波の皃は伊勢の白粉』（天和三年正月）

一六八四年　『諸艶大鑑』（貞享元年〈天和四年〉四月）池田屋三郎右衛門刊
西鶴二万三五〇〇句独吟興行

一六八五年　『椀久一世の物語』（貞享二年二月）森田庄太郎刊

一六八七年　『男色大鑑』（貞享四年正月）深江屋太郎兵衛・山崎屋市兵衛刊

一六八八年　『日本永代蔵』（元禄元年〈貞享五年〉）金屋長兵衛・西村梅風軒・森田庄太郎刊
『武家義理物語』（元禄元年〈貞享五年〉二月）山岡市兵衛・万屋清兵衛・安井加兵衛刊

一六九一年　『四国猿』（元禄四年五月）律友編　井筒屋庄兵衛刊

一六九二年　『西鶴独吟百韻自註絵巻』（元禄五年秋）

一六九九年　『西鶴名残の友』（元禄一二年四月）

一七〇四年　『梓』（宝永元年〈元禄一七年〉春）如艸編　井筒屋庄兵衛刊

西鶴と大和屋甚兵衛の交流を示す資料は延宝七年八月の『句箱』が最初である。大和屋甚兵衛は俳名を「生重」といい、俳諧を始めたのは西鶴と出会うより前であったらしい。甚兵衛の追悼集『梓』にある才麿の発句の前書に

生重は哥舞誹優に名のあまねきもの也。こゝろざしは風雅にありて、むかし梅翁の吟席にも膝をいるゝ交りをゆるされ、玄順《ママ》が案下に箒を捧て埃を払ふたすけともなりぬ。ことし此春泉門の客となる。かれが婿子如艸慟哭のあまりに自他の句をあつめて積善のはしともなさんと予に句を請。

と書かれており、南元順と師弟関係にあったと推定される。寛文一〇年刊の元順撰『寛伍集』に生重の名が見えないことから、両者に師弟関係が生まれたのは寛文一〇年以降と乾氏はいう[13]。元順は生没年未詳であるが、西鶴の処女選集として名高い『生玉万句』の追加百韻を宗因とともに詠んでいる。

追加

咲花や懐紙合て四百本　井原鶴永
水引壹把青柳の糸　南　方由
春風をおさめるへきに熨斗添て　西山宗翁

『定本西鶴全集』第一二巻解説にしたがえば、元順がここで脇を務めるということは、元順が、催主の西鶴と最も関係の深い師友先輩もしくは後援者の一人であったことを意味する。また、貞享元年に住吉社で行われた西鶴二万句の矢数俳諧にも元順は列席している(14)。その弟子が生重すなわち大和屋甚兵衛であったわけである。元順は宗因と昵懇であったから(15)、その弟子の生重も「梅翁の吟席にも膝をいるゝ交りをゆるされ」る機会があったのかもしれない。

話を『句箱』に戻すと、『句箱』は仙台の木村一水が西鶴と青木友雪を招いて興行した九吟歌仙六巻を上梓したものであった。生重(大和屋甚兵衛)、辰壽(富永平兵衛)、頓悦(梅津加兵次)、定方(田中治右衛門)、重行(小勘太郎次)、立花(小嶋妻之丞)ら歌舞伎役者がそれぞれ発句を詠み、脇を一水、第三を西鶴が付けている。『句箱』は一水の主催によるものとみられるが、第三を吟じた西鶴も興行の企てに主要な地位を占めていた可能性がある(16)。板元が大坂の書肆深江屋太郎兵衛であることも西鶴との関わりを示唆する。残念ながら『句箱』は関東大震災で失われ、現在は西鶴の付句を抄出したものが存するだけであるため、詳しいことは分からない。

『句箱』刊行の三ヶ月後、『物種集』(延宝六年　西鶴編　生野屋六良兵衛刊)の追加として刊行された『二葉集』に『句箱』の六名すなわち生重、辰壽、頓悦、定方、重行、立花が入集。同じ延宝七年刊の『道頓堀花みち』は狂言作者富永平兵衛すなわち辰壽の編で、多数の歌舞伎役者らと共に宗因、元順、西鶴、遠舟など談林俳諧師が参加する。翌年延宝八年の『太夫桜』は先に述べた通り遠舟の編で、生重はじめ梨園関係者が多出。同年の『八束穂集』は、大矢数で役人を務めた秋田の桂葉が編集し、宗因、西鶴、遠舟などの句とともに生重の句も収載する。『阿蘭陀丸二番船』も、大矢数で役人を務めた宗円の編で、西鶴ら誹諧師たちと生重の句を載せる。この『阿蘭陀丸二番船』には八才の大和屋牛之助の句もみえるが、これは生重の甥の水木辰之助である。

この頃における梨園での俳諧熱は相当高いといえ、先に述べた遠舟による紹介だけでなく、西鶴を取り巻く談林俳諧の世界に梨園関係者が多数接近したと考えた方がより現実に近いのではなかろうか。有力商人や揚屋の亭主なども俳諧を嗜んだ時代である。たとえば俳号を扇風と称した新町越後町揚屋の亭主扇屋四郎兵衛も『花みち』『太夫桜』に参加している。また、九軒町揚屋の亭主吉田屋喜左衛門は西鶴と歌舞伎界との橋渡し的存在だったとされている(17)。そうした状況をふまえるならば、西鶴と歌舞伎役者との交流は俳諧によって始まり、揚屋などの社交場で大物商人を巻き込みつつ拡大したと考えられないだろうか。

延宝八年五月に興行され、延宝九年に刊行された『西鶴大矢数』では、桂葉、宗円のほか梨園関係の生重、定方も役人を務めた。句を寄せた梨園関係者は他に恋舟(小野山宇治右衛門)、由香(松永六郎右衛門)、冬貞(坂田藤十郎)、吉也(上村吉弥)、帆舟(岑野小瀑)、重行(小勘太郎次)、立花(小嶋妻之丞)などがいる。天和二年に出る『犬の尾』および『家土産』も西鶴、遠舟、生重の句を収載。特に梨園を意識しないこの二俳書に生重の名があるのは、生重を歌舞伎役者としてみているのではなく、誹諧師としてみていたことを匂わせる。同時代の役者兼狂言作者であった金子吉左衛門の日記では、実名で記す近松門左衛門、坂田藤十郎などに対して、大和屋甚兵衛だけは俳名の生重を記している(18)。このことをみても、大和屋甚兵衛は誹諧師として周囲に認められていた可能性がある。俳諧を嗜む程度であった他の梨園関係者とは異なり、大和屋甚兵衛だけは別の見方をする必要があるのではなかろうか。

師の宗因が没した天和二年以降、西鶴が俳諧から浮世草子へと活動の場を移したことは今更いうまでもない。『好色一代男』は演劇の影響が色濃く(19)、天和三年の『難波の皃は伊勢の白粉』はまさに役者評判記である。そして西鶴が浮世草子へ移行したのと同時に、大和屋甚兵衛も西鶴の浮世草子に登場してくる。甚兵衛の椀久狂言に啓発されて成立した『椀久一世の物語』(貞享二年)、甚兵衛との個人的な親交が描かれる『男色大鑑』(貞享四年)七の二、八の五、『諸艶大鑑』（貞享元年）四の五、『永代蔵』（貞享五年〈元禄元年〉）二の三、『武家義理物語』（貞享五年〈元禄元年〉）二の二と大和屋甚兵衛の名が記されている。西鶴と大和屋甚兵衛は互いに影響を及ぼしつつ元禄に至るまで親交を継続していたわけである。

元禄三年、阿波の律友が同郷の人々とともに上京し、京坂の俳人達と交流した。律友は西鶴の門弟と目される人物で、『名残の友』三の一には四国を訪れた西鶴とともに俳諧興行をしたことが書かれている。よほど気持ちが通じ合ったのか、律友は西鶴帰坂後すぐに同郷の人々の俳諧を携えて阿波から大坂へ上ってきた[20]。そして西鶴や団水の紹介で京坂の俳人達と交流する。この時の作品を編集したものが『四国猿』（元禄四年刊）である。京都井筒屋庄兵衛から刊行された本書には西鶴と律友の両吟半歌仙が附載されており、西鶴はその前書きに「精進嫌ひの捨坊主、今に歯の根つよく、蛇の鮨に蓼好し折節、阿州の律友に逢て、此人はめつらしく同じ心の両吟のうち、世上のかしましきを聞ぬもよし」と記している。「同じ心」の誹諧師が減少し、俳壇をめぐる環境をかしましく感じる当時の西鶴の気持ちをもらしたものであろうか。本書は両吟半歌仙の次に萬海・律友・西鶴の三吟も載せるが、萬海もまた『名残の友』四の二に大坂俳人の一人として登場する人物である。

大坂で西鶴と再会した律友は、五月頃になって大坂から京へ上った。そして団水と再会し、京俳人と交流する。この京俳人の句を載せた本書後半に大和屋甚兵衛生重の句「猪の足跡かくす薄かな」がある。元禄二年冬に京へ上った大和屋甚兵衛は、俳優兼俳人として京でも活動し、西鶴、団水との交流を継続していたことがわかるのである。

元禄五年頃成立とされる『西鶴独吟百韻自註絵巻』では、西鶴は甚兵衛を「殊更、座本に甚兵衛が椀久やつし」と紹介する。当時の歌舞伎界を具体的に紹介する部分について、加藤定彦氏は「何よりも目立つのは、遊女・役者を評判した部分で、自注の範囲をはるかに逸脱している。地方のお大臣に島原や道頓堀の情報を提供することが、西鶴のもっとも得意とする分野であり、効き目のあるサービスだったのである。(21)」とし、該当箇所の注には「芝居通の西鶴にとって腕のふるいどころ(中略)役者評判はついついサービス過剰、自注の範囲を超えてしまったのである(22)」とも書いた。役者と西鶴は持ちつ持たれつの関係であったといえそうである。

大和屋甚兵衛の俳風は、最後まで談林俳諧にとどまっていたらしい。先に紹介した追善集『梓』の最後に付された生重・如艸両吟の序に次のようにある。

> 此巻は去ぬる元禄七ノ吟、そのころ海鬼灯となづけ、あづさにぬひものせんと云けるが、つゐにその事なくてやみぬ。風躰ふりて今様ならでと打すておくにしのびがたく、即此集の終に書て、かの甑《ママ》君の志に企る事をねがひぬ。

元禄七年になした両吟は当初『海鬼灯』と名付けて刊行されるはずであったが実現しなかった。甚兵衛が亡くなった元禄十七(宝永元)年には談林俳諧も廃れていたのであろう。風躰古くさいが捨てておくには忍びがたく『梓』の巻末に載せたというのである。大和屋甚兵衛もまた俳諧の趨勢を目の当たりにした人だったにちがいない。西鶴と彼の人生にどれほどの接点があったかを考えずにはいられないのである。

四　小野山宇治右衛門

本話に登場する宇治右衛門の俳号は恋舟といい、その俳号から遠舟の弟子であったとみられている。初め小野山賤

妻(後、主馬)と名乗り、天和二年に宇治右衛門を襲名した。敵役として有名な人物である。『大矢数』には巻三二「何能」に

夫検地打て出しても構ふにこそ　恋舟

の句が載るが、その他は『道頓堀花みち』と『太夫桜』に句がみえるのみである。生重とは違い、俳諧は手すさびであったか。俳号を変えた可能性はあるものの、詳細は今のところわかっていない。

歌舞伎の方から活動を追ってみると、延宝八年跋『役者八景』に「小野山暮雪」と題して「しつとめて名残やしたふ雪の暮」とあり、漢詩の内容から色白であったことや若衆名が「賤妻」であったことが確認できる。『大矢数』の「恋舟」という俳号は若衆時代のものであろう。

その後、宇治右衛門を襲名して大坂大和屋甚兵衛座で立役を勤めるが、初めは注目されなかった。京へ上って村山座に敵役として出たときから評判になったという。諸評判記には「都一番のかたき役、ほうひげに長がたな、せいには少あまれども能さしこなし」(貞享四年刊『野良立役舞臺大鏡』)、「此人まなこつきでもつたかたき役としるべし。此人に一にらみにらましては、三年ふるうたをこりもおつるなり。」(元禄五年刊『役者大鑑』)、「睨姿爛々眼明星(にらんだすがたらん〳〵として　まなこみやうぜう)　瞋體均々聲殷霆(いかるていびく〳〵さす　こゑなるかみ)」(元禄六年刊『雨夜三盃機嫌』)と評されている。その特徴は「背は低いが長がたなをさしこなす」「目が大きく睨みをきかす」「声が大きく雷のようである」といったもので、江戸の市川団十郎と重なるところがあった。上方で敵役の名人となった宇治右衛門は元禄一三年の顔見世から江戸へ下るが、当初は江戸に馴染めず、江戸の人々に受け入れられ

なかったという。同一四年三月刊の評判記『役者略請状』（江戸）では「去冬御下りおそく、あづま風の藝のこなし、きゝ合さるゝ間なく、俄しぐみにて出られし故、なんでも見事にあてゝくれんと、思召たる心あて程には評判なくして、別てきのどくに思召さん」とされつつも「すいの目から上手芸とほむる、ずいぶんあいぜん明王をいのられ、大あたりの狂言を仕出し給へ」と書かれている。同一四年三月刊の評判記『役者万石船』（江戸）になると「かたき役は少柔和にみゆるとの事にて、実方をまぜて柏木のゑもんとなり、実役させてみしに、男ぶり格別になり。のつしりとみへ、にくげみぢんなく、ずいが上手ゆへ、見事にしにせてより此かた、めつきりとあてられて、江戸中沙汰よろしく、どふでも都にて、ほめられし役者ほど有うよと、いはぬ人もござらぬ。とかく末〳〵評判よろしいでござらふ。」と評され、名人の面目は保たれたのだった。

江戸でも一応の評価を得た宇治右衛門は元禄一四年一一月より大坂で勤める契約をしていたが、暇乞いの宴で食した河豚にあたり江戸で死去したらしい。その様子は都の錦の『御前於伽』（元禄一四年一一月序）に詳しく描かれている。同書は宇治右衛門の死を元禄一四年一〇月四日のことと記すが、元禄一五年三月刊の評判記『役者二挺三味線』序文中、口寄せで呼び寄せた役者達の霊魂のうちに「小野山宇治右が大きな目から涙をこぼし」と書かれていること、元禄一六年以降の役者評判記には宇治右衛門の名がないことから、その記事は正しいと判断できる。つまり都の錦は最新ニュースを新作に取り入れていたということになろう。

宇治右衛門が後年河豚にあたって死ぬことなど、元禄六年に他界した西鶴が知るはずもない。しかし、恋舟として俳諧をしていたころから宇治右衛門を見知っていた西鶴は、敵役として注目される貞享三年、名人と評されるようになる元禄五年に至るまで、彼の成長ぶりを見守ってきたわけである。

五　藤川武左衛門

藤川武左衛門は俳名逸選とされるが(23)、俳諧活動の詳細は不明である。寛永九(一六三二)年、一説には元和四(一六一八)年生まれで、享保一四(一七二九)年三月三日に没したという大変長寿の役者であった。外孫である二代目藤川平九郎の俳名が逸風(また笑鬼)であることから、俳諧は同じ師についていたと推測される。武左衛門は京坂の歌舞伎役者であり、延宝三年に江戸へ下って以降、江戸と上方を往来するようになる(24)。もと実方で武道を得意とした彼が元禄に入って実悪を演じ、大評判をとったことはよく知られている。実悪の開山、藤川系の祖と称される彼の実と悪を兼ねた演技は名人の妙といわれ、巧者の名をほしいままにした。

貞享四年の『野良立役舞臺大鏡』には「京一番の武道がた、外にないわざで万こうしやなる所おゝし(中略)とかく武道ひとすじの役者と心得給ふべし」とあり、貞享四年の時点ではまだ武道方として勤めていたようである。元禄四年正月京村山座での安部貞任という実悪役が大好評であったとされ(『歌舞伎年表』)、同じ四年に文覚上人を演じて「ひつじの年、もんがく上人になられし時、つねのげいより一わりかたもよく見えたりといへり。ひさ〳〵のつとめほど有て身のはたらきにうつる所あり」と評判記には記されている(元禄五年刊『役者大鑑』)。武左衛門が演じる実悪は生得の悪人でなく、本来善人であるが訳あって悪人に与したというものであった。そうした移り変わりの演技が定着評価されるのは元禄十二年の「けいせい仏の原」で演じた助太夫からであったらしい。「子を思ふ心のやみにまよひ悪道にくみし老人の敵がた、ようしめさるゝ、四ばんめのつめに、善心へ立かへり、因果の道理をわきまへ、とくしんせらるゝ所、大ていの敵役のならぬ所」(元禄一二年刊『役者口三味線』)と書かれていて、当時は「敵役」としての評となっている。実悪という言葉が彼の評判で使われるようになるのは元禄一三年以降であり、実悪という役柄が定着するまでは敵役に分類されていたようである。

諸評判を通覧すると、武左衛門の演技は長い活動期間全体を通して好評であった。一時変化の無さを指摘されるが、実悪という独自の役柄を創造していった役者だったのである。その過渡期にあたるのが元禄初めの数年だった。

六 『名残の友』巻五の五と役者

『西鶴名残の友』各話の執筆時期は貞享から元禄の間といわれている(25)。本話巻五の五の執筆がそのいずれであるかを明確にはできないが、仮に元禄期とするならば、登場人物の選定にある程度の意図を読み取ることも可能であろう。

俳諧と歌舞伎のつながりで親交を結んだ和気遠舟と大和屋甚兵衛生重、遠舟の弟子で西鶴の『大矢数』にも句を寄せていた恋舟こと小野山宇治右衛門、そして宇治右衛門と同じ敵役の藤川武左衛門が登場する。大和屋甚兵衛は立役の代表的存在。小野山宇治右衛門と藤川武左衛門は敵役として元禄の初め頃に名人巧者と評判されるようになった人物である。どちらも敵役らしい風躰で睨みをきかしたり憎々しげな顔つきをする役者であって、怪異を恐れるイメージではない。彼ら三名は立役として当時有名な俳優であり、そのような彼らが同道して「姥が火」見物に出かけたのだった。そして押しも押されもしない立役達に混じって、坊主百兵衛が話をまわすのである。

本話の眼目が坊主百兵衛の印象づけにあったことは先に述べた通りである。坊主百兵衛は江戸で喝采を得た坊主小兵衛の追随者で、糸鬢も小兵衛の真似であった。元祖の小兵衛は、寛文から貞享の間、江戸で持てはやされた道化方の名優であり、遅くとも元禄中頃迄には仏門に入ったとされる(26)。『歌舞伎年表』に百兵衛の名がみえるのは貞享四年七月以降で、江戸森田勘弥座に勤めていたらしい。元禄元(貞享五)年二月、長州侯邸にて森田座の役者狂言があった際に道化百兵衛も出演している。

江戸の役者であった彼が上方に来た時期ははっきりしない。『西鶴事典』は、『好色由来揃』(元禄五年刊)「道化出所」で板東又九郎や鎌倉新蔵、南北さぶ等とともに百兵衛が紹介されていることをあげ(27)、「延宝から元禄期の道化方。延宝・貞享期は江戸におり、元禄期上方へ上った」としている(28)。『好色由来揃』と『名残の友』の記述によって上京を推測したと思われる。不思議なのは、『好色由来揃』が刊行された元禄五年以降、評判記から百兵衛の名が消えることである。元禄七年から坊主団九郎の名が記されるようになり、百兵衛の活動は確認できなくなる。本話で月代を剃る草履取りの名が「墓原角蔵」で、「坊主」と見分けがつかないゆえに何の子細もなかったという下りは、百兵衛の出家か何かを暗示するのかもしれない。

坊主百兵衛の俳諧活動も未詳だが、巻二の一「昔をたづねて小皿」に登場する「月夜の四平」のような役割と考えれば、俳諧を嗜んでいなくても問題はないであろう。巻二の一の俳友たち「永貞・保俊・春倫・宇野河内」が一夜庵を尋ねるのと同様に、巻五の五では俳諧を嗜む「遠舟・生重・宇治右衛門・武左衛門」が平岡明神を見物する。そして「月夜の四平」が人の失笑を買うように、同道の坊主百兵衛も頭のエピソードで笑いをとりつつ、その糸鬢ゆえに怪異の害を免れたとして、話の落ちがつけられるのである。

『西鶴名残の友』巻五の五は、西鶴が矢数俳諧で交流し親交を深めた役者達のエピソードで構成された。そうした役者達との交流は他の浮世草子作品にも影響し、西鶴の創作を後押ししたのである。文学史的にみれば矢数俳諧の評価は低いが、矢数俳諧の成功が西鶴にもたらしたものは、その後の浮世草子創作に大きな影響を及ぼした人脈そのものだった。それは多くの人々を惹きつけた矢数俳諧のエンターテインメント性と速吟の妙による成果だったといえるのではないだろうか。

【注】

(1)『定本西鶴全集』第一二巻の解説には「寛政八年」とあるが、養福寺の説明および『刪補西鶴年譜考證』等により寛政四年とした。

(2)大坂生玉社で興行された一六〇〇句独吟。後に『西鶴俳諧大句数』として刊行された。

(3)「なを此道執行つのりて後二千二百句迄もなる人は成べし。頃日向におもひ立て四百韻又南都にて六百韵するといへども雪中の時鳥なり」(『西鶴俳諧大句数』序文)。

(4)実際には、途中心労のため昏倒して二八〇〇句の独吟になったという。

(5)芳賀一昌の記録について、『花見車』の一万三千五百句という所伝には、西鶴との混同があるのではないか。これに対抗して西鶴が二万三千五百句と数字の語路合せをするほどの余裕は、これほどのスピードになると、ない。話がうまく出来すぎていはしないか」と乾裕幸氏は疑問を述べておられる(「大矢数の西鶴―幻視的考察」『俳諧師西鶴』一九七九年、前田書店)。

(6)注5に同じ。「「息の根」とは大矢数を生み出す速吟の呼吸であり、奥義であり、「根」はそれを生み出す根元なのであって、「息の根留る」とは、つまるところ、その力の極限を見とどけることによって矢数そのものの死命を制する意にほかならない。」とある。

(7)『物種集』(鴻池西六)、『西鶴五百韻』(山本西六)、『太夫桜』(山中西六)とある。『大矢数』第百七「何門」の西六の発句は「鬼神も下馬鶴の羽音ぞ大矢数」。

(8)野間光辰「西鶴五つの方法」(『西鶴新攷』一九八一年、岩波書店)、浅野晃「西鶴と歌舞伎・浄瑠璃」(『西鶴論攷』一九九〇年、勉誠社)、土田衞「西鶴文学における演劇と演劇的なるもの」(『講座日本文学　西鶴　下』一九七八年、至文堂)など。

(9)最近の研究では、単なる笑話でなく武家の内紛などを裏に読み取る説も出されている(長谷あゆす『西鶴名残の友』研究―西鶴の構想力』二〇〇七年、清文堂出版)。その他、俳論とする説や元禄俳諧に対する批判が書かれたとする考えがある(井上敏幸校注『新日本文学大系』一九八九年、岩波書店、水谷隆之『西鶴と団水の研究』二〇一三年、和泉書院)。

(10) 乾裕幸「俳諧狂言説異聞」(『俳諧師西鶴』一九七九年、前田書店)。

(11) 土田衞「西鶴文学における演劇と演劇的なるもの」(『講座日本文学　西鶴　下』一九七八年、至文堂)。

(12) 土田衞「大和屋甚兵衛の芸風」(『愛媛国文研究』第一四号、一九六四年)、高杉佐代子「大和屋甚兵衛の興行手腕―大阪時代から元禄四年まで(『武蔵大学人文学会雑誌』第二八巻一号、一九九六年)、同「元禄七年前後の京劇壇の上京―市川団十郎上京に対する大和屋甚兵衛、およびその他の在京役者の反応(『武蔵大学人文学会雑誌』第三〇巻第一号、一九九八年)、荻田清「役者1　上方」(『近松と元禄の演劇』(講座元禄の文学4)、一九九三年、勉誠社)など。

(13) 注10に同じ。

(14) 団水による西鶴没後十三回忌追善集『こゝろ葉』(宝永三年刊)の序文に「サル程ニ、貞享元年六月五日、攝の住吉ノ神前ニ於テ、西鶴亦一日一夜ノ独吟二萬三千五百句ヲ唱テ、然モ楮上ニ顕ハス(中略)其日席ニアル者、高滝以仙、前川由平、岡西惟中、幾音、宗貞、元順、来山、万海、一礼、意朔、如見、旨恕、友雪、西鬼、豊流等、東西ニ列座ス」とある。

(15) 田中義真「西鶴と堺(三)―南方由」(『堺女子短期大学紀要』21・22合併号、一九八七年)参照。

(16) 『定本西鶴全集』第一三巻解説。

(17) 浅野晃「西鶴と歌舞伎・浄瑠璃」(『西鶴論攷』一九九〇年、勉誠社)。

(18) 和田修「〈資料翻刻〉金子吉左衛門関係元禄歌舞伎資料二点」(『歌舞伎の狂言　言語表現の追求』鳥越文蔵編、一九九二年、八木書店)。

(19) 注17に同じ。

(20) 西鶴の帰坂に同道してきたとも考えられる(吉田幸一「「四国猿」について」『西鶴研究』第九集、一九五六年、古典文庫)。

(21) 加藤定彦校注『西鶴独吟百韻自註絵巻』(『連歌集　俳諧集』新編日本古典文学全集61)。

(22) 注21に同じ。

(23) 『新訂増補　歌舞伎人名事典』(二〇〇二年、日外アソシエーツ)、『日本人名大辞典』(一九七九年、平凡社)、『歌舞伎俳優名

跡便覧（第四次修訂版）』（二〇一二年、日本芸術文化振興会）など。

(24) 延宝三年の江戸市村座顔見世番付にその名がみえる（『宝永以前歌舞伎役者年表』）。

(25) 長谷あゆす『『西鶴名残の友』研究―西鶴の構想力』（二〇〇七年、清文堂出版）。

(26) 『日本人名大辞典』（一九七九年、平凡社）。

(27) 『好色由来揃』での表記は「坊主百平」。

(28) 松澤正樹「登場人物一覧　役者」（『西鶴事典』一九九六年、おうふう）。

遠眼鏡で覗く卵形の世界

西鶴の矢数俳諧と浮世草子の「諸国」

有働裕

一 はじめに

西鶴にとって矢数俳諧とは何であったのか。俳諧から浮世草子へと「飛躍」するための踏み台のようなものである、と理解された一時期があった。ただそれでは、矢数俳諧は西鶴にとって克服されるべきもの、あるいは捨て去られるものでしかなくなってしまう。それゆえに、浮世草子への西鶴の「転進」とは切り離して、矢数俳諧を分析し評価しようとする試みもなされてきた。

俳諧について筆者は全くの門外漢であり、知識も持ち合わせていない。だが、先行研究を瞥見した限りでは、現在は先の二つの方向性を止揚すべく思索が重ねられる時期にきているように思われる。

この拙稿は、それら先行研究の後塵を拝しつつ、西鶴浮世草子の諸国話形式との親和性に焦点をあわせて私見を述べるものである。

二　矢数俳諧の光景

衆人環視の中で一昼夜に二万三五〇〇句もの独吟を行う。それはいったいどのような光景であったのか。乾裕幸氏は想像力を逞しくして以下のように描写して見せた(1)。

摂津住吉の社頭において、この和歌神の加護を頼んで、西鶴が矢数の極致に挑戦したとき、執筆はそのスピードについてゆけず、懐紙の上にただ棒を引いただけというし、聴衆はたぶん唖然として、生きもののように動き続ける西鶴の唇を見守るほかなかったであろう。ことばは宙に舞い、宙に消える。ことばの遺失――このとき俳諧は文字を離れてショー化する。西鶴は身体的な演技者に、聴衆は観衆へと早替る。両者の間に対話はなく、咄の姿勢は崩れ去るのだ。転口《てんごう》の俳諧の終焉だといったらよかろう。

一句当たり約三・六秒という間隔で句を吐き散らす「生きもの」とそれを見つめる観衆。どうしても虚無的な光景が想起されてしまう。そこには何ら生産的な意味は見出せない。暉峻康隆氏の「二万三千五百句の文学的アクロバシイによる文学精神の荒廃」(2)、加藤定彦氏の「それはもはや文学的営為とは無縁のアクロバットとしかいいようがない。自覚した上のピエロ的行為なのか、自覚のない自殺行為」なのか(3)という批判も当然のことと思われる。

にもかかわらず、この常軌を逸した俳諧興行は思いのほか前向きのイメージで把握されてもきた。俳諧から浮世草子へという西鶴の、「進転」あるいは「脱皮」の儀式としてとらえられてきたからである。

昭和戦前期にまでさかのぼれば、大矢数は西鶴の「スケッチブックを投げ出したもの」にすぎず、それを脚色すれば「いや応なしに『好色一代男』が成り立つ」、という山口剛氏の極論がある(4)。また、片岡良一氏は矢数俳諧を否定的にとらえたうえで、「所詮彼は詩だけの世界に生き得る男ではなかった」と述べている。「拙速暴露」に堕してしまった結果として、「彼自身俳諧の世界に満足しきれなくなって、広く新しい他の活動の舞台へと逸脱して」いったという理解である(5)。それを妥当な解釈として受け継いだのが、近藤忠義氏であった。矢数俳諧は中世までの伝統形式に対する抗議の形式ではあったが、「時代の最も典型的な姿を、如実に、具体的に再現する為には、もはや俳諧は百パーセントにはその任に堪へ得なくなつていた」ので、西鶴は散文作家へと転身した、という見解である(6)。

この近藤氏の説を定説と認めながらも疑問を呈したのが、廣末保氏であった(7)。そもそも俳諧は、散文以外に「正しい発展」の方向を持ち得なかったのか。浮世草子に克服されるしかない存在であったのか。ならば蕉風俳諧もまた後ろ向きの性格を有したものにすぎないということになりはしないか。しかしながら、氏の歴史社会学派的発想は、新興商業資本主義が生み出した非人間性に起因する二つの方向性として、芭蕉と西鶴を図式的に説明するにとどまってしまう。

その点は、同時代に論陣を張っていた森山重雄氏の場合も同様であった(8)。独吟という形式で打越しを厭わずに読み続ける西鶴の姿勢は、もはや「座の文芸」としての俳諧とは別の原理を孕むものであり、ロマネクスなものを求める西鶴は、矢数俳諧を「止揚」して浮世草子へと向かっていく、とする。

浮世草子への西鶴の「転進」とは切り離して矢数俳諧を分析し評価することはできないものか。いわばこの課題に正面から取り組んだのが、先に引用したものをも含む乾氏の一連の論稿であった。

ところがこんにち、西鶴のさめた散文意識（といえるかどうかも疑問なのだが）からさかのぼって、その俳諧に近世の合理的な現実的精神を窺おうとする傾向がある。はたしてそうなのだろうか。私見によれば、高政の《道化》またはスノビズム、芭蕉のダンディズムなどとは異質なもの、もっと非合理的でミステリアスな意識の構造が、俳諧師西鶴には認められるようにおもわれる。かれほどシリアスに神の力を信奉した俳諧師もまれだったのではないか。(9)

乾氏の独特の文体が、ある種の神秘性を醸し出している一面も確かにある。ただ、それを割り引いてみても、浮世草子の成立という予定調和的な行き先を視界の外に置いたとき、何千何万もの独吟へと邁進して行く姿からは、どうしても狂気じみた、グロテスクな様相を思い浮かべたくなる。

三　狂気から「正風」へ

ともあれ、浮世草子と切り離して西鶴の俳諧を再評価しなければならない、と主張したのは、乾裕幸氏であった。

「西鶴俳諧から浮世草子へ」ということがよく言われるけれども、それがもし、俳諧と浮世草子をのっぺらぼうに均質化することを意味するのだとしたら、談林俳諧の存在意義は、顕彰されるどころか、かえってひどく矮小なものとなるにちがいない。談林俳諧は浮世草子のメモランダムでもなければ、スケッチでもけっしてないのだ。芭蕉や西鶴による言語革命のイヴの喧騒を、それはまちがいなく伝えている。われわれはその喧騒の聞こえる位置に立たなければならないが、それは浮世草子サイドからとりあえず身を引くことを意味するだろう。(10)もちろんここで乾氏が問題にしているのは談林俳諧や西鶴の俳諧の独自性であって、矢数俳諧のみを論じているのではない。ただそのことはひとまず措くこととし、その後の議論の展開をたどってみたい。

乾氏が西鶴の俳諧観の独自性として注目したのが、西鶴が常に「古流当流のまん中」(『珍重集』等)を志向し、「当流の正風」(『山太郎独吟』)を目指していたことであった。

西鶴にとって「正風」とは何であったのか。それは、乾氏によれば、「端的にいって連歌の風」であり、付合に関していうなら「故事・説話・漢詩文・物語・謡曲・狂言等々、先行の諸文芸によってすでに虚構化の洗礼を受けている」語を用いることであるという。もちろん古来の雅語的文脈をこねまわしているだけでは「古流」の俳諧にとどまってしまう。雅語的文脈の中に当世の事件や風俗を取り入れてこそ「まことにしてよき当流」(『物種集』)となる。それゆえに、「談林の〈ぬけ〉過ぎ」や「横〈とび〉」、「疎句体」にたいして西鶴は否定的であった。

このような乾氏の見解と共鳴し合うように、西鶴の伝統重視の姿勢や「正風」意識に関する論稿がその後に続いている。

加藤定彦氏は、西山宗因をはじめとする談林俳諧は「自由自在の作為」としての「とぶ」ことを獲得して飛躍したものの、それゆえに矛盾撞着へと至る必然性を抱え込んでいたとする(11)。貞門であれ談林であれ本来伝統文学の束縛の下にあったことに違いはなく、それゆえの言語の遊戯であった。談林は自由な連想を取り入れて「とぶ」ことで発展したものの、延宝五、六年以降はゆき過ぎたものとなって、いたずらに奇をてらう風潮に陥る。それは「あつち国飛ぞこなひの胡蝶あり」(『西鶴大矢数』第四)と西鶴でさえ批判するほどのものであった。伝統的文化という規矩があってこその「とぶ」自由は、その制約を失ってしまったときに意味を失い終焉を迎えることとなる。つまるところ宗因や西鶴の俳諧には、その印象とは裏腹に、雅文学や伝統文化についてのオーソドックスな認識がふまえられていた。それを踏み台にしてこその自由自在の獲得ではなかったのか。そのことを『二十四孝』に焦点をあわせて論じたのが母利司朗氏であった。

母利氏は、俳諧における『二十四孝』の理解は、宗因であれ西鶴であれ、孝行話としての常識的なものであることを指摘する[12]。その上で、その各話を尊重しつつも、現実生活の痛みを知る者として「阿呆かいな」とする感覚が押さえがたくあったはずだと推定する。

西鶴は、そもそもおだやかな連歌風あるいは有心正風体を忌避してはおらず、むしろ行き過ぎた無心所着体にこそ反感を抱いていたのではないか。となれば、伝統的な付け合いの必然性を保ちつつも、そこへ確かな通俗性や現実性を伴った俳言を結びつけることに、俳諧の独自性を見出したと考え得る。その際の作者の俗への認識が浅くなると、それは偽りのあるいは作り物の俳諧となる。そのような西鶴の認識を浮かびあがらせたのが、水谷隆之氏であった[13]。

だが、西鶴の俳諧観として右のような傾向が認められるとしても、それが矢数俳諧という場においてどれほど発揮し得たかが問題となる。衆人環視の中、一昼夜に二万三五〇〇句を読み続けるという特殊な状況下において、そのような「正風」意識をどれだけ実らせることができたのか。

水谷氏も引用しているが、「前句の意味を全体に眺めて、そこから小説の一場面を発展させるような付け方」という上野洋三氏の指摘する詠み方[14]を、伝統的雅文学の文脈を踏まえながら、しかもそこにリアルな生活感をすり合わせていくということは果たして可能だったのだろうか。

できるはずがない、といってしまえばそれまでである。ここは、曲がりなりにもそれを成し得たからこそ怪記録が達成されたのだと考えてみたい。つまり、矢数俳諧は狂気の産物ではなく、思いのほか冷めた意識で淡々と詠まれ続けたのであり、それを可能にする理由があったという仮定である。

四 『西鶴大矢数』の歌枕・名所

そこで注目してみたいのは、歌枕を含む地名や、特定の土地を強く連想させる語句の多用である。例として、『西鶴大矢数』（延宝八年）第一巻を見てみたい。なお、以下の校訂および解釈はすべて前田金五郎氏[15]によった。

1　天下矢数二度の大願四千句也　難波 西鶴
2　百六十まい五月雨の雲　梶山 保友
3　郭公八わりましの名を上て　西山 梅翁
4　さはる所がきゝ医者の山　松雪軒 大鶴
5　酒の滝絶ずとふたり坐敷もち　谷 木因
6　岩が根まくら寝た事がない　在原 萍々子
7　朝はうづら昼は紅葉に夜るは月　安川 孤松
8　京にもあるまい目の前の秋　松寒軒 鶴爪

9　染出しの替る所をうつ衣　　執筆

自らの発句に始まり、貞門の古老保友、西山宗因以下表八句と執筆による第九句までに記された地名は第八句の「京」のみ。それも「京にもあるまい」というものであるから、ここまでの展開には土地が有するイメージの利用はほとんど見られないといってよい。それが、第十句以下の西鶴の独吟へと移ると様相が変わってくる。

10　伊達このまるゝ三吉野の奥
11　別れ路のかねの御嵩を持れたり
12　蛭のぢごくや浮雲の下
13　これ海の荒和布の蕪が生をかえ
14　見せ物となる松陰のみち
15　商はまだ無巧者な初しぐれ
16　江戸へゆくとて涙あしがら

「染出し」に当世の伊達風俗を結びつけつつ、大和国の歌枕三吉野を引き出す。吉野を金峯山すなわち「かねの御嵩」に転じつつ別れ路の恋を読み込む。金の山といえば遠江国小夜の中山の無間の鐘、というわけで、鐘を突いたものが蛭の地獄へ堕ちるという伝承が引き出される。海中の荒和布は蛭に変ずるという俗信から見せ物へとつながり、その場所は松並木の海道へと転じられる。その海道で初時雨に降られた新前の商人は、足柄山を越えて江戸へと向かう。表八句では地理的に停滞していた連句の世界が、吉野・小夜の中山・足柄といったスタンダードな歌枕へ飛翔し、卑近な題材とともに旅のイメージを展開していく。

17　不慮に一夜乙女の姿抱てしめ
18　雲の通ひ路躍はしのび路
19　雨乞の空定めなきけさの月
20　三嶋の宮やあらたなる鹿
21　花によしありきによしと山越て
22　春の価や中間奉公

縁結びの神である足柄明神が乙女を抱きしめるという生々しい感情を引き出し、それはすぐに良岑貞宗の歌と結び付けられる。俗の世界と雅文芸の文脈とがつかずはなれずに展開する、西鶴の「正風」の具現化といえようか。雲は雨乞いと結びつき、さらに晴雨ともに霊験あらたかという三嶋明神が引き出され、間近にある箱根山を越える武家の中間の姿へと転じていく。

このような、歌枕や名所を飛び石のように利用して展開していく傾向は、『西鶴大矢数』全体を通して見られる傾向といってよいのではないか。すべての用例にわたって言及する紙幅はないので、大雑把なものではあるが、数量的にそのことを示してみたい。

『西鶴大矢数』巻一から第四〇巻までの、地名あるいは地名を連想させる語を含む句の割合を、それぞれの巻ごとに示すと以下のようになる。①は、脇句と第三から第九句までの八句、すなわち西鶴以外の詠み手のものでの、そのような語を含む句の数とその割合である。②は、残りの西鶴句九二句の中での、同様の句数と割合である。もちろん、ある語が特定の地を連想させるものか否かということには、私の恣意的な判断が入り込んでいる。その点については割り引いてご参照いただきたい。

巻一　①一（一二・五％）　②一六（一七・三九％）
巻二　①〇（〇％）　②一七（一八・四八％）
巻三　①〇（〇％）　②九（九・七八％）
巻四　①一（一二・五％）　②一二（一三・〇％）
巻五　①一（一二・五％）　②二二（二三・九％）
巻六　①〇（〇％）　②一六（一七・三九％）
巻七　①一（一二・五％）　②一七（一八・四八％）
巻八　①〇（〇％）　②一七（一八・四八％）
巻九　①二（二五％）　②一七（一八・四八％）
巻一〇　①一（一二・五％）　②一六（一七・三九％）
巻一一　①〇（〇％）　②一六（一七・三九％）
巻一二　①〇（〇％）　②一三（一四・一三％）
巻一三　①〇（〇％）　②一八（一九・五七％）

巻一四　①〇（〇%）　②一九（二〇・六五%）
巻一五　①二（二五%）　②一七（一八・四八%）
巻一六　①一（一二・五%）　②一六（一七・三九%）
巻一七　①一（一二・五%）　②一六（一七・三九%）
巻一八　①〇（〇%）　②一五（一六・三%）
巻一九　①一（一二・五%）　②一七（一八・四八%）
巻二〇　①〇（〇%）　②二〇（二一・七四%）
巻二一　①〇（〇%）　②一九（二〇・六五%）
巻二二　①一（一二・五%）　②一六（一七・三九%）
巻二三　①〇（〇%）　②一七（一八・四八%）
巻二四　①一（一二・五%）　②一〇（一〇・八七%）
巻二五　①〇（〇%）　②一二（一三・〇%）
巻二六　①〇（〇%）　②一七（一八・四八%）
巻二七　①〇（〇%）　②一〇（一〇・八七%）
巻二八　①〇（〇%）　②一三（一四・一三%）
巻二九　①〇（〇%）　②一八（一九・五七%）
巻三〇　①〇（〇%）　②八（八・六九%）
巻三一　①〇（〇%）　②一三（一四・一三%）

巻三二　①〇（〇％）　②一二（一三・〇％）
巻三三　①〇（〇％）　②一六（一七・三九％）
巻三四　①一（一・五％）　②一八（一九・五七％）
巻三五　①〇（〇％）　②一〇（一〇・八七％）
巻三六　①〇（〇％）　②一五（一六・三％）
巻三七　①〇（〇％）　②一一（一一・九六％）
巻三八　①〇（〇％）　②一〇（一〇・八七％）
巻三九　①〇（〇％）　②一二（一三・〇％）
巻四〇　①〇（〇％）　②一四（一五・二二％）

巻ごとの集計は以上のとおりで、一巻の中の地名あるいは特定の土地を連想させる語句を含む句数はほぼ一定している。『西鶴大矢数』全四〇巻を合わせた数値は、

①一三句　（三二〇句中）　四・一％
②五九七句　（三六八〇句中）　一六・二％

となる。もちろん、この数値だけでは、西鶴がとりわけ地名を意識して用いていたということの証明にはならず、比較の対象が必要なことはいうまでもない。

まず談林俳諧の独吟ということで、『大坂独吟集　西山宗因批判十百韻』（延宝三年）を見てみよう。詠者と該当する句数を示す。それぞれ百韻なので、その数がそのまま割合を示すことになる。

上巻　幾音　一二　　素玄　一九　　三昌　一五
　　　意楽　一四　　鶴永　二〇
下巻　由平　一一　　由平　一〇　　未学　一〇
　　　悦春　二五　　重安　八

鶴永（西鶴）は伏見から大坂までの下り舟の趣向を用いているだけに割合が高くなっている。ただ、悦春の二五という数からもうかがえるように、一般に談林俳諧には地名が読み込まれる傾向があるようにも思われる。『大坂独吟集』に収められた千句全体においては一一パーセントとなるが、百韻ごとに見ていくと、一九パーセント、一四パーセントといったものも見られる。

これらに比べると蕉風では地名を含んだ句が少ない。『芭蕉七部集』所収のものを試みに計算してみると以下のようになった。

「冬の日」　　二二句（一八六句中）　　一一・八三％
「春の日」　　一六句（一七二句中）　　九・三％
「あら野」　　一七句（三四二句中）　　四・九七％

「猿蓑」　九句（一四四句中）　六・二三％
「炭俵」上巻　一七句（二〇八句中）　八・一七％
「炭俵」下巻　九句（一四〇句中）　六・四三％
「続猿蓑」上　一六句（一八〇句中）　八・八九％

以上の数字は、全て私が特定の地名あるいは特定の土地を連想させる語句を含んでいるか否かを判断したものである。先にも述べたとおり、当然ある程度の恣意性は有している。ただ、それぞれの連句および独吟の性格の大づかみな把握には役立つのではないだろうか。この極めて素朴かつ幼稚な試算によって、西鶴の独吟には、一〇パーセント後半から二〇パーセント程度そのような句が含まれていることが示された。では、そのことにどのような意味があるのか。

五　『西鶴大矢数』における「世界」と「諸国」

『大坂独吟集』所収の「軽口に」独吟百韻の特色の一つが構想力にあることは、すでに指摘されている。その詞書によれば、伏見から八軒屋までの淀川の下り舟の船中にあって、一夜で百韻を巻きあげたという。起点と着点とが明確に規定された移動と並行して、先に示した数値でも明らかなように、西鶴は自由に諸国を跳梁し、そこで雅の世界と現実の世界とをすり合わせていく。これは、むしろ、旅の発想や土地の連想こそが西鶴にとってやりやすい方法であったことを示してはいないか。世界や諸国を俯瞰的に見る巨視的な視点があり、同時にその中の一地域をピンポイントで取り出して新たな場面を展開させる。西鶴の頭脳にはそれらについての十分な知識と興味の蓄積があり、それを用いて諸国を跳梁し続けるのが、淀みなく次々と場面を展開させる方法となっていた。『西鶴大矢数』にはそのようなことを推測させる句が目立つように思われる。

何事も尻へぬけたる卵酒　（第二61）

何もかもが不甲斐ない結末となってしまい、「ずぼらな性格のためだと悟って、卵酒を飲んで慰めている」という句意。そこから西鶴の発想は思いもよらぬ飛躍を見せる。

帯がゆるひは世界の貌《かたち》　（同62）

卵酒を飲む姿を恋痩せと結びつけるのは順当だとして、卵に「世界の貌」という付合には驚かされる。前田氏は「世界の貌」を次のように解説する。

世界地図の形状の意で、世界の図とも云う。当時の世界地図や世界図屛風は、卵形一図の中に全世界を表現したオルテリウス図式世界図と、それを太平洋を中心にした、マテオ・リッチの世界図が行われていたので、世界の図・世界の貌と卵とは付合であった。

この発想は『大矢数』にもう一つ例が見られる。

砕けて物を卵素麺　（巻二八68）
世界の図世界の貌《カタチ》思日初《そめ》　（同69）

これもまた卵から世界全図を引き出し「世界の図・世界の貌と喩えに云う、美人を愛し初めた」と転じている。「世界」ということでいえば、

たつ旅衣世界の島々　（第一〇56）
生海鼠《なまこ》あり生貝あれば栄螺《さゞい》あり　（同57）

というものもある。その島々の旅には、欠かせないものがある。

瀬を忘れたか霧の海づら　（第一九20）
夫針の北に当つて花の山　（同21）

卵型の世界の大洋航海のための必需品、羅針盤である。
その世界の中で、日本に隣接する国々が意識される。

孔子の歎き夢の春の夜　（第四64）
あつち国飛ぞこなひの胡蝶あり　（同65）

言うまでもなく胡蝶は『荘子』斉物論の荘周の故事であり、それに俳諧での「飛ぶ」句体に対する批判を重ねていることは、先に引用した加藤氏の論考でも指摘されている。

対馬の国より春の舟付　（第二一100）

この巻の挙句は朝鮮人参を積んだ船が対馬から到着する春の景を詠んでいる。朝鮮については次の例もある。

日本国作意がはたらき花に鳴　正直　（第二二1）
水にすむ蛙高麗の海　西鶴　（同2）

ここでは、正直の発句で「日本国」が出たのを受け、古今集仮名序の「花に鳴く鶯、水に住める蛙まで、唐土は知らず日本には、歌をよみ候ふぞ」をふまえて高麗へと視点を転じている。
そんな世界に浮かぶこの島国を、突き通すような視角が示される。

道修谷もャ君が代の道　（第七10）

両替の銭や吾妻の果てまでも　（同11）

両替店の立ち並ぶ大坂道修谷の一筋から吾妻の果てまで、ご政道の直ぐなる道が続いているという、列島を突き抜けるような視線がここにはある。

公儀による諸国の監視といえば、諸国巡見の使いである。綱吉の将軍就任に際して行われたこの視察はタイムリーな話題でもあった。

野七里々七里《ノクレサトクレ》山よりははま　（第三88）
巡見衆曇らぬ月の空見えて　（同89）

巡見使が山野を歩き野宿を続けながら厳正な巡視を行っている様である。

今ははや相撲の内と聞こゆなる　（第三四13）
巡見衆の暮の中宿　（同14）
物買ず物を餬《モラ》はず物謂ず　（同15）

こちらでは、巡見使が先々で無理を言ったり進物を受け取ったりしないという、寛文一一年五月の諸国巡見使の「覚」通りの厳正さが詠まれている。

諸大名の治世を調査する巡見使などより、庶民にはもっと気になる存在がいた。

頭は猿与力同心召連れて　（第一三89）
此穿鑿に腸《ハラハタ》をたつ　（同90）

「猿」は「京阪で内密に犯罪犯人を探索して、与力同心に報告」する者のこと。厳しい監視体制の下に諸々の民は生きている。それは果たして平安と呼べるものであったのか。

おゝん時公方坐敷に花がさく　（第三四99）
諸国静に今春の空　（同100）

これは挙句だけに穏やかに締めくくっているが、諸国を俯瞰する西鶴の視線は、影の部分を見逃さない。

本丁は手代まかせの友千鳥　（第二37）
妹がりゆけば闇者《くらもの》僉義　（同38）

本丁は「本帳」（大福帳）と「江戸日本橋の本町とを掛けている」という。句意は「絹物類を商売する本町呉服屋の主人は、本帳は手代任せで、友千鳥のように、仲間と一緒に遊び歩いている」となる。その遊び歩く先を「闇者」

すなわち私娼とした。「本町呉服屋の主人」が馴染みの私娼のところへ行ってみたら「御上の取締りで全く当て外れだった」ということになる。

飢饉の不安やそれと連動する米相場も題材となる。

おこし米龝を重て飢饉年　（第一二37）
あはれや爰に捨子泣止ム　（同38）

これは延宝二年から四年にかけての大規模の飢饉のことと思われる。

舟遊山忘れた物は御座らぬか　（第三四43）
三里さがつて大坂堺　（同44）
一時に米の相場が知れて行　（同45）

暢気な舟遊山も大坂堺との付合により、一気に北浜の米相場の情報戦へと転じられていく。

此頃は寝ても覚めても空を見る　（第三九53）
出雲千俵売てのけうか　（同54）

こちらは出雲米の売り時の思案である。
投機的な題材を扱うものも少なくない。

津の国のたゞしき山に懸つたか　（第一四81）
田地財宝武庫の浦風　（同82）

当時危険視されていた鉱山への投資に手を出す人々。それは摂津の多田鉱山のようなまっとうなものへの投資であったのかどうか。下手をすればそれは摂津国の武庫浦ならぬ「無」と化してしまう。
法度を破るさまざまな行為も、名所とからめて詠み込まれる。

道はしの三条小鍛冶が打にけり　（第二〇63）
奈良の都は博奕宿とや　（同64）

名工の伝承も、たちまち博奕へと切り替えられる。
牢人の問題も、当時の社会不安の一つであった。

御公儀の御触きいた時鳥　（第二三27）
牢人置な卯の花の宿　（同28）

無断で牢人に宿を貸してはならないとの禁令は近世初期から繰り返し出されており、延宝五年にも出されている。この題材はほかにも例がある。

時待《ときまて》ばすは〳〵牢人動き出　（第三五45）
右の千石稲葉乱るゝ　（同46）

諸国の浪人の不穏な動きが農作物の被害とともに題材となっている。そして、スキャンダルとでもいうべき話題。

其うらみ暮に数有鞠をつく　（第三三97）
明て詠むる丑の年なり　（同98）

この句について前田氏は次のように解説する。

ここは、正保年中に三都で蹴鞠を興行し、同芸道家元飛鳥井家の咎めを受け、幕府に訴えられた外郎右近が、伊豆大島に流罪になった事件があり（玉滴隠見・十）、延宝八年刊の談林俳書『洛陽集』『阿蘭陀丸二番船』『江戸大坂通し馬』に詠句されているが（足薪翁記・三）、その流罪された年が、正保五年（二月十五日慶安と改元）戊子なので、翌慶安二年己丑を指し、前句「鞠」と付合であろう。

句中に地名は記されてはいないものの、三都と伊豆大島とが想起されることとなる。先の数値にはこのような例を含めていない。つまり、数値以上に『大矢数』は地理的関連性を強く感じさせるものであるといえる。

一文の銭も世界の重宝じや　（第三四95）

遠眼鏡にて東西南北　（同96）

「一文」は遠眼鏡の使用料を指す。卵型の世界図からこの島国をとらえ、諸国のありさまを俯瞰し、次から次へと遠眼鏡の視線で土地土地の実勢を穿つ。そのような発想とそれを可能にする情報量があればこそ、貞享元年の二万三五〇〇句もの独吟も可能になったのではないか。またその際は、歌枕や名所が、伝統的な付合の在り方と通俗性や現実性を伴った俳言との結節点となっていたのではないだろうか。

六　諸国話形式の特異性　「土地」の喚起力

門外漢の立場から妄言を連ねたにすぎないかもしれないが、このようなことに注目したのは、以前から西鶴の諸国話形式の作品において、地名が詳細に記されていることが気になっていたからである。

例えば『西鶴諸国ばなし』の場合、紀伊国の加太の浦や筑前の袖の湊、江戸の土器町といったように、全三五話すべてに国名よりも詳細な地名が記されている。しかもその地域も、江戸と大和が最も多くて四話ずつだが、全国に偏りなく広がっているといってよい。『本朝二十不孝』でも全ての話に国名よりも細かい地名が記されており、同国内での重複は見られない。『懐硯』も全二五章に同様に地名が記され、重複するのは、和泉・近江・筑前それに江戸が二例ずつであった。

特定の土地に付随する観念を有効活用することは西鶴の得意とする手法といってよい。「諸国」と銘打った以上は当然のことともいえるが、延宝五年刊の『諸国百物語』(16)と比べると違いは顕著である。この百話のうち、国名よりも詳細な地名が記されているのは七二話、国名のみ記されたものが二二話、国名すら不明なものが六話である。地域としては畿内の話が二一話を占め、江戸を舞台とするものは一話のみである。

同様のことを、浮世草子の怪談奇談集についても調べてみた。対象としたのは『新伽婢子』(天和三年刊)『宗祇諸国物語』(貞享二年刊)『浅草拾遺物語』(貞享三年刊)『御伽百物語』(宝永三年刊)『御伽人形』(宝永二年刊)『一夜船』(正徳二年刊)『当世智恵鑑』(同年刊)『和漢乗合船』(正徳三年刊)『太平百物語』(享保一七年刊)『諸国新百物語』(元禄五年刊・貞享五年刊『御伽比丘尼』の解題本)『多満寸太礼』(元禄一七年刊)『金玉ねじぶくさ』(同年刊)『万世百物語』(寛延四年刊・元禄十年『雨中の友』の解題本)『新説百物語』(明和四年刊)『近代百物語』(明和七年刊)の一五編、全五〇一話である(17)。

そのなかで、国名も不明なものは三三話、国名のみ記されて詳細が不明なものは三七話あり、その両者を合わせると七〇話で全体の一四パーセントにあたる。また、これらの中では洛中洛外を舞台としたものが九一話もあり、全体の一八パーセントを占める。同様のもの割合を『西鶴諸国ばなし』『本朝二十不孝』『懐硯』について示すならば、それぞれ〇パーセントと六パーセントとなる。この数値だけからでも、西鶴の地理的知識の活用法が垣間見えると思うのだが、どうだろうか。

本来ならば『新可笑記』『本朝桜陰比事』なども計算に加え、また、単なる地名の有無ではなくどれほどその土地の既成のイメージが生かされているか否かを検討すべきであることはいうまでもない。だが、いまは紙数も尽きかけていることもあり、今後の課題として本稿の結論に移りたい。

七　結語

俳諧師であれば歌枕や名所に敏感なのは至極当然のことである。それだけであれば、何も改めていうまでもない。問題は、その歌枕や名所そして都市や諸国のありさまが、どのように意識されているかである。

かつて私は次のようなことを述べたことがある(18)。『本朝二十不孝』と『懐硯』には、為政者の目がにとんど届かないアナーキーな有り様が描かれており、そこでは「天和の治」と呼ばれた綱吉の「仁政」下ではあってはならない人心の荒廃、都市や農村の困窮が描かれている。虚妄であり幻想である「仁政」に対峙するかのように、疲弊し秩序の乱れた諸国の集合体を各説話は浮かび上がらせているのではないかと。

寒ひ事なしほしい事なし　（第二一84）
大名を作りそこなふごとくにて　（同85）
大名の御手が懸つて産出《うみ》して　（第三〇33）
恋の重荷や当座に千石　（同34）

『西鶴大矢数』のこれら句に西鶴の「権力への嫌悪感」を見出したのは篠原進氏であり、「西鶴にとって、大矢数や浮世草子もその変奏」であったとも述べている[19]。

このような感情を下支えしていたのが西鶴の諸国認識、世界認識の在り方ではなかったか。矢数俳諧か浮世草子かを問わず、歌枕や名所を、伝統的な雅文脈と現実世界との亀裂の生じる場所として見つめるところにこそ、西鶴の独自性があったと考えたい。

【注】

(1) 乾裕幸「俳諧師西鶴」『芭蕉と西鶴の文学―前近代の詩と俗』創樹社、一九八三年。
(2) 暉峻康隆『西鶴　評論と研究　上』中央公論社、一九四八年。
(3) 加藤定彦「俳諧師西鶴の実像」『俳諧の近世史』若草書房、一九九八年。
(4) 山口剛「西鶴の『好色一代男』の成立」『早稲田文学』一九一二年三月。
(5) 片岡良一『井原西鶴』至文堂、一九二六年、『片岡良一著作集第一巻』中央公論社、一九七九年に再収。
(6) 近藤忠義『日本古典読本Ⅸ　西鶴』日本評論社、一九三九年。
(7) 廣末保「俳諧から浮世草子への展開」『日本文学研究入門』ミネルヴァ書房、一九五三年。
(8) 森山重雄「西鶴の方法」『封建庶民文学の研究』三一書房、一九六〇年。
(9) 注1に同じ。
(10) 乾裕幸「西鶴〈俳諧と浮世草子〉序説」『芭蕉と西鶴の文学―前近代の詩と俗』創樹社、一九八三年。
(11) 注3に同じ。
(12) 母利司朗「俳諧と『二十四孝』―道化た一冊」『俳諧師の曙』清文堂出版、二〇〇七年。

(13)水谷隆之「西鶴晩年の俳諧と浮世草子」『西鶴と団水の研究』和泉書院、二〇一二年。

(14)注13に同じ。

(15)前田金五郎『西鶴大矢数注釈　第一～第四』勉誠社、一九八六、一九八七年。

(16)太刀川清校訂『叢書江戸文庫　百物語怪談集成』国書刊行会、一九八七年による。

(17)それぞれの本文は以下のものによった。『新伽婢子』(西村本小説研究会編『西村本小説全集』勉誠社、一九八〇年)『宗祇諸国物語』(『西村本小説全集』)『浅草拾遺物語』(『西村本小説全集』)『御伽百物語』(太刀川清校訂『叢書江戸文庫　百物語怪談集成』国書刊行会、一九八七年)『御伽人形』(川浪玲子・松本恵美子「資料翻刻「御伽人形」その一～四」『国語と教育』(長崎大学)第二号～第六号、一九七七～一九八〇年)『一夜船』(野間光辰・吉田幸一編『北条団水集　浮世草子編　第二巻』古典文庫、一九八〇年)『当世智恵鑑』(中嶋隆校訂『都の錦集』国書刊行会、一九八九年)『和漢乗合船』(木越治校訂『叢書江戸文庫　浮世草子怪談集』国書刊行会、一九九四年)『太平百物語』(『叢書江戸文庫　百物語怪談集成』)『諸国新百物語』(太刀川清校訂『叢書江戸文庫　続百物語怪談集成』国書刊行会、一九九三年)『多満寸太礼』(『叢書江戸文庫　浮世草子怪談集』)『金玉ねじぶくさ』(『叢書江戸文庫　浮世草子怪談集』)『万世百物語』(『叢書江戸文庫　続百物語怪談集成』)『新説百物語』(『叢書江戸文庫　続百物語怪談集成』)『近代百物語』(『叢書江戸文庫　続百物語怪談集成』)

(18)拙著『西鶴　闇への凝視　綱吉政権下のリアリティー』三弥井書店、二〇一五年。

(19)篠原進「西鶴の無意識〈矢数俳諧〉前夜」『青山語文』二〇一二年三月。

命懸けの虚構

通し矢・矢数俳諧・『好色一代男』

染谷智幸

一　はじめに

十年ほど前の話だが、『好色一代男』（以下『一代男』）を東アジア小説全体から見直してみようと思い、同時代に成立した、中国の『金瓶梅』『痴婆子伝』『肉蒲団』、朝鮮の『九雲夢』『謝氏南征記』等の愛欲小説や春本との比較を試みたことがあった。その折『一代男』の主人公世之介が、思いのほかに武張った性格を持ち、死の影や血生臭さがつきまとっていることに気づき、いささか驚いたことがある(1)。

もとより『一代男』のそうした性格の一端は、松田修氏の「かぶき者」世之介論(2)で既に指摘されて来たことで、別段驚くに当たらないとも言えるのだが、この『一代男』の武張った性格や血生臭さが、もし東アジア全体の俯瞰からも改めて認定されるのであれば、見過ごせない問題となる。というのは、この再認識は、『一代男』のそうした性格が、特定の時代や風俗に限定される「かぶき」に収まりきらない可能性（たとえば、日本全体の〈武〉という問題にまで広がり得る可能性）を示唆するからである。

その後、この問題についてはあまり深めることなく現在に至っているが、今回、西鶴の矢数俳諧と浮世草子の関係を考える機会を得て、改めてこの〈武〉の問題が、これらの背後に横たわっていることに気付いた。そこで、この点についていささか述べてみたい。

ちなみに、従来西鶴の矢数俳諧と『一代男』以下の浮世草子の関係を論じる場合、俳諧化やパロディといった修辞の問題が盛んに論われてきた。これは勿論大事なことであるが、以下で述べるように、矢数俳諧と浮世草子との関係は、けっしてそうした問題に限定されはしない。本稿は、そのような点から、西鶴の俳諧と浮世草子を繋ぐ新しい視座を模索してみたものである(3)。

二 〈武〉の時代背景

西鶴と〈武〉の問題を考える上で、確認しておかなければならない点が幾つかある。注1の拙著と重なる部分もあるが、重要な問題であり、本稿の前提にもなるので、最初に説明しておきたい。

まず、この〈武〉の問題を考えるためには、一旦、西鶴が商人町人の出身であるということを、棚上げにしておく必要がある。より正確に言うならば「商人」「町人」という概念をかなり緩やかにして、この問題に臨むべきだということである。

周知のように、西鶴が生まれたのは、寛永一九（一六四二）年、亡くなったのが元禄六（一六九三）年である。重要なのは、西鶴が一〇代前半から二〇代という、多感な青春時代を送ったのが、明暦（一六五五～一六五八）、万治（一六五八〜一六六一)、寛文(一六六一〜一六七三)年間であったということである。この時期が人口増大期であり、関西を中心に都市化が急速に進み、経済が爆発的に成長を遂げた時期であったことは歴史学上の常識である。またその関西の中心都市大坂で西鶴が育ったことも西鶴研究史上の常識である。

すなわち、町人層商人層の勃興・隆盛期に西鶴は多感な時代を送ったのである。しかし、ここで強調しておきたいのは、この時期は武士がまだ武士としての輝きを失っていない時期であったことである。

大勢の武家御城下にあつまり居る故、火災もしげく、その上常の住居なる故、妻子足手まといになり、財宝に心引かれ、火を消す事もならず。町人の風俗と傾城町・野郎町の風俗も武家へ移り、風俗悪しくなる。慰み事の多き処なれば、武芸・学問の嗜みも薄くなる。また不断御城下にありてなれこになる故、公儀をも鵜呑みにして、上を恐るる心も薄く、行儀を嗜みすれば公家・上臈のようになり、行儀にかまわざる時は町奴のようになる。(巻一)

家になじみある者の出入するも、皆軽き町人なり。いとどさえ御城下は町人の中なるに、身になり、ためになり、その家になじみありて出入るもの、皆町人なれば、武家の子ども皆町人の心根の如くなりゆくも理也。(巻一)

金にて諸事の物を買い調えねば一日も暮されぬ事ゆえ、商人なくては武家はたたぬ也。諸事の物は皆商人の手にあるを、それを金を出して申請けて用を弁ずる事なる故、ねだんの押引はあれども押買いはならず。畢竟ねだんは商人の申し次第也。これ武家みな旅宿の境界なる故、商人の利倍を得る事、この百年以来ほど盛んになる事は、天地開闢より異国にも日本にもこれなし。（巻二）

これは、享保一二（一七二七）年に成立したと言われる、荻生徂徠『政談』の一節である。『政談』は一般に「武家旅宿論」と「大名鉢植ゑ論」に代表されるが、江戸時代の武士のあり方に対する危機感が前提になっている。ここで徂徠が指摘するのは、享保期の武士が武士らしさを失い、皆町人（商人）[4]の真似をするようになったということである。

徂徠が言う、武士と町人（商人）の逆転現象が起きたのは、同じく徂徠がこの『政談』（巻二）で「田舎の末々まで商人一面に行きわたりたる事、某覚えても元禄已後の事也」と言うように、元禄期以後のことである。『明君家訓』（室鳩巣、元禄五〔一六九二〕年成立）、『葉隠』（山本常朝、享保元〔一七一六〕年成立）、『武道初心集』（大道寺有山、享保年間か）などの武士道書が相次ぎ書かれるのが、元禄以後のことであるのも、その証左としてよい。人口に膾炙した「ルサンチマン」の定義を借りるなら、武士道という理想は、武士の実態が失われた時にこそ現れたのである。

では、西鶴が育った明暦〜寛文の時代はどうであったのか。

西鶴が生まれる少し前、一七世紀の前半は、今述べた『政談』とは丁度逆で、町人（商人）が武士を真似する時代であった。たとえば、明暦年間に大坂で出された町触（『大坂市史』など[5]）によれば、最近、町人の若者を中心に、武芸を嗜むことが流行っていて、町人が本来励むべき家職を疎かにしている。また他国から大勢の兵法・居合抜きを看板とする者たち（浪人など）が大坂にやってきて町人を多く弟子に取っているという。同じ内容のものが寛文七・寛文八・寛文一〇・延宝二年と度々出されているので、当時、大坂での社会問題の一つになっていたと言って良いだろう。また、他の地域でも同様の触(江戸の『正宝事録』など)が見えることや、いわゆるかぶき者事件や町奴の乱闘騒ぎなどからしても、このような、町人の若者が武士の真似をして徒党を組んで、乱暴狼藉を働くという事件は、当時多くあった。その町奴の象徴が幡随院長兵衛(一六二二~一六五七)であったが、彼が旗本奴の水野十郎左衛門に殺された辺りから世相は変わり、武士と町人(商人)の拮抗期に入る。

この武士と町人(商人)拮抗期こそが西鶴が青春を送った時期である。即ち、町人(商人)が勃興して町人(商人)らしさを謳歌すると共に、武士はまだ武士としての威厳を誇示し得ていた時代、別の言い方をすれば、武士と町人の両者が上手く棲み分けしていた時代ということができよう。西鶴が『西鶴諸国はなし』巻一の三「大晦日は合わぬ算用」の最後で、武士の世界を「各別」(町人とは大きく違っている)と称したのは有名だが(6)、まさに武士と町人(商人)が「各別」のまま対峙していた時代と言うことができる。

三　通し矢と星野勘左衛門

西鶴が感じ取った、町人(商人)とは違った武士の「各別」世界とは何か。恐らくそれは、如上の「大晦日は合わぬ算用」に登場する武士たち(すなわち、たった一両の金のために命のやり取りをする浪人たち)がそうであったように、命への向き合い方の違いであったろう。

この武士と町人(商人)との命への向き合い方の差については、西鶴の浮世草子全般、特に武家物と町人物の作品の中でも明確に見られるものであり(7)、また先に挙げた武士道書と西川如見『町人嚢』などを中心とした町人向け教訓書の差異にも明確に表れているものである。そして、西鶴が青春を送っていた明暦~寛文期は、武士がその武士らしさの象徴である「武威」を天下に示すため、様々なイベントが行われていた。『一代男』に「けんぼうという男達、其比は捕手居合はやりて、世の風俗も糸鬢にしてくりさげ」（巻二の三「女はおもはくの外」）とある「男達（おとこだて）」世界である。その最も華々しく大掛かりなイベントが三十三間堂で行われた通し矢である。

通し矢とは、言うまでもなく一昼夜に何本の矢で的を射ることが出来るかを競う競技である。西鶴が延宝五年の『西鶴俳諧大句数』の序において「天下の大矢数は星野勘左衛門、其名万天にかくれなし」と述べたように、尾張藩士の星野勘左衛門が寛文九年五月に京都の三十三間堂にて通し矢八〇〇八本を達成したのが有名である。その後、貞享三年四月に紀州藩士和佐大八郎が通し矢八一三三本を達成し星野を追い抜いた。和佐の記録は、江戸時代に渡って更新されなかった。

この一昼夜、矢を射続けることが、どれほどの体力を必要としたか、想像の及ぶところではないが、これが一歩誤れば落命の可能性もある、極めて危険な所業であったことだけは間違いあるまい。

この通し矢は、大衆の好奇心を大いに煽る結果となった。武士道という言葉は、江戸時代以後のもので比較的新しく、中世以前は「弓矢の道」あるいは「弓箭の道」[8]と言われたことはよく知られている。鉄砲が伝来し武器の主力となってから、「弓箭の道」は戦闘の第一線を退いたわけだが、だからこそまた、この「弓箭の道」に連なる通し矢は「武士」を強く意識させるものとして人気を博したのであろう。

しかしこの通し矢が、そうした単なる大衆迎合的なイベントでなかったことは、十分に注意を払っておく必要がある。それは『古事類苑』「武技部」等を見れば分かるように、この通し矢は記録があるだけでも、慶長以前から和佐の記録まで、ほぼ百年に及ぶ歴史を持ち、その記録によれば、一七世紀後半においては、先の星野と和佐がそうであったように、紀州藩と尾張藩という徳川御三家同士のマッチレースの趣を呈していたことである。

また同じく『古事類苑』『諸国図会年中行事大成』(9)等によれば、大矢数は審判役としての「堂見」や証明役としての「検見」他多くの人間が介在するばかりでなく、櫓や桟敷、夜には大篝火、弓張提灯等を大量に用意したようで、一説には一回の通し矢のイベント費用に千両もの大金が掛かったとも言われる(入江康平『弓道資料集』第一一巻「本多利実弓術論集」)(10)。この千両云々の真偽は分からぬという他ないが、雄藩の「武威」を天下に示すイベントとあれば、その巨費とは勿論、後ろ盾になる各藩の威信をかけた、総がかりでのバックアップであったことは間違いないであろう。

このように通し矢が、武士が天下に「武威」を示す行事であったとすれば、そこには武士とは何かが自ずと問われてくるものでもあった。そうした背景を窺わせるものとして、星野勘左衛門に関するエピソードが『明良洪範』(真田増誉述、続編)の巻三(11)に載る。

尾州家の藩士に星野勘左衛門と云者有り。此者大力の聞へ有り。或日さる諸侯の家老の方へ行れしに、其家老相撲ずきにて、常に相撲取り立入けるが、此日相撲取来り居れり。此相撲取五百石積の船のいかりを片手にて振廻す程の力也。星野勘左衛門に其相撲とりと相撲をとられよと亭主所望せり。星野勘左衛門再三辞しけれども、強て所望されける故、止事を得ずとる事とは成ぬ。其相撲とりは裸かに成て出たり。星野勘左衛門は袴の儘高股立をとり、大小を指て立出ける。諸人不審に思ひける。行司某是を見咎めて相撲をとるに、帯刀する法は無しと云。星野勘左衛門答て、我は角力取に非ず士也。亭主の所望に依て合手に成る也。されば士の身として無腰に成る法無しと云。やがて取り組んとする所に、星野勘左衛門抜き討ちに合手の相撲取りを大げさに切倒し、諸人大いに驚きしに、星野勘左衛門は白刃を鞘へ納め、亭主の前へ坐し、士の勝負を争ふ時はかくこそと存じ候と云て、暇を告げて帰りける。亭主心中には大いに怒れど、すべき様もあらざれば、其儘にして止みぬ。一坐の人々後に云けるは、星野勘左衛門が仕方尤の事也。相撲取りと士たる者と勝負を所望するは失礼也。全く亭主の誤り也、と云けると也。

星野勘左衛門については、様々なエピソードが伝えられており、神澤貞幹の『翁草』（巻二）(12)には、星野が八〇〇八本の記録を打ち立てた時、図抜けた記録を打ち立ててしまえば、他の武士達の挑戦意欲を損なうとして切り上げ、京都所司代に報告を済ませた後、そのまま嶋原遊廓に行って遊女と戯れ酒を酌んだとある。豪放な星野の一面を伝えるものだが、上記の『明良洪範』のものは、そうした星野が武士として、どのような矜持を持っていたかを示す良い資料である。

ここで注目しておきたいことは二つある。一つは、通し矢で有名な星野に対して、好奇心から近づき、何がしかのイベントめいたことを所望する者が多く居たことである。しかもその輩の中には、本話で「さる諸侯の家老」と記されるような武家の大物クラスが多かったことが想像されることである。恐らく、そうしたクラスの人間でなければ、星野に何かを頼むということは出来なかったし、星野もまた引き受けなかったであろう。

もう一つは、星野の武士としての矜持が、通し矢をイベントの一つとしてしか見ていなかった「さる諸侯の家老」への手痛いしっぺ返しとして表現されている点である。

通し矢のイベント性を非難する向きは、通し矢が盛行する当時からすでにあった。たとえば、伊勢貞丈が『安斎漫筆』(13)で、

一、或書云軍中ニテ弓射ルニ敵四五間ホドニテ矢ヲ放ツベシ。弱弓ニテモ鎧ヲ通サザルコトナシ。強弓ニテモ二十間三十間遠クテハ鎧ヲ通シカタシ。三十三間堂ノ通シ矢ナドハ用ニタタズ稽古ノ大的三十三杖ニテ射ルハ礼射也。（中略）三十三間堂ノ通シ矢ハ名利ヲ釣ル為ニシテ射法ノヲトロヘタルナリ。

と書いている。『明良洪範』のエピソードはそうした通し矢非難に対する、ある種の反論であったろう。

ただ、さらに重要なのは、ここで星野の示した武士らしさ、武士としての矜持が、実は当時の武家社会では、極めて危険なものでもあったことである。

たしかに、星野の行為は『明良洪範』が言うように武士として「仕方尤の事」ではあった。それを見誤った「さる諸侯の家老」は「失礼」であり「誤り」であったが、諸書に指摘されるように、江戸時代の武家諸藩が重視したのは、先ほどからも述べて来た「武威」や「御威光」といった言葉である[14]。そして、それを天下に示す儀式・演出[15]といった外面的なスタイルが重視された。通し矢もそうした演出の一つであったと言って良い。

よってそうした武士が何よりも嫌ったのは、自らの藩やイエ（家）の「武威」「御威光」が汚されるような事件が起きることであり、その話が天下や世間に広がることであった。すなわち、上記の星野が『明良洪範』において取った行動は、一歩間違えば「さる諸侯の家老」の面目を潰し、その「武威」「御威光」を貶めることに繋がり兼ねない、いささか危険なものであったのである。本文にある「亭主心中には大いに怒れど、すべき様もあらざれば、其儘にして止みぬ」はそうした危険がぎりぎりのところで回避されたことを示している。

すなわち、通し矢とは、あくまでもイベントという、演出の施された世界のものであり、虚構の「武威」ではあったのだが、一歩間違えば多くの人間へ直接的な害が及ぶ危険を内包したイベントでもあったのである。

四　矢数俳諧と妻の死

西鶴が、上述の星野のエピソードや通し矢の置かれた状況を、どこまで知っていたかは分からないが、その星野を「天下の大矢数は星野勘左衛門、其名万天にかくれなし」（『西鶴俳諧大句数』序）と称揚したのには、単なる記録ホルダーとしての星野だけではなく、上述のエピソードが伝えるような、「武威」の英雄として称賛を受ける星野の姿を、念頭に置いていたと考えて良いだろう(16)。そしてその星野を称揚したすぐ後に「今又俳諧の大句数初て我口拍子にまかせ」（『西鶴俳諧大句数』序）と自らの矢数俳諧を誇示した西鶴の胸中とは、自らが矢数俳諧の創始者であるという矜持だけではなかったはずである。

そもそも、西鶴の矢数俳諧に臨む姿勢が、一般的な町人（商人）が俳諧に臨むような、気楽な慰みとしてのそれではなかったことは明らかであろう。通し矢の、記録挑戦主義と隣り合わせの死の危険は、西鶴が行った俳諧の矢数興行においても全く同じだったからである。たとえば『好色一代男』執筆の一年半後に、西鶴は住吉社における二万三千五〇〇句の大矢数興行において「神力誠を以て息の根留る大矢数」という絶命覚悟の句を神社に奉納している。一昼夜を通しての俳諧独吟が命の危険にさらされるのは言うまでもない。

また矢数俳諧の興行を成功させるためには、通し矢ほどではないにしろ、資金や人的ネットワークが必要であり、さらに聴衆を巻き込む以上、失敗は絶対に許されない。興行の途中でもし西鶴が倒れでもすれば、それこそ天下一の嘲笑の対象になる他なかったろう。

なぜ西鶴が、こうした危険性のある矢数俳諧にのめり込んでいったのか、これについて一つ気にかかるのは、西鶴の矢数俳諧が妻の死を起点としていることである。

延宝三(一六七五)年、西鶴は三四歳の時に二五歳の妻を亡くし、その追善のために『俳諧独吟一日千句』を上梓し、これが機縁となって、延宝五年に大坂生玉社での一昼夜一六〇〇句の矢数俳諧興行へと繋がってゆく(延宝五年三月に『西鶴俳諧大句数』として上梓)。即ち、西鶴の矢数俳諧には、創始者としての矜持と同時に、それが妻の死という因縁が深く絡んでいたのである。西鶴が、亡き妻に抱いていた愛情が、どれほどのものだったかは分からないと言う他ないが、少なくとも西鶴にとっての矢数俳諧は、身近な人間の死と直結した「命」の問題だったということが重要である。

西鶴が若い頃、世間に、俳諧師としての自らを売り込もうとして相当に苦労していたことは、昨今明らかになってきた。西鶴の名が俳壇にいきなり登場した『生玉万句』の興行と出版(寛文一三(一六七三)年)も、西鶴の自己顕示欲と、詐欺まがいの企画力によるものだったことが加藤定彦氏によって明らかにされている(17)。

ここでこの問題にはあまり踏み込まないが、西鶴が矢数俳諧で世間に名を知られるまで、さして有名な俳諧師でなかったことは確かであろう。その西鶴が世間を驚かせて名を挙げたのが矢数俳諧であった。若い時の苦労を共にした妻の死と、その死が遺してくれた矢数俳諧は、西鶴にとって特別なものであったことは想像に難くない。

『生玉万句』の西鶴の序には、ほとばしるばかりの西鶴の〈怒り〉が表出されている。それは「世こぞつて濁れり、我ひとり清り」という言葉に代表されるが、言わば当時、西鶴の周辺にあった上方俳壇の多くは、西鶴にとっては邪魔な敵であったと言って良い。その敵に起死回生の、まさに一矢報いるチャンスを与えてくれたのが、矢数俳諧であり、妻の死であった。西鶴の心境としては、矢数俳諧は丁度、女敵討ちのようなものであったろうか。

ただ、西鶴の矢数俳諧が、自らの命を懸けるほどの価値があるものだとしても、その興行自体は、先に述べた通し矢と同じく、様々な演出が加わるイベントであり、虚構の世界のものでしかない。一般的には全く価値を持つものではないのである。
しかし、その全く価値の無い矢数俳諧に命をかけることになった（かけざるを得なくなった）西鶴は、その命懸けの虚構世界の中にこそ、花開く自らの才能に気付いたはずである。その開眼に歓喜勇躍する西鶴の有り様は、たとえば『西鶴大矢数』の四〇〇〇句の付合い中に溢れ出ている。

第一　天下矢数二度の大願四千句也　西鶴
　百六十まい五月雨の雲　保友
第二　姿の花又ふき出せ大句数　重直
　柳気力のある時一日　西鶴
第三　今我をれ目に見ぬ富樓那大矢数　武仙
　木の下闇は愚癡の槃特　西鶴
第四　葎茂る宿にぞ鬼と相住居　尹許
　草の枕に蛇躰の鮨桶　西鶴
第五　飛や蛍宇治瀬田ならず大矢数　山水
　芝は扇の拍子に懸つて　西鶴
第六　大独吟嶺の松風谷の蝉　林雪
　若竹に虎里に狼　西鶴
第七　奇妙の鶴方便の弓大矢数　宗先

他力の涼風あたるを幸　西鶴
第八　大矢数春宵一日価四千　西戎
飛鳥雲に入あひかぎり　西鶴
第九　どれが鷺ぞ佐野のわたりの夕詠　西虎
駒とめて今二の足をふむ　西鶴
第十　天下に二つ也冨士山は雪大句数　賀子
枯野靡かす息の根凪　西鶴

掲出したのは『西鶴大矢数』の第十までの発句と脇句である。第四と第九以外の発句は、どれも「大矢数」「大句数」「大独吟」の語を入れると共に、「富樓那」（釈迦の十大弟子の一人で弁舌第一）「冨士山」（日本一の山）などの比喩や「奇妙の鶴方便の弓」「飛や蛍」などの直喩によって西鶴を大いに持ち上げるのに対して、西鶴も脇句でいささか謙辞しつつも「気力」「拍子」「あたるを幸」「靡かす」「息の根凪」などと気力の充実ぶりを見せて応対している。実に意気盛んな様子が窺える。四〇〇〇句はほぼこの高揚した調子で続いていくのである。

そして、西鶴はこの矢数俳諧の延長線上に、さらに価値の無い世界が、手つかずのまま豊かな沃野を広げている様を見つけ出す。それが小説であり、浮世草子の世界であった。

五　『一代男』の「さても命はある物か」

本稿の「はじめに」でも述べ、拙著でも指摘したように(18)、『一代男』の主人公、世之介の恋愛には何やら死の影、血の臭いがつきまとっている。

・夫のある女性に恋慕して、その女から割木で眉間を打たれ傷を受けたこと　（巻二の三）
・他人の妻女を強引に襲って片小鬢を剃られたこと　（巻三の七）
・牢獄で出会った女と逃げたところ、その女の追手に瀕死の目に遭わされたたこと　（巻四の二）
・女の生霊に襲われ抜刀して闘ったこと　（巻四の三）
・泉州の迦陀沖で遭難し死にはぐったこと　（巻四の七）
・男伊達を標榜していた遊女、奴三笠と心中をはかったこと　（巻六の一）
・遊女高橋を独り占めにしたために、尾張の大尽に抜刀されて切り込まれたこと　（巻七の一）

そもそも、世之介の父夢介自体がかぶき者であり、侠客仲間と徒党を組んで遊興三昧、無頼三昧の生活をしていた(巻一の一冒頭)。世之介もそうした仲間と自然に徒党を組んでいたことが書き込まれており(巻二の三)、また世之介は、武士的な地若衆としての男色を志向して念者(兄分)を持っていた(巻一の四)。今上げた巻四の三では、念者と二人して女の生霊と戦ったのであった。

こうした環境にあった世之介であるから、様々な争いに巻き込まれて命の危険に晒されるのは当然であった。と同時に、世之介の恋愛は、事件(出来事)としてだけでなく、肉体的生理的にも命の危険を伴うものであった点が重要である。『一代男』、の初章「けした所が恋のはじまり」の最後は、次のような文章で結ばれている。

こゝろと恋に責られ、五十四歳まで、たはぶれし女三千七百四十二人、少人のもてあそび七百二十五人、手日記にしる。井筒によりて、うないこより已来、腎水をかえほして、さても命はある物か。

業平の三七三三人(奈良絵本『小式部』など)を捩った(業平より少し多い)数値で有名な箇所である。今、注目したいのは「腎水をかえほして、さても命はある物か」の一文だ。ここでは業平の記録を超えるという記録挑戦主義、即ち大矢数的な発想がしかと存在しているとともに、その記録への挑戦が、そのまま死に直結する可能性のあることを示していることである。

また、『一代男』の最終章、巻八の五「床の責道具」における世之介の女護島渡りも同様であろう。女護島渡りの意味については実に様々な解釈が施されてきたが、この島渡り自体が命の危険を伴う無謀な旅であった。と同時に、この最後の旅には様々な「床の責道具」が積まれている。つまり、この女護島渡りは、「腎水をかえほし」た世之介の一生の集大成であったのだ。

なぜ、世之介が危険を顧みず「五十四歳(実際は六十歳)」までたはぶれ」たのか、その世之介の衝動が何かを西鶴は書いていない。よって我々は作品に明滅するエピソードから、その衝動を類推するしかない。

ここで、その世之介の衝動を、具体的に作品を洗い直しながら突きとめる余裕はないが、注目すべきなのは、世之介の命懸けの恋愛には、その証しとして記録(達成)主義があったことである。すなわち「たはぶれし女三千七百四十二人、少人のもてあそび七百二十五人」の数もさることながら、それが「手日記にしる」形で残っていたことである。通し矢が様々に記録されたこと(堂見役の記録と判)[19]は周知のことであるが、これは矢数俳諧でも同様であった(執筆役)。この記録(達成)主義は、松尾芭蕉などが言ったとされる「文台引き下ろせば即反故也」(服部土芳『三冊子』)の精神とは対極にあるものであるが、いずれにしても、この命懸けの冒険主義と記録(達成)主義において、通し矢と矢数俳諧、そして『一代男』は一本に繋がる。

そして、この一本道は、世之介の恋愛が子供を作らない「一代男」(一代限りの男)を目指したことが象徴するように、実体のない〈虚〉の世界への道であったことが重要だ。

通し矢は〈武〉の実体を失いつつあった武士たちが自己を取り戻すための虚構であった。矢数俳諧は、その虚構に、さらに町人(商人)たちが上書きした〈文〉あるいは〈知〉の虚構であり、『一代男』の女(遊女)や若衆の千人斬り的征服は、そこに恋愛世界という更なる〈虚〉をかぶせた虚構であった。「通し矢、矢数俳諧、一代男」という流れは、また加速度的に虚構度の増す一本道であったと言える。

しかし、たとえ〈虚〉であったとしても、ここには命懸けの精神があり、その一点において〈実〉を凌駕する力があったのである。ここが同じ〈虚〉であっても、後の武士道一般と一線を画すところである。

そして、この命懸けの〈虚〉は、浮世草子という近世小説のビッグバンを引き起こした。そうした意味で言えば、浮世草子の産みの親は仮名草子でなく、通し矢を受け継いで、〈虚〉の世界を華々しく打ちあげた矢数俳諧であったと言っても良いだろう。

【注】

(1) この点については拙著『西鶴小説論―対照的構造と〈東アジア〉への視界』(翰林書房、二〇〇五年)の第二部、第二章「アジア小説としての『好色一代男』」九六頁〜九九頁で詳述した。

(2) 松田修『『好色一代男』論―かぶきの美学』『日本近世文学の成立』法政大学出版局、一九七二年、後に『松田修著作集』第一巻、右文書院、二〇〇二年

(3) 近年、西鶴の矢数俳諧を検討したものとして大野鵠士『西鶴矢数俳諧の世界』(和泉書院、二〇〇三年)がある。矢数俳諧を文学・修辞の面のみならず、興行・演劇性、さらには「目付木」などの興行用道具にまで総合的に考察した、画期的な業績である。その中において通し矢と矢数俳諧との関係にも紙幅を割いて論じている。後述の注でも指摘したように、本稿と重なるところもあるが、西鶴の矢数俳諧を、通し矢から続く〈武〉の精神や「命」の問題から論じてはいない。

(4) 「町人(商人)」という書き方は些か問題がある。町人と商人は別の概念であるからだが、ここでは商人に代表される町人という意味で、このような書き方をしてある。

(5) 『大坂市史』三巻の明暦三年条(左記)など。

明暦三丁酉年　正月十一日　町人若き者共武芸の事、町人振舞仏事等之事

一町人若き者共武芸を嗜、家職致疎意(略)は曲事たるへし、兵法居合執行人他国より来り、弟子取ゝ者有之は借宿すへからす、住宅之町人師を致におひては、年寄五人組早々可申出、牢舎に申付へし、執行人は大坂を可払也、宿主は勿論牢舎、五人組可為同罪事

(6) 谷脇理史『西鶴研究と批評』、第五章「格別なる世界への認識」若草書房、一九九五年

(7) 注1の拙著、第四部、第三章「西鶴小説の対照的構造と中期作品群―『武道伝来記』と『日本永代蔵』」参照

(8) 北条重時「六波羅殿御家訓十四条」等。李竹民「日本における「道」の受容と展開―「芸道」の生成を一階梯として」(『国文学攷』一八〇号、広島大学国語国文学会、二〇〇三年一二月)等に詳しい。

(9) 『諸国図会年中行事大成』速水春暁斎著、桜楓社、一九七八年

(10) 入江康平著『弓道資料集』いなほ書房、一九八八年

(11)『明良洪範』二五巻・続編十五巻、国書刊行会、一九一二年
(12)『近世資料叢書』所収、歴史図書社、一九七〇年
(13)早稲田大学図書館蔵、写本、天明三年成立
(14)池内敏『大君外交と「武威」—近世日本の国際秩序と朝鮮観』名古屋大学出版会、二〇〇六年
(15)尾本師子「江戸幕府御絵師の身分と格式」『学習院大学哲学会誌』、二〇〇二年五月
なお、こうした武士の体面性を武士は古くから有していたと思われる。その一例としては、室町期に武士の間で広まった、書院造りという建築様式である。書院とは元来、禅僧が本を読む為の場所であり、かつ居間であったが、これが武士の間にも広がり流行した。流行の背景には、武士は貴族とは違い、対面儀礼にこだわる性格を持っていた。御恩と奉公と言われるように、武士の上下関係は、貴族の上下関係が血筋であったのと違って、基本的には契約関係であった。その契約を確認するために対面儀式が重んじられたのである。よって書院造りの書院には、身分の上下を示す、上座下座の位置や、その位置を象徴的に示す床の間、また武士的な威厳を示すための書画や置物などを置く違い棚などが発達した。(小野健吉『日本庭園—空間の美の歴史』等参照)
(16)西鶴が星野を強く意識していたことに関しては、注3の大野氏前掲書、第一章、第二節「通し矢と矢数俳諧の時代的関連性」において詳しく触れられている。
(17)加藤定彦「俳諧師西鶴の実像」『日本文学研究大成』檜谷昭彦編、国書刊行会、一九八九年
(18)注1の拙著参照。
(19)木下義俊『武用弁略』(貞享元年序刊)に通し矢の興行形式について詳しく記されており、その中に堂見役について「堂見六人通矢何程ト記セル帳面ニ判形ヲシテ其証拠ト成」とある。

第三部

矢数俳諧研究の展開

『西鶴大矢数』の恋句

矢数俳諧と恋の詞

永田英理

一　はじめに

西鶴の連句の付け方、付合の構造などの付合論については、これまでにもたびたび検証が試みられてきた。そのなかから主な研究を挙げるならば、西鶴の連句は「咄家的語り口の軽さ、意外さ、度々落しながらトントン進めてゆく詠法」であると説く上野洋三氏の「西鶴付合論―『大矢数』の俳諧」(『國語國文』一九六七年八月)、「あしらひ」や「心行《こころゆき》」などの手法に着目して、付合の構造分析を試みた乾裕幸氏の『俳諧師西鶴　考証と論』(一九七九年、前田書店)、西鶴のいう「当流」の付け方は、「伝統的な付物によりながらも、前句と付句で一つの場面・物語を想像させるものである」と指摘する早川由美氏の研究(「西鶴の古典受容・付合評について　元禄三年の点者批判書を中心に」(『西鶴と浮世草子研究』二〇〇七年一一月))、元禄期の作風について取り上げた水谷隆之氏の『西鶴と団水の研究』(二〇一三年、和泉書院)などがある。さらに、『西鶴大矢数』における季題の選択などや付合の諸相について具体的に検証した大野鵠士『西鶴　矢数俳諧の世界』（二〇〇三年、和泉書院）も備わっている。

西鶴自身の付合論としては、元禄二（一六八九）年に俳道執心の好士に伝授された秘伝書である『俳諧のならひ事』の「俳諧付《つけ》はだの事」において、その考えが明確に示されている。本論で注目してみたいのは、そのなかの恋の句に関する記述である。

近年の俳諧に、恋の言葉をうすくつかひ、大かた夢などを恋にいたす事、是はよし。惣じて恋の詞のつよくもたれたるは、さし合《あひ》の人も見る事なれば、よろしからず。噂斗《ばかり》にしていたすをこのみ申《まうす》事也（1）。

連句で恋の句を詠む場合は、「恋の詞」を詠み込む必要があるわけだが、最近の俳諧では、「夢」のようにさして恋のイメージを伴なわない詞を用いて恋句とすることがあるという。西鶴はそれを「よし」としたうえで、あまり露骨で卑猥すぎる言葉を使うと、もしその句を見られたら差し支えのある人もいるので使うべきではないとしている。

たしかに当時の作法書では、たとえば松意《しようい》の『夢助』（延宝七〔一六七九〕年自奥）にも、

一、千話《ちわ》　一、口吸　一、夜這　一、密夫　一、胥ばり　一、はりかた　一、ねり木
右条々堅相守《かたくあひまもり》、一切出すべからず。此外ひらめなる恋、縦《たとひ》言捨たり共、仕にをひては急度《きつと》曲事たるべきものなり（2）。

という記述がみえ、こうした詞や、「ひらめなる恋」つまり卑俗な恋などは、たとえその場限りの言い捨ての俳諧であっても、認められるべきではないとしている。同じような考えは、惟中《いちゅう》の『俳諧蒙牛』(延宝三〔一六七五〕年刊)にも「いかにたはぶれたる俳諧なればとて、親一門の中にとり出して、よまれぬほどの句体ならば、いみさくべし(3)」とあり、当時の俳壇で一般的な風潮となっていたようである。

そこで西鶴は、「噂斗にしていたすをこの」む、と説いている。つまり、前句の噂のように付けることによって、恋の句に仕立てることをよしとするのである。「噂付《うわさづけ》」とは、前句の説明のように付けることで、前句と同意になりがちなので変化に乏しいため、一般的には嫌われる付け方である。だが、前出の乾の論考によれば、『ふたつ盃』(慶安著、延宝八(一六八〇)年刊)に「用付《ヨウづけ》・うはさ付《づけ》て無量の面白キ句出来《しゅったい》する事也。それとても前句を借ル様にはせず…」とみえ、『俳諧蒙牛』にもまた「目前の句・うはさの句・ゆふ付、ひとつも不レ捨して、連歌の真法《シンボウ》にかはりたる事、俳諧のひろき徳とおもひよろこぶべし」などとあるように、談林俳諧では噂付の面白さも認められている傾向にあったという。

元禄二年の時点で、西鶴は恋の詞を「うすくつか」うことを説いていたわけであるが、必ずしも恋の詞にとらわれないという考え方は、はやく『天水抄』(松永貞徳著、寛永二一(一六四四)年成)のなかに確認することができる。

女といふ字・女房と云字・下帯・脚布等の類も、皆句体によるべき也。ひたすら恋にすべからず。

他にも、業平や光源氏のような色好みの男や、小野小町や楊貴妃のような美人の名も、詠み込めばすべて恋の句になるというわけではなく、句体によるのだと述べられている。必ずしも恋の詞に頼るのではなく、それぞれの「句体によるべき」であるという認識は、貞徳の秘伝書において見出すことのできるものであった。

さらに蕉風俳諧では、恋の詞を用いなくとも恋の句として扱う、という画期的な恋句論を打ち出してゆくことになる。有名な『三冊子《さんぞうし》』（白）（土芳著、元禄一五（一七〇二）年成）の記述を挙げておこう。

> 恋の句の事を、先師曰く「昔より二句結ばざれば用ひざるなり。昔の句は、恋の言葉をかねて集め置き、その詞をつづり、句となして、心の恋の誠を思はざるなり」[4]。

恋の詞を詠み込めば恋の句になった「昔」の俳諧に対して、芭蕉は「心の恋の誠」（恋の詞にとらわれず、心の恋を詠むこと）を主張しているのであった。なお、清登典子「「恋の詞」と蕉風俳諧」（『文藝言語研究　文藝篇』二〇一一年一〇月。以下、清登氏論考Aとする）によれば、蕉風俳諧（「芭蕉七部集」）における恋の句は、通説とは異なり、「恋の詞」を用いた句が多くを占めているという。

本論考では、元禄二年時には恋の詞を「うすくつか」うことを提唱していた西鶴が、矢数俳諧においてはどのように恋の句を詠んでいたのかについて検証してみたい[5]。そもそも一句ごとに熟考している隙のない矢数俳諧では、恋句をいかに詠んでいたのであろうか。恋の詞さえ詠み込めば恋の句になるのだから、西鶴は常に恋の詞のストックをたくさん持っていて、それを頻繁に用いていたのではないか、などといったことも予想されるところである。

そこで、完全な形で残っている矢数俳諧の作品として、延宝八（一六八〇）年に興行され、翌年刊行された『西鶴大矢数』を取り上げ、西鶴の用いた恋の詞についてみてゆくことにする。調査にあたっては、百韻四〇作品のうち、発句から他者の作句も含まれる一の折の裏一句目（九句目）までを除いた句を分析の対象とした。句の解釈にあたっては、主に前田金五郎『西鶴大矢数注釈』(一九八六〜一九八七年、勉誠社)を参考にしたが、何を恋句として扱うか、また恋の詞とするかについては見解の分かれる例も多い。そこで同書では恋の句として扱われていない句でも、同時代の季寄類に確認できる恋の詞が入っており、句意からも恋と判断できる場合は、恋句としてみなしている。

なお、西鶴の連句付合の解釈にあたって、今栄蔵氏が『守武千句』の解釈をめぐって問題にした(6)二つの異なるアプローチ方法について確認しておきたい。できるだけ通常の事実としてあり得るようなかたちで解釈してゆく、「ありごと」として付合を読んでいこうとする立場と、事実を飛躍したあり得ない世界をわざと作り出しているととらえ、「そらごと」としてその「意外性によるおかしみ」を味わおうとする立場の違いである。矢数俳諧の場合、どこまで付合をまともに解釈すればよいのか、迷うところもあるのだが、本論考では「そらごと」として読む視点を、たびたび解釈に取り入れてみることにしたい。

二 『西鶴大矢数』の恋の詞

芭蕉以前の俳諧において、一句を恋の句として認定する場合の基準は、基本的には恋の詞の有無である。当時の作法書・季寄類にみられる恋の詞が入っていることが条件となる。分析にあたっては、清登典子「俳諧詞寄せ類に見る「恋の詞」一覧—寛永から元禄期まで」(『俳文芸』一九八三年六月。以下、清登氏論考Bとする)を参考にした。また、延宝八(一六八〇)年に興行された『西鶴大矢数』以前の作法書類にはみられない語についても、たとえば「心中」は『糸屑』(元禄六(一六九三)年自序)などに、「ふる」(遊女が客をふる)は『誹諧《はいかい》寄垣《よせがき》諸抄《しょしょう》大成《たいせい》』(元禄八(一六九五)年刊)に恋の詞として収録されていることから、ほぼ同時代の認識としてみなして処理している。さらに、

「上臈」「五三《ごさん》(遊女の揚代)」「夜見世通ひ」などといった遊廓・性風俗関係の語も恋の詞として扱うこととした。

また、たとえば「ふんどし」「脚布」「御肌着」などの語は季寄類には立項されていないが、『はなひ草』(寛永一三〔一六三六〕年奥)や『毛吹草《けふきぐさ》』(正保二〔一六四五〕年刊)などにみえる「はだのおび」「下の帯」などと同類のものとみなして、句意に応じて恋の詞とした。同様に、「御内所」「嬶《かか》」「御内儀」などの語も、『便船集《びんせんしゅう》』(寛文八〔一六六八〕年自序)に収録されている「をくさま(奥様)」と同類の語とみなしている。なお、こうした恋の詞の拡充については、前章で掲げた清登氏の論考Aが、寛永〜元禄期(一六三六〜一六九七)の俳諧詞寄せ・俳諧作法書類における俳言による「恋の詞」を取り上げ、「身体、婚姻・出産、近世風俗など伝統的な「恋」の世界では排除されてきた素材、表現が取り上げられている点が注目される」と述べている。

さらに、とりわけ遊廓関係の用語には、「天神」(天神様と天神女郎)のように、二重の意をもつ言葉も散見するため、恋の詞であるかどうかについては、一句の内容によって判断した。たとえば、

32　せめて待夜は御座れ月さま
33　せく迚《とて》も凡《ヲヨソ》知れたる轡《くつわ》虫
34　古歌に読しは関守の山　(第一)

のような付合の場合は、恋人の訪れを待っている夜はお月さまでもよいから来てほしい、という32の句に対して(「待つ」が恋の詞〈『せわ焼草』明暦二〔一六五六〕年刊など〉)、33の「轡」には秋の夜に鳴く轡虫と遊女屋の主人(亡八)の意がかけられている。32と33は、轡屋が遊女と客との仲を塞《せ》こうとするが、それもたかが知れているという付合だ

が、「月」との関連で「虫」の語を投げ込んだため(「月」と「虫の音」は付合語〈『類船集』延宝四〔一六七七〕年刊〉)、句意がとりづらくなっている。この付合を「そらごと」として解するなら、うるさく鳴いている轡虫が月の訪れを邪魔しようとする、ともとれようか。33と34は、仲を裂くのは轡虫ではなく、古歌で知られる逢坂山の関守であった、という付合である。この場合、33の句の「轡虫」は轡屋と掛けられているため、「轡」が恋の詞ということになる。なお、「せく」は「急く」の意でもとれるが、「塞く」(男女の仲を邪魔する)ととれば、これも恋のニュアンスを帯びた言葉である(ちなみに、いずれの語も同時代の季寄類には恋の詞として採録されていない)。

この例からもわかるように、もともと西鶴の矢数俳諧は即興的に作られた「軽口」であり、そのうえ連句特有の解釈の重層性もあるため、何を恋句とみるか、また何を恋の詞とみるか、厳密な分類というのはきわめて難しい。また、恋の呼び出し(一句としては恋の句ではないが、次に恋の句を期待させるような句)や恋離れ(一句としては恋の意をもたないが、前句との付合において恋になる句)が非常に曖昧なのである。そこで今回の調査では、恋の呼び出しや恋離れの句にも、次の句との付合で恋の詞に取りなせる語がある場合や、一句のなかに複数の恋の詞がある場合もそれぞれ取り上げることとした。

筆者が恋の詞として認定した三二〇語は、別表に示した通りである。なお、漢字は適宜当て変え、動詞は終止形のかたちで統一した。二語以上の詞で恋の意になっている場合については、中黒で示している(袖・泣くなど)。連歌以来の恋の詞については、木村遊幻「初期俳諧時代にみる「恋の詞」攷—『毛吹草』「誹諧戀之詞」と「連歌戀之詞」—」(『近世文学研究』二〇一一年一〇月)に紹介されている連歌・初期俳諧の資料を参考に、網掛けを施した。○印は同時代の作法書・季寄類に立項されている語(まったく同じ語ではない場合は、括弧のなかに辞書類に掲出されている形を示した)、△印は清登氏の論考Bに従い、句体により「恋の詞」になるとされているものであり、×は「恋の詞」

姑懸	手管	○文
衆道	天神様	○振袖
衆道女道	○伽	○ふる
首尾	伽やらう	無礼講
上臈	夜の伽	ふんどし
姉上臈	床	臍より下
太鼓上臈	玉の床	部屋見廻
女郎	夕の床	○坊主ころし(「坊主おとし」)
女郎柄	夜の床	前髪
○尻目遣ひ	○留伽羅	枕絵
四郎様(筆者注：遊客の名)	虎が男(筆者注：「虎」は遊女虎)	○待つ
白き貌	○泥町	松(筆者注：太夫の位)
○心中	内証	松風村雨
腎精	○仲	丸山
○新町	○長枕	むかし男
捨てらる	長持ごしらへ	○娘子(「娘」)
○誓文	○流れ(「流れの身」「流れの女」)	×聟(『毛吹草』『番匠童』)
誓文ばらし	泣く	○聟入
世界の貌(「かたち人」はあり)	投節	○睦言
△関(『御傘』)(「人めの関」なら連歌)	○仲人	○胸にたく火(「胸の火」)
節句の祝儀	仲人口	紫式部
袖に移ふ	○名残	○女夫
○袖の露	○情け	女夫池
○袖・△泣く(『御傘』)	○靡く	物案
○袖引く	○涙	○物思ひ
○袖行水	○新枕	物好み
太鼓持	二五匁	燃ゆ
大尽様	○女房	胸が燃ゆ(「胸を焼く」「胸の火」)
○抱く(「抱きあふ」)	ぬれ	もろこし様(筆者注：太夫の名)
○伊達	○ぬれ衣	○紋日
伊達好む	ぬれに極る	大和(筆者注：遊女の名)
伊達な姿	ぬれの歌	○夢(「夢にとふ」などなら連歌)
模様伊達	ぬれの文	楊貴妃(筆者注：詞は詠み込まれず、ぬけ。注８参照)
玉津島姫	ぬれのもと様	欲・煩悩
太夫	○寝くたれ髪(「寝乱髪」)	横の平たい帯
太夫天神	寝道具	○夜這ひ
○戯女	ねんごろ	夜見世通ひ
○契る／契り	○膚雪(「雪のはだへ」)	○嫁
契りのかため	初買	○嫁入
茶屋	花(筆者注：芸娼妓や幇間の揚げ代)	嫁謗田
茶屋狂ひ	○はらむ	留守中訪ふ
月止る	はりあひ	○連理比翼
○付ざし	贔屓	比翼
勤め	火性と水性	連理
△局(『糸屑』)	○一夜妻	連理の枝
端局	△独り(『毛吹草』『御傘』)(「ひとりゐ」ならば連歌)	○連理の契り
局住居	○美男	六味丸
○妻	平元結	**別る／△別れ**(『毛吹草』『御傘』)
本妻	○夫婦	別路
○爪を放す	○二つ並べて枕／枕並ぶる(「二つ枕」)	別れのかね
○つらき／つらさ	△二業平(『誹諧初学抄』「業平」)	脇心
露	二日払ひ	○吾妹子
○手懸	○仏神祈(「神を祈」「仏を祈」)(「神を祈」なら連歌)	悪狂ひ
足懸		

別表：『西鶴大矢数』恋に関連する詞一覧(その二)

相生の松	○小野小町	小相
○逢ふ	御肌着	○恋
○あくがる	おぼこ	恋風
悪性宿	御町衆	○恋衣
揚銭	○思ふ／○思ひ	○恋草
揚屋	思ひ初む	△恋し（『御傘』〈慶安四〈一六五一〉年刊〉）
○飛鳥井姫（「飛鳥井の君」）	思ひの川（「思ひ川」）	恋死（「恋しぬる」なら連歌）
○化名	思ひの種子	恋の産時
穴	思ひの火	○恋の重荷
天の岩戸（筆者注：陰門）	思ひ葉	恋のかたまり
有り付く	思ひ燃ゆ	恋の根元
○阿波坐	思はく	恋の根本
○許嫁	○俤	恋の仕様
伊弉諾伊弉冉	○女	恋のそめ絹
○いたづら	女神	恋の染衣
いたづら目つき	女七夕	恋の種子
いつそ	嗅	恋の莟
井筒／筒井筒	掻口説く	恋の仲
○暇の状（「暇の文」）	神楽願西（筆者注：太鼓持の名）	恋のぬれ衣
○妹	影（筆者注：端女郎の異名）	恋の道
○妹がり	囲ゐ	○恋の山
入れぼくろ	鵲の橋	恋の若ばえ
色	貸す	恋の別れ
○憂き思ひ	○かたみ	恋のわづらひ
○憂名	堅の血判	○恋痩
浮世小路	○門立	○こがる
浮世茶屋	門で聞く	×後室さま（「『をだまき綱目大成』元禄一〇（一六九七）年版では「×後家」）
鶯の袖	○金輪（「金輪に火ともす」）	後家のいたづら
請出す	金とる	心・隠す
丑の時参	彼町	心・握る
宇治の橋姫	○髪を切る（「髪切り」）	○心替り
○薄約束（「約束」）	○禿	心引く
産女	○通ふ／通ひ	五三
馬（筆者注：遊女の異名）	通ひ男	腰元衆
生る	通路	御所染
産出す	起請のかため	事欠の色
○恨む／○恨み	起請文	御内儀
越後町	吉弥風	御内所
○縁	○君	牛蒡
縁組	○脚布（「脚布とく」）	笹風呂
縁づく	○口舌（「口舌事」）	里帰り
○花の縁	大口舌	寂し・誰ぞこひかし
追懸	口吸ふ	塩の目
○王昭君	轡	鹿（筆者注：囲女郎の異名）
大はら	○口説く	敷銀
大若衆（「若衆」はあり）	首つたけ／首だけ	死ね死のの仲
○奥様	熊手性（筆者注：女の気性）	○忍ぶ
お仕着	暗事	忍び男
男七夕	○傾城	忍び駕
御手が懸る	傾城屋	忍び路
弟分	下女	○島原
○乙女	○化粧	締む（「腰を締むる」「手を締むる」はあり）
○鬼も十八	△源氏（『誹諧初学抄』〈寛永一八（一六四一）年自跋〉）	執心
		執心強し

別表：『西鶴大矢数』恋に関連する詞一覧（その一）

＊詞の読みは、現代仮名遣いに従って五十音順に縦に並べて示した。
＊複合語などについては、見出しを設け、その下に同語を用いた表現を並記している場合がある。
（例：「恋」の複合語の場合、「恋」を見出し語とし、恋風、恋衣などを以下に並記）

にならないとされているものである。△と×の場合のみ、その出典を括弧に示した。ただし、他の書では恋の詞として扱われている語については、△と×印を付していない。

別表にはそれぞれの語が何例出てきたかは示していないが、一番多いのが「恋」（「恋の〜」などの複合語も含む）で、四四例に及ぶ。そのほか一〇例以上確認できた詞は、「思ふ／思ひ」（「思はく」などの語も含む）、「別る／別れ」（「別路」などの複合語も含む）であり、それぞれ太字で示した。以下、「恨み」「契り」「忍ぶ」「文」などといった、和歌・連歌以来用いられてきた伝統的な恋の詞が好まれている（ただし「文」については、「ぬれの文」（恋文）のかたちで用いられることが多かった）。ちなみに、清登氏論考Aによれば、寛永〜元禄期の俳諧詞寄せ・俳諧作法書類にみられる俳諧の「恋の詞」も、雅語からなる「恋の詞」（「うらみ」「かこつ」など）が全体の約四割を占めており、また蕉風俳諧でも、特に雅語による伝統的な「恋の詞」が多く詠み込まれていることが明らかになっている。その一方、これが西鶴の矢数俳諧特有の傾向であるのかについては改めて検証しなければならないが、圧倒的に遊廓・風俗関係の語の使用が目立つ。さらに、先掲の『夢助』では禁じられていた「口吸ふ」や「夜這ひ」などのような卑俗な恋の詞も、この頃はまだ憚ることなく詠まれているのであった。

矢数俳諧の性格を考えると、厳密に恋句を特定することは難しいのであるが、調査の結果、恋の詞が詠み込まれていない恋句も含め、恋の句は全部で約四八〇句確認することができた。そのうちほとんどの句には恋に関連する詞が詠み込まれていたのである。なお、恋の詞が詠み込まれていないと思われる句との付合については、次章でその一部を取り上げ、また注にその他の全用例を掲げておいた。別表にまとめた恋の詞の抽出に当たっては、恋の呼び出し・恋離れの句も含んでいるとはいえ、恋の詞の種類が三二〇語であることを考えると、西鶴の恋句に使用されている語彙自体にはあまり偏りがない、ということは言えるのではないか。さすがに「恋」という語が詠み込まれた句は、全体の約一割程度（四四句）に及んでいるものの、矢数俳諧で膨大な句を吐き出してゆくなかでも、西鶴は決して限られた詞のみを繰り返し用いるのではなく、さまざまな恋の詞を詠み込んでいったことがわかるのである。また、恋の句で人名が詠み込まれている例も少なく、複数回登場するのは、小野小町・飛鳥井姫・王昭君のそれぞれ二例ずつであった。ただし、王昭君については、「ぬけ」（わざとその語を抜いて付合を仕立てる方法）によって仕立てられた次のような付合がもう一つある。

68　此度《このたび》すかぬ旅の門出
69　身自慢の絵師を恨て帰まじ　（第三一）

不本意ながら旅立とうとしている人物を詠んだ前句に、自分に自信のある人間が、絵師を恨んでその旅からは決して帰るまいとしている心情が付けられている。これは、元帝の宮女であった王昭君が、絵師毛延寿《もうえんじゅ》に賄賂を贈らなかったために醜い肖像画を描かれ、その結果、匈奴《きょうど》の呼韓邪単于《こかんやぜんう》へ嫁ぐことになってしまったエピソードを下敷きにした付合であり、「王昭君」の「ぬけ」とみなせるのである。なお、西鶴が当時の「ぬけ」という手法に批判的であったことは、『西鶴大矢数』の跋にも「大笑ひより外なし」とあり、よく知られるところであるが、じつは彼自身も談林の手法として認めていたことは、尾形仂「ぬけ風の俳諧―談林俳諧手法の一考察」（『俳諧史論考』一九七七年、桜楓社）などにも説かれている通りである。

三　恋の詞に頼らない付合

西鶴が「恋の言葉をうすく使」ふのがよいと言っていたことをふまえ、今度は一見「恋の詞」が詠み込まれておらず、句意によって恋にしていると思われる例についてみてゆきたい。

39　元興《クワンコウ》寺をそれさへ夢かまぼろしか
40　　すこしの契化《あだ》に鳴川
41　我と我水をさしたらさそうまで　（第一二）

39の句は、「元興寺《がごうじ》」（奈良の元興寺に鬼がいたという伝説から、子どもを脅したりなだめたりする時の言葉）とはよく唱えられているが、それは夢か幻かわからない伝説だ、というもの。西鶴が「俳諧付はだの事」で恋の詞としてもよいとした「夢」という語が入っているが、一句としては恋の句ではない。39の「夢かまぼろしか」を、40の句との関係では遊女との契りのこととすれば恋の付合になる。なお「夢を見る」という表現で、「亭主床《とこ》とつて蚊屋釣懸けて、「これへ」と申す程に、「夢見よか」とはひりて」（『好色一代男』巻五の三）のように、男女の情交を指して使われることもある（暉峻康隆『西鶴俳諧大句数』評釈（前）―第一、「賦何男誹諧」」（『近世文芸研究と評論』一九八一年六月）。40の句における「鳴川」は、奈良遊廓内の南北の通り（『西鶴大矢数注釈』）で、『誹諧番匠童《はいかいばんじようわらわ》』（元禄二〈一六八九〉年刊）では恋の詞として扱われており、「元興寺」に対して同じ奈良の地名であしらったものであり、「化になる」と掛けている。鳴川で遊女と少しの契りを結んでも、結局それは空しいものとなるのだ、という意で、

「契」(『毛吹草』など)も「化」(『糸屑』)も恋の詞である。41の句との付合は、そのように考えて鳴川に水を注す、つまり自分から相手との関係を隔てるというならそれまでのことだ、といったような意味になるか。なお、「我と我」は、「我と我が身(自ら、の意)」と同様の言い回しであろう。41は一見恋離れの句のようであるが、これも恋としないと恋句が二句続かないことになる。「水…さそう」という表現は、小野小町の「わびぬれば身をうき草の根を絶えて誘ふ水あらばいなむとぞ思ふ」(古今和歌集・雑歌下九三八)を意識したものだとすれば、恋のニュアンスを帯びていると言えなくもないが、「水をさす」という語は、「鳴川」に対して「水―川」という言葉の連想のみであしらわれているだけでなく、「関係を隔てる」という意味をもって、前句の遊女との儚い恋の顚末を描いた恋の付合を成り立たせている。これは前句に対する噂付でもあり、恋の詞に頼らず、恋に仕立てている例とみなすことができる。

なお『西鶴大矢数』には、「水をさす」という表現が恋の付合で用いられている例がもう一つある。

32　天満《てんま》に屋敷京に御手懸《てかけ》

33　夕暮は喧嘩のたねの女夫池《めをと》

34　寝耳に水をさす合点也　(第二八)

32と33の句の付合は、「天満」(大阪市北区の南東部、大川と天満堀川に囲まれる地域)に「女夫池」(大阪市北区天神橋筋四丁目の裏にあった池)という地名のあしらいをベースに、夫が京に囲っている妾が原因で夫婦喧嘩をするさまを詠んだもの。それぞれに、「御手懸」(『せわ焼草《やきぐさ》』〈明暦二〔一六五六〕年刊〉など)と「女夫」(『糸屑』)が恋の詞である。34の句は恋離れの句であるが、「女夫池」に「水をさす」をあしらい、女夫池の辺りで夕暮れに夫婦喧嘩をしているのは、二人の仲に水をさすことを承知で、寝耳に水の打ち明け話をしたからだ、とも解せるが、寝耳に注した水は女夫池の水だったからだ、という「そらごと」として解した方が面白い。いずれにしても、前句の「喧嘩のたね」を説明した噂付であるといえる。西鶴が「水をさす」という表現に、男女の仲を隔てるという恋の色を持たせていたことは明らかであろう。

29　恋風の敲《タタク》といなや明渡る
30　水鶏《くひな》といふは鳥が懸《かか》つた
31　紋日紋日難波入江にあらね共　（第一〇）

29の句には「恋風」、31の句には「紋日」（『詼諧番匠童』）という恋の詞が入っているが、30の句には恋の詞が入っていない。しかし恋句に挟まれているから、30も句意から恋の句と判断すべきである。付け方としては、前句の「敲」から、鳴き声が戸を叩く音に似ている水鶏を出している。注目すべきは「鳥が懸つた」という表現で、「鳥」には「うまく利益をせしめることのできるような相手。（中略）よいえもの。鴨」（『日本国語大辞典』第二版〔二〇〇一年、小学館〕）の意味があり、『西鶴大矢数注釈』も、女郎によい客が付いたこと（やたらに金をまきちらす野暮な大尽客）のたとえと解釈している。切ない恋風が吹いて戸を敲き出すと、戸とともに夜も明けてしまう。その戸を敲く音というのは、実は水鶏の鳴き声であり、水鶏ならぬいい〝カモ〟が懸かったのだ、という意味になろう。29の句を夜明けを迎える客の切ない心情とし、30の句をよいカモを掴んだ遊女の心の内ととるのも面白いかもしれない。

この句の場合は、まったく恋の詞に頼らないで恋の付合に仕立てているとみなすことができる。

次は別表のなかから、現在では一般的に恋のイメージをもたないと思われている詞によって、恋の付合が仕立てられている例をみてみたい。

96　汐干《しほひ》に見えぬぬれのもと様《さま》　（第三一）
97　苫屋形《とまやかた》牛房畠と成にけり

96の句の「汐干に見えぬ」は、「我が袖は潮干に見えぬ沖の石の人こそ知らね乾く間ぞなき」（千載和歌集・恋歌二・七六〇・讃岐）に基づいた表現であるが、「ぬれのもと様」は、恋というものの根本、という意か。「汐干」に「苫屋」を付け、潮干でも恋の根元という神秘的な存在は隠れていてみえないというが、その近くの苫屋は今は牛蒡畑になってしまった、という付合である。97の句は一句としてはまったく恋の意をもたない恋離れの句である。なぜ「牛房」なのかについては、『西鶴大矢数注釈』は、「牛蒡は当時、強精補腎食糧と信じられていたので、前句「ぬれのもと」を、色欲の根元の意を見立て代えての付合」と解釈しているが、牛蒡は男根のたとえにも用いられることから、「ぬれのもと」とみなしていると解することもできよう。

12　軍《いくさ》乱るる恋の根元
13　千疋《びき》の馬を繋だ時の声　（第二二）

12は、恋というものがそもそも軍を乱す根元となるのだ、という観相の句である。13の句は一見、「軍」から「馬」「時(閧《とき》)の声」を付けた、軍場の様子について詠む恋離れの句にみえる。ところが「馬」とは、浮世草子の『好色伊勢物語』巻三(七段)に「一説に、女郎のゐめう(筆者注…異名)を馬といふ、心は人をのせてすぐるといふ事也とぞ(7)」とあるように、遊女の異名でもある。また、「馬を繋ぐ」にはおべっかを使ってへつらう意があり、「千疋の馬」に喩えられる遊女と客のやりとりを、軍の様子に掛けて詠んで重層的に仕立てた付合ということになる。「馬」が遊女の異名であることを考慮するならば、これが「恋の言葉をうすくつか」っている付合であるとみなすこともできようか。

恋の詞を用いず句意によって恋の付合としている例は、西鶴の他の俳諧作品にも、また宗因の独吟などにもたびたび見出すことができ(深沢眞二・了子「宗因独吟「つぶりをも」百韻注釈」(『近世文学研究』二〇一一年一〇月)など)、決して珍しいことではない。だが、『西鶴大矢数』では恋の詞に頼らない恋句の数は全体の約二パーセントほどに過ぎず、圧倒的に少ないのであった(8)。

四 『西鶴大矢数』の恋の傾向

恋の詞に注目して西鶴の恋の付合をみてゆくと、たびたび恋にまつわる金について詠んでいる付合が目立ったので、最後に紹介しておきたい。以下に全用例を挙げておく。

10 伊達このまるる三吉野《みよしの》の奥

11　別れ路のかねの御嵩《みたけ》を持れたり　（第一）

三吉野（奈良県吉野郡）の奥には、外見を派手に着飾った伊達好みな人がいるが、恋人と別れる際の手切れ金を「金の御嵩」にたくさん保有している、という付合である。「かねの御嵩」とは、「我が恋のかねのみたけのかねならば弥勒の世にも逢はましものを」（夫木和歌抄・雑部三・九〇九四・源仲正）と詠まれる吉野の金峰山《きんぷせん》の別称で、「三吉野」に対して地名をあしらった付け。『便船集』に恋の詞として「伊達をする」とあることから、「伊達このまるる」が恋の詞となる。また、「別れ路のかね」には後朝《きぬぎぬ》の別れを促す明け六つの鐘の声が掛けられており、付合としては後朝の別れの場面を描きつつも、恋の別れ路に際しても抜け目のない人物を詠んでいる。

91　噪《サハ》ごなら月の都の御町衆

92　思ひもなさけも秋はかねづく　（第二）

月の都——つまり京都の遊廓（島原）で遊女たちと賑やかに遊興しようとするならば、秋は五行でいえば「金」に当たるというが、まさしく恋の思いも情けも万事金次第である、という付合である。「秋」には「飽き」の意も掛けられており、とかく遊廓では、人の気持ちなどすべては金でどうにでもなるということなのである。

10　夜見世《よみせ》通ひの首尾はともあれ

11　別路やすこしは惜む鐘の声　（第五）

遊廓には、遊女との首尾（情交の意もある）がどうであってもよいと思って通うのだが、別れを告げる鐘の声が聞こえると、少しは遊女との別れとともに使った金を惜しむ気持ちにもなることだ、という客の心情を詠んだ付合になっている。

54　人目も耻《はぢ》よ後家のいたづら
55　死別れ生てわかるるかねの声　（第六）

耻知らずな後家は、夫と死に別れた後に浮気でもしたのだろうか、不始末を犯して、生きながら夫の遺産である金とも別れることになったことだ、という付合である。従来から指摘されていることであるが、こういった好色な後家は、西鶴の浮世草子でもたびたび登場している。ほとんどの付合が、「別れの鐘」に「金」を掛けた句作りになっており、西鶴の恋句には、〝金の絡んでくる恋〟がよく詠まれているのである。以下に挙げる例も、主に遊女との金にまつわる恋の付合が目立つ。

①　53　睦言《ムツコト》は其暁も宵からも
　　54　うらみのかねの湯と成てめし　（第七）

②　41　かんまいて減《ヘラ》さぬやうに鐘の声
　　42　又涌《ワク》でなし夜るの腎性　（第九）

③

11 此うらみ籬《マカキ》に寄ていつまでも

12 かねは忽《たちまち》二日ばらひに　（第一三）

④

66 紫式部を寺で取《とり》をく

67 恋の別れなを又別鐘の声　（第一七）

⑤

18 有馬の不思議湧《ワイ》て出るかね

19 河野屋のみつが情を問寄りて　（第一八）

⑥

59 少しのかね身のしろ衣哀《あはれ》也

60 局住居《つぼねすまゐ》も情《なさけ》は同前　（第一八）

⑦

66 契りも今宵たいこ上臈

67 念比《ねんごろ》に語り申せば只金じや　（第二四）

⑧

39 此町の太夫残らず呼《ヨウ》でこひ

40 砂と思へばかねの別路　（第二六）

⑨　42　来る筈しつてどこへかしたぞ
　　43　別れ路や手形も取ずかねの声　（第二八）

⑩　85　投ぶしを諷ひそうなを呼《ヨン》でこい
　　86　別れの鐘や車座の中　（第三一）

⑪　15　一休の狂歌にのこる傾城屋
　　16　別れのかねを返弁申す　（第三二）

⑫　53　姿のみ床へ入ては様子ある
　　54　短気は損気別れてのかね　（第三三）

⑬　46　其恋衣肩も得脱《ヌ》がぬ
　　47　合力の別れのかねも少し也　（第三六）

①の「うらみのかねの湯と成て」は、謡曲「道成寺」を踏まえた付けで、朝が来て恨みの鐘が湯となった、その湯で朝飯を炊くという「そらごと」の付合である。③の「二日ばらひ」は、当時上方の遊廓では毎月二日に遊興費などを支払う習慣があったことをいう。籬に近づいてこぼす恨みといえば、とにかく二日払いを済ませることだ、と

いう非常に即物的な恋の句である。こうした発想は、⑦の太鼓女郎（囲《かこい》女郎）の契りを「只金じや」と言い放つ句にも共通している。

やはり「別れの鐘」と「金」とを掛けている句が多く、鐘の音を聞いて別れる朝には、また遊女のために払った金のことを思い起こしながら、恨みに感じてしまうのである。それは羽振りのよかった大尽でも、無限にあるわけではない金とも遊女とも別れなければならない、遊廓における刹那的な恋をとらえた⑧の付合などにもよく表れている。たとえば⑫の付合では、思わせぶりな態度の遊女と寝床へ入るものの、うまく首尾を遂げられない客の心情を詠む。結局別れた後に支払う金のことを考えれば、そんなもったいぶった遊女の態度に短気を起こしても損をするだけだというのである。いずれの付合も、金でしか繋がることのできない関係として、遊廓における恋をシビアに詠んでいるといえよう。

一方、⑨や⑪の付合には、遊女のダブルブッキングや借金にまつわるトラブルも詠み込まれている。ちなみに、⑪の「一休の狂歌にのこる傾城屋」というのは、浮世草子『一休関東咄』「堺の浦にて遊女と歌問答の事」（巻下の七）で、遊女が一休と和歌のやりとりをしたエピソードをふまえた表現で、彼女所縁の傾城屋に借金を支払う、と趣向した付合である。

このように『西鶴大矢数』の恋句では、「別れのかね」（「別れ」と「かね」）という表現がたびたび用いられており、主に遊廓を舞台にした金にまつわる恋の諸相が好んで詠まれていることがわかる。恋と金とは、西鶴の一連の浮世草子にも共通してみられるモチーフであるが、矢数俳諧においても、かなり好んで恋句に詠み込まれていたのであった。

五　むすびに

元禄二(一六八九)年に伝授された『俳諧のならひ事』の「俳諧付《つけ》はだの事」にみえる「恋の言葉をうすくつかひ、(略)噂斗にしていたすをこのみ申」という西鶴の恋句論をきっかけに、『西鶴大矢数』の恋の詞について検証を試みた。その結果、恋の付合には積極的に「恋の詞」ととらえられる語が詠み込まれておりむしろ「恋の言葉をうすくつか」っている例はきわめて少ないことがわかった。西鶴のこうした付合観は、矢数俳諧時代のものではなく、やはり元禄時代以降のものであったといえよう。

そしてまた『西鶴大矢数』で詠み出された恋の詞には、卑俗な言葉も含め、遊廓・性風俗関係の語が目立つものの、決して限られた語のみを繰り返し用いていたわけではないこともわかった。すなわち、結婚・出産・嫁姑・夫婦関係の語も含め、かなり多種多様な恋の詞を詠み込んでいたのである。しかしそのなかでも、「別れのかね」(「別れ」と「かね」)という表現を好んで用い、別れの鐘の意と掛けながら、主に遊廓を中心とする金にまつわる恋を常套的に詠んでいるのは、やはり予想通りというべきであろうか。

【注】

(1)　引用は、乾裕幸編『西鶴俳諧集』(一九八七年、桜楓社)による。

(2)　引用は、乾裕幸『俳文学の論』(一九八四年、塙書房)によるが、一つ書きの部分は一行にまとめ、また文章には適宜、濁点・

句読点を補った。
（3）『ふたつ盃』『俳諧蒙牛』『天水抄』の引用は、古典俳文学大系CD－ROMによる。
（4）引用は、復本一郎他校注『連歌論集　能楽論集　俳論集』（新編日本古典文学全集、二〇〇一年、小学館）による。
（5）西鶴の恋句研究の必要性については、野村亞住「西鶴研究案内（俳諧）」（『21世紀日本文学ガイドブック4　西鶴』二〇一二年、ひつじ書房）のなかで提唱されている。
（6）『初期俳諧から芭蕉時代へ』（二〇〇二年、笠間書院）による。
（7）引用は『西村本小説全集』下巻（一九八五年、勉誠社）によるが、私に濁点を施した箇所もある。
（8）句意によって恋の付合に仕立てているとみられる例は、ほかにも「●66筐《かたみ》の扇置て下され／67其方の影は忘れそいつ迄も（第一八）」「●69世界の図世界の貌《カタチ》思ひ初／70まさに七度は話ひてぞみる（第二八）」「●12中居ぐらゐの乙女の姿／13或時は釜の下でも吹とぢよ（第三二）」「●76魂魄残つて露のしら玉／77蓬莱の花の苞みを尋行（第三二）」（これに「楊貴妃」のぬけ）」「●74逢夜の星は仕合の空／75腹あてを詠こしぬる月の駒（第三三）」「●70脇ごころなら夫《それ》からそれ迄／71此方にすこしも女在《じよさい》はなけれ共（第三九）」があり、主に後半の百韻に散見する（恋の詞と思われる語が入っている前句には●印を付した）。
『西鶴大矢数』の句は、『新編西鶴全集』第五巻上（勉誠出版、二〇〇七年）によったが、濁点は私に付した箇所もある。また句形は適宜、同書注の示す仙果本を参考にした。

【参考文献】

乾裕幸『俳諧師西鶴　考証と論』（一九七九年、前田書店）
上野洋三「西鶴付合論—『大矢数』の俳諧」（『國語國文』一九六七年八月）

江本裕「西鶴―大矢数について（一）」（『大妻国文』一九八八年三月）
大野鵠士『西鶴　矢数俳諧の世界』（二〇〇三年、和泉書院）
尾形仂『俳諧史論考』（一九七七年、桜楓社）
田崎治泰「矢数俳諧と西鶴の方法」（『日本文学研究資料叢書　西鶴』一九六九年、有精堂出版）
早川由美「西鶴の古典受容・付合評について　元禄三年の点者批判書を中心に」（『西鶴と浮世草子研究』二〇〇七年一一月）
前田金五郎『西鶴大矢数注釈』（一九八六〜一九八七年、勉誠社）
水田潤「矢数俳諧解釈の一つの問題」（『説林』一九五一年九月）
水谷隆之『西鶴と団水の研究』（二〇一三年、和泉書院）

矢数俳諧の遺伝子

大野鵠士

一　三つの視座

矢数俳諧は文学であるのかという、素朴で根強い疑問は以前から存在している。矢数俳諧の全体像を考えると、たしかに非文学的要素が多くつきまとっている。しかし、文学以外の他の領域へはみ出す危険で厄介な越境性を抱えたものとして、葬り去られてきた訳でもない。妙に曖昧な立場に置かれ、位置付けも不十分であったというのが、妥当なところである。

そうした姿勢の根底に横たわっているのは、書き記されたものこそが文学作品であるという、ほとんど無意識の判断の基準であろう。だが矢数俳諧が生成される現場を想像するならば、書き記されたもののみを対象とするだけで事足りるのではないことは、容易に察知される。書き記されたものは記録に過ぎない。矢数俳諧はエクリチュールではないのである。むしろ興行される場所と時間そのものが、矢数俳諧に他ならない。換言するならば、テクスト生成の現場そのものが矢数俳諧なのである。その意味において、『三冊子』に説く「文台引き下ろせば則ち反古也」の精神は、通常の俳諧より矢数俳諧においてこそ、深く切実な意義を有すると言ってもよい。

つまり、矢数俳諧を取り扱うに際しては、総合的な視野を持つ必要がある。もろもろの非文学的要素に目を背けるのではなく、積極的に目を向けていくことによって、矢数俳諧は全貌を現し、本然の姿が立ち現れるだろう。

あるいは、そうした矢数俳諧に対する姿勢を変えることは、価値判断の再考を促すことになるかもしれない。たとえば矢数俳諧は俳諧の形式の一つとされているが、俳諧一般とは切り離し、独立したジャンルとして認定する方が適切であるということになるかもしれない。そうした見直しについても、吝かであったり恐れたりしてはならないだろう。

ところで、実際に興行された矢数俳諧を考えた場合、矢数俳諧が矢数俳諧である必然性はどこに存在するのであろうか。通常の俳諧と比べた時、大きな懸隔は那辺にあるのかを考え、矢数俳諧の要件と特質について以下のように三本の柱を立ててみた。すなわち、三つの視座である。

第一の柱は、音声言語が主導的役割を果たしていること。時の経過とともに口から次々と発せられる句は肉声である。執筆も復唱したであろうが、それは副次的な音声である。まして懐紙に書き記されたものは、文字言語の記録である。まるで宙に矢を放つかのように、句が矢継ぎ早に口から音声として発せられ、興行の舞台に次々と句が降臨し、招来されるような印象を与えながら、矢数俳諧は進行していく。音声言語は、矢数俳諧の根幹をなしている。

第二の柱は、公開性が前提となっていること。延宝五(一六七七)年に行われた紀子の一八〇〇句独吟について、大淀三千風の興行の作品を刊行した『仙台大矢数』の跋に、「南都極楽寺にて興行せしといへども、門前の衆徒壱人も知人なし。亦大安寺にてするといへども、其証拠しれず。其上かゝる大分の物、執筆もなく、判者もなし。誠に不都合の達者だて、誰か是を信ぜざらむ。」と、制度や作法上の問題にも言及しつつ、公開性や信憑性の点から非難している。紀子の興行が架空とは思われないが、特に西鶴は公開性を重視していたことを窺い知ることができる。この公開性に関連して、独吟であることも付属的な要件として加えてよいだろう。公開性の問題はまた、興行を見る側の問題へも発展する。

第三の柱として、圧倒的な数量が追求されること。矢数俳諧に影響を与えた三十三間堂の通し矢は、各種『年代矢数帳』の巻頭を飾る浅岡平兵衛の慶長一一（一六〇六）年五一本の記録から、前人未到の和佐大八郎の貞享三（一六八六）年八一三三本の記録達成まで、約八〇年を要している。ところが矢数俳諧の場合、仮に延宝五年の西鶴の一六〇〇句の興行を嚆矢と考えた場合[1]、二万三五〇〇句の達成[2]まではわずか一〇年に満たない。星野勘左衛門が八〇〇〇本を射通し、和佐の天下一までの一七年間の中に、矢数俳諧の実質的創始から記録達成までが収まってしまう。通し矢に対する下剋上であるかのような、すさまじいばかりの記録上昇率である。圧倒的な数量の追求こそ、矢数俳諧興行の至上目的である。

以上の三つの要件と特質は、たがいに嵌入し合いつつ、矢数俳諧が他の文学、芸能ジャンルへと越境し、進出し、侵略し、漂流するというように、変質し、変容させていく可能性を秘めている。すなわち、矢数俳諧は可能性の触手をみずから多面的、かつ豊かに伸ばしている。その触手の有り様と、触手を伸ばす先を見届けていこう。

二　音声言語のもたらすもの

そもそも西鶴の声はどのような声であったか。あの異常に豊かな耳朶や、左の太股に置いた左手の異常に長い親指とともに、頭部は異常な重量感を示して余りある。その西瓜のように丸い頭にぱっくりと開いた口は、唇がやや赤みを帯び、今や何かを語りかけようとしている。というより、すでに語っている趣だ。口から覗く歯は、上の一本が欠けているかに見えるが、晩年の画像だから抜けた歯もあったかもしれない。いったいどのような声の質で、発話のスピードはどのような状態であったのか。

芳賀一晶筆の「浪華西鶴翁」の画像をコンピューターで解析していくならば、今日の技術で肉声の復元が可能であろう。可能なら、『西鶴大矢数』の四〇〇〇句の矢数俳諧を、大坂のアクセントで読ませてみたい。思いはいつもそこへ辿り着く。

矢数俳諧が声を主体にして行われていたことは、もう改めて言うまでもない。しかし幸か不幸か四〇〇〇句の興行までは記録されてしまったがために、西鶴の肉声を忘れてしまったのではないだろうか。まずは脳裏に肉声を蘇らせる必要がある。そのためには、いかなる文字であれ作者の脳裏の声を内蔵しているのだから、読者の脳裏で再現してみることとだろう。

次のような書き出しの小説がある。

　九尺二間すなわち三坪の板じき板がこい、その南に面して六尺の高さに幅一尺細長い窓がひらき、窓には二寸間隔で表へ張り出した鉄棒がならび、天井は窓の上辺よりさらに二尺上、中央に五燭の電球が金網に守られ、木目くろろく模様浮き出したのは、雨洩りの跡。

野坂昭如の「ラ・クンパルシータ」である。早く指摘されていることではあるが、西鶴の文体に似ている。ほとんど反射的に、「桜もちるに歎き、月はかぎりありて入佐山。爰に但馬の国かねほる里の辺に、浮世の事を外になして、色道ふたつに寝ても覚めても夢介とかえ名よばれて」という『好色一代男』の冒頭などが頭に浮かんでくる。特徴を何点か挙げるなら、長い一文、体言止めあるいは体言中止法、テニヲハの省略、列挙法、数字の多用、語順の転倒などである。

こうした文体上の特徴は、基本的には生涯にわたって変わらないものとされる(2)。そうであるならば野坂の文体も、西鶴に学んだことはあったであろうが、天与のものであったことになる。また西鶴においても、俳諧と浮世草子のあいだで、差異よりもむしろ相通じる面へ目が向けられていってもよいだろう。

今日にあっても、連句の創作だけをしている人が小説を書くことはほとんど困難であると予想できるのに対し、小説を書く人はその気があれば連句もできるという、ジャンルのあいだでの不可逆性が横たわっている。野坂が小説ばかりでなく、連句も作ったりしていた(3)のは、故なしではない。また先に掲げた文体上の特徴は、長い一文は別にしても、俳諧の文体を特徴づける表現法であるし、現代の連句にも日常的に見られる文体である。

さて俳諧と浮世草子では、作者においても読者においても、ジャンルの形式が与える形態認知の問題に限っては、飛び越えることのできない大きな溝があり、決定的な差がある。俳諧においては付合の進行に際して水平性のベクトルが働いているのに対し、浮世草子にあっては判型の制約があるために改行がなされるが、本来は上から下へと下降していく垂直性のベクトルに支配されている点である。喩えるならば、右岸から左岸へ架け渡す橋と、倒立した塔である。

いつとなく、浪のよせくる時の声、鯨ついたか。いちもり長者、油、つきかけを絶さぬ千貫目、すめば手形も、芭蕉は破て恋草の、色の道とて十年は、情も知らぬ轡、むしなく。

これは何か。浮世草子ではない。『西鶴俳諧大句数』巻一の一節を縦書きに直し、私意によって句読点を施したものである。なんとなく、浮世草子のようにも見えてくるではないか。

あるいは、一六〇〇句の興行では、実際の発声では句と句のあいだに声の間があったことだろうが、四〇〇〇句ならば間も短くなり、二万三五〇〇句に至っては間は完全に消失し、句と句が連続してしまう。音声による限り、それはもう咄や語りと等しい。

関西出身のタレント上沼恵美子が、「私の豪邸が大阪城、そして琵琶湖は庭の池」などと早口で語る時、誇大化し肥大化した点に談林俳諧の本質の一端を感じさせるが、快速の喋りは約三秒に十五音程度であり、二万三五〇〇句の興行を髣髴とさせる。

さらに、先に引用した『西鶴俳諧大句数』の一節を三味線を弾いて語ったら、浄瑠璃の趣も醸し出す。事実、西鶴は浄瑠璃も書いていた。

以上は、矢数俳諧が極限にまで押し進められていくと、咄や語りへと変容する可能性についてである。これは音声の視点から形式の問題としてとらえたのであるが、内容の上からはどのような変化を見せるだろうか。できるだけ任意に取り上げた方がよいが、四〇〇〇句興行の『西鶴大矢数』の巻一から、句の頭に通番を付して引用する。

30　永の留守中問ふ物は猫
31　真葛葉のうらみとつらさかさなるか

32　せめて待夜は御座れ月さま
33　せく迚《とて》も凡《およそ》知れたる轡虫
34　古歌に読しは関守の山
35　附あひに波爰もとは面白ひ
36　行平松は膏薬のたね
37　投首《なげくび》で別れてのぼり給ひしが
38　とつくりにころり付ざしの跡
39　磁楽《しがらき》の山姥舞ふて其次に
40　十三間は瀬田の長はし

変化が重んじられる俳諧にあって、全体に緩慢な変化の様相を呈している。30、31、32、33と恋の句が続き、34は前句との関係では逢坂の関、それを35で34を須磨へと転じたのはよいが、37と38は再び恋になっている。同一素材の再出を規定する句去《くさり》については、『増補番匠童』など当時の式目では恋は三句去《さり》で許容範囲内であるが、あまりに接近して出現しては付合の進行が揺蕩い、あるいは停滞の感を免れない。加えて33から36にかけての逢坂や須磨を思わせる付合に対し、39、40の信楽や瀬田といった地名の登場も、変化に乏しいとの印象を与えよう。

では、短い作品ではどうだろうか。「軽口に」独吟百韻の半ばあたりの一節である。

50　こよみえよまず春を知らまし

51　けぶり立夷《たつひな》が千嶋の初やいと
52　　あまのあか子も田鶴もなく也
53　小便やもしほたれぬる朝ぼらけ
54　　須磨の上野にはゆるつまみな
55　山家までかまぼこ汁に霧晴て

51は50の理由を述べた噂付の気味があり、54もまた時間や場所の点で印象が付合の進行と逆流する後付《うしろづけ》の感じは否めないが、50と51、53と54といった親句の付合の後で、52や55は転じが効いていると言えよう。伏見からの下り舟の中で大坂に到着するまでに作った一巻だから、考え方によっては時間的に厳しい制約があったのだが、四〇〇〇句の興行時の作品に比べるならば、三句の渡りにおいてともかくも変化は確保されていたと言ってよい。

やはり通常の俳諧に比べると、矢数俳諧では変化が緩やかになっていき、その挙句は俳諧というよりも咄や語りに接近していくのであろう。かつて暉峻康隆は『西鶴　評論と研究　上』において、「四句・五句にわたつて一つの世界や雰囲気を描くといふ傾向は、すでに千六百句の『大句数』においても見られたが、そこではまだパノラマ風な場面の展開があつた。『大矢数』になるとさういふ展開さへも緩慢になつて、四句・五句で一つの世界を描いてゐる場合が多いのである。」とした。また、「どれもこれも景の展開はあつても情の変化はない。すでに物語の世界である。」としている。

物語や小説の展開のあり方を支えているのは論理的因果関係である。それに対し、俳諧や連句は論理的な因果関係で進展することを、むしろ拒絶する。したがって俳諧と物語を結びつけることについては、慎重を要する。当の西鶴自身も、創作方法の上から俳諧の延長線上に浮世草子を置いていたのではないようである。ただ、矢数俳諧が音声言語であることを重視すれば、内容的にも咄や物語に近いと言ってよい。では、なぜ変化の少ない内容の展開になってしまったのだろうか。その原因や理由も、矢数俳諧が音声言語であることに由来すると考えられる。

W・J・オングは、『声の文化と文字の文化』において、声の文化にもとづく思考と表現の特徴の一つとして「冗長ないし多弁的」を掲げ、「冗長な言いまわしの多さは、おおぜいの聴衆のまえでの口頭表現という物理的な条件によってもうながされる。」と考察し、「声の文化における思考と話しの特徴であるということから、そうした言いまわしは、むだのないすじが通った言いまわしより、ある深い意味で、思考と話しにとってはいっそう自然なのだ」と述べる。屈折語と膠着語という言語構造の差を超えて、出現する状況であろう。

今日の連句にあっても、口頭のみの付合となったら、句が変質を来すに違いない。

矢数俳諧は、形の上からも内容の面からも、咄や語りに接近してしまったのである。

三　開放的興行空間の誕生

矢数俳諧が公開性を前提とすることは、他者の目を意識することにつながり、そこから演劇性の問題が生じる。人は誰も見ていないのに、いたずらに演じたりしないからである。他者の目を意識するところにしか、演技するという行為は存在しない。他人の目を意識することなく行われるのは、稽古や練習である。演劇性はまた、虚構性の問題とも関わる。ここでは興行空間の性質を軸として、一般の俳諧と比較しつつ、矢数俳諧が他の芸能などへどのように触手を伸ばしていくか考察してみたい。

もともと連衆で座を構成して行う一般の俳諧は、少なくとも二種類の演劇性を備えている。まずは、虚構性として根ざしている演劇性である。すなわち、発句や脇句は当座の現実性に強く束縛されるものの、第三以降は虚構へと転じていく。その中で人物の登場する句にあっては、句中人物の視点から自己や他者が描写されるけれども、他者はもちろんのこと、自己といっても付句の作者自身のことではない。この、他者になり入って他者を演じるというあり方には、すでに演劇性が根ざしており、原初的な演劇性と呼んでもいいだろう。

今一つは、座という興行の場における連衆相互のあり方に潜む演劇性である。松岡心平氏は、「連歌は、言語ゲームというより、むしろ言語の演劇である。連歌会に集う人々はあるときは句を作ることで主役となり、あるときは他人の句を聞くことで観客となりながら、この言語の演劇に参加」するとしている(『國文學』第四三巻第一四号、「新古今時代と連歌的想像力」)。連衆それぞれが作者と読者という立場を転換させつつ、創作と享受をくり返して一巻を進行させていくあり方は、作者や表現者を演じ手に、読者や鑑賞者を観客と見なすならば、演劇の上にそのまま該当するであろう。

この二種類の演劇性については、第一の虚構性に関わる演劇性は矢数俳諧においても共通する性質であるのに対し、第二の連衆相互のあり方が抱える演劇性は、矢数俳諧には存在しない。独吟であり、連衆との紐帯は完全に断ち切られているからである。それは一人芝居にも喩えることができる。俳諧の座にあってただ一人だけが付句作者であり、他のすべての連衆が付句作者となる可能性を放棄した時に、俳諧は単なる俳諧でなく、矢数俳諧に通じる可能性が出現した。独吟が劇的空間を生み出したのである。それはある意味において、座という共同体の喪失と言えるだろう。あるいはまた、観客という他者の目の代表として、神の存在を想定できるのかもしれない。

さて、いかなる分野であれ、興行を実現させるためには、一定の空間を必要とする。今日、バーチャル・リアリティーの仮想現実においても同様で、物理的でもあると同時に、精神的な空間でもあるのだ。この興行空間の性質という面からすると、一般の俳諧の座は寄り集う連衆によってのみ構成される空間となっており、誰も覗くことはできない。たとえ見物したいという人があっても同一の空間に座した刹那、座に取り込まれて連衆の一人と化してしまう。もちろん連歌においても、寺社の花の下で興行された花下《はなのもと》連歌や参詣の僧俗が蓑笠を付けたまま句を付けていく笠着連歌は別として、同様の状況にある。つまり閉じられた興行空間である。

茶の湯や聞香の催される空間もまた、共通している。俳諧にせよ、茶にせよ香にせよ、寄り集う会衆が閉じられた空間において言語を伴った所作をする図は、鳥瞰的な視点からすると一幕の劇を思わせる。俳諧の座も、日常とは異質の時の流れる演劇空間として把握することが可能である。

それに対し、矢数俳諧の興行空間は開かれている。四〇〇〇句の興行を出版した『西鶴大矢数』の跋には、「数千人の聴衆、庫裏方丈客殿廊下を轟し」と記す。興行企画力に富んでいた西鶴であり、人数は誇張されているかもしれないが、観衆はいたであろう。

一般の俳諧にあっては、連衆相互の紐帯が確保された、言わば閉鎖的興行空間が成立しているのに対し、矢数俳諧ではただ一人だけが句を作り続ける。他の人はすべて観衆へと転じ、演じ手と観衆の完全な分離が果たされて、観衆が存在する余地が生まれ、閉鎖性や完結性のない開放的興行空間が成立している。

ただ矢数俳諧の観衆は、二種類に分けて考えるのが適当であろう。第一の観衆は、指合見《さしあいみ》や執筆《しゅひつ》などの諸役人や立合いの俳諧師。これは興行見物の観衆から、西鶴もろとも見られる立場にある。四〇〇〇句の興行の際は、役人が五五人、立合いの俳諧師は七〇〇人であった。第二の観衆は、異空間にいる文字通り純然たる観衆で、矢数俳諧は観衆についても重層構造をもたらした。

こうした観衆に向かって開かれた開放的な興行空間は、各種の芸能でも見ることができる。たとえば能である。能の興行空間は、見所の観客に対して開かれている。世阿弥が『風姿花伝』で説いた「花」の理念も、観客の存在を重視した例証であろう。矢数俳諧における役人や立合い人は、能においては後見や地謡に相当するし、詠者はシテやワキに当たる。また、俳席に掛けられた御影は依り代としての鏡板の松というように、興行空間の設いの点でも相似性を見出すことができる。座して行い、動きの少ない矢数俳諧は、やはり能の抑制された動きに通じるし、五感でいえば音声言語によってもっぱら聴覚主導で行われる点でも似ている。

さらに現代に引き寄せて考えるならば、開放性の興行空間は、ＡＫＢ48などのアイドルグループのイベントの空間にもつながっている。観客の動員は不可欠の条件であり、特定あるいは不特定多数の観客を前に、ステージでは歌や踊り、時には語りも交えてパフォーマンスが披露される。クイックステップを駆使した振りは、時に軽業に近いようなことまでやってのけ、身体性を抜きにしては考えられず、歌うスポーツと呼ぶべきかもしれない。歌は総じてアップテンポであり、歌詞もその場で初めて耳にしただけでは理解しがたい。速吟による俳諧の拍子のよさを髣髴とさせ、驚異的なスピードで句の発せられた二万三五〇〇句の興行を思っても不思議ではない。

一方観客は、ステージの歌い手と一体化しているかのように身体を揺らして歌い、時に歌舞伎ほどにはパターン化してはいないもののあるパターン化された掛け声を発したりする。そうした光景は、複製化してしまうマスメディアを通しての享受ではなく、劇場という空間をアイドルとファンという観客が共有している一体感に意味がある。そこには世阿弥の説く演じ手と観客の間で成立する芸術的成果である「花」が、成立していると見てよいかもしれないし、あるいは喪失した閉鎖的興行空間への郷愁や憧憬が溢れ出ているとと考えてもよいだろう。

しかも歌は、作詞家が若い男の子の立場を設定して作詞し、それを若い女の子であるアイドルが「僕」という一人称の言葉で歌い踊り、それに同調し享受している必ずしも若くない観客も少なくない、というように、幾重にも虚構が仕掛けられており、その構図が透けて見えている。

このような虚構性については、今少し大きな規模でとらえることができる。たとえばＡＫＢ48について、漫画家や評論家四人が語り合った『ＡＫＢ白熱論争』には、虚構性についてのやりとりが見られる。

宇野　プロレスから総合格闘技への変化で何が変わったかというと、八百長性が抜けていったわけですよ。（中略）八百長には文脈があるけど、ガチンコの総合格闘技は文脈が弱い。それに対してＡＫＢは、ガチンコでやっているのに、読むに耐える文脈が無限に生成されていくのがすごいんです。

小林　やっぱり、そこにはシナリオライターが必要なんだよ。その文脈は、メンバーとファンだけが作ってるものじゃないでしょう。八百長の必然性とガチンコの偶然性を調和させて物語をつむぐプロフェッショナルが要る。（中略）プロレスは総合格闘技が出てきたときに、虚と実の皮膜ギリギリのところでシナリオを作る才能の持ち主がいなくなった。

虚構性に関わっての、システム、企画、運営をめぐる発言である。西鶴も単なる俳諧師にとどまらず、事をイベント興行の次元にまで広げていって、プロデューサーに擬することは十分可能なのではないか。

ここで時代は遡るが、西鶴の時代と現代の中間に位置し、開放的興行空間の典型をなす事例を見てみよう。それは見世物である。

小寺玉晁の手になる『見世物雑志』という見世物の見聞記録がある。文政元(一八一八)年から天保一三(一八四二)年にかけて、名古屋を中心に興行された見世物の記録であり、一部には簡潔なコメントが付されている。記されているものは、軽業、足芸、物真似、力持、あやつり、手妻など、いわゆる大衆芸能であり、今日言うところのエンターテインメントと目される。玉晁は見世物に対して広い概念を抱いていたようで、芝居や浄瑠璃もあれば、角力のようなスポーツに近いものもあり、実に珍奇な異形の物や、異能の人物の芸まで、まさに百般にわたって記載しており、全二〇九種類に及んでいる。

さすがに話芸が多いが、中でも注目すべきは、講釈と並んで咄の上演が著しく多いことである。それも単一の咄に止まらず、道具入はなし、落し咄、軽口(咄)、咄物真似、軽口浮世はなし、素人ものまね(はなし)、むかし物語(咄)など、話題の限定されたものや他の芸能と複合したものを加えるときわめて多く、いかに咄の系統に属する芸能が好まれていたかを目の当りにする思いである。

第二節において、音声言語の観点から矢数俳諧が咄や語りに接近することを述べたが、興行空間の性質を考慮した時、矢数俳諧の極北が見世物であると言えなくもない。西鶴は、「何ぞかはつたいきものをほしや。春の見せ物にしたし。はや、馬に角、かしらの白き烏(中略)さま〲の作り物も見せつくして」(『西鶴名残の友』巻四—二)と、四条川原の木戸番たちの言葉を記すが、自身が見世物の先取りをしてしまったとは夢にも思わなかったであろう。しかしどこかの境内の小屋の中、異能の俳諧師西鶴が矢数俳諧を行う図を脳裏に描いても、毫も違和感はない。それどころか、興行空間の規模の差こそあれ、すでに生玉社南坊や住吉社で実現していたと考えてもよいのかもしれない。

四　競争原理のかなたへ

矢数俳諧が京都三十三間堂における通し矢の競技に影響を受けて始まったことは、時代背景からしても、社会情勢からしても疑いを差し挟む余地はないであろう。運営においても範を得た点があったのではないかと思われる。しかし、通し矢競技が射士の日頃のトレーニングから当日に至るまでの調整方法や心得、また弓具や射技について、細かな点では前日や当日の食事の仕方など、さらには競技役員や支援の役員の任務に至るまで、いくらか不明な部分はあるものの比較的詳細に調査されて明らかになっているのに対し、矢数俳諧は不明な部分が多い。

そうした状態ながら、役割分担を比較してみると、試技が有効か否かを判定する矢数俳諧の指合見は通し矢の堂見《どうみ》に、有効な試技が一定数に達した際の幣振りは麾(旗)振りにというように、偶然とも考えられるが、いくらか対応関係が認められる。あるいは、四〇〇〇句の興行の際に医師という役職が設けられていたが、これなどは大淀三千風が仙台での興行の際、二八〇〇句で昏倒したことを考えての処置であろう。もともと身体を駆使する通し矢にあっては、不慮の事態に備えて早くから設けられていた。試技の数量の記録という点では、二万三五〇〇句の興行では句のスピードが速すぎて記録が追い着かず、墨で棒を引いたとされるが、これは通し矢の筋引《すじひき》という方法と似ており、その場の咄嗟の思いつきでなされたものではないとも考えられる。

今日、スポーツといえば身体の操法がまず問題となるが、不思議なことに通し矢と矢数俳諧の試技の姿勢に共通性が認められる。すなわち、行射は本来立射や騎射が基本であったが、通し矢では矢筋を低くする必要上、当初の跪座や割膝が、長時間の行射の疲労軽減のため、やがて安座が一般的となった。矢数俳諧の姿勢の詳細は不明だが、やはり多くの時間は座していたのではないだろうか。そうでなくてさえ、歩く芭蕉とは対照的に西鶴の画像は座っている姿が強い印象を与える。座しつつ次々に矢を射放つことと、座しつつ速吟で句を吐き続けることは、似すぎるほどに似ている。

通し矢競技から矢数俳諧はいろいろなものを取り込んだが、もっとも強く影響を受けたのは何かといえば、圧倒的な数量を求める競争原理の導入であろう。

西鶴の一六〇〇句の興行に続き、同じ年に紀子は一八〇〇句を成就させた。その段階で三〇〇〇句を目標とした が、三千風が翌日行った二〇〇句を加えた三〇〇〇句の興行を刊行したために、目標を四〇〇〇句に設定せざるを得なくなり、それを実現させた。やがて誰にも破れそうにない途方もない記録を樹立した。初めは人が相手であったが、最後は神を意識していたのであろうか。いかに記録に固執していたかが窺える。競争原理に支配され、どこまでも記録を追求していくのは、スポーツの宿命である。矢数俳諧はスポーツ性を帯びている。すなわち、文学のスポーツ化と言ってよいだろう。矢数俳諧はスポーツに接近しているのである。

ところで、文学とスポーツはどのように関わり合っているのであろうか。

たとえば、山口誓子に大阪の朝日ビル屋上のスケートリンクの様子を詠んだ連作俳句がある。「スケートの紐むすぶ間も逸りつゝ」や「スケート場沃度丁幾の壜がある」といった句を含む全一一句。昭和七(一九三二)年当時、まだ珍しい素材であるスケートを俳句に取り込んだ。

たとえば、山際淳司に「江夏の21球」がある。昭和五四(一九七九)年のプロ野球日本シリーズ広島対近鉄の第七戦の九回裏、広島リードでリリーフ投手として登板した江夏の二一球の攻防を描いたノンフィクション短編小説である。インタビューを基に周到に構成された緊迫した場面が描かれ、当事者たちも巻き込んで、さして長くもないテクストから多くの物語が紡がれた。

また、たとえば村松友視には『私、プロレスの味方です』がある。目の覚めるように鮮やかにプロレスの読み方を示したもので、画期的な存在だ。これは昭和五六（一九八一）年の刊行である。

さらには村野四郎の『體操詩集』など、まだまだスポーツを扱った作品は数多くあるが、これらの作品は「スポーツの文学化」という概念で括ることができる。スポーツを素材とし、テーマとしている文学作品なのである。

それに対し、先ほど矢数俳諧について用いた「文学のスポーツ化」という概念はまったく異なっており、むしろ対極的とすら言えるだろう。スポーツを素材としているといった次元とは別に、その文学作品自体がスポーツ性を備えていたり、スポーツ的な状況下に置かれたりするものを指して言っている。結論を先取りするならば、勝敗や記録、競争原理の支配下に置かれた矢数俳諧を、文学のスポーツ化としてとらえることができるということである。観衆の存在もスポーツに通じる。

スポーツ性はしばしばゲーム性と手を結ぶ。スポーツ化あるいはゲーム化した文学作品や、文学作品がスポーツ化、ゲーム化する例は、歴史的に眺めると矢数俳諧以外にも見受けられる。

中古から中世にかけて盛行した歌合がそうだろう。宮中というスタジアムを舞台として、桜襲ねや柳襲ねのユニフォームを身に纏い、両チームから出された歌が番えられ、やがて判者という審判が、「勝」や「持」とコメントの判詞を添えて判定を下す。

百人一首の競技かるたもそうであろう。和歌についての理解はもちろんであるが、聴覚や視覚、さらには瞬時の運動神経という高度な身体性が求められる。

あるいはまた、時代が一挙に下るが、谷川俊太郎の提唱した「詩のボクシング」の試みもそうだろう。両サイドから選手がリングに上がり、即興の詩が作られ、優劣が比較され、勝負が決せられる。スポーツ性は名称からも端的に窺える。

近年ではまた、「俳句相撲」などというものも行われている[4]し、周知のように「俳句甲子園」もある。

それではここで、スポーツ化した文学の特質を把握するために、まずは四三競技一〇三種目はあるとされる[5]本来のスポーツについて、分類を試みたい。通常分類されている競技と種目の枠組みは一応外す。なぜなら、同じ陸上競技とはいっても、一〇〇メートル走と棒高跳び、円盤投げとでは、試技の趣旨や行為の様態をめぐってあまりにも差がありすぎるからである。分類の基準としては、人間、空間、時間の三つの軸を設定し、それぞれについて相対立する状況や様態によって二分することを試みた。

・人間の軸による分類
　1　身体のみ、もしくは身体の延長としての若干の用具を身に付ける
　2　本来武器であった物や、無いと試合などが成立しない用具を用いる

・空間の軸による分類
　A　相手と直接組んだり、正面から対向して勝負を決する
　B　相手と直接に組み合ったり、対向して試技を行わない

・時間の軸による分類
　ア　試技を同時に行う
　イ　試技は別々に行う

右の分類基準に従って、幾つかの種目について三項目による分類を施しておこう。

マラソン〈1Bア〉、円盤投げ〈2Bイ〉、棒高跳び〈2Bイ〉、三段跳び〈1Bイ〉、床(体操)〈1Bイ〉、平行棒〈2Bイ〉、バレーボール〈2Aア〉、テニス〈2Aア〉、フェンシング〈2Aア〉、弓道〈2Bア〉、柔道〈1Aア〉、相撲〈1Aア〉、シンクロナイズドスイミング(水泳)〈1Bイ〉、競泳〈1Bア〉、フィギュアスケート〈1Bイ〉、スピードスケート〈1Bア〉、ジャンプ(スキー)〈2Bイ〉、野球〈2Aア〉、ゴルフ〈2Bイ〉

今日のスポーツ競技は、狩猟や戦い、あるいは遊技に淵源を求めることができようが、同一競技としているのも部分的な条件によってであり、そうした条件を取り払えば、各種スポーツ競技を再編できる可能性がある。右の分類から体操競技の平行棒とゴルフというように、意外なものが同一ジャンルとして扱われる可能性も否定できない。

先に例を示したスポーツ化した文学は、右の分類に従うとどのようになるのであろうか。

矢数俳諧〈1Bイ〉
歌合〈1Bア〉
百人一首競技かるた〈2Aア〉
俳句相撲〈1Aア〉

三項目とも同一の組合せとなるものが一つもない点については分析を要するが、それぞれがバラエティーに富んでいるとでも言えようか。
矢数俳諧と同じ分類項目になるスポーツ種目は、走り幅跳び、三段跳び、体操の床、水泳の飛込みやシンクロナイズドスイミング、フィギュアスケートなどである。これらは別々に試技を行い、どこまで遠く跳べたか距離を競ったり、正確さや美しさを得点化して競うもので、演技性を備えている点が矢数俳諧との関係で注目される。矢数俳諧の演劇性と深い所でつながっているとも考えられる。

さて、矢数俳諧をスポーツとの観点から考えてきたのであるが、そのスポーツというものは競争原理の支配下で勝敗を争うものであった。だがそれはスポーツ本来のあり方ではなく、近代日本のスポーツ観とでも言うべきものである。もともと「スポーツ」の語源はラテン語の「デポラターレ」(deporatare)で、「ディスポルト」(disport)を経て「スポーツ」となった。だから本来、日常の労働から離れたものはすべてスポーツだったのである。玉木正之氏は、「古代ギリシアのオリンピアの祭典でも、身体競技のほかに、絵画や彫刻の出来映えを競う芸術競技があり(中略)近代オリンピックでも芸術競技(都市計画、建築設計、彫塑、絵画、詩歌、劇作、音楽等)が正式種目として採用されていた時期(1912〜48)もあった。」(『スポーツとは何か』)という。

近年、「スポーツ文化」という言葉を目にするようになった。スポーツの備えている文化性、スポーツ周辺の文化的現象を指しているとも解されるが、いずれにせよ文化には無用性がまつわりついている。最低限度の生命を営んでいく上で、絵画も音楽も不可欠かと言えば、必ずしもそうではない。スポーツも同様である。一〇〇メートルを九秒台で走ったり、遠くまで槍を投げたり、幅一〇センチの平均台の上で宙返りをする場面は、日常の暮らしではまず訪れない。通し矢も矢数俳諧も同断である。その地点に立ってこそ、芸術文化もスポーツも垣根が取り払われてバリアフリーとなり、人は無用のものを承知で求める活動に旅立っていくのである。西鶴もその一人であった。

今日、サッカーや野球もそうであろうが、相撲の興行を見物に行くと、土俵を中心とした同心円の外の方で、力士の浮世絵が展示されたり、甚句が流れていたり、ちゃんこ料理が出されたりして、ある種の祝祭空間が出現している。会見の場の背後にスポンサー名が表示されているなど、現代のスポーツは商業主義との結びつきなしでは考えられないが、それもさることながら、スポーツと芸術文化の一体化のなせる業と考えてよいだろう。西鶴の矢数俳諧は、興行会場に賑やかな観衆もおり、様々な意味において、スポーツと呼んでもよいかと思われる。

五　可能性は凍結されたのか

矢数俳諧は常に異境に憧景を抱き、飛び出そうとしてきた。ある時は咄や語りの座へ。ある時は見世物の興行空間へ。またある時は競技場へと。しかし現在のところ、そのどれもがそのままの形で実現したということはない。咄や語りそのものになってしまうことはもちろんであるが、咄や語りへ接近することもまた、危険なことであった。究極に達すれば、矢数俳諧が矢数俳諧でなくなってしまう恐れが十分にあったからである。したがって考えようによっては、句数の増加は矢数俳諧の解体への過程であったと言えなくもない。

矢数俳諧が本来の俳諧と手を切って、開放的な空間へ羽撃いたのは、眩しいくらいに画期的なことであった。その点では、サッカーとフットサルくらいには、別ジャンルとして扱っても不当ではないだろう。しかし渡河して辿り着いた先で待っていてくれた能などと、ついに親近することはできなかった。現代にまで命脈を保っている能はテクストの存在を前提とし、テクスト自体の鑑賞も享受されるのと対照的に、矢数俳諧はテクストの生成そのものという決定的な差があったからである。

また、あやかろうとした通し矢の世界からもはぐれてしまった。通し矢は和佐大八郎が天下一となってからも、明治初頭まで挑戦者が存在した。誰も和佐の記録を破れるとは、思っていなかっただろう。射技の修練を第一義としたのである。その背景には、長い歴史の中で通し矢にふさわしい射法などが追求され、射技の共有化が図られたことがあっただろう。翻って、矢数俳諧に超速吟の付合手法の共有化があったのだろうか。そうした形跡はないようである。

では、もはや矢数俳諧は過去の遺物なのか。たしかに、そのままの形で他の芸能ジャンルと手を組むようなことはなかった。しかしここに至るまで、矢数俳諧が伸ばしてきた触手の先を考えてきたように、矢数俳諧の本質や特質が、他の芸能ジャンルやスポーツの中にしかと見出せる。遺伝子は確実に伝えられているのである。

近年、「矢数連句」の名称でイベントが行われたこともあるようで、それは顕在化した例だろう。ただそれは、西鶴の記録は破れそうになく、先に触れた通し矢の場合のような目的と位置付けかと思われる。

いまだ程遠いようであるが、いつの日かコンピューターが西鶴の記録を破る日が来るかもしれない。その時は、コンピューターが神になる日であり、新たなる神話が誕生する日であろう。


【注】
（1）延宝三年の「独吟一日千句」を実質的な矢数俳諧の創始とも考えられるが、年代的に大きな差はない。

（2）波多野完治『文章心理学入門』など。

（3）小説『エロ事師たち』の末尾に自作の連句らしきものが引用されている。石川淳、安東次男らとの作品もあるし、近年は病床にあって独吟を制作していた。

（4）二人一チームとなって句を作り、相手チームと対戦。勝敗を観客と審査員で判定し、トーナメント方式で勝ち進み、横綱、大関などを決定する。大垣市などで行われている。

（5）厳密な数字ではない。少数民族を考慮に入れれば、もっと多くなるだろう。

【参考文献】

今村嘉雄他『日本武道全集第一巻（弓術・馬術）』一九六六年、人物往来社

入江康平『堂射　武道における歴史と思想』二〇一一年、第一書房

宇野要三郎他『現代弓道講座』一九六八－一九七〇年、雄山閣

W・J・オング『声の文化と文字の文化』（桜井直文他訳）一九九一年、藤原書店（Walter J. Ong（1982）*Orality and Literacy: The Technologizing of the Word.* London: Methuen.）

小寺玉晁『見世物雑志』（郡司正勝・関山和夫編）一九九一年、三一書房

小林よしのり他『AKB48白熱論争』二〇一二年、幻冬舎

杉本つとむ『井原西鶴と日本語の世界－ことばの浮世絵師』二〇一二年、彩流社

杉山茂『スポーツは誰のためのものか』二〇一一年、慶應義塾大学出版会

玉木正之『スポーツとは何か』一九九九年、講談社

暉峻康隆『西鶴　評論と研究　上・下』一九五三年、中央公論社

中島隆『西鶴と元禄文芸』二〇〇〇年、若草書房
中島隆『新版西鶴と元禄メディア　その戦略と展開』二〇一一年、笠間書院
疋田雅昭他『スポーツする文学１９２０－３０年代の文化詩学』二〇〇九年、青弓社
松岡心平『宴の身体－バサラから世阿弥へ』一九九一年、岩波書店
松岡心平「新古今時代と連歌的想像力」(『國文學』第四三巻第一四号) 一九九八年、学燈社
矢野公和『西鶴論』二〇〇三年、若草書房

アメリカにおける矢数俳諧研究の可能性

デイヴィッド・アサートン

本書の出版に向け、「海外からみた西鶴の矢数俳諧」というテーマで論文を執筆することになったのであるが、アメリカの日本文学研究においては、これまで矢数俳諧は殆ど研究されていないといわざるを得ない。また、矢数俳諧に限らず、西鶴の俳諧に関する研究は極僅かである。芭蕉、蕪村、一茶に関する研究は多数あり、西鶴の作品の中でも小説は数多く英訳され、重要な文学作品として知られていることを考えると、西鶴の俳諧が見落とされてきたことは、実に不可思議である。学際的な研究が促進されている現在のアメリカの学界において、西鶴の矢数俳諧は、日本文学研究のみならず、文化人類学、口承文芸研究や、パフォーマンス研究という、日本文学と直接的関係にない分野にも、豊かな新しい資料と観点を与えられるように思われる。本稿においては、まず英語圏における西鶴の俳諧に関するこれまでの研究を紹介し、それらを踏まえながらいくつかの分野から矢数俳諧を考察したうえで、矢数俳諧がそれら他の分野にどのように貢献できるのかを考えていきたい。

一　これまでの研究

アメリカの日本文学研究において、井原西鶴は重要な存在であるとされている。しかしながら、西鶴に関する研究は奇妙な程に少ない。一九五〇年から一九九〇年にかけ、西鶴の小説の英訳が次々と出版されたが、西鶴の文学に関する研究書はまだ一冊も出版されていないというのが現状である。西鶴の小説に関する論文も少なく、俳諧に関する論文は更に限られている。西鶴の小説の英訳には翻訳者の解説が加えられるのが一般的であるが、そうした解説において、西鶴の俳諧師としての経歴は、小説家西鶴の成立の重要な背景として必ず触れられる。また、矢数俳諧の重要性も、西鶴と江戸時代の他のより著名な俳諧師との違いを示すものとして強調される。しかし、こうした解説における西鶴の俳諧活動への言及は、概して批判的分析を伴うものではなく、西鶴の俳諧師としての歴史を非常に簡潔に紹介するのみである。つまり、多くの場合、俳諧は西鶴の人生の詳細を彩る一面として引き合いに出されるだけなのである。また、西鶴の俳諧師としての活動が小説家としての活動と関連づけられる場合、研究者の関心は西鶴の小説にあり、俳諧は小説をより深く理解するための単なる一手段として扱われている。『好色一代女』を部分的に翻訳したイヴァン・モリス(Ivan Morris)は、序章において「後に小説を執筆するようにならなければ、作家としての西鶴は影の薄い存在に終わっていたであろう」(*The Life of an Amorous Woman*)と述べているが、これは他の翻訳者とも共通した見解である[1]。西鶴の俳諧は、後の作家としての業績があるからこそ価値が見いだされるものであり、本質的な価値はないものであると見做されているわけである。こうした解説付きの翻訳は、主に一九五〇年から一九八〇年までの間に出版されている。

英語文献において、西鶴の俳諧、中でも矢数俳諧を、初めて西鶴の小説と関連づけることなく考察したのは、ドナルド・キーン（Donald Keene）である。西鶴の俳諧への言及は、一九七六年に出版された*World Within Walls: Japanese Literature of the Pre-Modern Era, 1600–1867*の中の僅か三頁にとどまっているが、これが西鶴の小説に関する章ではなく、談林俳諧の章に含められていることは特筆すべきである[2]。キーンは、西鶴の俳諧師としての活動を、西鶴の後の小説と関連づけるのではなく、貞門俳諧に対する反乱が起こる騒乱期にあった一七世紀後半の日本の俳諧の世界の一部として考察しているのである。しかしながら、その分析は基本的なものにとどまっており、言及されているのは主に西鶴の矢数俳諧の歴史とその吟詠の目覚ましいスピードについてのみである。この章は、主に芭蕉が登場するまでの前置きとして書かれており、西鶴に言及した後、キーンの考察は章の焦点である西山宗因の経歴に戻る。キーンにとって、芭蕉の俳諧は、俳諧の単なる「娯楽」から「強さと美しさ」および「俳諧師の最も奥深い感情」（pp. 56–57）に基づいた「文学」への転換を示すものなのである。

アメリカにおいて新しい視点から西鶴の俳諧の価値が見出されるようになるのは、文学的価値という概念の前提と「文学」という概念自体の意味が問われ、批判の対象となった、一九八〇年代になってからである。英語圏において西鶴の俳諧自体を研究価値のある対象として本格的に分析した最初の研究者は、クリストファー・ドレイク（Christopher Drake）である。ドレイクは、西鶴研究者であり江戸時代のユーモアの専門家であるハーバード大学のハワード・ヒベット（Howard Hibbett）の指導の下、主に『俳諧独吟一日千句』に焦点をあてた博士論文を一九八六年に執筆している。アメリカにおいて、日本文学に関する博士論文は平均して二〇〇から三五〇頁程度からなるが、ドレイクの論文は一一八七頁にも及び、当時英語圏においてほとんど知られていなかった作品に関する論文としては、注目に値するものであるといえる。

その後ドレイクは、『俳諧独吟一日千句』の最初の百句の英訳と解説を含む、西鶴に関する論文を数本発表している。一九九二年に *Harvard Journal of Asiatic Studies* に掲載された“The Collision of Traditions in Saikaku's Haikai”（西鶴の俳諧にみる伝統の衝突）は、西鶴の俳諧全般を七〇頁で考察しており、これまでの英語文献における西鶴の俳諧に関する考察の中で、最も洗練されたものであるといえる。この論文の提示する論点は多数あるが、総括的には、遅くとも中世から継続する自由で流動的な、多数の詠み手による「やりとり」から成る俳諧の伝統を西鶴が継承していることを指摘している。ドレイクは、そうした俳諧は花の下連歌にみられるような一般階級の多義的でカーニバル的な市場空間に基づくものであるとし、二条良基から始まる一義的、閉鎖的で高尚な連歌の様式と対比させている。ドレイクは、後者は大衆的な伝統を吸収し、それを付合における多義性と解釈の余地を制限するより権威的な詩学を通して変容させたのだと主張する。西鶴は、式目の限界と、貞門の保守的な用字と題目、そして打越の禁止に挑戦し、当時沈黙を迫られていた伝統に発言権を与えようとしたのだというのである。ドレイクは、このような西鶴の俳諧活動は、後の西鶴の小説にみられる革新的要素につながるものであるとも主張している。

ドレイクの論点は、それまでの英語圏の研究者のものとは明らかに異なる。考察の焦点および複雑さの違いはいうまでもないが、ドレイクは西鶴の俳諧の政治性を、多様性と統一性、多義性と沈黙という観点から分析している。そうしたドレイクの視点は、一九八〇年代のアメリカの学界で重要視された理論、中でも多義性、意味の非絶対性、ヘゲモニーへの抵抗とその解体、および本質の否定を強調する、ポスト構造主義的理論の影響を受けたものであろう。ドレイクの論文において、西鶴は、俳諧という芸術の自由と多様性および反権威主義的な衝動を制限する覇権的力に抵抗する、脱構築主義のヒーロー的存在として浮かび上がってくる。一九八〇年代は、日本文学研究だけでなく文学研究全体において、文学的「カノン」という概念が急進的に再考され議論された時期でもある。強さ、美しさと感情を強調したキーンの世代とは異なる、ドレイクによる非常に新しい文芸の価値基準からの西鶴の俳諧の再評価は、当時のより広範な学術的傾向の一部として捉えることができるのである。

この二〇年前に発表されたドレイクの論文は、西鶴の俳諧に関する洗練されかつ示唆に富む解釈を提示したといえる。しかし、残念ながらその後英語文献において西鶴の俳諧の考察はみられず、ドレイクの論文がこれまでに英語圏で発表された西鶴の俳諧に関する唯一の批判的分析となっている。しかしながら、このドレイクの論文も西鶴の俳諧全般の考察であり、矢数俳諧に焦点をあてたものではない。ドレイクの論文に続く英語圏における西鶴の俳諧に関する研究の欠如は、非常に遺憾である。なぜなら、矢数俳諧には、日本文学研究のみならず、口承詩研究、パフォーマンス研究、人類学等の他の分野においても研究の対象となり得る要素がみられるからである。また、そうした要素の考察が英文で発表されれば、矢数俳諧研究と他の分野との概念的繋がりの構築にも貢献することになるであろう。矢数俳諧にみられるそうした学際的研究の対象となり得る要素としては、テクスト性と口述性の複雑な関係、パフォーマティブな表現、一七世紀の俳諧の世界における混乱と変革という時代背景などがあげられる。本稿では、矢数俳諧と他の分野の研究の対話的関係から得られるであろう理論的可能性を、いくつかの点に絞って考察したい。

二　口承詩

西鶴の矢数俳諧が、口頭で詠まれたものであり、かつテクストとして存在するということは、言うまでもないことである一方、重要な点でもある。それは、現代の学術研究における伝承文学（あるいは文書化された文学にもみられる口述性）をめぐる議論を考慮すれば明らかである。

人類の歴史を通して世界中で非常に多くみられる文学形態であるにもかかわらず、口承詩、あるいは詩の口述的要素は、二〇世紀半ばまで、西洋の学界においては見落とされるか、二次的なものとして扱われることが多かった。英語圏においては、歴史的に「文学」とは文書として存在することばとされ、文学の学術研究は文書化されたテクストをもとに築かれていった。また、現代の録音技術が登場するまでは、過去の詩のテクストが研究の対象となったのは、文書化されたことばというかたちを通してであった。そうした状況を考慮すれば、特に遥か昔のテクストに関しては、詩の社会的、即興的、一過的、およびパフォーマティブな要素が、文書として残された詩のテクストほど注目を集めなかったことは理解できる。

しかし、二〇世紀に入ると、口承詩研究および詩の口述性の役割の研究が、学術的分野として登場する。一九二〇年代に、西洋のカノンと文化的遺産の基礎を成す詩のテクストとされてきたホメロスの作品(イリアス、オデュッセイア)が、ホメロスという名の人物によって書かれたものではなく、多数の詩人によりパフォーマンスを通してつくりあげられ、世代を経て変容していった、口頭伝承を文書化したものであることがわかったことは、口述性とテクストの関係の考察における重要な転機となったといえる。こうして西洋のカノンの基盤とされる作品の口述的特徴が認識されたこと、そして現代における世界各地の詩の口頭パフォーマンスの重要性が文化人類学者により研究されてきたことが、口承詩の独立した研究分野としての確立を促したのである。

しかし、口述性とテクスト性は、二項対立的関係にあるものではない。俳諧、特に西鶴の矢数俳諧は、テクスト性と実際には詩の多くにみられる特徴である口述性との密接な相互関係を示す好例である。二〇世紀に入り「口述性」が理論的研究の対象となり始めた頃には、口述性とテクスト性は二項対立的公式のもとに議論された。しかし、現在では、これらの要素を二つの独立したカテゴリーとして扱うことはその関係性と特質をむしろ曖昧にすることに繋がるのであり、「純粋な」口述性というものは(少なくとも今日の世界においては)ほぼ皆無であるという理解が得られている。重要なのは、コミュニケーションの形態の考察、つまり、コミュニケーションおよび文芸の創作の過程において様々なかたちで用いられ、交じり合う、声としてのことばと文字としてのことばの様々な使い方の考察なのである。俳諧は、声と文字の使用域の密接な繋がりを示す、非常に複雑で示唆に富む好例であるといえる。なぜなら、俳諧は口述的かつ社会的創作活動であり、「一時」の「場」の文学でありながら、テクストを文字として残すという行為がその生《なま》の社会的創作活動の重要な過程として織り込まれており、そうして文字として残されたテクストは、社会的イベントとしての創作活動の終了後に、回覧され、広く読まれていくことになるからである。また、『源氏物語』、『徒然草』、『古今集』、『新古今集』などといったテクストの引喩は俳諧の意味の世界を拡げるものであり、俳諧の創作過程において文書化されたテクストは非常に重要である。矢数俳諧のように非常に即興的な口頭のパフォーマンスにおいても、テクスト性は口述的な意味の創作と密接に絡み合っているのである。

これまでの英語圏の研究において、俳諧の口述的特徴に焦点をあてたものは驚くほど少ない(3)。英語圏における連句の研究の大多数が松尾芭蕉の作品に関するものであることは言うまでもない。芭蕉は、学界のみでなく一般にも最もよく知られている日本の文学者であるが、その作品で広く知られているのは連句ではなく発句である。芭蕉の発句が数世紀にわたり世界各地で翻訳され、愛され、「世界文学」のひとつとして知られるようになったのは、その発句の持つテクストとしての有効性のためであるといえる。芭蕉の発句は、創作された時点のより広い社会的文脈から切り離されても、読み手に力強く訴えかけることができるのである。しかし、「かる口」という概念にみられる当座性と即興性を強調した談林俳諧においては、テクストのみでなく、口述的、即興的特徴と社会的文脈は不可欠な要素であったといえる。今となっては想像力に頼らざるを得ないが、神社において観客を前に様々な役割を受け持った人々を携えて披露されるという、ユニークでパフォーマティブな舞台設定における生の創作活動であり、口述のスピードが最重視された矢数俳諧においては、そうした要素は更に重要であったはずである。

つまり、西鶴の矢数俳諧の魅力のひとつは、俳諧の持つ即興的で口述的な特徴に注目し、更にはそれを強調し、改変していったことにあるといえる。この点は、西鶴自身も、『大句数』の「序」および『大矢数』の「跋」において、「口拍子」に言及する際に強調している。西鶴の吟詠のスピードと量だけでなく、矢数俳諧の他の一見周辺的な要素も、文字として残されたテクストと同様に、分析に値するものなのである。例えば、大阪とその近郊の有名な神社という神聖な舞台背景、句の正式なかたちでの神への奉納などといった儀礼的な要素、更にそうした環境における観客の体験、そして創作活動への参加者としての観客の役割は、分析されるべき点であるといえるだろう。文字として残されたテクストを優先し、こうした俳諧の創作を取り巻く様々な要素を全て、現代の詩の「叙情的特質」の水準とは相容れない、矢数俳諧の一見むらのある句の文学的質の背景を説明する独特な「文脈」という二次的な要素として扱うことも可能ではある。しかし、口承詩研究が示唆するように、詩歌は総体的に理解されるべきであり、矢数俳諧を「テクスト」と「コンテクスト(文脈)」という切り離されたカテゴリーを通して理解しようとすることは、その全体を読み違えることに繋がるといえる。

口承詩研究者である故ジョン・マイルス・フォーリー(John Miles Foley)が強調するように、口承詩は「文脈に非常に大きく左右される」ものである(*How to Read an Oral Poem*『口承詩の解釈方法』)。「パフォーマンス、観客、詩人、音楽、特別な話し方、身振り、装い、視覚的要素、時と場、儀式、そしてその詩の現実をつくりあげる他の無数の要素」が詩を左右するわけであるが、文書化されたテクストしか残っていない場合、我々はそうした要素には二次的なかたちでしか触れることができない(4)。フォーリーは、テクストと文脈の境界線は明確なものではないことを指摘する。「口承詩の文脈とは、非常に根本的で包括的な意味での詩のことばそのものに他ならないのである。」(5)つまり、口承詩研究が示唆するのは、矢数俳諧の句を「ことば」と同一視し優先するのではなく、その背景、パフォーマンス、詠み方、補助的役割を果たした人々と観客などを、「ことば」を構成する重要な要素として、総括的にみていくことが必要だということである。こうしたテクストと文脈の同値化と、その相互作用による口承詩の「ことば」の創造という概念は、「ことば」の解釈は様々なアプローチからの考察を要するものであることを示す。「テクスト」のみに頼っていては、詩の全体像のほんの一部しか理解することができないのである。(無論、日本の矢数俳諧研究者たちは、既に総体的な視点からの研究を進めてきている。例えば、乾裕幸による西鶴のシャーマンとしての役割や矢数俳諧の身体的演技に関する議論は、テクスト以外の要素がいかに西鶴の矢数俳諧の「ことば」を構成しているのかを明らかにしている(6)。

もちろん、口頭で詠まれる詩の全体を「イベント」として総体的に理解するということは、それを目の前で体験する場合でさえ容易ではない。パフォーマティブな要素が過去のものとなり、文書化されたテクストしか残されていないならば、そうした理解は更に難しい。このため、口承詩研究者は、現在文字としてしか残されていない過去のテクストの文脈や口述的要素を考察していくための方法を、絶えず追求している。これまでの研究は、ホメロスのイリアスおよびオデュッセイア、古期英語のベーオウルフ、二〇世紀初期に宣教師により書き留められたネイティブ・アメリカンの詩など、多岐にわたる。幸運にも、西鶴の矢数俳諧に関しては、他の数世紀前の口承詩のパフォーマンスを構成した要素を研究する専門家が得ることのできる情報よりも、遥かに多くの資料が存在している。まず、連歌と俳諧の創作に関する社会的慣習については、指合見や執筆の役割や式目など、多くが知られている。加えて、矢数俳諧という特異なイベントの背景や参加者についても、矢数俳諧に関するいくつかの文献から明らかになっている。例えば、『大矢数』には、銀幣、金弊、線香見、医師など、数多くの「役人」が参加したことが記録されており、イベントの規模を推測することができる。また、紀子や三千風などの他の俳諧師との競争的関係、貞門俳諧の様式との対立や、談林俳諧の登場などといった矢数俳諧を取り巻く社会的文脈を示唆する資料も数多く残されている。こうした資料は、テクスト的要素を超えた「総体的なイベント」として矢数俳諧を理解する試みに必要な情報を提供してくれる。その一方で、西鶴の声の抑揚、風采、顔の表現、「役人」の反応や動き、観客の様子、そして全体的な「雰囲気」(例えば、厳粛、陽気、騒然)等といった口述的活動の重要な要素は、現存する情報に基づいて推測するしかないのである。

イベントとしての矢数俳諧全体のより広範な社会的影響に関しては、次のパフォーマンス研究に関する議論において考えていくことにするが、ここでは矢数俳諧の口述的要素に注目することが、どのように「テクスト」の理解を深めるのかを論じたい。例えば、矢数俳諧のテクストからは、パフォーマンス全体の「ことば」にとって重要な即興性とスピードのある俳諧を創り出すために、西鶴がどのような方策をとったのかがみてとれる。これは、口承詩研究者にとっては非常に興味深い点であろう。オデュッセイア研究者は、かつて文章の拙劣さを示すものとして考えられていた反復的言い回しや形容語句(エピテトン)は、実は即興的な口頭での詩の創作のための基本的構成要素であり、詩人が生で詩を創作する際に用いた方策を示唆するものであるとしている。西鶴の俳諧についても、連句のつくり方、本歌の引用方法、変動的なリズムの使い方などといった要素を、西鶴が矢継ぎ早な創作という目的に合わせてどのようにしてことばと俳諧の慣習をつくりあげ、変化させていこうと試みたのかを理解するための手段として分析していくことができる。無論、日本においては、そうした西鶴の俳諧にみられる方策や効果の分析は、西鶴の矢数俳諧の研究者のあいだで既に進められてきている。ここで指摘したいのは、そうした分析から得られる見識は、西鶴の芸術を理解するためだけではなく、即興的な詩の創作の特質に関する、文化や言語を超えた次元での議論と分析にも貢献できる可能性があるということである。

矢数俳諧において、その内容をテクストとして残し出版することは、重要な過程であった。だからこそ矢数俳諧は、意味の構築の過程におけるテクストと口述性の絡み合いを考察するのに有益な視点を提供するのであり、口承詩研究のための豊かな研究材料となり得るのである。口述的パフォーマンスの全体像を模索する過程においては、文字として残されたテクストの分析から、より一時的な口述的でパフォーマティブな要素の考察へと移行するのが自然であるように思われるかもしれない。しかし、リチャード・バウマンとチャールズ・L・ブリッグス(Richard Bauman and Charles L. Briggs)が主張するように、その逆方向に研究を進め、口述的パフォーマンスの一時的な体験が、どのようにしてその文脈から切り離され、変容し、当時の生の文脈から切り離されても意味を保有し続けることのできるテクストとしてつくりあげられたのかを理解しようとすることも、有益であるといえる("Poetics and Performance as Critical Perspectives on Language and Social Life"「ことばと社会生活に関する批判的視点としての詩論とパフォーマンス」)(7)。西鶴の矢数俳諧についても、その生の口頭によるパフォーマンスの体験が、出版に向けてどのように文書化されたテクストへと「翻訳」されていったのかを考えていくことは有益であるだろう。そうした過程で、どのような選択がなされ、どのような新しい意味がつくりあげられていったのであろうか。

西鶴の矢数俳諧にみられる句とより全体的なパフォーマンスの解釈は、『大句数』の序文や『大矢数』の跋文などにみられるような、西鶴自身が執筆した矢数俳諧に関する出版物を通して確立された、複雑な解釈上の枠組みに影響を受けざるを得ない。しかし、実際に大矢数を目の前で見た当時の観客は、同様の解釈上の枠組みに触れることができたのであろうか。西鶴は跋文において「自由」という概念を強調しているが、当時の観客は、そのような概念を理解し、目の前で繰り広げられるパフォーマンスの理解に役立てることができたのであろうか。おそらくそうではなかったであろう。西鶴の独吟を「自由にもとづく俳諧の姿」の現れとして概念化する解釈上の枠組みに直接触れることができるのは、出版のためにテクストとして「翻訳」された『大矢数』の読み手のみなのである。それならば、テクストをもとに、『大矢数』の序文を執筆した鬼翁が、大矢数にテクストとしてしか触れることができない読み手のために、生のイベントの背景と体験をどのようにして再現しようとしたのか、そして生のイベントをテクストの消費のための構成装置へと翻訳していくうえでどのような方策を用いたのかを考えていくのも、有益であるのではないだろうか。口述的パフォーマンスがどのようにしてテクストへと変容していくのかに注目することで、「全体」としての大矢数の意味を理解するためには、その「全体」は静的なものではないという理解が必要であるということがわかるのである。「全体」としての大矢数の意味は、パフォーマンスに始まり、それが文字としてテクスト化され、流通し、消費されるに至るまでの段階的に繰り広げられる数多くの複雑な過程において生まれ、造り上げられていったのである。

三　パフォーマンス・遊び・儀礼

ここまでの口承詩に関する議論が示唆するように、パフォーマティブな要素の考察は、口承詩研究者が用いる主要な分析方法のひとつであるが、その際に活用されるのがパフォーマンス研究の見識である。パフォーマンス研究は一九八〇年代から研究領域として確立されてきたが、その最も権威ある研究者と考えられるリチャード・シェクナー(Richard Schechner)が強調しているように、「演劇、人類学、民俗学、社会学、歴史、パフォーマンス理論、ジェンダー学、精神分析、パフォーマティビティ、そして実際のイベントとしてのパフォーマンス」といった多様な領域を横断する研究分野であり、「重層的に絡み合う関連性のなかで最も有効的に機能する」といえる(*Performance Studies: An Introduction*『パフォーマンス研究概論』)(8)。このように、パフォーマンス研究において人間のパフォーマンスは様々な角度から分析されるのであるが、中でも「遊び」と「儀礼」は最も基本的な関連要素として捉えられており、矢数俳諧においても非常に重要な要素であるといえる。

矢数俳諧が一種のパフォーマンスであるという議論は日本の西鶴研究においては新しいものではなく、乾裕幸や大野鵠士をはじめとする研究者によって既に考察が行われている(9)。ここで指摘したいのは、矢数俳諧研究とより広範なパフォーマンス研究との間の対話は、両研究にとって有益な見識を生むであろうということである。例えば、矢数俳諧をパフォーマンスの観点から考察することは、演劇的要素だけでなく、そのパフォーマンスが暗に示唆する競争的要素にも注目することに繋がる。矢数俳諧は、一定の時間内に大量の句を矢継ぎ早に詠むという、ある意味では明確に定められた原則に基づいた、俳諧師間の競争の一部であったといえる。その一方で、この俳諧の形式は、様々な俳諧師が場当たり的に形づくっていったものであり、正式に組織化されたものではないともいえる。また、ある意味でこの競争は、貞門と談林派、そして談林派内部における競争と対立という、当時の俳諧の世界のより広範な競争関係を映し出したものであるともいえる。矢数俳諧は、俳諧の世界における指導権をめぐる競い合いの場のひとつであったわけである。ただしこの競い合いは(日本の研究者によって既に指摘されているように)、速さ、独吟、競争的要素などを強調することで、俳諧の「座の文芸」としての原点から離れていったともいえる。

パフォーマンス研究においては、遊びと競争の要素とパフォーマンスとの関連性が様々な分野の視点と多様な社会的・文化的文脈から研究されており、矢数俳諧をパフォーマンス研究の枠組みから考察することは、より幅広い理論的視点からの分析に繋がるであろう。例えば、遊び理論の研究者、ブライアン・サットン＝スミス(Brian

Sutton-Smith)は、コンテスト、ゲーム、およびスポーツは「実在する［二つの］グループ間の対立の象徴もしくは表現として存在」しており、対立をより安全で管理しやすい形態に転換するものであるとしている(*The Ambiguity of Play*『遊びの曖昧さ』)[10]。更に、競争するグループ間における熱狂の共有は、両者を「分断するよりも統合する」可能性もあるというのである。これは、矢数俳諧にみられる複雑な力学を理解する上で役立つ、興味深い視点であるといえる。矢数俳諧において俳諧師は記録更新を目指して互いに競い合うのであるが、西鶴は『大矢数』の「跋」において「今世界の俳風詞を替品を付、様々流儀有といへども、元ひとつにして更に替る事なし」と記し、そうした競争は俳諧の世界の支配をめぐる抗争ではなく、俳諧の世界の根本的な次元における統一性を表すものであるとしている。同じく遊び理論の研究者、ヨハン・ホイジンガ(Johan Huizinga)は、遊びは「何かに関する競争、もしくは何かの象徴」を表すとしているが(*Homo Ludens: A Study of the Play-Element in Culture*『ホモ・ルーデンス―人類文化と遊戯』)[11]、西鶴にとって矢数俳諧は競争と象徴の両方を表すものであったといえる。西鶴は、矢数俳諧を通して他の俳諧師に対する勝利だけでなく、自らが俳諧の「正風」を体現している統一的存在であると主張しているのである。無論これら二つの要素は、既に論じた「自由」という概念などと同様に、矢数俳諧のテクストを出版することで可能となる解釈上の枠組みを通して表現されているものである。

一方、これらの要素は西鶴の矢数俳諧の興行の仕方にも現れているといえる。なかでも、西鶴が「自由」という概念によって定義した矢数俳諧のパフォーマンスに、儀式的な表現が非常に多く用いられたのは興味深い点である。イベントとしての矢数俳諧全体には、歌合のような既存の形式の競い合いよりも遥かに構造的規定の少ないかたちで矢継ぎ早な歌詠みが競われる「自由な遊び」と、神聖な場所、様々な役柄の人々、句の正式なかたちでの神への奉納などにみられるような「体系化された遊び」との間の、緊張関係がみてとれる[12]。

なぜ西鶴はこうした儀式的要素を織り込んだのであろうか。記録の達成のみが目的であれば、儀式性や宗教性は必要なかったはずである。そうした要素は、西鶴が矢数俳諧に求めた社会的効果を表すものではないだろうか。この点を考えるうえでも、パフォーマンス研究は有益である。パフォーマンス研究は、人類学者ビクター・ターナー（Victor Turner）に強く影響を受けている。ターナーはパフォーマンスと演劇に関する研究において重要な業績を残しているが、それ以前に儀式研究においても重要な理論を提示している。ターナーの研究は、儀式とパフォーマンスの関連性と、両者の社会的文脈における役割の分析に大きな影響を与えた。ターナーの議論の例としては、コミュニティの中で生じ、コミュニティが向かい合い対応していかなくてはならない社会的衝突をめぐる過程としての「社会劇（social drama）」という概念が挙げられる（*Dramas, Fields, and Metaphors. Symbolic Action in Human Society*『象徴と社会』）。ターナーは、社会劇には四つの過程があるとしている。まず「通常の、規定に基づいた社会的関係」の「侵害」が起こり、次に問題が肥大化してより破壊的になっていく「危機的状況」が生じる。そこでコミュニティの構成員は社会の再統合のために事態の「矯正」を試み、最終段階では再統合が達成されるか、「修復不可能な分裂」が社会的に認識され正当化される。ターナーは、この「矯正」過程において、公的な儀式が重要な役割を果たすとしている(13)。貞門と談林派の「分裂」は、俳諧の形式の分裂のみでなく、俳諧コミュニティの分裂をも示すものであったといえる。貞門俳諧の約束事に対する挑戦から始まり、貞門派と新形式を試みる俳諧師達との対立、その後の新派の俳諧師の間での衝突という危機的状況の拡大していく進行過程は、ターナーの提唱する「社会劇」の過程と呼応している。西鶴の矢数俳諧を、単なる競い合いの一部としてではなく、（西鶴が『大矢数』の「跋」において主張するように）西鶴によって体現される、俳諧の世界の統合を象徴的に表現する試みとして捉えてみると、なぜ西鶴は儀式的な表現を矢数俳諧の構成要素として取り入れたのかという疑問に対する手がかりがみえてくる。ターナーによれば、公的儀式はコミュニティの中に共通の体験を生むことで社会的差異を一時的に消失させ、儀式の参加者は分化していない社会的統一、「コミュニタス」を体験することとなる。このため、公的儀式は「矯正」の過程において効果的なのである。儀式的な行為、神聖な場、儀式的な時間構成のもとに得られる共通体験は、儀式の参加者を変化させ、一時的とはいえども通常の生活の中で存在している社会的侵害から引き離し、社会的統一の未来像を創り出すのである。

同時に、儀式は人の社会的地位の変化や人生の段階の移行をしるすものでもある。したがって、矢数俳諧には二つ目的があったと考えることができる。一つ目の目的としては、俳諧コミュニティの再統合をパフォーマンスを通じて象徴的に表現し、更にはそうした再統合の火付け役となるような共有の「コミュニタス」の感覚を、参加者と観客の間に生むことが挙げられる。もう一つの目的として挙げられるのは、観客の注目の的である人物、つまり祭司としての西鶴自身の変化である。西鶴は、矢継ぎ早で即興的なパフォーマンスを通じて、コミュニティを統合するもうひとつの時空間を観客のために造り上げ、俳諧コミュニティの統一を体現することのできる存在への自らの変化を儀式的に印し、そのコミュニティにおける指導権を主張しようとしたのではないだろうか。言うまでもないが、こうした儀式的要素と変化の追求が頂点に達したのは、おそらく「二万三五〇〇独吟」の興行においてであろう。

しかし、ターナーが示すように、公的儀式や他の「矯正」のための試みは、社会的統合という目的を果たせずに終わることもある。西鶴の矢数俳諧における儀式的な表現は刺激的なパフォーマンスを生んだであろうし、西鶴はそのパフォーマンスによってある程度の名声を得たといえる。しかし、本当の意味での持続的な俳諧コミュニティの変容は、西鶴によってではなく、別の方法によってもたらされるものであった。

本稿では、口承詩研究やパフォーマンス研究などといったより広範な分野の研究に注目することで得られるいくつかの視点と理論的枠組みを、西鶴の矢数俳諧の複雑さを特に社会的文脈とイベントとしての体験という視点から理解するうえで、どのように活用できるかを考察した。また、イベントとしての矢数俳諧は、文学、パフォーマンス、儀式、コンテスト、テクスト、口述性といった幾つもの領域を横断しており、本稿で取り上げた分野において新たな見識を生むことができる、非常に可能性に満ちた研究対象であることも示した。今後、英語圏において西鶴の矢数俳諧に関する新たな研究が行われ、この興味深く注目すべきイベントが世界的により広く知られ、多くの研究者、分野、そして国々の多方向の交流のための橋渡し的役割を果たすようになることが望まれる。

（訳　常田道子）

【注】

（1）Morris, Ivan（1963）*The Life of an Amorous Woman and Other Writings*. New York: New Directions Books, p. 21. 他の例としては、一九八〇年に出版されたピーター・ノスコ(Peter Nosco)による『西鶴織留』の翻訳と解説が挙げられる。『西鶴織留』、*Some Final Words of Advice*. Rutland, VT: Charles E. Tuttle Company, p. 14.

（2）Keene, Donald（1978）*World Within Walls: Japanese Literature of the Pre-Modern Era, 1600–1867*. New York: Holt, Rinehart, and Winston, pp. 56–57. 同書における西鶴の俳諧に関する考察は、第三章を参照。

（3）即興的な連句の創作過程は、俳諧よりも連歌の専門家の注目を集めてきた。例としては、一九九三年に出版されたH・マック・ホートン(Horton, H. Mack)の論文が挙げられる。"Renga Unbound: Performative Aspects of Japanese Linked Verse." *Harvard Journal of Asiatic Studies* 53, No. 2: pp. 443–512.

（4）Foley, John Miles（2002）*How to Read an Oral Poem*. Urbana, IL: University of Illinois Press, p. 60.
（5）前掲書。
（6）乾裕幸「大矢数の西鶴―幻視的考察」『俳諧師西鶴―考証と論』一九七九年、前田書店、二五八-二六三頁。
（7）Bauman, Richard and Briggs, Charles L.（1990）“Poetics and Performance as Critical Perspectives on Language and Social Life.” *Annual Review of Anthropology* 19, pp. 72–73.
（8）Schechner, Richard（2013）*Performance Studies: An Introduction*, Third Edition. London and New York: Routledge, p. 24.
（9）乾裕幸、前掲書。大野鵠士「矢数俳諧の演技性」『西鶴矢数俳諧の世界』二〇〇三年、和泉書院。
（10）Sutton-Smith, Brian（1997）*The Ambiguity of Play*. Cambridge, MA: Harvard University Press, p. 75.
（11）Huizinga, Johan（1955［1938］）*Homo Ludens: A Study of the Play-Element in Culture* Boston: Beacon Press, p. 13.
（12）「自由な遊び」と「体系化された遊び」の関係については下記を参照。Callois, Roger（2001［1958］）*Man, Play, and Games*. Urbana, IL: University of Illinois Press, p. 13.
（13）Turner, Victor（1974）*Dramas, Fields, and Metaphors: Symbolic Action in Human Society*. Ithaca NY: Cornell University Press, pp. 37–42.

【参考文献】

乾裕幸『俳諧師西鶴―考証と論』一九七九年、前田書店
大野鵠士『西鶴矢数俳諧の世界』二〇〇三年、和泉書院
篠原進「西鶴の無意識―〈矢数俳諧〉前夜」『青山語文』二〇一二年三月、青山学院大学日本文学会
中嶋隆『新版西鶴と元禄メディア―その戦略と展開』二〇一一年、笠間書院
前田金五郎『西鶴大矢数注釈』全四巻、一九八六―一九八七年、勉誠社

Bauman, Richard and Briggs, Charles L.（1990）“Poetics and Performance as Critical Perspectives on Language and Social Life.” *Annual Review of Anthropology* 19.

Callois, Roger（2001［1958］）*Man, Play, and Games*. Urbana, IL: University of Illinois Press.

Drake, Christopher（1992）“The Collision of Traditions in Saikaku’s Haikai.” *Harvard Journal of Asiatic Studies* 52, No. 1.

Drake, Christopher（1992）“Saikaku’s Haikai Requiem: A Thousand Haikai Alone in a Single Day, the First Hundred Verses.” *Harvard Journal of Asiatic Studies* 52, No. 2.

Drake, Christopher（1987）“Saikaku’s Requiem Haikai, A Thousand Haikai Alone in a Single Day: Its Context, Dynamics, and Haibun Extensions.” PhD Dissertation, Harvard University.

Finnegan（1977）*Oral Poetry: Its Nature, Significance, and Social Context*. Cambridge: Cambridge University Press.

Foley, John Miles（2002）*How to Read an Oral Poem*. Urbana, IL: University of Illinois Press.

Horton, H. Mack（1993）“Renga Unbound: Performative Aspects of Japanese Linked Verse.” *Harvard Journal of Asiatic Studies* 53, No. 2.

Huizinga, Johan（1955［1938］）*Homo Ludens: A Study of the Play-Element in Culture*. Boston: Beacon Press.（ヨハン・ホイジンガ、里見元一郎訳『ホモ・ルーデンス：文化のもつ遊びの要素についてのある定義づけの試み』一九八九年、河出書房新社）

Keene, Donald（1978）*World Within Walls: Japanese Literature of the Pre-Modern Era, 1600–1867*. New York: Holt, Rinehart, and Winston.（ドナルド・キーン、徳岡孝夫訳『日本文学史―近世篇・上』一九七七年、中央公論社）

Morris, Ivan（1963）“Introduction.” *The Life of an Amorous Woman and Other Writings*. New York: New Directions Books.

Nosco, Peter（1980）“Translator’s Introduction,” *Some Final Words of Advice*. Rutland, VT: Charles E. Tuttle Company.

Schechner, Richard（2003［1988］）*Performance Theory: Revised and Expanded Edition*. London: Routledge.

Schechner, Richard（2013）*Performance Studies: An Introduction*, Third Edition. London and New York: Routledge.

Sutton-Smith, Brian（1997）*The Ambiguity of Play*. Cambridge, MA: Harvard University Press.

Turner, Victor（1974）*Dramas, Fields, and Metaphors: Symbolic Action in Human Society*. Ithaca NY: Cornell University Press.（ヴィクター・ターナー、梶原景昭訳『象徴と社会』一九八一年、紀伊国屋書店）

『大矢数』の熱源　あとがきにかえて

篠原進

夏の記憶はいつも鮮烈であるが、二〇一一年のそれは格別だった。夏休みも終盤の九月一〇日に、一つのシンポジウムが予定されていたからだ。題して、「ことばの魔術師─西鶴の俳諧と浮世草子」。『大矢数』刊行三三〇周年を記念して中嶋隆氏が主導した企画の舞台は、俳諧研究のメッカでもある柿衞文庫。その昂揚感は、五年を経た今でも鎮まる気配はない。本書はその余熱から企図されたものである。

半年前の震災とそれに伴う原発事故は絶対と信じ込んでいたものを根底から揺さぶり、さまざまな「神話」の崩壊をもたらした。それは西鶴研究にあっても例外ではなく、今すべての前提を外した読み直しが進みつつある。野間西鶴、暉峻西鶴など戦後の西鶴研究を先導してきた、先学への反措定としての谷脇西鶴。迷った時は、始発点に戻るという鉄則。西鶴の原点とは、俳諧に他ならない。右の企画は、そういった意味でも時宜にかなったものだったのである。

一

中嶋隆、深沢眞二、森田雅也、早川由美、浅沼璞という人選も申し分なかった。俳文学会の会員ですらない門外漢にもかかわらず、さまざまな事情で司会を引き受けることになった私を除いては……。そんなことで、夏休みは「古典俳文学大系」（一六冊・集英社）や前田金五郎『西鶴大矢数注釈』（四冊・勉誠社）を座右に、西鶴の句と格闘した。初心者ゆえに当惑する場面も少なくなかったが、一日一〇〇句とノルマを決め学生時代に戻ってひたすらノートをとった夏の朝の四〇日は、かけがえのない至福の日々でもあった。

海に上る朝日を眺めながら、直前まで発表原稿に手を入れていた淡路島のリゾートホテル。阪急電車に乗るため、三宮に向ったリムジンバス。文化的で落ち着いた佇まいを持つ大人の街、伊丹。残暑の厳しい日で、強烈な日差しを避けながら歩いた遊歩道。汗でシャツを濡らしながら到着した柿衞文庫の、選りすぐられた展示物。一八枚の短冊で構成された貼交屛風。左から七枚目には西鶴の「神力誠を以息の根とむる大矢数」が座り、彩りを添えていた。

会場を埋め尽くす参加者。フロアには高名な研究者も多く、張り詰めた空気が漲る。パワーポイントを駆使した、中嶋隆氏の基調講演（「矢数俳諧への道―西鶴とメディア」）。それに続きはじまったシンポジウムの内容は、以下の通りである。

1　深沢眞二「宗因流俳諧と西鶴」
2　森田雅也「大坂談林と西鶴―自由にもとづく俳諧の姿を求めて」
3　早川由美「『西鶴名残の友』の点者像と西鶴句評」

4　浅沼　璞「西鶴発句の諺における両義性と浮世草子」
5　中嶋　隆「「俳諧的」小説・「小説的」俳諧」
6　篠原　進「西鶴の無意識―饒舌な素材倉庫（大矢数）が先取りしたもの」

本書はそれを核に、塩崎俊彦、尾崎千佳、ダニエル・ストリューヴ、大木京子、有働裕、染谷智幸、永田英理、大野鵠士、デイヴィッド・アサートン、佐藤勝明といった現在望み得る至高の研究者が参加して成ったものである。本来なら担当部分を決めて執筆依頼をするところであるが、今回はそうしなかった。いちばん関心のある問題について、思う存分書いて欲しかったからである。その目論見は的中し、珠玉の論文が揃ったと自負している。そんなことで、構成案も二転、三転。編集担当者には、数多くのご苦労をおかけすることとなり、この文も書き直しを余儀なくされた。最終的に本書は三部構成となり、次の如く構成される。

まず、『俳諧独吟百韻自註絵巻』の分析を通して、西鶴における韻文と散文との境界を考えた、中嶋隆「西鶴の俳諧と小説　『俳諧独吟百韻自註絵巻』をめぐって」。これを総論とし、第一部は「俳諧史から見た矢数俳諧」と題す五編。まず塩崎俊彦「万句興行から矢数俳諧へ　法楽／奉納の観点から」は、矢数俳諧の本質を「法楽／奉納」という新しい切り口で明らかにしたもの。次に「西行」についての付合をメルクマールに月松軒紀子、大淀三千風という同時代の俳人と比較することで西鶴の特異性を浮かび上がらせた、早川由美「西鶴矢数俳諧の付合　紀子・三千風・西鶴それぞれの「西行」の付合をめぐって」。ここから考察は西鶴の師宗因やそのグループへと拡がり、連歌師・宗因にとって俳諧とは何だったのかと問いかけた、尾崎千佳「西山宗因の俳業」。地方談林文化圏という切り口で『大矢数』を読み直す、森田雅也「西鶴の海と舟の原風景　『西鶴大矢数』にみる地方談林文化圏の存在」。そして、

「異体句」に着目して宗因流俳諧の内実に迫った、深沢眞二「宗因流西鶴」。

続いて第二部は「矢数俳諧と浮世草子」。『大矢数』に浮世草子の方法を先取りする「移動と変換」のダイナミズムを見た、ダニエル・ストリューヴ「『西鶴大矢数』と西鶴文学における移動と変換」など四編。大木京子「矢数俳諧と浮世草子　矢数俳諧の人脈と浮世草子への影響」は西鶴を囲繞する歌舞伎役者などの人脈を明らかにし、「地名」に着目した、有働裕「遠眼鏡で覗く卵形の世界　西鶴の矢数俳諧と浮世草子の「諸国」」、通し矢とのアナロジーを見た染谷智幸「命懸けの虚構　通し矢・矢数俳諧・『好色一代男』」といった中堅の仕事が並ぶ。

そして、第三部「矢数俳諧研究の展開」。「恋句」に着目した、永田英理「『西鶴大矢数』の恋句　矢数俳諧と恋の詞」。現代と通底するものの多さを伝える、大野鵠士「矢数俳諧の遺伝子」。また、デイヴィッド・アサートン「アメリカにおける矢数俳諧研究の可能性」はグローバルな視点で、『大矢数』を考えている。ちなみに、篠原「『大矢数』の熱源　あとがきにかえて」は惟中という「陰画」を介し『大矢数』を考察したもの。そして、佐藤勝明「資料集」には、前掲の論考に不可欠な一次資料『西鶴俳諧大句数』『紀子大矢数』『仙台大矢数』『西鶴大矢数』が収録されている。詳しい内容は本書をご覧いただくとして、もう少し私の回想にお付き合いいただきたい。

シンポジウム終了後、多くの参加者と歓談したが、そこで加熱された問題意識はメリケンパークに突き出したホテルに着いた時には沸点に達していた。私はそれを熱源に発表の骨子をまとめることで一応の区切りを付け(「西鶴の無意識―〈矢数俳諧〉前夜」『青山語文』四二号、二〇一二年三月)、使用した本や資料もすべて院生に譲り俳諧と訣別したつもりでいた。だが、すぐに後悔することとなる。まだ、シンポジウムは終わっていなかったのだ。遅れてきた、もう一人の参加者がいたのである。

その年の大晦日に、一冊の本が届いた。谷脇理史・広嶋進編『新視点による　西鶴への誘い』（清文堂出版）。巻頭論文「西鶴　出自と俳諧」（約九〇枚）は二〇〇九年八月二九日に泉下の人となった谷脇理史氏（享年六九）の絶筆であるが、衝撃的な内容に驚きを禁じ得なかった。すなわち、氏は該書で「（大名や公家など）当時の最上級階級をからかい諷」する西鶴の姿勢を俳諧の時点（ということはその始発からということを意味する）にまで引き上げたのであるが、それがそのまま私の発表と重なっていたからだ。

ある夜の夢に鬼の契約
善六に手形ばかりは残りけり
のぼれば高き大名盡し
（『大矢数』十）

寒い事なし欲しい事なし
大名を作りそこなふごとくにて
虫がさしたる三枚の内
（二一）

生も変へずに尊い人々
大名の御手が懸かつて産み出して
恋の重荷や当座に千石
（三〇）

もちろん、微妙な違いもあり、ご存命であれば議論したかった問題も少なくない。たとえば、そうした姿勢は西鶴固有のものかという疑問。次のような句がある。

成敗にはら(は)たをたつ猿の声(一)
いふにいはれぬ我まゝ大名(任口)
直な竹もまけたいやうに曲る籠(同)

(『一時軒會合/太郎五百韻』延宝六年五月一二日興行)

「一」は一時軒、すなわち岡西惟中。また「任口」こと如羊は、談林派の長老。岸得蔵氏(『仮名草子と西鶴』成文堂、一九七四年)によれば浄土宗知恩院の末寺・伏見西岸寺の僧である彼は当時七三歳。淀船の発着所に隣接していたこともあり、京橋にあった彼の寺には宗因はもとより、西鶴、其角、芭蕉ら多くの俳人が立ち寄ったが、繁栄に取り残された伏見の衰微ぶりは顕著で、彼は「貧寺や檀那次第のころもかへ」(『桜川』)と自嘲的な句を詠んでもいる。そんな任口が「大名」に抱く「我まゝ」というイメージ。容赦なく成敗し、直《すぐ》な竹も曲げたいように曲げる権力への嫌悪と屈折した感情。それは西鶴のそれと通底し、先取りしてもいたのである(詳細については後述する)。

シンポジウムに飛び入り参加した、もう一人の報告者。谷脇西鶴は「谷脇氏の研究は前期(『西鶴研究序説』『西鶴研究論攷』新典社・一九八一年など)と後期(『西鶴　研究と批評』若草書房・一九九五年など)に大別できるが、ここでは前期を指す」、谷脇氏自身の手で書き替えられつつあったのだ。

西鶴の原点に遡り「当時の最上級階級をからかい諷」する西鶴の姿勢を見た、新しい谷脇西鶴。野間西鶴に急接近したそれはまた、『大矢数』前夜の西鶴を宗因や惟中ら周辺人物との関係性の中で新たに考え直すことを迫るものでもあった。それでも前述のごとく、私自身の重い腰は上がらなかった。

だが、そんな状況も深沢眞二氏のメールで一変する。俳文学会東京例会の世話役でもある氏から、「西鶴と俳諧」という新規のシンポジウムが提案されたからだ。本書の宣伝に資することがあればと中嶋隆氏と相談した上で応じたそれは、クリスマスを控えた二〇一三年一二月二一日に青山学院大学で開催された。西鶴研究会、浮世草子研究会との共催ということもあり、用意した補助椅子さえも足りなくなるほどの盛況。フロアには長谷川強、冨士昭雄、江本裕、堀切実といった長老もお目付役として控えていた。

1　深沢眞二「宗因流俳諧」
2　水谷隆之「西鶴と元禄俳諧」
3　中嶋　隆「西鶴の俳諧と小説―『俳諧独吟百韻自註絵巻』をめぐって」
4　篠原　進「八わりましの名をあげて」

当日の発表者とテーマは右の通りであるが、本書との重複を避けるため、その成果を一書にまとめることはしなかった(本書に収めた中嶋氏の論文はこれに拠る)。私自身も谷脇理史氏の絶筆に触発された拙稿をまとめ(「八わりましの名をあげて―惟中という陰画」『青山語文』四四号、二〇一二年三月)、任を果たしたつもりでいた。だが、当日会場におられた藤原英城、深沢了子、深沢眞二氏から、その後懇切なお手紙を賜った。それを踏まえて拙稿を

「删補」することも必要と考え、迷った末に再録することとした。第四節以降は旧稿と重複する部分も少なくないが、ご海容いただければ幸甚である。

二

貴札恭拝見仕申候。其、いよ(いよ)御無事珍重目出度奉候。私、大矢数之義、五月八日に一代之大願。所は生玉にて数千人の聞に出、俳諧世にはしまつて是より大きなる事有ましき仕合。一日之内一句もあやまりもなし、一句いやしき句もなし。又は、天下にさはり申候句もなし。おもうまゝに出来。近々に板行出来申候遣し可申候。其元より被遣候御句共、加入申候。めいめいに一句つゝ入申候。其外は外の集に加入可申候。左様に御心得可被下候。手前取込、早々申のこし申候。跡より具に可申上候　（上段）

巻頭　　　　　　　　　　　西鶴

天下矢数二度の大願四(千)句也

百六十枚五月(雨)の雲　　　　保友

ほとゝぎす八わりましの名をあげて　　梅翁

今度西山宗因先師より日本第一前代之俳諧の性と世上に申わたし候。さて〳〵めいぼく此度也。　　難波西鶴

六月廿日
下里勘州様
（下段）

延宝八（一六八〇）年五月七日、西鶴は大坂生玉社南坊で二度目の矢数俳諧を興行し、四〇〇〇句の独吟を成功させた。その一ヶ月半後の六月二〇日、彼は尾張鳴海の下里知足（吉親、勘兵衛、金右衛門とも）に右のような書簡を書き送っている。『定本西鶴全集』（『新編西鶴書簡集』）[1]にも収録され、周知のものであるが、西鶴の人生を一変させた出来事について語ったこの資料を再読することからはじめたい。

現存する西鶴書簡（七通）の内、四通が知足宛という一事に明らかなごとく、二人の関係が密であったことは間違いない。ただ、それはどこまで遡行できるのだろうか。西鶴はこれに先立つ延宝七年三月廿二日付の知足宛書簡で「此以前爰元へ御越候事、此方ニハわすれ不申候」と記している。ここでの「此以前」とはいつを指すのか。従来は「下里吉親来翰集」を傍証として[2]、「延宝二年」に知足が有馬湯治に出かけた折とする。なるほど、知足は有馬湯治の際に大坂に滞在しており（同年七月二七〜二九日）[3]、その推測はおそらく正しい。にもかかわらず、彼の日記に西鶴の名はないのだ。

だが五年後、すなわち延宝七年七月一〇日の日記には、「朝雨昼晴　西鶴ニて俳諧有。此夕方上り舩ニ乗大坂立。舩賃弐匁づゝひのや（引用者注・日野屋庄左衛門[4]）ニかり参候」[5]と西鶴の名が明示されている。この五年間にどんな変化があったのか。結論を先取りして言えば、三四歳から三八歳までのこの日々こそがそれまでの人生を一変させ、西鶴という名を多くの人の脳裏に刻むこととなった「奇跡の五年」だったのである。

確かに、延宝二年七月に二人が接触している可能性は高い。だが、当時は知足の日記にも残らないほどの存在感だった（それは谷脇氏が指摘するごとく、『生玉万句』〔寛文一三（一六七三）年〕の衝撃が当人の意気込みとは裏腹に極めて限定的であった[6]ことを裏付ける）。それは西鶴にあっても同じだったのではないか。

それでも西鶴は、「（知足のことを）わすれ不申候」とあたかも旧知のごとく対応した。こうした「社交辞令」の裏に何があるのか。「ここに見られる西鶴の売り込みの姿勢は、現代の歌誌・俳誌などの主催者の姿を彷彿とさせる」と評した谷脇氏は、「勢力の拡大、自派の宣伝のため」のそうした「地道な努力」が知足に限らず、「地方在住の他の俳諧好きの人たちにも行われていた」と推測する[7]。端的に言えば、知足ら地方俳人の機嫌をとり、何とか自陣に囲い込みたかったのである。

西鶴の周囲に存在した、数多くの「知足」。生活に余裕があり文化的なものにも関心を持つ、地方の名士たち。機会があれば自分も文化の一翼を担いたいと願っている彼らであるが、約束ごとが多く修練と教養が不可欠な和歌や連歌はハードルが高すぎる。だが俳諧であれば、最低限のルールさえ弁えていれば、自分たちでも出来そうに思える。そうした考えを持つ知足のような「予備軍」を囲い込み、組織化して行く上で俳書の出版はきわめて効果的で、不可欠な戦略となっていたのだ。ただ、それは綺麗ごとだけでは済まない。知足の日記に「（延宝九年正月二一日）大坂へ状遣。西鶴へも銀廿匁遣筈ニひのやへ申遣」とあるごとく、応分の負担も必要だった。それでも俳書には自分の名と「作品」が刻まれる。そのことは何よりも彼らの自尊心をくすぐり、満足させたのではないだろうか。

もちろんその場合、師事する師匠や（自分の句を掲載した）俳書には充分なステータスが求められる。ビッグネームにはほど遠く、「印象の薄」い無名の新人が出来ることは限られている。時あたかも、通し矢の季節。京都蓮華王院本堂（通称三十三間堂）で古くから開催されていたそれは、寛永五（一六二八）～八年期に続き、二度目のピークを迎え、尾張藩士星野勘左衛門という新しいヒーローを誕生させていた。彼は寛文二（一六六二）年に六六六六本の矢を射通し初めて「天下一」となったが、同九(一六六九)年五月には八〇〇〇本という空前絶後の記録を達成する。ちなみにこれは、前年に葛西園右衛門が七〇七七本を射通したことに対応したもので、その記録は貞享三(一六八六)年に紀州藩士和佐大八郎が八一三三本で記録を書き替えるまで一七年も持続するほどの偉業だった(8)。

天下ふまゆるあしからの山(一にきりに天下ふまゆる也。ふしにあしから常の事也)
堂の矢数かよひし中のあととめて(矢数の天下也〜)
おとこにもせん器量こつから(器量こつがらのすぐれたるおとこ矢数をゐたる也〜)
(『一時軒独吟自註三百韻』延宝六年正月上旬序)

金の御幣は握てはなさぬ〔一(惟中)〕
大矢数その日閑に花の風〔西(西鶴)〕
(『太郎五百韻』)

西鶴はそうしたトピックを連句に応用し、俳諧のアスリートとして談林俳諧の一特質である軽口を即吟(速吟)という形で競技化、見世物としたのである。それが、延宝五年五月二五日に大坂生玉本覚寺で試みた一六〇〇句の独吟俳諧(『西鶴俳諧大句数』)であるが、この絶妙のアイディアはどこから来たのだろうか。正確なことは分からない。ただ、はっきりしているのは、物語的枠組みで作られた「郭公百韻」(寛文七(一六六七)年。『大坂独吟集』延宝三(一六七五)年、所収)、妻の死に直面して試みた『俳諧独吟一日千句』(延宝三年四月八日)という二つの独吟体験と自信がここにも生きており、優劣の評価が曖昧な俳諧を数字化(客観化)した彼の狙いは的中し、その名を多くの人に知らしむるという点においては極めて効果的だったということである。「西鶴ニて俳諧有」と固有名詞を記した知足の日記(前掲)は、それを裏付けるものでもあったのだ。

三

話を該資料に戻そう。知足はこれに先立つ延宝八年六月一二日、熱田の林七左衛門(桐葉)宛の書簡で「西鶴大句数仕／五句爰元からも遣／上ニて一日一夜ニ四巻頭之発句第／天下矢数二度／百六拾枚五月雨／郭公八わりまし」と報じている(9)。情報源も不明だし、文意も曖昧な部分が多いが、西鶴が二度目の矢数俳諧を成功させたこと、それにちなむ句を掲出、その上梓に向けて知足周辺の俳諧愛好者が西鶴の許へ「五句」の自作を送っていたことなどが推測できる。前掲の西鶴書簡はそれへの返状と考えられるが、西鶴は矢数俳諧の成功を誇らしげに述べた後、「一句もあやまりもなし、一句いやしき句もなし。又は、天下にさはり申候句もなし」と記した。

手紙を寄せた意図が矢数俳諧の成功を正式に報告し、その磁場に多くの賛同者を吸引する点にあるとするなら、後半の記述はそのための惹句《コピー》でなくてはならない。すなわち、それが前代未聞の偉業であることはもちろんのこと、詠まれた句がすべて作法に叶っていること、バレ句など下品で卑しい句は一句もないこと、そして「天下にさはり申候句」がないことを述べる。

この「天下にさはり申候句(公辺に対し支障ある句(10))」を問題にした谷脇理史氏は前述のごとく、それが寛文一三(一六七三)年に発令された出版取締令を意識したもので「これを出版しても危険がないことを告げ、それに「其元」の連衆の句を一句ずつ入れても、何らかのトラブルにまき込まれる心配がないことを保証するためのもの」と解釈し、「「天下」のことを取りあげながらも自分は、それを「天下にさは」らぬよう書いているということを自覚し自負している」[11]と西鶴の意図を読む。

もちろん、こうした仮説に反論することは容易だ。曰く、京坂は江戸ほど出版に対する規制が厳しくなかったのではないか[12]。曰く、たとえ規制があったとしても俳書は規制の対象外なのではないか、などなど。だが、大事なのは西鶴の意識にある。彼は俳書の出版にあたり、そこまでの慎重さを見せた。なぜか。

『世間胸算用』(元禄五年)巻二の一「銀一匁の講中」には金貸し仲間たちが講を結び、頻繁に貸付先の財政状態について情報交換していた様子を記す。ここで想起したいのが、俳諧をたしなむメンバーのことである。尾崎千佳氏の労作「宗因年譜」(『西山宗因全集』第五巻)を一読すれば明らかなごとく、淀屋个庵、三井秋風、笹屋半四郎といった上流町人をはじめ、実に多くの経済人が宗因の許に集った。その裏には情報交換という現実的な側面があったことも否定できない[13]。そんな彼らが一番畏れたのは、スキャンダルである。「(元和以来)帯刀仕候處、天和年中町人帯刀御停止の節より相止申候」(「大坂惣年寄/薩摩屋仁兵衛由緒書」[14])といった記録の奥に垣間見える、過剰なほどの遵法意識。それは当局に付け込まれて、今の身分や財産を失いたくないという上流町人の自己防衛でもあったのだ[15]。頻繁に持たれる俳席。だがその大半は出版を前提としてはいないので、秘密は保持される。『太郎百韻』(前掲)で惟中はこう述べている。「(西鶴との両吟は)さはる事ありてやみぬ。さりとて、僕か瓦礫の句は、なけはふらんもいたましからねと、かの入道(引用者注・西鶴)か金玉の詞をいたつらにくたさむは口惜し(と)て梓にちりはめぬ」と。逆に言えば、頻繁に開催される俳席の記録は公刊されることなく、「いたつらにくた」してしまうのが通例なのだ。ただ今回知足らに持ち掛けられたのは、あくまでも出版を前提とした案件なのである。当然、その安全性は担保されなくてはならない。それが、右のような言述となったのではないだろうか。

ところで西鶴は、それに続き「其元より被遣候御句共、加入申候。めいめいに一句つゝ入申候」と書いているが、それは翌延宝九年四月に深江屋太郎兵衛方から刊行された『大矢数』のどこに載るのだろうか。

天理図書館の綿谷文庫に収められた問題の西鶴書簡を紹介した大谷篤蔵氏[16]は、第百二「新何」に「射たりや与市それは磯也大矢数　栄久／連俳の直波の卯ノ花　西鶴／郭公時節のよいおり生れ出て　吉親」と発句から第三の吉親（知足[17]）まであることに着目し、「野村」「勝時」「風間」「西力」「西目」と続くそれと推測する。

「西鶴は最初表八句を百七まで用意してゐたが、当日興行の結果はその内の四十だけを用ひて四千句を独吟するにとどまったので、残余の表八句を割愛するに忍びず、巻五に追加として附載したものらしい」[18]とあるごとく、『大矢数』は巻四の巻末に刊記や跋が記されていることから、そこで完了しているようにも思える。

その末尾に、付録のごとく付けられた巻五。そこに載る自分の名と句を、知足らはどんな思いで眺めたのだろうか。詳細は不明ながらも、明確なのは知足ら無名の俳人たちを囲い込み、同調者や俳書の販路を拡げることに懸命な西鶴の姿である。

四

西鶴書簡の下段に行こう。その第三句。宗因は「ほとゝぎす八わりましの名をあげて」という句を贈った。西鶴はそれを「さて〳〵めいぼく此度也」と無邪気に喜んでいるが、この句には宗因のどんなメッセージが含意されているのだろうか。

二条帝の応保（一一六一～一一六三）期四月一〇日、宸襟を悩ます怪鳥鵺。それを射落とした源頼政。帝から託された御劔・獅子王を渡す際に宇治の左大臣藤原頼長は詠む、「ほとゝぎす名をも雲井にあぐるかな」と。それに応じ、

「弓はり月のゐるにまかせて」と詠んだ頼政（『平家物語』巻四「鵺」）[19]。謡曲『鵺』にも採られ、衆知の故事。それを矢数俳諧というトピックに取り合わせた絶妙の句。宗因俳諧の豊かな奥行きと、質の高さがここに凝縮されている。

それにしても、前回の興行（延宝五年五月二五日）では、「かゝる大なる事にはと辞退」[20]（『仙台大矢数』巻之下）した彼が、今回はなぜそうしなかったのだろうか。延宝八年当時宗因は七六歳（ちなみに惟中は四二歳、西鶴は三九歳）。連歌の集まりはもとより俳席も数多く持たれたためか多忙を極め、前年などは「出座連続の疲労」のため「連歌・俳諧とも一句も口を出ない状態」で、九月一一日には瘧を発症するような状態だった[21]。そんな彼は西鶴のパフォーマンスをどう受け止めたのか。

該資料を学界に紹介した大谷篤蔵氏は西鶴書簡の意義を、「宗因の「八わりまし」の句に西鶴に對する皮肉をよみとる解釋が、はつきりと西鶴自身によつて否定されることになる」と総括するが[22]、解釈は三分され、一定しない。

一は「激称の意」（前田金五郎氏）[23]。

二は「皮肉まじり」（谷脇理史氏[24]）。「大きな疑問」（島居清氏[25]）。「素直に喜べないものを感じていた」（加藤定彦氏[26]）。

三は両義的で曖昧（野間光辰氏[27]）。

そもそも「八わりまし」とは何を意味するのか。

近代は点者国々にみち〳〵たれば、名もそれとしられたく（中略）五わり増のたよりにもなさんと、点者の相談もなく、我まゝに板行させて、家来筋にいひつけ、書をうらせて板料のたすけとなす。これ有まじき事ぞかし。

（轍士『花見車』元禄一五年三月刊）

ここでの「五わり増」とは実力以上に見せるという意味で、皮肉なニュアンスが強い。延宝八年当時の宗因は連歌師某の俳諧に対する異見に「予もさはおもへども、誹諧をすれば世わたりのいとやすきに」（『綾巻』延宝八年四月刊）と応える一方で、翌年は「（俳諧の）当風あわぬ事」（正月十日付藤波修理宛宗因書簡・延宝九年）[28]と述べている。もしそうなら、「当風」のどこに問題があったのか。

惟中は前年（延宝七年）刊の『近来俳諧風躰抄』（中）で、こう述べる。「近年俳道の盛なるに任て、千句・万句など名付、早口の俳諧を好む事、誠に何の味ひもなきこと也。句は沈思して、一句にても心をとめてしいだすこそ面白けれ」と。そして、「一字に」拘泥し、興行後も推敲を重ねていた宗因の逸話を付加する。周知のごとく、西鶴はこれに先立つ延宝五年五月二五日に一六〇〇句の独吟（『大句数』）を成功させていた。それへの当てこすりとも考えられるし、右の逸話を読む限りでは宗因も速吟には懐疑的だったように思える。それを根拠に、「八わりまし」の句には「皮肉」の意が込められていたと類推できないこともない。

だが、本当にそうか。なぜなら、それらの証言はすべて惟中を介してのもので、いわばバイアスのかかった情報だからである。惟中は一方で、こう書いてもいるのだ。「梅翁老師は、連哥の高名かくれなく、俳諧の寄妙古今にまれなれ共、生得に慢心の思ひなければ、凡天下に偏執なき名人」（同書・上）と。「豁然大悟之人」（『俳諧太平記』）とも評され、何事にも鷹揚で無欲だったと伝えられる宗因。となれば、「一句も一巻もみづから撰び、世にひろめ給ふこゝろもなし。たまさかの一句をも、板におこしてうりありくとて、とうどいやがらせ」（『しぶ団返答』延宝三年）、「一巻のものをも開板せず。多くの誹諧の発句もみづから書とめても置せられず、只時にあたり興によりてつぶやき給ふ」(『破邪顕正返答』延宝八年)淡白な宗因が、たとえ弟子に対してでも「皮肉」を浴びせるようには思えないのだ。かといって「激称の意」にも取れない。

結論を先取りして言えば、宗因は一貫してニュートラルだったのではないだろうか。自らが巻き起こした談林俳諧ブームと、それへのバッシング。惟中の反論を契機に本格化する論争。そんな動きに当惑しながらも傍観者に徹していた彼は、四〇〇〇句独吟を成功させた西鶴の依頼も拒むことなく「八わりましの名をあげましたね」と挨拶の句を贈った。それは「激称」でも「皮肉」でもない、大人の対応だったのではないかと思えるのである。

それにしても、なぜ「八わりまし」なのか。そうした疑問について、藤原英城氏はこう述べる。すなわち、「八声鳴け寝覚めの空のほととぎすゆふつけ鳥のおなじたぐひて」(宗良親王『新葉和歌集』)という歌にあるごとく、時鳥の初音を意味する「二四八(にしはつ)」から「八声」の連想が歌学的には担保されて」おり、「めつらしや二四八条のほとときす」(北村季吟『新続犬筑波集』)とあるごとく「ほととぎす」と「八」は、歌学・和歌的「八声」から数字の「八」自体へと俳諧的連想が広がり、担保されている」のではないかと。それを前提に、当面の問題について「私信」に言う。「八わりまし」の「八」に実質的な意味は薄く、「ほととぎす」の連想から単に「八」の数字を出したとすれば、「激称」とは言えないでしょう。ただし、先の用例からしても「ほととぎす」の「八声」は世を目覚めさせ、響き渡るものであるから、それなりの評価もあったとすべきでしょう。西鶴に対して基本的には「わりまし」の評価が宗因にはあり、「五わりまし」でもよかったのかもしれませんが(そうすると皮肉に受け取られるかもしれませんが…)、「ほととぎす(西鶴)」との縁で「八わりまし」と言揚げしたのかな? などと妄想いたしております。形式的にも実質的にもどちらにも解釈可能な「八わりまし」は、戦略的深読みをすれば、アンチ西鶴・シンパ西鶴両者に対する玉虫色(どちらにもいい顔をする)の表現、「大人の対応」だったと言えるのかもしれませんと。持つべきものは、賢い畏友。従うべきである。

五

沈黙する宗因と、饒舌な惟中。二人の関係を改めて考えてみよう。尾崎千佳氏によれば[29]宗因は、慶長一〇年(一六〇五)、熊本生。俗名西山次郎作、実名豊一。八歳で歌道を学び、一五歳で八代城主加藤正方の側近として仕えた。二七歳で宗因を号す。翌年六月改易となり、法体した加藤正方に従う。二九歳の時には、京都堀川了覚院に隠棲した正方の近くに草庵を結び、四〇歳の九月、広島へ赴く正方を送る。四三歳の九月に摂津中島天満宮の連歌所宗匠に就任。翌年、正方没。俳諧活動が目立つのは、五〇歳の承応三(一六五四)年からで、その年の一〇月、松江重頼の俳諧百韻に「一幽」名で出座。以後、連歌と並行し俳諧活動にも本腰を入れる。六九歳の夏、「蚊柱は」独吟百韻成る(翌年『蚊柱百句』刊)。三月下旬、『しぶうちわ』がそれを難じ、惟中が反論。延宝七年には「出座連続の疲労」のため「連歌・俳諧とも一句も口を出ない状態」となるが、それでも精力的な活動を続け、天和二年三月二八日没。享年七八。

「席ゆるやかな」宗因は多くの支援者に歓迎され、遠隔地にも小まめに足を運んでいる。注目すべきはその人脈で、大坂城代青山宗俊、平城主内藤義概(風虎)、姫路松平信之、秋月榊原忠次、出羽上山藩主土岐頼行、加賀前田家本多政長、伊勢荒木田氏富、小倉藩主小笠原忠雄、淀屋个庵、千宗室、三井秋風、笹屋半四郎、伊勢山田奉行八丁宗道などなど。資料が残る大坂城代青山宗俊との会食のみでも、年間一四回(寛文七年)、一〇回(同八年)。六〇代の後半から七八歳で亡くなるまで京坂はもとより、奥州の平、江戸、伊勢山田、姫路、山口、九州と支援者の許を精力的に訪れており、その行動力と体力は驚嘆に値する。

一方、岡西惟中は寛永一六（一六三九）年鳥取生、幼名平吉、勝、旦ともいう[30]。はじめ松永、後に岡西を名乗る。一五歳で儒学者菊池東均（耕斎）に師事。同時期に俳諧をはじめる。二八歳の時、文治主義を掲げる池田光政の岡山に移住。寛文一二年ころ九州から帰坂した宗因に入門。ちなみに、西鶴もほぼ同時期に入門している。だが、同年六月一〇日に光政が退隠。「文治の風を数年にして一掃し」た[31]綱政の岡山に見切りをつけた惟中は、しばしば上坂。玖也、保友、京都の任口、惟舟ら談林の「最長老俳人」と俳諧を興行。延宝三年（一六七五）に『俳諧蒙求』を刊行。同六年春には、大坂道修町西（『難波雀』）に移住することになる。西鶴をはじめとする大坂談林系の由平、幾音、遠舟、一札ら「同世代の若手グループとは必ずしも積極的に交わりを求めずに、長老連との交際を選んで求めていた」[32]。「わが名をあらはす」ために、「まっすぐ老師宗因の跡を狙った」[33]か否かはともかく、宗因のスポークスマンとして彼が表舞台に躍り出てきたことは間違いない。

上野洋三氏は言う[34]、虚実論を「うそ、偽」に「横すべり」させた惟中の「寓言論の空しさ…彼の俳諧のつまらなさは…どこまで行っても寓言」という単純さにあり、「そこを抜ければ和歌・連歌へ行け」と俳諧を中間的存在に置き去りにした点に問題があると。また言う、惟中の「寓言論は俳諧についての新発見ではない。それは底のない枠だけの博引傍証主義の註釈である」と。ことほど左様に彼の「偏狭な寓言俳諧」（上野洋三氏）は評判が悪い。ちなみにそれ以前、今栄蔵氏はその特異性を見抜き、こう述べていた。「惟中の寓言に対して西鶴の軽口―早口・速吟という考え方が行われ、談林俳諧の統一的な理解に混乱を齎していた。実は寓言も軽口も狂言も、すべて守武流儀の別称」で、「宗因流とは、この守武流儀の俳諧を核心とする無心所着の軽口・寓言に外ならなかった」[35]と。これを乾裕幸氏流に言い換えれば、惟中の寓言論は「《軽口》を正当化するための俳理論としてくふうされたもの」であり、惟中は「荘子哲学の寓言説によって、談林俳諧を価値づけようとしたが、結局は「表現の皮相にとどまり」、「惟中の寓言論は、宗因のそれとはちがって、内に向かうことのない理論なのであり、いうならば外＝俳敵に対して構えられた迎撃用の装置にほかならなかった」となる(36)。どうやら惟中はスポークスマンとしても失格だったというのが大方の評価のようであるが、宗因を神格化するあまり惟中が不当に貶められている憾みはないだろうか。

宗因や西鶴の陰に隠れ、片寄せられてきた感のある惟中。しかし、最近その特異な寓言論に改めて関心が向きつつある。川平敏文氏は言う、荘子の寓言論は、虚(趣向)―実(思想)という図式をとるのであるが、惟中は、それを虚(そらごと)＝非現実的世界、実(ありごと)＝現実世界へと横滑りさせ、表現論に置き換えたと(37)。そして彼は、「〈そらごと〉の世界を通じてまことに至る生き方こそが俳諧の俳諧たる所以であること」を林註の荘子観から咀嚼したと(38)。

それを踏まえ、水谷隆之氏は「寓言のうそ」(『俳諧蒙求』)という部分のみが一人歩きしていた惟中の俳論は北条団水によって軌道修正されるが、「惟中の虚実論およびそれに基づく寓言説も、もとを正せば「虚」の世界に遊ぶ俳諧ならではの自由な表現を通して最終的に和歌・連歌の道と同じ「まこと」に至るのだと主張した」とする(39)。他にも、〈ぬけ〉の本質を惟中の『古来風躰抄』中に探る牧藍子氏の研究があり(後述)、大江あい子氏は惟中の『俳諧蒙求』が『しぶうちわ』への反論書の一つであり、そこには俳諧師への転向を決意した惟中の思いが託されていると述べた(40)。

惟中は談林俳諧史の徒花だったのか、それとも再評価すべきなのか。彼の著作を改めて読み直してみよう。

六

「甚だ乱暴」とも評される[41]『俳諧蒙求』(延宝三年四月)。最大の特質は、その自在さにある。惟中は言う「俳諧といふは、たはぶれたること葉の、ひやうふつと口よりながれ出て、人の耳をよろこばしめ、人をしてかたりわらはしむのこゝろをいふなり」と。俳諧は力を抜き、何よりも自然体であることが求められているのだ。

そうした考えは、当然句作にも反映する。「自由変化の趣向をおもひめぐらし、ある事ない事とりあはせて、活法自在の句躰を、まことの俳諧とするべし」と。「ある事ない事」、すなわち実と虚(ありごと・そらごと)を混交させて、「活法自在の句躰」を具現する取り合わせの妙とは何か。惟中は言う「(余が師、西翁の書こし給ふ文のうちに)紙子にしきのゑりさしたるやうに、一興あるを俳諧」と。

異質な取り合わせが生む、アンバランスの美。「或時(大和屋)甚兵衛椀久をまねきて、何か望み物ありやと尋ねければ、紙子紅裏《もみ》付けて物まねをする事ならば、其外に願ひはなし」(『椀久一世の物語』下「水は水で果つる身」貞享二年)という西鶴の記述を彷彿とさせる修辞法。アリストテレスの論法に従えば、その落差は大きければ大きいほど良いのだ。だから「唐になきよしのゝ山を、もろこしのよしのゝ山とよ」むような柔軟な発想が不可欠であり、一見対極にあるようなものを取り合わせて新奇な世界を現出させる点にこそ俳諧の妙があるのである。

そうした文脈に従えば、伝統的な和歌や連歌の世界で排除されてきた「無心所着」も許容されることとなる。「正躰なきやうなるも、俳諧の寓言」。「すべて歌・連歌におゐては、一句の義明らかならず、いな事のやうに作り出せるは、無心所着の病と判ぜられたり。俳諧はこれにかはり、無心所着を本意」と。

後に惟中は「孤燈然客夢。寒杼搗郷愁」(岑参)という漢詩を例にとり、「然の一字の作寓言」「搗の一字寓言」と断じ、「孤燈」「寒抒」「郷愁」という古語が支配する伝統的で格調高い詩境とは一見相容れないように思える「然《もやす》」、「搗《たたく》」といった突飛な動詞の使い方が、これまでの詩境を一変させ、斬新で絶妙な世界を創出すると説くことになる(『続無名抄』上)。伝統的な詩境を一変させる魔法の一語。松本隆風にくだけて言えば、「ピンクのモーツァルト」「小麦色のマーメイド」といった突飛な取り合わせ。それが人々に与える驚きと効用を、惟中は三四〇年以上も前に先取りし、説いていたのだ。

　問題はあしらいの妙を説いた右のような方法が虚実論を挟み、「寓言」の一語に置き換えられてしまったことにある。「ものいはぬ鶯・時鳥にものいはせたる作、則『荘子』が寓言」。「(『犬つくば』に載る「ほとけものをひたまふかな/嵯峨の釈迦しやくせんだんと聞柄に」の句に関し)この一句、荘子が寓言、俳諧の根本也。仏はものをおはぬものなれども、わざとものをひ給ふと作意す。さりとては俳諧なり」。惟中はこうした表現上の創意を、「寓言」と呼び、「俳諧」と呼んだ。普通に考えれば、これは寓言的表現方法であって、寓言そのものではない。彼は寓言の意味を誤解していたのだろうか。いや、おそらく違う。というのは、一方で「寓言とは、我心に思ふ事を物に比し、事に託して云ひ出すの義」(『俳諧或問』延宝六年)と書いているからだ。

　もちろん、延宝三年当時の惟中は寓言の本質を理解するには至っていなかったとも考えられるし、もし理解していたとしても、実(思想)を表現する修辞法という意味で散文的なそれが、俳諧という韻文にどこまで有効と考えていたのか心許ないものがある。それでも「かうした一の定見を保ち、その論拠に立つて組織的な言説を樹てた事は特筆すべき」(穎原退蔵氏)であることは間違いない(42)。惟中にとって寓言とは何だったのか。それを彼の「自註」に探ってみよう。

七

『一時軒独吟自註三百韻』〔延宝戊年孟春（六年正月）上旬序。大坂深江屋太郎兵衛刊〕(43)。「獨吟三百韻」と題する本書の冒頭で「一時軒（惟中）」はこう書いている。三年前すなわち延宝三年の四月一日に伏見西岸寺の上人任口を訪ねたが、そこには「余か師梅翁先生（宗因）」も居り、「垢膩《クニ》のあか早おとゝしか衣かへ」という古くさい発句を奉ると、即座に付句、三句が整った。自分は『俳諧蒙求』二巻を献上。任口には跋を賜った。「それより南蛮流とよはるゝ鴃舌（さながら百舌鳥の囀りのごとく、意味不明のことば）のあやもきこえぬ句」を詠み、「上人（任口）の几下《キカ》てさし置」たと。本書中に、「寓言」、および「寓言躰」の用例は合計七つ。以下のごとくだ（括弧内は惟中の「自註」）。

1　岩まくらみとりのこけのむしろ敷（自註略）
おしろいそゝぐ宇治の河つら（哥に朝日山うつろふなみのいはまくらまたそめやらぬうちの川水。一句はつらにぬりそゝきたる白粉寓言躰也）（一）
＊参考「朝日山うつろふなみのいろはかりまたそめやらぬうちのかはかせ」（家隆『建保名所百首』、『壬二集』など）

2　御たち有はほう〳〵まゆにうす霞（霞のまゆすみなり一句は敦盛の舞やらにもある詞也〜）
ひたいにつくる明ほのゝやま（女のひたいの山のかたちに似たるかすみのまゆすみ也古語に文君黛似遠山。宗祇の発句に遠山のまゆすみ青き雪間哉ともあり一句は寓言也）（二）

＊「遠山のまゆすみ青き雪間哉」賢盛（宗祇編『竹林抄』）

3　なへすみこさけて人はこたへす（やり句也）
六十棒あたへられたる火うち石（なへすみにうち火也。禅人の問答して疑議する時、六十棒をあたへたる也。一句は例の寓言躰也。火うち石という字、燧《スイ》の一字也）（三）

4　しつかりとしたいらたかの念珠《ズズ》（やり句也）
しやうふのり役の行者のあとをつき（〜いらたかにゐんの行者也。〜一句は例の寓言也）
掛ものにするかつらきの雪（〜役の行者にかつら木也。一句のしたては寓言也）（三）

5　半夜燈火の花をこそ見れ（自註略）
さんふりと湯つほに入し春の月（湯つぼの灯也。花に春の月を付一句は寓言也〜）

いつそやほねのかへるかりかね（かりがねぼねをたがひて酒に入たる也。春の月に帰雁常の事也。一句は寓言也）（三）

句意については省略するが[44]、1は擬人化した宇治の風景を「寓言躰」と称し、2も賢盛の句を踏まえて山や霞を人の顔に見立てることを「寓言」と称している。3の「寓言躰」は燧石で打火する様子を禅問答のそれに見立てること。4は「役の行者」の姿や「桂木（葛城）」に積もる雪を一幅の掛軸に見立てることを「寓言」としている。

そして5は湯壺に入る春の月や骨酒などに見立てたものを「寓言」とする。

こうしてみると、惟中が寓言と称するものの内実はほぼ「見立て」に収斂することが判明する。頴原退蔵氏がこう述べていたことを思い出したい。「俳諧に於ける滑稽が寓言と解されるべきものであるならば、従来の如く只管用語の通俗性にのみをかしみを求める事は出来ない。かの一種の見立《みたて》ともいふべき譬喩的手法が、談林で盛んに用ひらるるに至つたのその為である」と。俳言による可笑しみから、比喩、見立ての面白さへ。たしかに、寓言はその名のごとく、寓《かこつ》け、擬える対象が不可欠であり、二者の並立が基本であった。それゆえ頴原氏が指摘するごとく、「対象の特質を深く捉へて、象徴的な表現にまでも進んで行くならば、そこからすでに蕉風俳諧への展開も」有り得た。だが実際は「素直な自然観照の中から生れた譬喩ではなくて、専ら主知的な解釈に基く見立」(45)にとどまってしまったのである。

右は談林全般に対しての総括なのだが、とりわけ学者肌の惟中に顕著で、実作よりも理屈が先立ち、頭でっかちになりがちであった。そこが、「誹諧は下手」「句躰おも〱し」（『俳諧綾巻／破邪顕正并返答両書／評判』）と評される所以だったのかもしれない。もちろん、惟中が寓言と呼ぶものは「見立て」に限らないし、「おも〱し」い句ばかりが、『独吟三百韻』に収められているわけでもない。

6　なにの子細かおはしますへき(やり句也)
月花に風のこゝちと思しめす(かろき風邪なれはなんの子細もなしと付たる也。月花に風の字似合しきもの也。一句は例の寓言)
かすみのころもうす着しつらん(いかにも聞えたる句也)（一）

6は「風」を「風邪」に転じて、「単なる風邪だから心配ない」としたもので、「例の寓言」とは言葉の多義性を利用して雅語の「風」を俳言の「風邪」に転じたことを指す。七例目の寓言は見立てから一歩踏み込み、雅から俗へと垂直的に落とす修辞法を意味する。ちなみに、その後は「霞の衣」（薄着）なので風邪をひいたとしている。

7　はらみしは色に出たるむら紅葉(自註略)
　五文字にはや秋をしるらむ(三)

8　きいたやうな句のあきの初かせ(付こゝろは秋の初風といふ句をぬすみたる也。一句のしたては、風声を聞とむすひたり)（二）

熱狂の奥に垣間見える、「孕句」(7)や「きいたやうな句」で飽きた(8)というクールさ。そういえば、6でも「いかにも聞えたる句」と自己分析していた。自作に醒めた視線を注ぐ惟中。彼の低温のメンタリティは注目していい。ところで、彼は「発句、脇、第三は天地の三才をかたとる。発句は天、脇は地なれは、発句のこころをよくうけて、建立するをよしとす〜。第三は長高躰《タケタカキテイ》を本意とすといへり。〜四句目はかろ〳〵とするをよしとする也。〜月は面の定座也。八句目は付心かろきをよしとす」と書くが、その作法は斬新な『俳諧蒙求』の著者とは思えないほど保守的で、貞門の季吟と重なる部分もあるのである。「紹巴法眼の云、脇は発句にかいそひて句がらをたけ高く〜」、「第三は脇の句によくつき候よりも、たけ高きを本とせり〜四句めをば脇の句より引さげてやす〳〵と付候〜八句めは詞につまり候故に何となくかろがろと幽玄躰をもて付候」（『誹諧埋木』延宝元年）。惟中の内包する、クールさと保守性。そうした眼で改めて『俳諧蒙求』を読み直すと別の側面が浮かび上がる。

八

比喩や見立てに、寓言の顕現を見る惟中。なぜ彼はこれほど寓言に拘泥するのか。ここでも惟中は宗因を引き合いに出す。すなわち、荘子の像に賛を施した宗因が、俳諧は「連歌の寓言」と述べたと。また「『荘子』(「逍遥遊の篇」林希逸が註)に「読荘子其実皆寓言也」とあるごとく、寓言は文学の中枢をなすもので、『古今集』俳諧の部の和歌も、寓言を本意」とし、「『源氏ものがたり』のうち、若紫、末つむはた、皆寓言」であると。そして、「守武没してのち西山の翁、その伝をつぐ」と述べ、守武流寓言の系譜に宗因を置くのである。

なるほど、こう見てくると惟中の俳論は、「どこまで行っても寓言」(上野洋三氏)とさえ思える。だが、必ずしもそうとは言い切れない。「守武が独吟のおく書に、俳諧とて、みだりにし、わらはせんとばかりはいかん」(上)とあり、「百ゐんながらに、寓言の俳諧をいひつゞくる事はかたかるべし。五句十句は、たゞ俳言の躰をもちゐて、目前の境界をいひ、また世俗の情を申つゞくるも俳諧」(下)と記してもいるからだ。その場合「目前の境界」や「世俗の情」にも条件がある。「かぶき子・狂言師の名等、ばさらにもちゆる事、かたく禁ずべし」、「いかにたはぶれたる俳諧なればとて、親一門の中にとり出して、よまれぬほどの句躰ならば、いみさくべし」(上)。

放埓をコントロールする、最低限の品格。「ひやうふつと口よりながれ出て、人の耳をよろこばしめ」、「ある事ない事とりあはせて、活法自在の句躰」であるはずの俳諧に、なぜそんな規制が必要なのか。それは、あまり下品に流れると上流層が俳諧から離脱するからである。惟中の懸念はすぐに的中する。「いまの俳は下より下ざまの二蔵・

三八のもてあそびとなりて、かたのごとく座輩・席つきもいやしくなりもてゆ」き、「たゞきのふけふのばさらごと、芝ゐ・嶋原等の分なき詞をいひちらし、おもしろがれども、禄を得て君につかへ、官を得て宮づかへするほどの人、門跡・和尚等の高僧、なにの分ある事やらんしろしめさねば、興あるやうには思しめさず」、「連哥の道にいらせ給ふとぞ。是、俳諧のいたましき所也。よく〳〵思慮すべき事也。たゞ一人にても高家・大名のすかせ給ふやうに仕習ふべき事」(『近来俳諧風躰抄』下、延宝七年)。それゆえ「俳諧は常の詞の俗をもちゆれ共、俗中の俗はこのむべからず。俗にして俗ならざる詞、よく〳〵工夫すべし」(同書・中)と警告することになるのだ。

『俳諧蒙求』に話を戻そう。惟中は言う、「当時の俳諧に、いまやうの浅〳〵しき事おほくこのみて、あたらしとおもふものあり。古きをたづね、もとの語勢にすがる心もなくして、学問と俳諧とおなじくすたる」(上)と。「もとの語勢」とは何か。誤解を恐れずに言えば、それは広い意味での古典の力ではないだろうか。もしそうなら、俳諧にはそれを備える教養が不可欠となる。「歌も連歌も俳諧も、才智なく文盲にして、なんぞ堪能の名をも得、上手とも人によばれんや」、「いまの俳諧はばさらごとゝのみこゝろへてするにより、あるは連歌しのそしりにあひ、あるは歌よみのにくみにあへる事也。これ俳諧師の学文せぬ故也。されば、このごろ西翁先生の書こし給ふ文のうちに、いまの俳諧は、みな根葉なき句のみにして、たゞかる口ばかりこのめるにより、このましからずと」(下)あったと。

宗因がそう書いたか否かはともかく、この「根葉」がくせものなのだ。それと「ぬけ」との関係については次節で述べるとしても、こう考えてくると、良く知られた本書中の「虚を実にし、実を虚にし、是なるを非とし、非なるを是とする荘子が寓言(中略)おもふまゝに大言をなし、かいでまはるほどの偽《いつはり》をいひつゞくるを、この道の骨子《コツス》」という発言も違った響きを持つことになる。「(俳諧は)古事・ものがたりをも、あらぬ事に引たがへて飜案すると、寓言のうそをつくと、これふたつを本意とするべし」とあるごとく、「寓言のうそ」は「うそ」そのものではないのだ。それは「ある事ない事とりあはせ」るための、趣向としての「うそ」、見立て、取り合わせられた、方法としての「うそ」なのである。

そういった意味で、水谷隆之氏が「「寓言のうそ」(『俳諧蒙求』)という部分のみが一人歩きして」いると見たのは正しい(46)。ただ団水がそれを軌道修正したわけではなく、惟中は「寓言のうそ」の本質を弁えており、元々軌道は逸れていなかったのだ。そういった意味では、「寓言と偽とは異なるぞ。うそなたくみそつくりごとな申しそ」(『団袋』)という西鶴の発言は、惟中の真意をとらえていたと言える。ただ、それが韻文で実現可能と思っていたか否かは別問題でもある。

また、虚実を「同じものごとの両面」(川平敏文氏)と見ていたという点についての判断は保留するとしても、「(和歌の庭訓と連歌の方式をもて、俳諧のてにはまであまりに難じすぎ、吟味にをちぬれば)俳にもあらず諧にもあらず」(上)、「俳諧と連歌とのわかち、たしかにありてこそよけれ」(下)という記述からは、俳諧を和歌や連歌への「階梯」(上野洋三氏)と考えていたとは少なくとも『俳諧蒙求』の時点では思えないのである。別ものだからこそ、存在意義があったのではないのだろうか。

ともあれ、『俳諧蒙求』の跋を依頼された任口はそこを「寓言万事任西翁之馬」と結んだ。「西翁」、すなわち宗因が関心を寄せた「ぬけ」について記そう。

九

当風のぬきをやりてん霜ばしら
梅翁(於池田興行『近来俳諧風躰抄』中)

惟中は「一句にあらぬ事をいひ出る事、俳諧也」と述べ、「当時なぞ〳〵の躰、ぬけの句躰とて、はやり事のやうにおもへども、元来はもろこしの詩・やまとの哥にもある事」としてその起源をたどり、「鹿を追ふ猟師か今朝の八重霞」などの例句をあげて、「ぬけ」を説明する(『近来俳諧風躰抄』上)。牧藍子氏はそれを踏まえ、「ある語を一句の中に直接詠み込まずに、それと聞こえるように句作りする手法」、「典拠となる表現の一部を表に出し、別の部分を言外に暗示する談林の手法」と「ぬけ」を定義し、「一句のテーマにあたる語を直接詠み込まずに、全体から暗示する手法は、和歌において既に確立した詠みぶり」であるが、「俳諧の「ぬけ」は、ぬかれた語を補うことで、一句がうまく解釈可能となるという点に関心の向いた表現」という点で和歌や漢詩の手法と逆であり、「謎解きの面白さと、それに付随する人を驚かすような表現の斬新さ」を持つ一方、「謎解きのバリエーションは豊かであるけれども、独りよがりの難解句になる危険性も高い」と述べ、「(「ぬけ」の句には)基本的には和歌や諺をふまえて、その語句の一部のみを句の表に出した句が多い」(47)と指摘する。

思えば、この「ぬけ」こそが上流層の俳諧離脱を食い止める切り札となるはずのものであった。なぜなら、「ぬけ」の解読には古典の素養が不可欠であり、そうした文化的コードの有無が俳席へのパスポートになるからだ。だがそれは同時に、多くの人々を引き付けた俳諧の親しみやすさ、間口の広さという特質を失わせかねない危険な両刃の剣でもあったのだ。

高度化する謎は時として衒学性を漂わせることがある。実際、惟中は「古詩・文章の詞をふまへて仕立たる句、古今不朽の一躰」、「本哥を取たる一躰、古来よりの上品」、「諷の詞を取り用る事、二十年に及べり。俳諧のためには、連哥の源氏になぞらへて、宝」(中)と並べ、何かを「ふまへて」「取たる」本歌取り的な手法にもグレードがあることを指摘している。

既に述べたごとく、何かに寓《かこつ》け、準《なぞら》え、見立てることが、惟中の寓言の内実だった。問題は「何か」のクオリティであり、それにこだわり過ぎれば「連歌めきしとは厚き俳諧」(『玉池雑藻』)と宗因が説くごとく、句が重くなる。惟中自身も「口にとなへてなだらかならぬは、下品とおもふべし。連歌もたゞやすらかなるを本道とするなり。俳諧とても同じことー(『続無名抄』上)と自覚しながらも、「世の中や蝶々とまれかくもあれ」「世の中のうさ八まんぞ花に風」と自在に詠む宗因の洒脱な「古典に裏打ちされた言語表現のセンス」[48]を備えるには至らず、実作は「句躰おもく〵し」(『俳諧綾巻』)いものとなってしまったのだ。

「(宗因の)其徳自然と門人に及びたればこそ、度々の席ゆるやかに、各花をゆづり月を残して、うつくしき事」(『近来俳諧風躰抄』上)と和を重んじた俳諧の場に持ち込まれた、知恵比べ。そこに集う人々の多くが連歌の門人で有産知識階級であり、「中産町人階級の出と推定される西鶴には、彼らと対等に交流する経済的基盤も学殖もなかった」とされるが[49]、その点惟中も同様であった。二人の暗闘ぶりを具体的に見よう。

十

あしからしとて社茂れ難波の住(梅翁)

おさし図次第に作る鴨の巣（一時軒）
大普請庭の池水岩ふれて（益翁）
色はみとりの松のふしなし（由平）
きけはまた時雨の初の諷講（西鶴）

（『太郎五百韻』）(50)

『大和物語』（「あしからじとてこそ人のわかれけめ」一四八段）の一節を借りて惟中の大坂移住を祝す宗因の発句(51)。宗因の指導に従い俳諧に精進することを誓う惟中。惟中庵（一時軒）の完成を祝し、その立派さを称える益翁（「おちたぎつはやせの河もいはふれてしばしはよどむみだともがな」新勅撰）と由平。西鶴は松を歌唱の「節無し」にとりなして聴覚に転じ、初時雨を突いて響く謡の声に自分たちのそれを重ねる。もしそれが「わが恋は松を時雨のそめかねて真葛が原に風騒ぐなり」（『新古今』一一）を踏まえたものなら(52)、「騒ぐ」のは惟中というライバルと対峙する西鶴の心だったのかも知れない。

露はこほれておもき引うす（旨恕）
神鳴かなにそと人の問し時（貞因）
＊参考「白玉か何ぞと人の問ひし時露と答えて消えなましものを」『伊勢物語』第六段

打てば響くような小気味の良いやり取り。根底にあるのは、共通コードを有する仲間の信頼と安心感である。中でも西鶴の個性は突出し、次のごとく木村長門守重成を新町の太夫長門に見立て(53)、その落差に存在感を際立たせる(54)。

霞たつ松皮木村長門あり(梅)
そのゝ胡蝶も舞責のうち(西)

と。注目すべきは惟中と西鶴のアスリートのごときパワフルな応酬であり、惟中の変化球に『鵺』で応える西鶴の反応などスリリングでさえある。

矢さきにあたり帰る鳥の音(一)
替りもの尾はくちなはも動出(西)＊「頼政が矢先に掛かり、命を失ひし鵺と申す者」(謡曲『鵺』)

惟中は言う。「爰に入道あり、西鶴と名のる。ある日余に会し、秋の発句十ならへ、千句の両吟せん事をのそむ。されともさはる事ありてやみぬ。さりとて、僕か瓦礫の句は、なけはふらんもいたましからねと、かの入道か金玉の詞をいたつらにくたさむは口惜し(と)て梓にちりはめぬ」と。千句の予定を二〇〇句で中絶させてしまった「さはる事」とは何だったのだろうか。それを両吟中に探ろう。

1　金の御幣は握てはなさぬ(一)
大矢数その日閑に花の風(西)

2
佐保姫の一足あゆめはあいたしこ(西)
＊「さほひめのとこのうらかぜふきぬらしかすみのそでにかかるしらなみ」(藤原光俊　続古今)
寝さしてをけい床のうら風(一)
＊「わがそでにむなしき浪はかけそめつ契もしらぬとこの浦風」(定家　続後撰)

3
首引て志賀の浦半を詠んや(一)
＊「さざ波や志賀の浦わに霧はれて月すみわたるからさきの浜」(鳥羽院　後拾遺)
まくら絵になる旦妻《アサツマ》の里(西)
本の時風やとくらん下の帯(一)
＊「袖ひちてむすびし水のこほれるを春立つけふの風やとくらむ」(貫之　古今集)

4
なにもおとさぬかこしの白山(一)
＊「白山に雪降りぬれば跡絶えて今は越路に人も通はず」(後撰集)
＊＊(深沢了子・深沢眞二氏御示教)「君が行く越の白山知らねども雪のまにまに跡は尋ねむ」
(藤原兼輔　古今集)
かね秤しるしの竿は立しかと(同)
秋の霜ふむあきなひの道(西)
さそ傾城鶉と成てなきをらん(一)

＊「萩が花たれにかみせん鶉なくいはれの野べの秋の夕暮」(前内大臣師　続拾遺集)
＊＊「野とならば鶉と成て鳴きをらむかりにだにやは君は来ざらむ」(『伊勢物語』一二三段)

是非髪きれといはれのゝ月(西)

5　されは候治承四年の比はとて(一)＊治承四年頼朝挙兵(謡曲『頼政』)

さしに懸つてうたひそこなふ(西)

6　天乙女知音くらへの空の月(西)

ゆひきりかねきり通路の露(一)

＊「あまつかぜ雲のかよひぢ吹きとぢよをとめのすがたしばしとどめむ」(良岑宗貞　古今集)

7　狼や出て我まゝの野への花(西)

句躰も秋も千里同風(一)

8　一盃のんた浅沢の水(一)

通し矢というトピック(1)、「さを姫のはるたちながらしとをして」(『犬つくば』)などを意識してくだけた西鶴に、古歌(「とこのうらかぜ」)で応じた惟中(2)。同じことが3にも言える。古歌を踏まえて琵琶湖東岸朝妻の景色を詠む惟中に対し、朝妻船における遊女との性技に落とす西鶴。その世界を引き継ぎながらも頑なに古歌を踏む惟中。4も同様であるが、惟中自身が腰(越)の金を承け雪竿を天秤に見立てた前句を踏まえ、西鶴はそれを商人修行とする。古歌を踏まえ、商人修行に出されたのは大尽で、相方の遊女は嘆いているとする惟中。「いはれの(奈良県桜井市磐余)」を「言はれ」に変え、心中立の一場面とした西鶴。5では惟中の投げたボールを頼朝挙兵(謡曲『頼政』)。「風ひかれ　抑治承の夏の比」大句数九、『二葉集』にも有)と読み、「うたひそこな」ったと切り返す。両吟は「知音くらべ」(6)ならぬ、知恵比べでもあったのである。

だが、ここでも惟中の深奥にある醒めた部分が顔をのぞかせる。奔放な西鶴に対し、すべてがマンネリで飽きたと呟く惟中(7)。そうしたやりとりではじまった二百韻目の揚句を惟中は、「一盃のんだ浅沢の水」(8)と結ぶ。埋めがたい懸隔。「さはる事」の内実は、西鶴の「浅」い教養に対する惟中の不満ではなかったか。

二

惟中にあっては無為に終わった両吟体験。だが西鶴は違う。惟中に対し自信を持って「秋の発句十ならへ、千句の両吟せん事をのそ」みながらも、二〇〇句で中絶した苦い体験。それは古典の素養の足りなさを自覚させたであろうし、惟中と同じ土俵で競っても俳諧師としての未来はないことを西鶴は痛感したのではないだろうか。

「千話・口吸・夜這・密夫・腎ばり・はりかた・ねり木・右条々堅相守、一切出すべからず。此外ひらめなる恋、縦言捨たり共、仕にをひては急度曲事たるべきものなり」(松意『夢助』延宝七年跋)。西鶴の浮世草子がこうした禁忌をむしろ積極的に取り込むことで成立しているように思えるのは皮肉であるが、伏線は既にあったのだ。

惟中とのぶつかり合いが発電した熱と、西鶴の覚醒。それが、『大矢数』を生む。「才能は一つあれば良い」（映画「タイピスト」）というが、生活者としての彼の強みは「俗」に対する知識と、「今」を切り取る豊かな語彙力にある。饒舌を支える圧倒的なスピード感覚。その資質を最大限に生かす、矢数俳諧というホームグランド。そうした場に戻り、彼は再び躍動する。達成された、四〇〇〇句の独吟。宗因はもとより、惟中のものとも異質な世界がそこに拡がる。

1　本丁は手代まかせの友千鳥
　妹がりゆけば闇者詮議(二)

2　人目も恥よ後家のいたづら
　死別れ生てわかるゝかねの声(六)

3　是は又薬違ひの花にかぜ
　柳の髪がぬけて兀山
　さほ姫に縦敷銀付とても(五)

なるほど、3の「さほ姫に」「敷銀」を付けるというのは惟中の言葉を借りれば寓言ということになるし、次の例のごとく自己に注がれる醒めた視線などは一見惟中と通底するようにも思える。

4　つれづれの心付には長点か
下戸ならぬこそ明日の朝(二〇)＊『徒然草』初段

5　線香立てまどろめる内
不思議なる俳諧共が顕はるゝ(三二)

6　てにはのわるひ所はなをせ
削らせて談合ばしらを立られたり(七)

7　胡蝶の行方今にしらぬか
たゞ古い付合計夕間暮(二二)

8　大矢数是にはづれじ難波鶴(久永)
むだ口叩水鶏の勢力(二四)

ただ、決定的に違うものがある。それは、こんな句に典型化される。

9　此奢上戸の喉の沖の石

さては殿様末の松山(七)＊奢と殿様

思えばその三年前、西鶴は次のように詠んでいた。

10 春の野や我物にして公儀ぶり
出頭人はきみがためなり

11 しるもしらぬも中がよいとの
さりとては脇より用る公儀ぶり

12 堤せかする功徳池の水
御代官爰をさる事遠からず

13 稲葉をみだる北国の風
加賀殿の御下の露ははらりさん

(『俳諧大句数』延宝五年)

春の野を「我物に」にする公儀や、役人。「我まゝ大名」を詠み込む任口(前掲)の遺伝子は社会派として西鶴へと継承されていたのだ。西鶴は権力にどんな印象を抱いていたのか。『大矢数』に戻ろう(数字は巻名。＊はイメージ）。

1389 頭は猿与力同心召連て
90 此穿鑿に腸をたつ＊猿と腸《はらわた》を断つ。与力（猿）同心は穿鑿の縁語

1516 心の水に公事工みする
17 鈴鹿川深ひ所がどうよくな＊公事工《だく》み→胴欲

1660 公家の知行はいにしへの事
61 八重桜たとへ折ふと曲ふと＊公家→折る曲げる。

1985 千貫目手形まぎれて箱伝受
86 猛き武士家老がわるひ＊まぎれる千貫目手形→大名貸千貫目手形をうやむやにする家老

2287 爰は又中大名の御泊り也
89 進上肴箱根路の末＊中大名の宿所に山のような進上肴

2327 御公儀の御触きいた時鳥
28 牢人置な卯の花の宿＊牢人の宿泊、居住を禁ずる御上の命令

47 飼ちんの尾花乱て咲にけり
48 霧立こめて大名乗物＊小犬を抱き乗物に乗る大名

62 上野の穐や上様の山

63 又伊賀は知行の稲葉下されて＊徳川家ゆかりの寛永寺と伊賀上野の藤堂家

2425 此朱印いざもろこしの人に見せん

26 上意を以て隅からすみまで

27 御物あがり今は毛抜や恨むらん＊主君に寵愛された小姓の容色の変容

2826 此御家中の家老へのつて

27 今度山金のつるを見付けたり＊家老を伝《つて》に金脈を狙う御用町人

3033 大名の御手が懸つて産出して

34 恋の重荷や当坐に千石＊大名の子を孕み、加増される愛妾

3125 それ公家の跡へ下つて引にけり

26 色のこじろい山鳥の声＊色白な公家

92 二十余年は思はくの秋

93 手形借反古になさつて雁の声＊二十余年来の借金の踏み倒し

3414 巡見衆の暮の中宿
3415 物買ず物を餬《もら》はず物謂ず＊巡見衆の調査先での潔癖な建前

3620 小納戸衆は風の音する
3621 さく花を散せぬまゝに御為づく＊大名の小納戸衆の卑屈さ

3633 上様の在所見てきて立霞
3634 米なら金なら銭なら蔵なら＊米も金銭も蔵もある上様《うえさま》の豊かさ

3789 夫鱶《ふか》も終に俎《まな》板思ひしれ
3790 旗本衆はあら波の音＊粗野な旗本衆への悪口

一〇〇(『大坂独吟集』)、一〇〇〇(『俳諧独吟一日千句』)、一六〇〇(『大句数』)、四〇〇〇(『大矢数』)、そして二三五〇〇と、さながら機械時計のごとく、ことばを発し続けた西鶴。だが、一〇〇〇句を吐くには一〇〇〇の、四〇〇〇句にはそれだけの酸素を取り込むことが不可欠だ。独吟というリズムの呼吸法。それに息苦しさを感じた時、散文という新しい呼吸法が模索され、『一代男』が生まれるのである。

【注】

（1）野間光辰『定本西鶴全集　一二』・中央公論社、一九七〇年。

（2）同右「頭注」。

（3）森川昭『下里知足の文事研究』第一部日記編　上、一七四～一七五頁、和泉書院、二〇一三年。

（4）同右・下（参考）に拠れば、大坂天神橋南詰め京橋六丁目住の江戸買物問屋。知足はここから鉄、砥、油などを買い求め、大坂の相場について情報を得ていたという。一時、西鶴自身に擬せられていたことがあった（林基）。

（5）同右（三〇六頁）。

（6）谷脇理史「西鶴　出自と俳諧」谷脇理史・広嶋進『新視点による西鶴への誘い』清文社、二〇一一年。

（7）谷脇理史・同右。

（8）大野鵠士『西鶴矢数俳諧の世界』和泉書院、二〇〇三年。

（9）同右（四〇五～四〇六頁）。

（10）野間光辰・注1と同。

（11）谷脇理史・注6と同（五四頁）。

（12）山本秀樹『江戸時代三都出版法大概―文学史・出版史のために』岡山大学文学部研究叢書29、二〇一〇年。

（13）『諸艶大鑑』（巻一の三「詰り肴に戎大黒」）などでは、次のように記されている。「嵐三右衛門、其外弐三人、大名借する男、唐土一座にて奥の二階にありしが、下京の若手ともが、そそりに目覚てみれば、万事不破の関屋となしにけり、はや住かへて、薄鍋に醤油をはしらかし、日本一の御吸物ありと、那波屋何がし、恵美酒、大黒をおろし、是にもなまぐさ物と焼立て」。

（14）写本一冊・東京大学史料編纂所蔵。

（15）拙稿「午後の『懐硯』」『武蔵野文学』四三、一九九五年一二月。

（16）大谷篤蔵「西鶴の手紙」『連歌俳諧研究』二号、一九五二年二月。

（17）前田金五郎『西鶴大矢数注釈』（第四巻、勉誠社、一九八七年）は、これを「未詳」とするが知足その人と見て間違いないと思われる。

(18) 野間光辰『刪補西鶴年譜考證』岩波書店、一九八三年。
(19) 暉峻康隆「頭注」『定本西鶴全集』一一巻下、中央公論社。
(20) そこには「天満の翁(引用者注・宗因)に点を乞侍るに、かゝる大なる事にはと辞退あつて、唯褒美の詞をなんそへられけるはかりなり」とあるので、西鶴の言に従えば「褒美の詞」はあったとも考えられる。ただし、現存しない。
(21) 尾崎千佳「宗因年譜」『西山宗因全集』第五巻、八木書店、二〇一三年。
(22) 大谷篤蔵「西鶴の手紙」『連歌俳諧研究』二号、一九五二年二月。
(23) 前田金五郎『西鶴大矢数注釈』第一巻、勉誠社、一九八六年。
(24) 谷脇理史・注6と同。
(25) 島居清「西鶴と宗因」『国文学 解釈と鑑賞』一九五七年六月。
(26) 加藤定彦「宗因と西鶴」浅野晃・谷脇理史編『西鶴物語』有斐閣ブックス、一九七八年。
(27) 野間光辰『刪補西鶴年譜考證』岩波書店、一九八三年。
(28) 『西山宗因全集』第四巻、八木書店、二〇〇六年所収。
(29) 尾崎千佳・注21と同。
(30) 以下、上野洋三「岡西惟中年譜考」(『国語国文』一九六八年一〇月)に拠る。
(31) 上野洋三・同右。
(32) 米谷巌「惟中の上阪と西鶴」『国文学攷』二二号。
(33) 上野洋三・注30と同。
(34) 上野洋三「岡西惟中論」『文学』一九七〇年五月。
(35) 今栄蔵「談林俳諧史」『俳句講座1』明治書院、一九五九年。
(36) 乾裕幸『俳諧師西鶴』前田書店、一九七九年。
(37) 川平敏文「寓言―惟中と伊勢物語学」『江戸文学』三四号、二〇〇六年六月。
(38) 川平敏文「俳諧寓言説の再検討―特に林註荘子の意義」『文学』二〇〇七年五、六月。

(39) 水谷隆之『西鶴と団水の研究』和泉書院、二〇一三年。初出は「近世文藝」八一号、二〇〇五年一月。

(40) 大江あい子「貞門系俳書と『俳諧蒙求』の関係―『しぶうちわ』を中心に」俳文学会六五回全国大会、二〇一三年九月二九日。当日は参加していないため、発表資料と廣木一人氏の御教示による。

(41) 仁枝忠「岡西惟中の俳論 附『俳諧蒙求』『しぶ團返答』『俳諧破邪顕正評判之返答』の乾注拾遺」『津山工業高等専門学校紀要』一四／一五号、一九七六年。

(42) 穎原退蔵「俳諧史の研究」『穎原退蔵著作集』第三巻、中央公論社、一九七九年。初出は一九三一年。

(43) 天理図書館綿谷文庫所蔵。『天理図書館綿谷文庫・俳書集成・第六巻・談林俳書集一』八木書店、一九九五年所収。

(44) 句意については、拙稿「八わりましの名をあげて―惟中という陰画」『青山語文』四四号、二〇一四年三月参照。

(45) 穎原退蔵「俳諧文学」『穎原退蔵著作集』第三巻、中央公論社、一九七九年。初出は一九三八年。

(46) 水谷逢之・注39と同。

(47) 牧藍子「発句の「ぬけ」」『国語と国文学』二〇〇九年八月。

(48) 深沢眞二・深沢了子「宗因独吟「世の中の」百韻註釈」文学史探究の会『近世文学研究』二号、二〇一〇年七月。

(49) 加藤定彦・注26と同。

(50) 野村貴次「一時軒會合太郎五百韻一時軒會合次郎五百韻」守随憲治『近世文学』三省堂、一九六〇年所収。

(51) 岸得蔵・佐藤彰・桑原敬治・安藤勝志「『太郎五百韻』注解―「あしからし」の巻」『静岡女子大学 国文学研究』四号、一九七一年三月。

(52) 右と同。

(53) 右と同。

(54) 『一時軒會合／次郎五百韻』（序）で任口は「なそ〱の俳諧」に言及するが、「馬のりや畜生道におちぬらん（一）／吉田と申遊女ありけり（貞因）／大根やをし付へしつけ桶ふせに（梅翁）」という句も載る。

資料集

佐藤勝明

ここには矢数俳諧に関する資料として、延宝五（一六七七）年の序をもつ西鶴著『西鶴俳諧大句数』、延宝六（一六七八）年刊行の紀子著『俳諧大矢数千八百韵』（通称『紀子大矢数』）、延宝七（一六七九）年刊行の三千風著『仙台大矢数』、延宝九（一六八一）年刊行の西鶴著『西鶴大矢数』の四書につき、解題と序・跋の翻刻を掲げる。また、参考資料として、矢数俳諧について記してある文献などを紹介する。

翻刻にあたっては、原典に忠実であることを第一義としつつも、字体は通行のものに従い、旧字や異体字は原則的に新字体に改めた。読みやすさを勘案して、濁点・句読点も私に加え、連読符は省略した。また、その表記に格別の意味が認められる場合を除き、片仮名も平仮名に直した。なお、本書の編集方針とは別に、百韻の順番を示す「第十」などや「初千句」「二千句」などの記載は、原本表記の「十」「千」の字を踏襲し、解題中でも「　」を付さないままこれを用いた。

解題を記すにあたっては、多くの先行研究を参照した中でも、野間光辰著『補刪西鶴年譜考證』（中央公論社、一九七六年刊）と、『天理図書館善本叢書　矢数俳諧集』（八木書店、一九八七年刊）の乾裕幸氏による解題（『周縁の歌学史』〈桜楓社、一九八九年刊〉に改変を加え「矢数俳諧の濫觴と展開」と題して収録）から、多大なる学恩を頂戴した。一々の注記は省略したお詫びとともに、深甚の謝意を表したい。

■西鶴俳諧大句数　解題と序文の翻刻

連句集。井原西鶴著。版下は水田西吟筆。
横本二冊。上冊四二丁、下冊は丁数不明。
題簽「西鶴俳諧大句数」（上冊写真の残存部分による推定）。
内題「大句数第一（〜第十）」（上冊）。
序文「延宝五巳年五月廿五日／大坂　松寿軒／西鶴」。
刊記未詳。

著者の西鶴は、大坂の俳諧師にして浮世草子作者。井原氏。寛永一九（一六四二）年生、元禄六（一六九三）年八月一〇日没、五二歳。その他は省略に従う。版下を担当した西吟は、宗因門の俳諧師。摂津国桜塚住。水田氏。生年未詳、宝永六（一七〇九）年三月二八日没。西鶴と親交をもち、執筆役を務め、俳書の版下も多く清書した。

本書の伝存状況に関しては、松宇文庫蔵の上冊が所在不明となって以来、その写真版が伝わるのみで、下冊はそれ以前から伝本未詳。『東京大学総合図書館連歌俳諧書目録』（東京大学出版会、一九七二年刊）所載の「洒竹文庫旧目録所載本中の震災焼失本目録」に「延宝古板大句数　西鶴　延宝五　完一」とあるものの、『定本西鶴全集』の解題によれば、これも完本ではなく、上冊のみの零本であったという。上冊の翻刻が、『定本西鶴全集』10（中央公論社、一九五四年刊）、『古典俳文学大系　談林俳諧集一』（集英社、一九七一年刊）、『新編西鶴全集』5上（勉誠出版、二〇〇七年刊）等にある。

上冊には第一から第十まで西鶴独吟百韻一〇巻を収め、序文に「一千六百韵」とあることから、下冊は第十一から第十六までの同じく六巻を収めると推定される。各百韻の冒頭には賦物が記される。すべての発句に「花」が詠み込まれ、第一百韻の発句は西鶴の「初花の口びやうしきけ大句数」。自序によれば、延宝五年五月二五日、大坂は生玉の本覚寺における興行。

序文の後には、西鶴の署名に続いて、「執筆　青木藤兵衛／友浄」「同　水田庄左衛門／西吟」「指合見　児玉／菊砌」「同　桑門／順座」と、執筆・指合見の名が明記され、これが公開の興行であったことを裏付ける。

初折の折立（初裏初句＝冒頭から九句目）のみ別作者が出詠し、上冊におけるその作者名は順に竹薗・順座・重政・武仙・西賀子・菊初（菊砌か）・西長・日信・光如・会円。このことから推して、表八句は事前に用意したものと考えられる。

西鶴の自序は、弓の矢数競技における覇者、星野勘左衛門のことから起筆し、俳諧の大句数は自分が創始して、数多の群衆を前に一六〇〇韻を成就したこと、これをまねする人も多く、修行により二二〇〇句ほど詠める人はいるとしても、諸人の面前で興行する際は、普段の半分くらいしか詠めないこと、希望の者には自分が使った諸道具を譲ってもよいことなどを記す。挑戦者の出現を期待するといった筆致の裏に、強烈な自負の念を込めたものと見てよかろう。以下、序文の全体を掲出する。

〈序文〉

天下の大矢数は星野勘左衛門、其名万天にかくれなし。今又俳諧の大句数、初て我口拍子にまかせ、一夜一日の内、執筆に息をもつがせず、かけ共つきぬ落葉の色をそへ、実をあらせ、花の座、月・雪の積れば一千六百韵、見渡せば柳にから碓、桜に横槌を取まぜ、即興のうちにさし合もあり。其日数百人の連衆、耳をつぶして是をきゝ給へり。みな大笑ひの種なるべし。又口まねをする人もありそ海の浜の真砂の数、一句にてもまさりなば、それこそ命幾世へぬらん難波の長橋、世を渡る慰ぞかし。なを此道執行つのりて後、弐千二百句迄もなる人は成べし。頃日向におもひ立て四百韻、又南都にて六百韵するといへども、雪中の時鳥なり。釜の前、堂前、格別の違ひ。我つね〴〵片吟し、詠草書にして三千六百句迄する事あり。是はかさねて取あぐべき物にもあらず。殊に諸人の中に出、独吟に句の取まはし五百句なるべき人は、やう〳〵弐百と心得給ふべし。此度万事改め、番付の懐紙・文台・目付木・左右の置物・掟書等、あと望の方へ是を譲るべし。

所は大阪東成郡生玉本覚寺にて綴り畢。

延宝五巳年五月廿五日

大坂　松寿軒
西鶴

■紀子大矢数　解題と序文の翻刻

連句集。月松軒紀子著。菅野谷高政点。版下は紀子自筆か。

横本二冊。上冊三八丁、下冊三八丁、計七六丁。
題簽「俳諧大矢数千八百韵　上(下)」。
内題「大句数第一(〜第十七・追加)　紀子」。
序文「俳諧惣本寺／菅野谷高政／序」。
刊記「延宝六戊午年／五月吉日／中村七兵衛梓」。

著者の紀子は、大和国多武峰寺西院の僧。出自・生没年等未詳。寛文末年ころから俳書に句が載るようになり、延宝六年に本書を刊行した後、江戸に下って二葉子編『俳諧江戸通町』に序を与え、桃青(芭蕉)ら一座の歌仙一巻に参加。後に大坂に移住したとされるも、天和以後の入集俳書は数えるほどしかない。点者の高政は京住の俳諧師。菅野谷氏。出自・生没年未詳。俳歴もあまりないまま、延宝三(一六七五)年の『俳諧絵合』で俳壇に登場。宗因流に傾倒し、京都におけるその実践者を自負。同七(一六七九)年の『惣本寺誹諧中庸姿』は新旧両陣営に物議をかもし、時の人となるも、天和以後の活動はほとんど知られない。

本書の伝存状況に関しては、東京大学総合図書館竹冷文庫に上・下の完本、天理大学附属天理図書館綿屋文庫に上・下の取揃え本、柿衞文庫に上のみの零本が蔵される。『矢数俳諧集』に綿屋本の影印を収録。

上冊には第一から第九まで紀子独吟百韻九巻、下冊には第十から第十七までと追加の同じく九巻を収め、紀子独吟歌仙一巻を付載する。第一百韻の内題に続く端作りに「延宝五年九月廿四日／於南京極楽院即座」とあり、延宝五年九月二四日、奈良の元興寺極楽院で興行されたらしい。各百韻の冒頭には賦物が記される。第一百韻の発句は紀子の「山や錦神のまひ〳〵大句数」。第十七の内題に続く端作りには「此百韻貞徳流」とある。歌仙は全句に竹を詠み込み、前書に「竹一色／八隅しろしめすおほん君の、千尋ある御蔭を夏冬かれず、若竹のよゝにあふぎ奉るちまたの諺を、一色にせよといふ人あり」とある。

他の矢数俳諧集に見られるような役人の記載はなく、この興行が公開のものであったかどうか、疑義（『仙台大矢数』西鶴跋）が生じる一因ともなっている。ただし、第一百韻では初折の折立を月山、第二百韻のそれは梅朝が出詠し、「於南京極楽院即座」の記述とともに、公開性を匂わせてもいる。月山は、摂津河辺郡に再興された法華三昧寺多田院の別当である智栄僧正の俳号。梅朝も多田院に属する僧で、智栄に従う一人であったと推察される。梅翁（宗因）から一字を得た俳号をもち、延宝八年九月、江戸・大坂の諸家と巻いた歌仙を『江戸大坂通し馬』と題して刊行するなど、俳諧に積極的な一人であった。

歌仙を除く各百韻には高政による加点（平点・長点・丸点の三種）があり、各巻末尾に「俳諧惣本寺高政〈在判〉」とした上で、「平点除テ／長〇〇句／丸〇〇句」と加点数を記す。第一から第十六までは「右一日一夜大句数たる故差合少々有之所不改」、第十七には「此百韻之点貞徳流ニ准ズ」、追加には「平点はしるすにをよばず」と付記される。さらにその後に、「都合長参百四拾四句／丸四百四拾七句／平点はしるすに不及／于時延宝六年三月日／京都俳諧惣本寺高政」とある。版元は京の書肆であり、これも高政の斡旋であったかもしれない。

高政の序文は、イザナギ・イザナミの唱和を当流付合の開闢とし、荒木田守武の一〇〇〇句を自由自在の俳体を示すものと称揚した上で、紀子はその自由を得て当流を行う作者であると位置づける。そして、難波の作者が一六〇〇韻を詠んで大矢数と号したことを聞いた紀子は、延宝五年の秋日、元興寺極楽院に群衆を集め、戌の刻から申三つまでの間に一八〇〇句を成したこと、依頼に従って自分が加点したこと、大句数であるから差合・輪廻は改めずにおいたことを記す。以下、序文の全体を掲出する。

〈序文〉

あめつち既におかれてまだ宗匠もさだまらず。乾神坤神《オガミメ》あまの瓊鉾《トホコ》を執筆にたて、アナニエヤウマシヲトメと吟じ給へば、アナニエヤウマシオトコと付給へり。これぞ当流付合のはじめなるべし。そのゝち荒木田守武出てとんだ作意、御裳濯《ミモスソ》川のすまむかぎり工夫をなし、残したる千句を見るに、其物をぬきては異《コト》ものにたとへてそれとさとし知らするたぐひ、用の体付、或は廿五絃《ゲン》を云て帰雁とし、或は盛夏不消雪《セイカフセウセツ》とつゞりて扇としらする作例《レイ》をこのむ。猶万葉体・金葉体かれこれをかよはし、更になづまず。皆広き所にいたりては何かさはらん。爰に月松軒紀子、自然と此道の自由を得て、今やうの堺《サカヒ》にいたる。近曽《サイツコロ》、難波わたりの作者、一日一夜に一千六百韻をつゞりて大矢数と号するよしを、ならの京春日の里のしる人、紀子にかたる。さもあるべしといひて、夏に動《ドウ》ぜずなんありけるぞ。座にさぶらふ人々の三笠山折節のありさまを上の句にして、はやとくとすゝむれば、延宝五秋戌の刻より申みつばかりに一千八百句、元興寺《グハンガウジ》極楽院にて数百の耳をあつめて、列《レツ》座の眠《ネブリ》を覚させてのち、予に点をしたはれて、その心にしたがふ。差合・輪廻あらたむるにあやなしと、大句数にゆるすものならし。

俳諧惣本寺

菅野谷高政

序

■仙台大矢数　解題と序文・跋文の翻刻

連句集。大淀三千風著。

横本三冊。上冊四四丁、中冊四〇丁(現存は三三丁)、下冊四二丁、計一二六丁(現存は一一九丁)。

題簽は剥落して不明。上冊の表紙に「仙台大矢数」と打付け書き。

内題「仙台大矢数巻之上(中・下)」。

序文「湖山狂散人大淀之三千《ミチ》風」。

跋文「松寿軒/西鶴」。

刊記「延宝七未年/五月吉日/大坂伏見呉服町/書林深江屋/太郎兵衛板」。


著者の三千風は、伊勢国射和出身の俳諧師。三井氏で、自らは大淀氏を称する。寛永一六(一六三九)年生、宝永四(一七〇七)年一月八日没、六九歳。特定の師系はもたない。長く陸奥国仙台に住み、本書や天和二(一六八二)年の『松島眺望集』を刊行。その後は全国を行脚して、元禄二(一六八九)年に『日本行脚文集』を上梓。やがて相模国大磯に鴫立庵を結んで住みつつ、九州行脚などを敢行し、自流の普及を行った。

本書の伝存状況に関しては、孤本であった東京大学総合図書館洒竹文庫蔵の完本が罹災により亡失。その後、各巻が個別に出現し、上冊は天理大学附属天理図書館綿屋文庫蔵、七丁分を欠く中冊は岡本勝の所蔵を経て朝日町歴史博物館蔵、下冊は個人蔵となっている。『矢数俳諧集』にその三冊すべての影印を収録。上冊の翻刻は『ビブリア』82(一九八四・5)に、中冊の翻刻は『国語国文学報』25(一九七三・3)にあり、下冊については金沢規雄著『『おくの細道』とその周辺』(法政大学出版局、一九六四年刊)に影印がある。

上冊には第一から第十まで三千風独吟百韻一〇巻、中冊には第十一から第二十まで同じく一〇巻、下冊には第二十一から二十八までと追加の同じく九巻を収め、蜘葉・寸虫・一水・以帆・独笑・袖雪・寸工・柳也による八吟歌仙を付載する。発句はすべて花を詠み込んでおり、各百韻の端作りに花による題が記される。第一百韻の発句は三千風の「空花《クウゲ》を射る矢数や一念三千句」で、題は「合拳花」。自序によれば、延宝七年三月五日、仙台青葉崎の梅睡庵における興行。刊行の経緯に関しては、仙台出身の木村一水を介して、西鶴の手にゆだねられたものと考えられている。

歌仙には前書が付され、「此度大句数の満座を賀して、蜘葉子亭に役人をまねき、一献をすゝめ、即席に歌仙をしてたびぬ。和友の情なをざりならねば爰にかきつくは」とある。序文に続く「役人付」を見ると、「金幣　土田氏尺蠖軒寸虫子　玄素」「銀幣　木村氏山洞軒　一水」「箭取　畑氏　以帆」「同　守谷氏　独笑」「同　大嶋氏　袖雪」「同　岡崎氏　寸工」「同　上地氏　柳也」とあり、たしかに歌仙の連衆名と一致する。この七人が立合人であったことになる。

第一から第十三までは初折の折端(初表八句目)と折立、第十四以下は折端のみを別作者が出詠しており、西鶴の場合と同様、表八句は事前に準備したものと推測される。その折立では、作書名を記さず不用意な空白が見られる箇所も多く、後で誰かの名を入れるつもりであったのかもしれない。記載された作者名は、可得・諷志・一車・今始・蜘葉・一友・友和・一和・玄素・笑計・一水・笑種・以帆・一尤・独笑・閑心・袖雪・遊夢・寸工・身笑・柳也・依久・可久・不丹・窓雨・初成・恐入・友袖・治久・葛葉・与風・未了・自笑・意計・一未・一山・匆言・意友・竹葉と執筆(追加)。

三千風の自序は、西鶴の一六〇〇句独吟を大矢数の濫觴とした後、自らを荒木田守武の流れを汲む者と位置づけ、一五歳で俳諧になじんで三〇年、千島や松島に落ち着いて驕慢となるまま、昨年の秋に一〇日で万句の練習をしたと述べる。そして、延宝七年三月五日には仙台の庵で聴衆を前にして矢数に挑んだところ、二八〇〇まで詠んで気絶してしまったこと、三〇〇〇句の成就を念頭に三千風と改号した手前、二〇〇を残したことに涙したものの、残りは翌日の半時を用いて追加興行したこと、西鶴に奥書を依頼したこと、松島に関する『眺望集』も近く刊行予定であることなどを記す。これによれば、追加に百韻二巻を詠んだと読めるものの、実際には一巻のみが収められている。なお、稽古の一万句に関しては、延宝九年の友悦編『それ〴〵草』に「つゝじが岡野廟奉納の独吟一万句追加に／たて臼もおとらはなどか飛ざらん」の三千風句があり、事実と見ることができる。

西鶴の跋文は、守武・宗鑑以来、俳諧には諸流がある中、世がこぞって学ぶのは梅翁（宗因）の軽口であるとし、自らの一六〇〇句独吟に比して、紀子の一八〇〇は聴衆もおらず、執筆や判定役もいないため、興行自体が疑わしいこと、点者の高政も愚かな作者で信頼できないことを述べる。また、自分が先の大句数の加点を宗因に依頼したところ、辞退して褒美の詞だけを贈られたと明かし、三千風の独吟は証拠もあり、作意もすぐれてみごとであると称揚する。跋文の後には、西鶴の独吟歌仙一巻が付されている。なお、三千風自身は天和二（一六七四）年刊行の『松島眺望集』の中で、「おもひきや我松島の月ならで浮世の浪に身をよせんとは」の自歌を掲げるその前書に、

愚老大矢数の奥書を見侍りて、こは浅ましとて足摺《ズリ》をしけれど、はや難波の板船に帆あげぬときゝて、高政・紀子両翁へ、予が心の外なればゆるしてたうびよと、いひにげのせうそこして、おくに

と記しており、紀子と高政に詫び状を送ったようである。

以下、三千風による自序と西鶴による跋文の全体を掲出する。

〈序文〉

難波津の誹雅《ウタ》は西の鶴のもとじろ、千六百のはなれ雲にひゞかして、今迄の大矢数の東梁なるゆへに、手なろふ弓筆

のはじめとせり。しかるに、此下子《ス》鳥のもぢり、羽をもて浜矢をつがふ事、ゆへなきにしもあらず。古郷竹の都、風月長者荒木田のあそんのながれをくむ、大淀の磯の真砂をかぞふるに、十五と申秋の比、むら雲の俳仙坊に抓《ツカ》まれ、三十年がそのあひだ、山〳〵里〳〵をめぐり〳〵て、けふこゝに夷《エゾ》がちしまや松島の蜑の苫屋に落つゐて、しばらく息をぞつきゐたる。かくて三熱《ネチ》のはね生ひ、驕慢《ケウマン》の口嘴《ハシ》とがるまゝに、先試に去秋十日の都合に一万句の稽古箭《ケイコヤ》を射たり。果の日八日の中に弐千百筋をとをす。見物のともがら、屏風・障子をたゝひて、呼嗚、ゐたりやゐたり、とさゞめく声、愛岩の山や比良野の峯、大嶽迄やかよふらん。則一万の大祓、箱入にして、躑躅《ツヽジ》岡《ガ》の　檀那殿に、これものにかまへて進献せしめ畢。それより大六天の魔王心に入かはり、日夜に兎角《トカク》の弓を削《ケヅリ》、朝暮に亀毛《キモウ》の矢の根を磨《ミガ》く。日比かたらひし文庫《ブンコ》さがしの紙魚《シギョ》先生、四季折〳〵の虚空坊、これらを左右のはがひとして、すでに金銀の弊《ザイ》おつとりうつたつ、其日はいつなるらん。延宝七年三月五日、奥州仙台青葉崎《ガ》の麓、寓《グウ》言堂の借家梅睡庵にして、床《トコ》には朱雀《スザク》門の鬼《キ》一法眼をかけ、宗匠には荘周《サウシウ》法橋を請じ、執筆の大将白蔵主、此外役人車座につらなり、見物の群類桟敷をうち、かたづをのんでこれをきく。席《セキ》さだまり、ことそともなくしづまりかへつて時を待。すはや明寅の刻限にもなりしかば、眠蔵よりねり出、こはづくりするほどこそあれ、大あらめの十徳の袖かきあはせ、かた膝《ヒザ》押たて、思ひきつたる団《ダウ》三郎、五寸五分のちびれ筆をゆんでの脇にがばとたて、きりゝとまはす一念に、弐千八百の腸《ハラワタ》を抓《ツカミ》出し、蝋燭の要際《カナメギハ》二寸といふとき、あらくるし、目まひやとて、もつたるあふぎをからりとなげ、のつけにどうとたふれにけり。連座の面々肝をけし、あはてまどひ、目と鼻のあひだに硯の水打そゝぎ、声のかぎり出してよびかへす。からふじて息ふきあけ、天《アマ》のとわたる船心地して、かしらもたげぬ程大猛《フテキ》なる捨魂《コン》性なれば、二百句のこれる言葉の瀧にをりひたらんとす。たすけの人々、人参くさき手をのべて額《ヒタイ》をおさへ、こはいかに、物くるほしや、天みてるをかき、亢《カウ》然の悔あり。かつは鼻高坊のおもはくも空おろしと、しゐて諫《イサム》るぞ、いとかはゆし。いでや、思ひたちぬる空花《クウゲ》三千の巻頭に、みづから紫烏帽子をかぶり、三千風《ミチカゼ》と名をあらためし、かた小鬢《ビン》に疵をつけん事のほゐなさよと、歯の根をかみ、大の眼のかど〳〵より泪をふつ〳〵とこぼつ。見る人身のけよだつてぞひかへたる。されば此心ざしのせちなるをあわれととぶらふ人々は、まげて三千風とよびたうびよ、追加はつぎの日半時につゞりぬ。よつて前哲《テツ》西の鶴達老にねだれて、奥書をしてあたへ給へかし。閻魔の関戸の通判にして、かの奪衣婆《ダツエバ》のがりゆき、押かけ後家をし、百味の定物、成子石のぬしとなり、左あふぎにてあらん事を扨もつゞる所の我風《ガフウ》は、紫式部夢のうき橋のうへにて、荘子六十巻の事を伝へし秘密の一流なるべし。句体のこは〴〵しき事は郷《ガウ》にしたがふならひ、佐猛者弓《シャムサイン》がさへづりをこのんでこれをつかふ。よきやうにてよはからざるは、公平《キンピラ》入道がわざなればなるべし。八万異別《イベツ》の御評判はおそるゝにたらず。はりあひにいとまあらず。謂所万事は皆非なり。空なり。夢也。非々空々、夢又夢、所詮口に手あてゝ、これまでなりや。

追付明々年は、かはり島じま眺望《テウバウ》集相出し侍る。御のぞみのかた〴〵は、くばりをきし題号の札を御用意あるべしとて、うはくちびるの幕をさつとおろし、楽《ガク》屋をさしてぞ入にける。

湖山狂散人大淀三千《ミチ》風

〈跋文〉

夫世俗夷曲《イキヨク》俳諧、伊勢の海の底しれぬ守武の言の葉を仰ば、高き山崎の法師より已来、乗興其風流柴船の数々なれど、早き流れを知るは唯難波津の梅の翁の軽口より、世挙《ヨコゾツ》て是を学ぶといへども、麒麟《キリン》の尾につく俳諧も覚ず。しかるに予過し三とせの夏の比、大句数は一日の内夕陽《ヤウ》かたぶかざるに、一千六百さび矢にて通し侍る。爰にならば坂や此手がしはの二面、とにもかくにも片隅《スミ》にて紀子千八百は、いさしら波の跡かたもなき事ぞかし。其故は、南都極楽寺にて興行せしといへども、門前の宗徒壱人も知人なし。亦大安寺にてするといへども、其証拠しれず。其上かゝる大分の物、執筆もなく判者もなし。誠に不都合の達者だて、誰か是を信ぜざらん。殊に其巻に点をつけたりし京都惣本地高政こそ、同じ心入おろかなる作者也。中〱高政などの口拍子にては、大俳諧は及ぶことにてあらず。予十六巻を天満の翁に点を乞侍るに、かゝる大なる事にはと辞退あつて、唯褒美の詞をなんそへられけるばかりなり。此三千風、仙台にて片吟じにていたさるゝ段、証拠分明にして、所の人も都への土産にいたさるゝ上は、奇妙なり。其句体古きを新らしく、詩文・漢《カン》文などの古事を和らかに作意又うるはしく、いはゞ龍の水を得、韋《イ》駄天の振舞、虎の風に嘯、千里を走る勢ひは、東の方より日の出の作意、誰か肩を並べんや。殊更肺肝《ハイカン》を砕て見る人は、亀毛菟角のたぐひならむ。此三千風は卞和《ヘンクワ》が玉時に当て感入事は、三千世界にあらはれ、高名須弥《シユミ》山とおもひ、禿《トク》筆・孱《セン》才を後に加へ畢ぬ。

松寿軒
西鶴

■西鶴大矢数　解題と序文・跋文の翻刻

連句集。井原西鶴著。版下は水田西吟筆。

横本五冊(現存は第一冊のみ)。現存する第一冊は四五丁。写本の仙果本によれば、第二冊は四〇丁、第三冊は四〇丁、第四冊は四四丁、第五冊は二七丁で、総計一九六丁。

第一冊のみの綿屋本の題簽は剥落して不明。東京大学総合図書館洒竹文庫蔵の写本(仙果本)に「西鶴大矢数　一(〜五)」。東京大学総合図書館蔵の写本(雅楽堂本)に「大矢数　仁(義・礼・智・信)」。

内題「大矢数第一（〜第十）」。写本にも同様に記され、「第三十八」に「捲線香二寸八分」、「第三十九」に「捲線香三寸」、「第四十」に「捲線香二寸六分」と記される。

序文「兀々子／鬼翁誤序」。

跋文「松寿軒／難波西鶴」（仙果本）。

刊記「延宝九辛酉年／卯月吉日／大坂呉服町書林深江屋／太郎兵衛板」（仙果本第四冊）。「延宝辛酉九年／卯月吉日／大坂伏見呉服町書林／深江屋太郎兵衛板」（同第五冊）。


著者の西鶴については省略。序者の鬼翁は大坂住の俳諧師。加藤氏・牧野氏。生没年未詳。初号は一得で季吟門。やがて宗因門に転じ、西翁の一字を得て西鬼と改号。西鶴と親交を結び、延宝末ころから鬼翁を称するようになる。

本書の伝存状況に関しては、孤本であった東京大学総合図書館洒竹文庫蔵の完本が罹災により亡失。その後に出現した巻一のみの零本が天理大学附属天理図書館綿屋文庫に蔵されるのみで、『矢数俳諧集』にその影印を収録。全体にわたる写本に、笠亭仙果が柳亭種彦旧蔵本を模写したと見られる洒竹文庫蔵本、萩原乙彦旧蔵で雅楽堂の印がある東京大学総合図書館蔵本、三面子（岡田朝太郎）旧蔵の個人蔵本の三種があり、それぞれ表記等に異同がある。『近世文学資料類従・古俳諧編31　西鶴大矢数』（勉誠社、一九七五年刊）に雅楽堂本の影印。『定本西鶴全集』11下（中央公論社、一九七五年刊）、『新編西鶴全集』5上（勉誠出版、二〇〇七年刊）等に三写本を対校して作成した翻刻がある。

第一冊には第一から第十まで西鶴独吟百韻一〇巻を収め、以下同様に、第二冊に第十一から第二十まで、第三冊に第二十一から第三十まで、第四冊に第三十一から第四十までの同じく各一〇巻を収録。第五冊には第四十一から第百七まで、用意されながら使われなかった諸家による六七組の表八句を掲出。各百韻・表八句には賦物が記される。第一百韻の発句は西鶴の「天下矢数二度の大願四千句也」。自跋によれば、延宝八年五月七日、生玉社南坊での興行。序文の後には「大矢数役人」が記され、指合見は和気遠舟・片岡旨恕・浅沼宗貞・小西来山・前川由平の五人、脇座は高瀬益翁・岡西惟中・木原宗円・藤田不琢・秋田桂葉・田中柳翠・青木友雪・高木松意・山口清勝・水野梅吟・岩橋豊流・斎藤賀子の一二人、執筆は水田桜山子・柳葉軒鶴流・田中定方・西村元重・天引親延・原松林・金谷宗及・辻尾意閑の八人が担当したと知られる。このほか、執筆番繰の二人、白幣(初千句)・紅幣(二千句)・銀幣(三千句)・金幣(四千句)の各一人、懐紙番繰・懐紙付木・線香見・割張付・懐紙台・懐紙掛役・御影支配の各二人、代参の三人、医師の二人、後座の五人が記名される。『西鶴俳諧大句数』と比べて格段に立合人の数が増え、矢数俳諧興行が一大行事になっていた(あるいは、西鶴がそのように仕立て上げた)ことが知られる。

各百韻の表八句は事前に作られたもので、門人・知友らが順に句を付け回している。第一百韻を例にとれば、西鶴の発句に続き、保友・梅翁(宗因)・大鶴・木因・萍々子・孤松・鶴爪の順に表八句が成り、折立は執筆が担当して、その次から西鶴独吟となる。第二百韻からは西鶴がすべて脇を務めており、折立の執筆を含め、この形態が遵守されている。表八句は連衆が一座したものではなく、一順箱を回して付け進め、時に文音で届けられる句もあったのであろう。第五冊の六七組は、その不使用に終わった分に相違ない。西鶴一門の面々が顔を揃えるほか、幸方・来山・園女・江水らの名も確認される。

鬼翁の序文は、荘子の偶言も淳于髡の滑稽も戯言のようでいてそうではないと述べ、守武につながる西鶴は、その作に対して最初はほめそやし、やがて嫉妬の笑いを向けるようになった世間を尻目に、いよいよ精進を重ねた結果、誰もがその軽口に倣うようになったこと、生玉に多くの宗匠を集め、百発百中の一日四〇〇〇句を成功させたこと、水魚の交わりをする仲ゆえ自分が序を記す次第となったことを記す。

西鶴の自跋は、矢数俳諧を始めた自分が一六〇〇句を詠んだ後、仙台の三千風は仙人よろしく二八〇〇句独吟をやってのけたこと、近ごろはたいした修練もしない作者が達者ぶり、親類・初心者を前に時間の制約もなく興行する作り物があると指摘。最近の俳諧は、遊女・歌舞伎芝居・博奕・食物といった話題ばかりで、誰にも理解できず作者が独り合点するだけの付け方が多く、笑止千万であるといい、自分は自由に基づく俳諧の正道に入って二五年、再び大矢数の四〇〇〇句を思い立ち、生玉の寺内で多くの役人と数千の観衆を迎え、みごとに成就したことを述べ、続く者があれば今回の法式を守って行うよう注意した上で、明日は別の月次会に参加すると付言する。

以下、鬼翁による序文と西鶴による自跋の全体を掲出する。

〈序文〉

あけらほんと雁首をのべて思ふに、鞁破れ鶏時刻を移す此時、諸芸盛にして遊興巷に溢る。俳諧猶其一也。此道軽して軽からず。荘子偶言、淳于髠滑稽、戯言に似て戯言に非ず。玆に難波のあしもとより鶴立て、守武の末のよに把り、道をふみそめて心を励すに、初は驚て褒、中比は妬笑ふ。益心のたねをきばり出し、すぽんの功をへ、水に瓢簞の軽口、たれかながれをくまざらむ。比は延宝八庚申のとし、生玉に大幕うたせ、一日四千句の矢数俳諧を吟ず。当地宗匠、親疎ともにつらなり、内五人の差合見、八人の筆とり、其外名を得るも得ぬも稲麻のごとくこぞり、竹葦のごとくまどゐて耳を傾け、千句の矢先雨丸雪とふりかゝつて、執筆は忽つかれにけり。其身は少とも倦ことなく、百発百中、理義精密にして尤妙也。此集のなれる時、序つくらん事をこふ。水魚のよしみなきにしも非ず。辞するにいとまなくて聊うなづく。

兀々子
鬼翁誤序

〈跋文〉

不二は日本第一の名山、真砂に譬てつきせぬ言の葉の、松は枝をならさぬ御此時、弓は袋に矢数の俳諧、我はじめて千六百通せし後、仙台の三千風、鵬の羽づかひ強く、山海を飛越、二千八百すぢの息の根、鉄拐に同じ。人倫及ばざるの所也。近年執行もなき作者、世間の聞え計に無用の達者だて、連座には親類・初心の輩を集め、日を重ねて即座の作にもてなし、又は句毎を後日に綴直し、天神の目をぬく事もつたいなし。人麿の白眼給ふもおそろし。或は独吟をするにも、釈教の所は旦那寺の長老を頼み、古事はやらぬ医者をかたらひ、百韵一巻に年月を費し、あたら桜木にちりばめ、しらぬ遠国の人に見するといへ共、是皆作り物也。夫俳諧は其折を得て、花の夕、雪の朝に替りて、景気に心をよするこそほいなれ。涼み床に枕を傾け、さし鯖を売ころより、はや元日の発句をおもひよる人、是俳諧のわづらひ也。殊に頃の座懐紙、放埒の雲をつかひ、四十五句・五十句は遊女の噂、歌舞伎芝居の風情、残る四十句は博奕わざ・喰物等、抜脱・こゝろ行の付かたとて、其座に一人も聞えず、我計うなづきて、一句〳〵に講釈、大笑ひより外なし。予俳諧正風初道に入て二十五年、昼夜心をつくし、過つる中春末の九日に夢を覚し侍る。今世界の俳風詞を替、品を付、様々流義有といへども、元ひとつにして更に替る事なし。惣而此道さかんになり、東西南北に弘る事、自由にもとづく俳諧の姿を我仕はじめし已来也。世上に隠れもなき事、今又申も愚也。されば銘々の自慢、先達世中、雁も鳩も雀も鶴も同じ物に思はるゝ人、万一あれば也。そも〳〵老て二度大矢数四千句をおもひ立日は、延宝八年中夏初の七日、所は生玉の寺内に堂前を定。西は淡路島、海は目前の硯。東は葛城、雲紙かさなつて山のごとし。北は高津の宮、郭公其日名誉の声を出す。諸人目覚して聞に、南は難波の大寺晩鐘告て、十二の大蝋燭次第に立のぼれば、天も酔り。四本の奉幣颯々の声をなし、八人の執筆、五人の指合見座すれば、数千人の聴衆、庫裏・方丈・客殿・廊下を轟し、三日懸而已前より、花莚・毛氈、高雄を爰に移す。時こそ今、目付木三尺しさつて即座の筆句を待、吟じあぐるといなや、口びやうしたがはず、仕舞三百韵はまくりを望まれ、線香三寸より内にして、あやまたず仕すましたりと、千秋楽を諷へば、座中よろこびの袖をかへす。是迄なりや、万事を捨坊主、世の人ゆるし給へ。此後大矢数のぞみの人あらば、此掟を守るべし。諸吟じにして作法すこしももるゝ事なし。我大矢数所願成就、次日は松門亭月次の俳諧勤る事、これ全く一力にあらず。

松寿軒
難波西鶴

■参考資料

西鶴自身が矢数俳諧について残した発言としては、右に掲げた序・跋のほか、二通の書簡が知られている。いずれも下里勘兵衛(知足)に宛てたもので、その内容から、一通は延宝七年の三月二二日付、もう一通は延宝八年の六月二〇日付と確定できる。前者には、

我等千六百仕申候後に、紀子と申者、千八百作物に仕申候。内証存ながら、高政が点おかしく候。此中あらはれ、さんぐの仕合に御座候。近々に一日一夜に三千句のぞみに御座候。一笑く。

とあり、『紀子大矢数』の高政点に対する蔑視が再確認できると同時に、この時点では三〇〇〇句独吟を次の目標にしていたことが知られる。そうしている内に三千風の挑戦があり、目標を四〇〇〇と上げることになるわけである。

後者は、その四〇〇〇句を成就した報告であり、

私大矢数之義、五月八日に一代之大願、所は生玉に而、数千人の聞に出、俳諧世にはじまつて是より大きなる事有まじき仕合、一日之内一句もあやまりもなし、一句いやしき句もなし、又は天下にさはり申候句もなし。おもふまゝに出来、近々に板行出来申候。遣し可申候。其元より被遣候御句共加入申候。めい〳〵に一句づゝ入申候。其外は外の集に加入可申候。左様に御心得可被下候。（中略）今度西山宗因先師より、日本第一前代之俳諧の性と世上に申わたし候。さて〳〵めいぼく此度也。

といった具合で、自賛の言とともに、近く出版するので御地より寄せられた句も一人一句ずつ加入の予定であること、宗因から「日本第一」の言葉を頂戴したことなどを述べる。

ところで、やや年代は下るものの、矢数俳諧に関する貴重な記録として、宝永三（一七〇六）年、団水が西鶴一三回忌追善集として編んだ『こゝろ葉』の団水自序がある。その中の「一日独吟ノ千句」は『西鶴俳諧大句数』をさすと見られ（実際は一六〇〇句）、「四千句ヲ独吟」は『西鶴大矢数』をさす。その後に紀子・三千風の挑戦があったとするのは錯誤ながら、才麿・一晶にも独吟があったとし、貞享元（一六八四）年六月五日、西鶴が住吉社の神前で二万三五〇〇句独吟を成就したと記した上、列座した人の名も書きとどめるなど、資料的価値は乏しくない。該当部分を掲載してみよう。

鶴曽《カツ》テ一日独吟ノ千句ヲ誦《ズ》シテ後、四千句ヲ独吟シテ梓行、世に蔓《ハビコ》ル。コレヨリ多武峰《タフノ》ノ紀子、仙台ノ三千風、

才麿・一晶等《ラ》、各数千句、或ハ一万句余マデ独吟シタリケリ。世ニ矢数俳諧ト称《セウ》スル濫觴《ランジヤウ》ハ西鶴ニ始リケル。サル程ニ、貞享元年六月五日、摂《セツ》ノ住吉ノ神前ニ於テ、西鶴亦一日一夜ノ独吟二万三千五百句ヲ唱テ、然モ楮《チヨ》上ニ顕《アラ》ハス。其麗《レイ》暢《チヤウ》円《エン》活《クハツ》法《ハウ》度《ト》謹厳《キンゲン》、世ノ髭《ヒゲ》ヲ撚《ヒネツ》テ苦思《クシ》スル者トイヘドモ、鶴ガ頓《トン》句ニ如《シカ》ズ。人以テ争《アラソ》ヒ伝テ、耳《ミヽ》ヲシテ貴《タツト》カラシム。コレヨリ自号《ミヅカラガウ》シテ二万翁ト呼《ヨブ》。見聞《ケンモン》ノ徒《ト》、神ヲ以テ称《セウ》セズト云コトナシ。敏才逸縦《ビンサイイツシヨウ》、古今此道ヲ業《ギヤウ》トスル者ノ及バザル所ナリ。其日席《セキ》ニアル者、高滝以仙・前川由平・岡西惟中・幾音・宗貞・元順・来山・万海・一礼・意朔・如見・旨恕・友雪・西鬼・豊流等《ラ》、東西ニ列《レツ》座ス。座堅《ガタ》メニハ梅甫、桜花条ノ吏幽、光吉ノ定祐、野里ノ友之、鴻池《ノ》守之、荷平梅水也。堂見ニハ岩井武仙、金釿《サイ》ヲ取ル。懐紙《クハイシ》ハ梶餅枝《カジベイシ》、警固《ケイゴ》ニハ北峰正甫、執筆ニハ天引柳葉・松林又八ヲ始トシテ、諸役《ヤク》人、南北ニ居流レテ魏々《ギヽ》タル座配《ザハイ》、古今《コンケウ》希有ノ俳席ナリ。此日、江府《ノ》其角来《キタ》リ合セテ、蝿払ノ句ヲ吐ク。遠近《エンキン》ノ輩《トモガラ》神前ニ群《ムラガ》リ観《ミ》ルコト、堵《ト》ノ如シ。然《シカ》シヨリ此門ニ游《アソ》ブ者、風《フウ》ヲ慕《シタ》ヒ流レヲ汲《クム》者、幾《イク》千万ト云コトヲ知ズ。

才麿の矢数興行に関しては、元文三(一七三八)年、才麿の追善集として芳室が編んだ『白玉楳』の芳室自序の中に、

ある年、浅草の精舎に於て、一日一万句独吟を興行せらるに、(中略)いまだ黄昏にいたらざるに万全の功を終ふ。江戸大矢数の誹首とす。

とあり、西鶴の四〇〇〇句独吟に刺激を受け、そのころに興行したものと見られる。延宝八年の編者未詳『点滴集』に「堂たてゝ今ぞさかへん大矢数」、同じく言水編『江戸弁慶』に「堂形や今ぞさかへん大矢数」の才丸(才麿の前号)

句が入集するのは、この時の巻頭発句であろう。一晶に関しては、轍士による俳人評判記『花見車』（元禄一五年刊）に「大よせにも名をとられけるが…」とあり、矢数俳諧にも関与していたことが確認される。同書の目録で、「大よせ」は「矢数はいかい・五百句・千句の数に入」と説明されており、本文の頭注には「一万三千五百句」と句数が示される。天和ころの興行であろうか。

こうした動きを受け、西鶴自身が再び矢数俳諧を行ったのは、『西鶴大矢数』の興行から四年後で、これを機に二万翁を名乗るようになる。白羽編『五文台』（延享四年刊）の羅人序に「二万翁が句は棒のみ引たれば、今世にのこらず」とある通り、あまりの速さに記録ができなかったらしく、作品そのものは残っていない。ただし、自ら元禄五年三月四日付のうちや孫四宛書簡に、

私も一日に二万三千五百句は仕申候得共、是は独吟なれば也。

と記し、元禄三年の歩雲子（可休）編『誹諧物見車』で西鶴が加点した歌仙奥書にも、

此坊主も、一日一夜に弐万三千五百句の早口はたゝきしが、是にてよいといふ程しらず。菟角よき事はならぬ事と、今覚えたるもおかし。

とあるほか、その成就を保証する資料は多々あり、事実と見て問題ない。第一の発句のみ知られており、柿衞文庫に真蹟短冊が蔵されている。

柿衛文庫蔵短冊

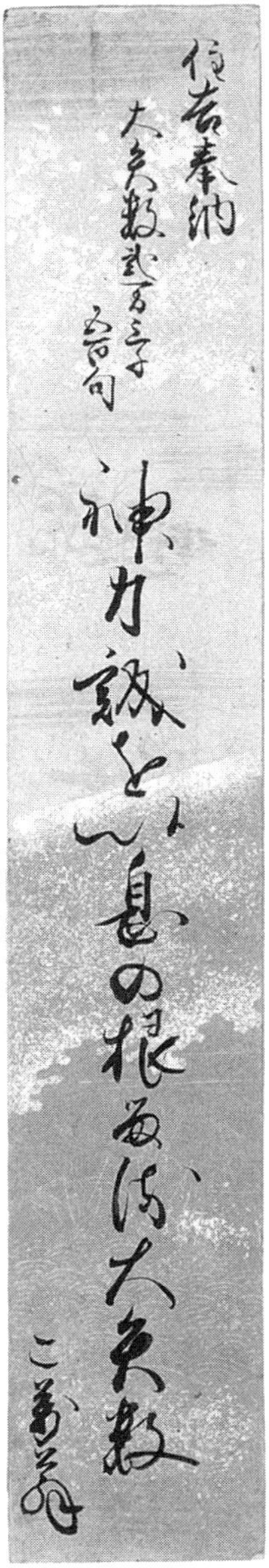

住吉奉納／大矢数弐万三千五百句／神力誠を以息の根留る大矢数／二萬翁

近時発見紹介された真蹟短冊には「住吉奉納／弐万三千五百句／第一／神力誠を以息の根とむる大矢数／西鶴」とあり、「留る」は「とむる」と読むことがわかる。

其角句集である『五元集』の牛門書入（明和五年）に「此時西鶴二万三千／俳諧の息の根留めん大矢数」、素外編『俳諧百回鶴の跡』（寛政四年刊）の序に「神誠をもつて息の根とめよ大矢数」とあるのは、別案なのか誤伝なのか不明。また、『花見車』には西鶴句として「射て見たが何の根もない大矢数」があり、これも真偽は未詳。

なお、延宝期後半に行われた貞門と談林（宗因流）の論難合戦中、西鶴に対する中傷に「邪流」等の文言が見られるのは、矢数俳諧への批評を含むものなのかもしれない。その一々を挙げることは割愛し、西漁子著『俳諧太平記』（延宝八年刊）で貞門と談林の争いを『太平記』風に記述する中、西鶴の大矢数が貞門の敗北を導いたとして、爰に北京と難波の輩、俳諧の新古をあらそひ、（中略）京六波羅には左近将監季吟・越後守梅盛・宇都宮西武を大将として、（中略）摂州難波にも大将宗因、搦手には楠西鶴をはじめとして、その勢雲霞のごとし。（中略）西鶴四千の大矢数に射たてられ、六波羅勢すでに敗北して後の勝負をまつとぞ。

と記していることだけを指摘しておく（振り仮名は省略した）。

元禄以後、矢数俳諧が話題になることは稀有ながら、元禄四（一六九一）年の松春編『祇園拾遺物語』には、ある人（才麿）からの聞書として、才麿の一万句独吟の件が記述されている。すなわち、

ある人予に語て云、一とせ矢かず俳諧といふ物を思ひたちて、数歆独吟《インドクギン》せしこと有。こゝのえにはあらぬ、武陽《ブヤウ》の浅草《アサクサ》堂形《ガタ》にして始《ム》。文台《ブンダイ》を左右にまふけ、執《シユ》筆ふたりにかゝしめ、左へ上の句を吟じて、そのかく程に右へ下の句をいひわたし、又左右と吟じかよはして、一日のほどに一万余句をつゞりたることあり。尤心に指合《サシ》をくり、春秋の出所をもらさず。五七五七七の文字みださずいひのゝしれば、当席はみづからも天晴興《アツパレケウ》あること哉と憍慢《ケウマン》甚しく、きく人も、凡慮《ボンリヨ》のおよぶ所ならず、富楼那《フルナ》の化現《ゲン》か子貢《シコウ》が再来《サイライ》かなどつぶやく。尓《シカウ》してあけぼの白き卯の刻より、まだ日のあかき申《サル》の刻ばかりに書おはりぬ。諸人動揺《ドウヨウ》してかへり来て、又の日、彼の巻々を取いで再吟《サイギン》するに、月の落たるおもて有。花のさかぬうらあり。獣《ケダモノ》の三句続《ツヾヒ》て喰《クヒ》あふ所あり。鳥と鳥と打こして一句をついばむあり。水辺四・五句ならびて、さはがしき波の音あり。山類いやが上におほひて、道もなきまであれたる所あり。恋一句してやもめなる句あり。衣《イ》類かさなりて、古袖《フルテ》見せをみるやうなる所有。夜分のみにて常闇《トコヤミ》なる表あり。其外、同字・折《ヲリ》合・誹言なし、たゞ指合ばかりにてみるめも恥かしく、まき納て人にも見せず成

ぬ。おもへば法式をよく吟味し、さし合なく、意味をふくめてしたらんこそ、少にても自身《ジシン》の慰《ナグサミ》、人にみせんにも甲斐あらめと、其後歌仙独吟一巻を案《アン》じみるに、漸ふた月ばかりに功なりぬ。それすら句ごとをのれが心に叶はず。退屈《タイクツ》して大かたやみにき。是を思ふに、よき句といふ物は一句も大切なる物也、と語られし。

というもので、才麿自身が述べるところでは、式目違反が目立ち、気に入るものでもないので、版行に及ばなかったのだという。これは、興行から数年が過ぎ、矢数俳諧を客観視できるようになった時点における、一種の悔悟・反省の言として読むことができるかもしれない。

索引

執筆者紹介（掲載順、＊印は編者）

①経歴・所属　②主な著書・論文

中嶋隆（なかじま　たかし）＊

一九五二年生まれ。①早稲田大学大学院文学研究科博士後期課程満期退学。博士（文学）。早稲田大学教育・総合科学学術院教授。②『新編西鶴と元禄メディア』（笠間書院、二〇一一年）、『初期浮世草子の展開』（若草書房、一九九六年）、『西鶴と元禄文芸』（若草書房、二〇〇三年）ほか。

塩崎俊彦（しおざき　としひこ）

一九五六年生まれ。①上智大学文学研究科博士後期課程満期退学。高知大学総合科学系地域協働教育学部門教授。②「貞室自筆「貞徳終焉記」について」（『連歌俳諧研究』九八号、二〇〇〇年）、「金毘羅風雅抄」（岩波書店『文学』第一七巻第二号、二〇一六年）ほか。

早川由美（はやかわ　ゆみ）

一九五九年生まれ。①奈良女子大学大学院人間文化研究科博士課程修了。博士（文学）。愛知淑徳大学文学部非常勤講師。②『西鶴考究』（おうふう、二〇〇八年）、『忠臣蔵　第2巻』（共著、赤穂市、二〇一一年）、『諸注評釈新芭蕉俳句大成』（共著、明治書院、二〇一四年）ほか。

尾崎千佳（おざき　ちか）

一九七一年生まれ。①大阪大学文学研究科博士後期課程単位取得退学。山口大学人文学部准教授。②『西山宗因全集』第一巻〜第五巻（共編著、二〇〇四年〜二〇一三年、八木書店）、「宗因顕彰とその時代」（『連歌俳諧研究』九七号、一九九九年）、「『肥後道記』の典拠と主題」（『近世文芸』二〇〇八年七月）ほか。

森田雅也（もりた　まさや）

一九五八年生まれ。①関西学院大学大学院文学研究科博士後期課程満期退学。博士（文学）。関西学院大学文学部教授。②『西鶴浮世草子の展開』（和泉書院、二〇〇六年）、西鶴影印叢書『西鶴諸国はなし』（編著、和泉書院、一九九六年）、『新編西鶴全集第三巻』（共著、勉誠出版、二〇〇三年）、中嶋隆編『二十一世紀日本文学ガイドブック　井原西鶴』（分担執筆、ひつじ書房、二〇一二年）、『島国文化と異文化遭遇』（編著、関西学院大学出版会、二〇一五年）ほか。

深沢眞二（ふかさわ　しんじ）

一九六〇年生まれ。①京都大学大学院文学研究科博士後期課程単位取得退学。博士（文学）。和光大学表現学部教授。②『「和漢」の世界—和漢聯句の基礎的研究—』（清文堂出版、二〇一〇年）、『旅する俳諧師—芭蕉叢考二—』（清文堂出版、二〇一五年）ほか。

ダニエル・ストリューヴ（Daniel Struve）

①一九五九年生まれ。パリ・ディドロ大学教授。CRCAO（東アジア文明研究センター）研究員。②「『源氏物語』箒木巻を通して見る物語観」（寺田澄江他編『物語の言語』青簡舎、二〇一三年）、「断片としての「文」—西鶴と書簡体物語—」（国文学資料館、コレージュ・ド・フランス編『集と断片』勉誠出版、二〇一四年）、「西鶴晩年の好色物における「男」の姿と機能」（国文学研究資料館編『アジア遊学 195　もう一つの日本文学史—室町・性愛・時間—』勉誠出版、二〇一六年）ほか。

大木京子（おおき　きょうこ）

一九七〇年生まれ。①青山学院大学大学院文学研究科博士後期課程単位取得退学。青山学院大学非常勤講師。②『近世文学の展開』（共著、関西学院大学出版会、二〇〇〇年）、『西鶴選集　西鶴名残の友』（共著、おうふう、二〇〇七年）、『江戸文学からの架橋』（共著、竹林舎、二〇〇九年）ほか。

有働裕（うどう　ゆたか）

一九五七年生まれ。①東京学芸大学大学院教育学研究科修士課程修了。愛知教育大学教育学部教授。②『西鶴　はなしの想像力』（翰林書房、一九九八年）、『「源氏物語」と戦争』（インパクト出版会、二〇〇二年）、『西鶴と浮世草子研究　Vol. 2 怪異』（共編、笠間書院、二〇〇七年）、『これからの古典ブンガクのために』（ぺりかん社、二〇一〇年）、『西鶴　闇への凝視─綱吉政権下のリアリティー─』（三弥井書店、二〇一五年）ほか。

染谷智幸（そめや　ともゆき）

一九五七年生まれ。①上智大学大学院文学研究科博士前期過程修了。博士（文学）。茨城キリスト教大学文学部教授。②『西鶴小説論─対照的構造と〈東アジア〉への視界─』（翰林書房、二〇〇五年）、『韓国の古典小説』（共編、ぺりかん社、二〇〇八年）、『新編西鶴全集　第3巻』（共著、勉誠出版、二〇〇三年）ほか。

永田英理（ながた　えり）

一九七七年生まれ。①早稲田大学大学院教育学研究科博士後期課程修了。博士（学術）。白百合女子大学、武蔵野大学、早稲田大学非常勤講師。②『蕉風俳論の付合文芸史的研究』（ぺりかん社、二〇〇七年）、『連歌辞典』（共著、東京堂出版、二〇一〇年）、『『おくのほそ道』解釈事典─諸説一覧─』（共著、東京堂出版、二〇〇三年）ほか。

大野鵠士（おおの　こくし）

一九五〇年生まれ。①岐阜女子大学大学院文学研究科修士課程修了。獅子門（美濃派）道流第四一世。②『西鶴　矢数俳諧の世界』（和泉書院、二〇〇三年）、『連句─学びから遊びへ─』（共著、おうふう、二〇〇八年）ほか。

デイヴィッド・アサートン（David Atherton）

一九七八年生まれ。①コロンビア大学東アジア言語文化学部博士課程終了。博士。コロラド大学ボルダー校アジア言語文明学部助教授。②"Valences of Vengeance: The Moral Imagination of Early Modern Japanese Vendetta Fiction," Columbia University PhD dissertation.

篠原進（しのはら　すすむ）＊

一九四九年生まれ。①青山学院大学大学院文学研究科博士課程単位取得退学。青山学院大学教授・副学長。②『新編西鶴全集　第一巻』（共著、勉誠出版、二〇〇〇年）、「怒れる小町─西鶴1686─」（『文学・語学』215号・二〇一六年四月）ほか。

佐藤勝明（さとう　かつあき）

一九五八年生まれ。①早稲田大学大学院文学研究科博士後期課程満期退学。博士（文学）。和洋女子大学人文社会科学群教授。②『芭蕉と京都俳壇』（八木書店、二〇〇六年）、『芭蕉全句集』（共著、角川ソフィア文庫、二〇一〇年）、『松尾芭蕉と奥の細道』（吉川弘文館、二〇一四年）ほか。

ことばの魔術師西鶴

——矢数俳諧再考

Saikaku the Wizard of Words:
New Approaches to His "Yakazu Haikai"
Edited by Nakajima Takashi and Shinohara Susumu

発行　二〇一六年一一月一〇日　初版一刷
定価　七八〇〇円＋税
編者　©篠原進・中嶋隆
発行者　松本功
装丁者　萱島雄太
印刷所　三美印刷株式会社
製本所　株式会社 星共社
発行所　株式会社 ひつじ書房
〒一一二-〇〇一一
東京都文京区千石二-一-二　大和ビル二階
Tel. 03-5319-4916　Fax. 03-5319-4917
郵便振替 00120-8-142852
toiawase@hituzi.co.jp　http://www.hituzi.co.jp/
ISBN978-4-89476-785-0　C3091

〈刊行書籍のご案内〉

21世紀日本文学ガイドブック4

井原西鶴

中嶋隆編

定価二、〇〇〇円+税

西鶴の魅力を、最新研究成果をふまえながら、わかりやすく解説する。江戸時代初期の出版文化を視野に置き、西鶴の俳諧と浮世草子について、メディア史・東アジア文化史・テキスト構造など多様な観点から言及する。

21世紀日本文学ガイドブック5

松尾芭蕉

佐藤勝明編

定価二、〇〇〇円+税

松尾芭蕉の人とその文学を知るための入門書。韻文史に芭蕉が登場した意義をはじめ、その生涯、摂取した先行文学、蕉門の人々、関連する俳書、主要研究書などを紹介。さらに筆跡の問題、紀行文や俳論の特色、当代俳壇での位置や後世への影響など芭蕉に関する興味深いトピックを集めた。